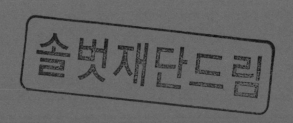

성찰적 사고와 문학교육론

최홍원

부산에서 태어나 서울대 국어교육과를 졸업하고, 서울대 대학원에서 박사학위를 받았다.
공군항공과학고등학교 교사를 거쳐 이화여대, 한국외대, 경인교대 등에서 강의했다.
서울대 국어교육연구소에서 국어교육의 실행적 국면과 관련하여 여러 일을 했고,
한국교육과정평가원에서 교육과정과 교과서에 대한 연구 과제를 수행하였다.
전주대학교 국어교육과를 거쳐, 현재 상명대학교 국어교육과 교수로 있다.

주요 논저
〈문학교육에서 경험의 재개념화와 교육적 실천을 위한 연구〉, 〈국어과 사고 영역 체계화 연구〉
〈문제 해결적 사고에 대한 문학교육적 탐색〉, 〈신흠의 시조와 경험교육 연구〉
〈사고와 연행의 시각에서 바라본 구술성의 교육적 구도〉, 〈정훈 시가 다기성에 대한 시학적 이해〉
《국가 교육과정의 체제 혁신 방안 연구》(공저)

성찰적 사고와 문학교육론

초판 제1쇄 인쇄 2012. 9. 3.
초판 제1쇄 발행 2012. 9. 7.

지은이   최홍원
펴낸이   김경희
펴낸곳   본사 ● 경기도 파주시 교하읍 문발리 520-12
　　　　 전화 (031)955-4226 · 4227 팩스 (031)955-4228
　　　　 서울사무소 ● 서울시 종로구 통의동 35-18
　　　　 전화 (02)734-1978 팩스 (02)720-7900
　　　　 인터넷한글문패   지식산업사
　　　　 인터넷영문문패   www.jisik.co.kr
　　　　 전자우편   jsp@jisik.co.kr
　　　　 등록번호   1-363
　　　　 등록날짜   1969. 5. 8.

책값은 뒤표지에 있습니다.

ⓒ 최홍원, 2012
ISBN 978-89-423-4059-1   93810

이 책을 읽고 지은이에게 문의하고자 하는 이는
지식산업사 전자우편으로 연락 바랍니다.

매듭지을 수 있었던 데에는 이건이의 힘이 컸다. 또한 이은이가 태어나면서 책을 내겠다는 용기가 생겼다. 두 아이의 출생과 성장이 효과적인 당근과 채찍이 되었음은 물론이다. 곁에 있다고는 해도 많은 일들을 가족과 함께 하지 못함은 두고두고 갚아야 할 일이다. 이 책이 우리 가족에게 작은 선물이 되었으면 한다.

마지막으로 이 책은 솔벗한국학총서로 발간된 것이다. 보잘 것 없는 글을 총서에 넣어주신 솔벗재단 관계자분들, 그리고 난삽한 글을 책으로 만들어주신 지식산업사 사장님과 관계자 모든 분들께 감사의 말씀을 드린다.

2012년 8월

최 홍 원

차 례

솔벗한국학총서 17

성찰적 사고와 문학교육론

시조, 사고, 문학교육의 만남

최 홍 원

지식산업사

감사의 글

　책의 제목과 글쓴이를 보고, 다음으로 차례를 살피는 것, 이는 본문을 펼치기 전의 통상적인 순서일 것이다. 경우에 따라 찾아보기(index)를 보는 것이 더해지기는 해도, 정작 책의 서문에 주목하는 이는 많지 않다.

　필자는 책의 서문 읽기를 좋아한다. 책을 잡으면 먼저 서문부터 살펴보는 게 버릇 아닌 버릇이다. 책의 본문에서는 난제를 붙잡고서 논리와 자료로 헤쳐 나가야만 하기에, 글쓴이 개인의 목소리는 찾아보기 어렵다. 책 뒤로 감추어지고 얼굴에는 가면마저 씌워지기 마련이다. 그에 견주면, 치열한 연구에서 한 걸음 비켜서서 과정과 결과를 되돌아보며 차분히 내뱉는 서문에서는 글쓴이의 인간다움이 물씬 풍겨난다. 작은 성취일망정 무언가를 끝맺은 한 인간의 모습이 오롯이 담겨 있다. 등산에 빗댄다면, 서문의 목소리는 산 정상에 올라선 이의 목소리와 같지 않을까? 산 아래를 멀리 내려다보며 올라온 여정을 되돌아보는 순간일 수도 있고, 땀이 채 식기 전에 다음

산행을 준비하는 시간일 수도 있으며, 높은 하늘을 우러러보며 자신
의 모습을 깨닫는 과정일 수도 있다. 그렇다면 이 책의 서문을 마주
하고 있는 필자는 어떤 모습일까?

이 책은 2008년 박사학위논문을 토대로 한 것이다. 책으로 모습을
바꾸는 데 4년의 시간이 필요했던 것은, 단순히 필자의 소심함이나
결벽증 때문만은 아니다. 단지 무엇을 내려다보거나 우러러보기에
는 지금 내가 딛고 서있는 이곳이 한없이 낮기만 하다는 반성과 자
조 때문이었다. 급한 숨을 내쉬며 보잘 것 없는 성취감에 빠지기보
다는, 오히려 시간을 갖고서 되돌아보는 시간과 과정이 필요했다.
따라서 이 책의 서문은 산 정상에서의 심정보다는, 오히려 산행을
마치고 집에 돌아와 잠자리에 들기 전의 심회에 가깝다. 오늘 무엇
을 보고 느꼈으며, 내일 무엇을 향해 나아갈 것인가를 '성찰'하는 것
이라 할 수 있다.

이러한 생각에서 각 장의 논의에 앞서, 별도의 생각을 적어두는
자리를 마련하였다. '들어가며'는 각 장의 내용을 소개하고 안내하는
것이기보다는, 어떠한 문제의식 속에서 이러한 논의가 펼쳐지게 되
었는지를 되짚어본 데 따른 결과이다. 또한 여전히 해결되지 못한
것은 무엇이며, 어떠한 것들이 과제로 남는지도 밝혀야만 했다. 각
장의 마지막 부분에 '나오며'라는 내용이 따로 마련된 까닭도 여기
에 있다. 등산을 할 때는 한 걸음씩 내딛는 일에 힘이 부친 나머지,
산의 전체적인 윤곽을 제대로 조망하지 못하는 것처럼, 이제는 글에
서 한 걸음 앞으로 나와 전체적인 틀과 그림을 담고 싶었다.

물론 그 동안의 성찰 결과를 이 책에 충분히 담지는 못했다. 다만

본래 가졌던 문제의식이 무엇이었고, 각각의 과제는 어떻게 해결하였으며, 남아 있는 문제는 무엇이고 어떻게 해결해야 할지를 메타적으로 생각하고 이를 더하고자 하였다. 이러한 과정은 이 책을 통해 나 자신을 이해하려는 '성찰적 사고'의 또 다른 과정이기도 하다. 따라서 이 책에는 박사논문을 쓸 당시의 '나'와 현재의 '나'가 나란히 마주하고 있다. 같으면서도 다른 다성적(多聲的)인 목소리가 담기게 된 연유이다.

성찰적 사고는 매순간 새로워지고 또한 버려지는 급박한 현대 사회에서, 고전문학이 어떠한 가치와 의미를 갖는가에 대한 고민에서 배태되었다. 새로움, 변화, 실용성 등의 가치 지표 앞에서 고전문학이 과연 의미를 가질 수 있는가라는 물음을 전면에 내세웠고, 그 해답을 시조의 성찰적 사고에서 찾고자 하였다. 현대 사회의 전개와 흐름을 뒤쫓기보다는, 오히려 잃어버리고 있는 또 다른 가치들을 되찾는 것이 문학교육의 과제라고 생각했다. 의사소통능력에 기여하는 차원으로만 문학을 바라봄으로써 문학 경험이 갖는 중요한 의미들이 사장되고 있음을 지금 이 순간에도 끊임없이 마주하게 된다. 인간의 자기 이해라는 존재론적 과제를 시조의 성찰적 사고를 통해 구조화하고 교육적 실현 가능성을 밝힌 것, 이 책이 갖는 작은 의의라 할 수 있다.

서문이 필자에게 허락되는 유일한 반성과 고회의 공간, 변명의 장이라면, 반드시 고백해야만 하는 것이 있다. 연구 과제가 '성찰적 사고'임에도, 정작 필자 자신은 '성찰'을 제대로 하지 않는다는 점이다. 물론 지식, 탐구의 차원과 능력, 실천의 차원이 구별된다는 점으로

면죄부를 받을 수 있다. 마치 화법을 연구하는 자와 말을 유창하게 잘하는 이가 일치하지 않는 것처럼. 이러한 상식적 앎과는 달리, 인간교육과 태도교육을 기술할 때의 낯 뜨거움은 피할 수 없다. 필자에게 성찰적 사고는 여전히 진행형의 과제이다. 지행이 합일되는 경지를 다시금 생각하게 만든다.

이 자리를 빌려 감사의 마음을 전할 사람이 한둘이 아니다. 여러 선생님과 동학들, 그리고 후배들의 생각과 말씀이 지금의 필자를 만들었다. 무엇보다 언어와 문학, 인간과 교육의 세계를 펼쳐주신 김대행 선생님께는 그 어떤 말로도 감사의 마음을 다 전할 수 없다. 선생님의 혜안으로 성찰적 사고가 입론될 수 있었고, 선생님의 해타로 비로소 책의 모습을 갖출 수 있었음을 거듭 밝힌다. 거친 글을 다듬는 데 큰 도움을 주신 윤여탁, 김학성, 김흥규, 염은열 선생님께도 감사의 말씀을 드린다. 한국교육과정평가원, 전주대학교에서 함께 지낸 여러 선생님들께도 감사의 말씀을 전한다.

양가 부모님께도 고마운 마음을 전한다. 공부하는 이보다 지켜보는 이가 더 힘들다는 진리를 새삼 깨닫는다. 언제나 필자를 믿고 힘이 되어 주신 부모님들께 다시 한 번 감사의 말씀을 드린다. 아내 희진에게는 고마움과 미안함을 표현할 적절한 말을 찾지 못하겠다. 공부하는 사람을 남편으로 만나 많은 것을 덜어내고 비워내며 살아야 하는데도, 늘 작은 일에 감사하는 그녀를, 사랑하지 않을 수 없다.

두 아이, 이건, 이은은 언제나 나를 일으켜 세워주는 힘이다. 이 책의 토대가 되는 박사논문은 첫째 이건이가 태어날 즈음에 시작되어 돌 무렵 완성되었다. 박사과정 3년 반이라는 짧은 기간에 논문을

3장 성찰적 사고의 교육 내용 · 141

1장

들어가는 말

우리의 인생은 우리의 사고로 만들어진다.
- 아우렐리우스(M. Aurelius)

올바른 사고야말로 신이 내린 최상의 선물이다.
- 아이스퀼로스(Aeschylos)

1장에 들어가며

오늘날 고전문학은 어떠한 가치와 효용을 갖는가?

고전문학교육을 연구하는 이라면 누구나 갖고 있는 고민이다. '진리란 무엇인가', '인간이란 무엇인가'라는 물음만큼이나 대답하기 어려우면서도, 끝없이 해답을 찾아야만 하는 숙제인 것이다.

여기에 하나의 명쾌한 답이 있으리라 기대할 수 없다. 다른 무엇보다 더 어려운 까닭은, 고전문학에 대한 본질적 탐색과 더불어 교육적 효용성을 입증해야 하는 이중의 과제가 주어지기 때문이다. 이 책도 이러한 대명제를 정면에 내세우고, 하나의 작은 답이라도 찾으려는 몸부림인 셈이다.

이 물음은 두 방향에서 탐색되어야 한다. 먼저 교육의 가치와 효용은 어떠한 것이며 무엇을 요소로 하는지, 그리고 그것들은 무엇을 전제로 하는지에 대한 탐색이다. 당장 써먹을 기술과 역량의 차원이라면, 문학은 그리 적절한 대상이 될 수 없음은 물론이다. 그러나 기술과 역량보다 앞세워야 할 것이 바로 '인간다움'의 문제이고, 이를 위해서는 인간의 자기 이해가 중요하다는 생각에 다다랐다. '자기 이해를 위한 교육'이 필요하다는 것, 교육론 관점에서의 출발점이다.

다른 한편으로는 문학의 중핵적 본질과 의의가 무엇인지, 문학이 효용을 갖는다면 어떤 점에서 그러한지에 대한 탐색이다. 텍스트를 둘러싼 수많은 정보와 지식의 차원이라면, 교육에서 그리 중요한 요소와 내용이 될 수 없음은 자명하다. 텍스트에 관한 정보와 지식보다 중요한 것이 문학의 존재 의의와 본질에 대한 물음이고, 대상을 통한 자기 이해가 하나의 답이 될 수 있다는 결론에 다다랐다. '대상을 통한 자기 이해'가 중요하다는 것, 문학론 관점에서의 출발점이다.

이처럼 이 연구는 교육과 문학이라는 두 가지 문제의식에서 출발하여, '시조의 성찰적 사고'라는 접점을 만들어냈다. 성찰적 사고는 대상을 통한 자기 이해를 개념화한 것이고, 시조는 이러한 개념과 구조를 구현하고 있는 대표적인 실체에 해당한다.

첫 번째 부분인 '성찰적 사고교육, 왜 필요한가"는 이러한 생각을 네 가지 문제의식으로 풀어내었다. 문학의 존재 가치와 본질로서, 인간성 회복 교육으로서, 고전의 교육적 가치로서, 그리고 사고교육의 새로운 방향에서 그 필요성과 목적을 밝히고자 하였다.

두 번째 부분인 '성찰적 사고교육, 어떻게 연구되어 왔는가'에서는 관련 분야를 네 영역으로 범주화하여 연구의 흐름과 궤적을 살폈다. 먼저, 이 연구의 '주제'인 자기 이해와 관련하여, 교육학·철학·심리학 등에서 이 문제가 어떻게 다루어져 왔는지를 찾아보았다. 그리하여 주체가 자신의 내면을 탐색하는 기존의 논의 속에는 이른바 '나르시시즘적인 자기 동일성의 오류'가 내재되었음을 확인하였다. 둘째, 이 연구의 '자료'인 시조와 관련하여, 시조교육이 어떻게 논의되었는지 살펴보았다. 시조의 교육적 자질과 내용에 대한 근원적인 탐색이 이루어지지 못한 채, 시조 작품에 대한 정확한 해석, 또는 역사적 실체로서 시조에 대한 메타적 지식에 초점을 맞추고 있음을 볼 수 있었다. 셋째, 이 연구가 사고의 문제를 다루고 있는 만큼, 사고교육의 '관점'에서 이 문제를 검토하였다. 문제 해결 과정에만 주목하여 사고교육이 문제 해결 능력을 교육하는 쪽으로 치우쳐져 있음을 확인할 수 있었다. 끝으로, 국어교육의 '영역'에서 관련 연구의 성과를 검토하였다. 언어가 인간 사고와 맺는 관계의 문제를 여러 각도에서 살펴보았고, 여기서 국어교육의 새로운 영역으로 사고의 가능성을 모색할 수 있었다.

세번째 부분인 '성찰적 사고교육, 어떻게 연구할 것인가'에서는 성찰적 사고교육을 위해 시조가 자료로 선택된 배경과 연구방법론으로서 고전시학·현상학·해석학·경험론 등을 설명하였다. 성찰적 사고가 인간의 내면 사유 구조인 만큼 이를 규명하는 데는 특별한 자료가 필요하였고, 시조는 성찰적 사고가 구현된 대표적인 실현태로서 성찰적 사고의 모습과 실체 접근을 가능하게 하였다. 성정론(性情論)과 천기론(天機論) 등의 고전시학, 현상학, 해석학과 경험론 등의 문학과 철학 이론 등은 시조와 성찰적 사고를 읽어내는 방법론을 마련해 주었다.

서론에 대한 서론에 해당하는 만큼, 내용에 대한 전반적인 소개와 재진술에 치중하고 말았다. 그렇더라도 '성찰적 사고', '시조', '자기 이해'라는 것들이 어떠한 문제의식과 배경 속에서 배태된 것인지를 좀 더 분명히 드러내고 싶었다. 문제의식에 따른 연역적 접근과 자료 분석에 따른 귀납적 접근을 병행함으로써, 고전문학교육의 가치와 시조 자료의 분석이라는 양 끝점에서 출발한 두 탐색이 행복한 만남을 이룰 수 있기를 희망하였다. 무엇보다 연구를 시작하게 된 배경과 문제의식이 연구 과정 내내 흔들리지 않고 견고하게 지켜지기를, 맺음말에 이르러 도착한 곳이 처음 꿈꾸었던 그곳이기를, 마음 깊이 바라고 또 바랐다.

1.1. 성찰적 사고교육, 왜 필요한가

이 책은 대상을 통한 자기 이해를 성찰적 사고로 개념화하여 시조 감상의 내용을 구성하고, 이를 바탕으로 사고를 실행하는 교육을 설계하는 데 목표를 두고 기획되었다. 성찰적 사고의 교육은 시조에서 성찰적 사고를 읽어내는 감상 차원과 더불어, 삶 속에서 직접 사고를 수행하는 실행 차원으로 구현될 수 있으며, 이를 위해 구체적인 교육 내용과 방법을 마련하는 것을 과제로 한다. 나아가 이 책은 문제 해결 중심의 기존 사고교육 논의에 새로운 방향을 제안하는 데에도 의의를 찾을 수 있다. 성찰적 사고교육에 대한 이 같은 입론은 구체적으로 다음 네 가지 문제의식에 바탕을 두고 있다.

첫째, 문학교육의 측면에서 본다면, 대상을 통한 자기 발견과 이해는 문학의 존재 가치이면서 본질에 해당한다.[1] 문학은 근본적으로 인간화를 추구하는데, 문학의 이러한 역할은 "유리창"과 "거울"이라는 비유로 쉽게 설명할 수 있다. "유리창"이 타자의 다양한 삶을 관조하는 안목을 갖게 한다는 뜻이라면, "거울"은 독자 자신의 삶을 더 명확하게 볼 수 있도록 도와주는 것을 나타낸다.[2] 독자는 문학을

---

[1] 김대행, 《문학이란 무엇인가》, 문학사상사, 1992, 51면.

[2] Lee Galda, "Mirrors and Windows: Reading as Transformation", Raphael, T. T. and Au, K. H., eds., *Literature-Based Instruction: Reshaping the Curriculum*, Christopher-

감상함으로써 자신의 삶을 새롭게 재구성하고, 인간의 보편적 삶을 이해하는 통찰력을 얻을 수 있다. 문학은 주체와 세계가 만나는 공간으로서, 구체적인 대상을 통한 주체의 세계 인식과 자기 이해의 문제를 본질적인 과제로 한다.

대상을 통한 자기 이해가 문학의 본질임에도, 문학교육에서 이러한 문제는 그동안 중요하게 다루어지지 못한 것이 사실이다. 텍스트 자체에 대한 앎을 강조하거나, 통시적 실재성이나 분류의 체계에만 기계적으로 매달린 결과, 정작 문학의 본질이라 할 수 있는 자기 이해의 문제를 놓치고 만 것이다. 이에 따라 대상을 통한 자기 이해가 과연 어떤 과정을 거쳐서 이루어지는지, 그 구조와 수행 절차에 대해서 명쾌하게 밝히지 못하였음은 물론이다. 이른바 문학의 위기 속에서 문학의 존재 가치와 효용성을 모색하는 논의가 여러 방면에 걸쳐 이루어졌지만, 문학이 어떻게 대상을 통한 자기 이해를 가능하게 하는가의 문제에는 다가서지 못하고 있는 것이다. 이런 점에서 본다면, 성찰적 사고는 문학의 존재 가치이면서 문학교육이 지향해야 할 본질에 해당한다고 할 수 있다.

둘째, 인간교육의 차원에서 특별히 '자기 이해'의 문제를 제기하는 까닭은, 인간 소외로 대표되는 인간의 물화(物化), 대상화 현상에 대

Gordon Publishers Inc., 1998 참조. 한 저서의 서문에서도 이와 비슷한 설명을 볼 수 있다. "문학을 하는 마음은 늘 열려 있어야 하고 결코 편벽한 주장이나 명분을 시중들어서는 안 된다는 생각과, 문학을 하는 목적이 무엇보다도 인간의 부단한 자기성찰 및 자기경신에 있어야 한다는 내 오랜 믿음이 이 책 속에서 조금이나마 비쳤다면 나로서는 더 바랄 것이 없겠다."(이상옥, 《문학과 자기성찰 ― 열린 문학을 위하여》, 서울대출판부, 1986, 머리말 ⅲ면)

한 위기의식, 그리고 진정한 인간성 회복과 직접적으로 관련성을 갖기 때문이다. 현대사회에서 인간은 자신과 관련 있는 것에만 관심을 드러낼 뿐, 직접적 이해관계가 없는 것에 대해서는 철저하게 외면하는 삶을 살아간다. 인간의 삶에서는 언제나 자기가 중심에 놓이지만, 정작 자기가 무엇이며 누구인지 명확히 모르는 모순을 갖고 있다. 그래서 현대를 돌이킬 수 없는 자아상실감과 함께 자기내면화의 의지가 함께 하는 역설의 시대3)로 규정하기도 한다. "그 어느 시기도 오늘날처럼 인간에 관해서 그렇게 많은 것을, 그리고 그렇게 다양한 것을 안 적이 없었음에도, 또한 오늘날처럼 인간이 무엇인가에 대해서 무지한 적도 없었다"4)는 하이데거(Heidegger)의 지적은 인간이 소외되고 인간성 상실이 문제되는 상황을 단적으로 드러내고 있다. 인간은 더 이상 스스로에 대한 물음을 던질 수 없을 뿐더러, 이러한 위기상황이 자기 이해의 위기 속에 있다는 것조차 깨닫지 못하고 있다.5) 이러한 현실에서 자기 이해는 교육이 해결해야 할 중요한 과제가 되는데, 성찰적 사고는 바로 이 같은 문제를 다루는 것이다.

셋째, 고전문학교육에서 성찰적 사고는 고전 전체의 교육적 가치에 대한 근원적인 고민을 담고 있으며, 그 효용에 대한 물음에서 출

---

3) Luc Ferry, *Homo Aestheticus* ; 방미경 역, 《미학적 인간》, 고려원, 1994, 4면.

4) Martin Heidegger, *Kant und das Problem der Metaphysik* ; 정혜영, 《교육인간학》, 학지사, 2005, 36~37면 재인용. 또한 하이데거는 "사유를 요구하는 우리들 시대에 가장 깊은 사유를 요구하는 것은 아직도 우리가 사유하지 않고 있다는 점이다"라고 말한 바 있다.(Martin Heidegger, *Was heisst Denken?* ; 권순홍 역, 《사유란 무엇인가》, 고려원, 1993, 15면)

5) Calvin O. Schrag, *Radical Reflection and the Origin of the Human Science* ; 문정복 외 역, 《근원적 반성과 인간 과학의 기원》, 형설출판사, 1997, 24면.

발한다. 이 같은 고민과 물음에 대해, 우선 표면적인 동질성과 이질성의 차원을 떠나서 현재가 시간의 "두께"를 가지면서 과거와 미래를 함께 포함하는 것으로 볼 필요가 있다. 현재는 소멸하는 과거의 첨단, 즉 쏜살같이 지나가버리는 실재(實在)와 성장하는 미래의 첨단, 즉 창조적 실재의 양쪽을 모두 포함하였다는 의미에서 이른바 "폭(spread)"을 지니고 있는 것이다.6) 현재라는 시간은 과거, 미래와 단절된 시간일 수 없고 정지된 실재도 아니기 때문에, 본질적으로 연속된 시간을 점한다. 따라서 시간의 지속 속에 살고 있는 인간이 현재의 여러 문제를 제대로 파악하기 위해서는 과거와 미래 두 방향을 함께 바라보아야 함은 당연하다. 현재라는 시간적 규정에 지나치게 얽매인 결과, 과거를 고정된 것, 지나간 것, 낡은 것으로 바라보는 관점을 경계해야 할 것이다. "오천 년 전에 존재했던 것이 오백 년 전에 있었던 상황보다 현재와 인연이 더 먼 과거라고 말할 수 없다"7)는 지적은, 과거를 물리적 시간으로 재단하고 규정하는 기존의 인식에 시사하는 바가 크다. 과거는 물리적 시간의 차원을 넘어서서 세상이나 그 속의 사물을 바라보는 '안목'이나 '기준'으로서 의미를 가질 수 있다는 점이다. 콜링우드(Collingwood)에 따르면, 과거는 단순히 시간적으로 이전에 있었던 사실이나 행위를 가리키는 것이 아니라, 현재 우리 눈앞에 있는 사물이나 행위를 바라보는 '눈' 또는

---

6) A. N. Whitehead, *The Aims of Education and other Essays* ; 오영환 역, 《교육의 목적》, 궁리, 2004, 15면. 이처럼 화이트헤드는 현실이 과거이기도 하고, 미래이기도 하다는 점을 강조한 바 있다.

7) 위의 책, 40~41면.

'안목'에 해당한다.8) 이런 관점에서 본다면, 시조에 나타나는 사고의 양태는 단지 과거의 박제된 유물로서가 아니라, 대상을 바라보는 우리의 인식에 영향을 미치는 어떤 기준이나 틀이라 할 수 있다. 이처럼 성찰적 사고는 현재 우리에게 어떠한 사고가 필요하고 바람직한 것인가에 대한 대답을 마련해 주면서, 동시에 잊혀져 왔던 인간과 세계에 대한 새로운 인식과 이해를 일깨우는 기능을 한다.

끝으로, 자기 이해를 사고의 관점에서 접근함으로써 사고교육에 새로운 방향을 제안하는 의도도 갖는다. 교육에서 사고의 중요성이 강조되고 있음에도, 정작 '어떠한 사고를 해야 하는가'라는 질문에 여전히 대답하지 못하고 있다. 이는 사고의 가치와 방향 문제에 대한 근원적인 고민이 충분히 이루어지지 못했음을 의미한다. 사고는 인간의 생활에 개입하고 요구되는 문제이기에, 분명 사회 속에서 '무의식적', '무의도적'으로 습득되는 면이 있다. 그러나 사고의 교육적 필요성은 사고가 자연적으로 '습득되는 것'이 아니라 교육의 국면에서 의도적으로 '학습해 나가야 할 정신적 자질이라고 보는 데에 있다. 사고를 가르친다는 것은 학습자의 정신세계에 끼어든다는 것으로, 구체적으로 학습자가 무엇을 어떻게 사고하고, 그 결과 어떤 경험과 태도를 갖게 되는가의 문제에 관여하는 것이다. 이것은 곧 교육이 어떤 인간을 길러내야 하는가라는 근본적인 질문과 맞닿아 있다.

'호모 사피엔스'라는 말이 가리키듯, 인간의 존재론적 특성은 사고

---

8) R. G. Collingwood, *The Idea of History* ; 이상현 역, 《역사학의 이상》, 박문각, 1993 참조.

에서 찾을 수 있으며, 인간다운 삶은 사고활동 속에서 비로소 가능하다. 사고는 정보 하나하나를 기계적으로 축적해서 한 줄로 꼬아 만든 단순한 과정이 아니고, '인간이 개입하는 과정'이라는 의미를 갖기 때문이다.9) 이런 점에서 본다면, 성찰적 사고는 사고의 문제를, 올바르게 대상을 파악하고 그 속에서 참된 의미를 깨달아 자신을 이해하고 바람직한 가치와 태도를 갖는 것으로 전환하는 계기를 마련해 준다.

이러한 문제의식에서, 대상을 통해 자기를 이해하는 성찰적 사고를 시조교육의 내용으로 제안한다. 시조가 인간 내면의 사유구조에 바탕을 두고 있으며, 대상과 주체의 관계 맺음 문제를 본질로 한다는 데에 주목하는 것이다. 일반적으로 시조의 초·중장이 대체로 객체적 사실을 형상화한 것이라면, 종장은 주체의 모습과 태도, 판단 등을 나타낸다.10) 이러한 시조의 초-중-종장의 형식을 '대상의 연결'이라는 "ORM 구조"로 개념화하는 것도, 시조 형식 자체가 이미 대상으로부터 그것이 내게 주는 의미를 발견하는 사고구조를 지향하기 때문이다.11) 시조의 3장 구조가 대상으로부터 자신을 돌아보게 하는 성격을 갖는다는 점, 대상을 매개로 하여 직설적인 어법으로부터 거리를 유지하는 힘을 갖는다는 점, 대상과 주체를 함께 아우르는 방향으로 사고를 펼쳐나간다는 점12)은, 대상과 주체의 관계

---

9) H. S. Broudy, "Tatic Knowing and Aesthetic Education", R. Smith(ed.), *Aesthetic Concept and Education*; 한명희, 《교육의 미학적 탐구》, 집문당, 2002, 190면 재인용.

10) 김대행, 《시조유형론》, 이대출판부, 1986, 159~172면; 김대행, 《한국 시가 구조 연구》, 삼영사, 1976, 219~238면 참조.

11) 김대행, 〈손가락과 달의 문학교육론〉, 《문학교육 틀짜기》, 역락, 2000 참조.

맺음, 나아가 대상을 통해서 자기를 이해하는 사고의 구조를 짐작하게 한다. 이러한 점을 염두에 두고 시조의 형식을 바라보면, 초·중장은 주체의 의식이 대상을 향하면서 대상의 문제를 주로 다루는 데 반해, 종장에서는 자기 자신의 문제로 되돌아오면서 자기 이해의 내용을 담아내는 특징을 찾을 수 있다. 이때 종장의 첫 어구는 대상과 자기의 문제를 연결 짓는 표지가 될 가능성이 높다. 가령, '우리도' 또는 '사람도'와 같은 표현은 초·중장에서 살펴본 대상이 궁극적으로 인간의 문제로 전환되는 것을 드러내는 것으로, 대상을 통해서 자기의 문제를 발견하고 이해하는 인간 사유가 외현화된 것이다.

　이처럼 시조가 "인식 주체와 인식 대상의 관계를 철학적 인식"[13)] 으로 형상화하는 장르적 속성을 갖고 있다는 점에서, 작자와 대상의 관계 맺음과 그에 따른 자기 이해에 감상의 초점이 맞추어져야 한다. 이는 교육이 인간의 성장을 목적으로 하는 행위인 만큼, 문학교육도 이러한 목적을 달성할 수 있어야 하며, 따라서 텍스트 자체가 갖는 진리로서의 가치뿐만 아니라 인간 성장을 위한 매개적 가치 또한 중시되어야 한다는 판단에 바탕을 두고 있다. 한 예로, 과거 사림 (士林)들의 문학관은 인간과 문학의 관련성에 대한 특별한 인식을 담고 있다. 이들은 문학을 덕행과 학문을 통한 내적인 자기완성에 의해서 저절로 이루어야 하는 것으로 보았다. "문학을 어찌 소홀히 할 수 있겠느냐? 문학을 배움은 마음을 바로 하는 것이다"[14)]는 이

---

12) 고영화, 〈시조 교육의 위계화 연구〉, 서울대 박사학위논문, 2007, 62～63면.
13) 허왕욱, 〈시조 작품의 의미 형상화 방법에 대하여〉, 《시조학논총》 제15집, 한국 시조학회, 1999, 203～204면.

황(李滉)의 언급은, 문학을 인간의 성장을 위한 매개로서 살펴보는 관점을 대표한다. 즉 문학의 생산과 감상이 문학 자체에 대한 이해에만 머무를 수 없고, 주체의 삶과 경험, 가치관 등과 관련된 총체적인 인간 활동에 해당하는 것임을 보여준다.

이러한 점에서 볼 때 시조 작품을 이해하고 감상하는 것은 자신의 삶에 매몰된 주체가 텍스트를 매개로 타자의 삶을 경험함으로써 자기 자신과 세계에 대해 새로운 사고를 펼쳐나가는 것이라 할 수 있다. 텍스트 세계와 독자의 지평이 만나고 충돌하는 과정에서 가치의 조정과 평가가 이루어지며, 이를 통해 이전과는 다른 새로운 자기를 발견하고 구성하는 것을 말한다.

그런데 이러한 시조의 감상은 이해의 차원을 넘어서서 작품 속의 사고를 바탕으로 학습자가 직접 사고를 실행하는 차원으로 나아가야 할 것이다. 대상을 통한 자기 이해의 문제는 그에 따른 학습자의 실천과 태도의 측면까지 포괄하기 때문이다. 시조 작품에서 세계와 인간 존재의 관계 맺음에 대해 이해하게 되었다면, 이를 삶 속에서 실천하고 적용하면서 자신이 가져야 할 태도를 깨닫는 것이 필요하다. 이는 성찰적 사고가 인식론과 지식의 차원에 그치지 않고 도덕 수양론과 수행의 성격을 갖는다는 것으로, 궁극적으로 시조교육이

---

14) "文學豈可忽哉 學文所以正心也."(《退溪全書》 卷2, 〈言行錄〉) 문학에 대한 이런 관점은 이이(李珥)에게서도 확인할 수 있다. "시는 비록 배우는 자가 잘해야 될 일은 아니지만 성정(性情)을 읊어 청화(淸和)를 폄으로써 가슴 속의 더러움을 씻을 수 있는 존양성찰(存養省察)에 일조가 된다."(詩雖非學者能事 亦所以吟詠性情 宣暢淸和 以滌胸中之滓穢 則存省之一助; 《栗谷全書》 卷13, 〈精言妙選序〉)

주체의 세계관과 태도의 문제, 그리고 변화와 성장의 문제를 모두 포괄해야 함을 뜻한다.

시조교육에서 사고에 대한 이 같은 관심은 기존 사고교육과 견주어볼 때 차이가 명확하다. 사고는 공허한 것을 내용으로 형성되는 것이 아니라, 어떤 대상과 더불어 작동한다. 그로 인해 대상을 '인과율적 관계'로 '설명'하고 '서술'하며 '분석'하는 활동을 사고로 여기는 것이 일반적이다. 즉 기존의 사고교육에서는 어떻게 하면 이러한 '대상'을 효과적으로 정확하게 파악할 수 있는가 하는 문제를 파고들었다. 사고의 기능, 전략, 방법을 교육하여 학습자의 실질적인 문제 해결 능력의 향상을 목표로 한 것이다. 이에 따라 '대상'과 '문제'에만 함몰된 나머지, 정작 '주체'인 인간 존재를 소홀하게 여기는 결과를 불러왔음을 부정할 수 없다.

그러나 대상의 관찰, 분석, 설명에 못지않게 중요한 것은 이러한 대상을 통해서 인간이 자기 자신을 인지하고 깨닫게 된다는 점이며, 이로써 주체의 가치와 태도가 변화하고 성장한다는 점이다. 주체가 대상을 인지하고 그 의미를 구성하는 것은 분명 대상 그 자체에 국한된 문제일 수 없으며, 대상과 주체의 만남에 의해 주체 또한 변화를 겪으면서 새로운 존재로 구성되는 과정을 동반하게 마련이다. 주체에 의해서 대상의 의미가 구성되고 형성되지만, 동시에 대상에 의해 사고가 촉발되면서 인간의 삶과 세계의 의미, 그리고 이들의 관계를 통찰하게 되는 것을 말한다. 시조교육에서 사고의 문제를 새삼 제기하는 것은 이 같은 사고의 특성과 본질에 주목했기 때문이며, 이로써 시조교육과 사고교육의 양 방향에서 의미 있는 변화를 견인할 수 있다는 판단에 따른 것이다.

　이런 점에서 본다면, 인간과 통찰이라는 관점에서 사고의 문제에
접근하는 것은, 문제 해결 능력에 초점을 맞춘 채 사고를 잘하게 하
는 '방법'의 측면에만 주목하는 기존의 관점을 비판하는 성격도 갖
는다. 대상과 주체를 분리하고 대상에 대해서만 주목한 결과, 인간
주체마저도 물리적 대상으로 간주하면서 인과관계의 틀로 재단하고
평가하는 인간관을 문제 삼는 것이다. 여기서 사고가 지향해야 할
방향과 목표에 대한 근원적인 물음을 제기하게 되고, 인간성의 함양
이라는 대답에서 자기 이해의 필요성과 중요성을 거듭 확인하게 된
다. 인간은 "사실인"이기도 하지만, "가치론적 이성의 주체", "의미
구성의 주체"15)이기도 하다. 이러한 관점에서 본다면, 대상에 대한
객관적 관찰뿐만 아니라 대상의 의미를 탐색하고 구성하는 가운데
자신과 세계의 관계를 통찰하는 것 또한 인간 사고로서 요청된다고
하겠다.

　이상에서 보건대 이 책은, 대상을 통한 자기 이해의 성찰적 사고
를 제안하고, 그에 따른 교육 내용의 구안과 방법의 설계에 목표를
둔다. 시조 속에 나타난 성찰적 사고를 읽어내고 감상하는 차원뿐만
아니라, 이를 바탕으로 학습자가 직접 사고를 실행하고 실천하는 것
을 포괄한다. 대상을 통해 인간 삶과 세계의 본질을 탐색하고 이해
함으로써 궁극적으로 인간의 성장을 추구하는 것이다.

　이처럼 인간 사고의 본질을 인간 삶과 세계에 대한 통찰로 보고,

---

15) 이남인 외, 《세계와 인간에 대한 동양인의 사유》, 천지, 2003 참조.

이를 성찰적 사고로 이론화하여 시조교육으로 설계하는 것이 주된 과제이다. 이 책의 궁극적인 목표는 성찰적 사고를 통해서 학습자의 인간다움을 함양하는 데에 있다. 특정한 문제에 대한 해결 방법으로서 사고를 바라보는 도구관으로부터 세계를 이해하고 자기를 구성하는 인간 활동의 관점으로 인식을 전환하는 효과도 함께 기대할 수 있다.

1.2. 성찰적 사고교육, 어떻게 연구되어 왔는가

성찰적 사고교육과 관련된 연구사의 영역은 크게 네 분야이다. 먼저 이 책의 과제인 자기 이해의 문제를 탐구한 연구 성과를 살펴보기로 한다. 이를 통해 자기 이해의 문제를 '성찰적 사고'와 '시조교육'의 차원에서 접근하는 연구 관점의 정당성과 필요성을 확보할 수 있다. 둘째, 시조교육이 어떻게 이루어져 왔는가를 점검하고 그 문제점을 살펴보기로 한다. 시조교육의 내용으로서 성찰적 사고가 필요한 까닭과 그 의의를 밝히기 위함이다. 셋째, 성찰적 사고는 사고의 하위유형이며 성찰적 사고교육은 사고교육의 한 양상이라는 점에서, 사고와 교육의 문제를 논의한 연구들을 검토하기로 한다. 여기서 기존의 사고교육, 즉 문제 해결 능력의 신장이 내포하고 있는 철학적 이념과 인간관의 문제점을 발견할 수 있다. 이 같은 분석을 바탕으로, 국어교육에서 사고와 관련된 연구 성과들을 검토한다. 국

어교육에서 이루어진 사고교육에 대한 비판적 점검을 통해서 성찰
적 사고 영역의 필요성과 의의를 확인하기로 한다.

먼저, 성찰적 사고의 과제인 자기 이해의 문제를 논의한 연구들을
살펴본다. 그동안 '자기'에 대한 탐구는 심리학·정신의학·임상심
리학 등의 분야에서 다각도로 이루어졌다. 그러나 이들은 외부의 관
찰자적 관점에서 인간 행동에 관한 자료를 수집하여 '자기'의 실체
를 입증하고 객관화하는 데 목표를 둔 것으로, 주체가 자기를 이해
할 수 있는 능력과 같은 교육적 문제를 해명하지는 못했다.

교육의 관점에서 자기 이해 문제를 다루는 연구는, 크게 교사 측
면과 학습자 측면으로 나누어볼 수 있다. 우선, 교사 반성(reflection)
은 교육 이론이나 원리를 실제에 적용하도록 교사에게 가르치는 것
이 아니라, 교사의 반성을 통해 교육현장에서 직면하는 문제를 스스
로 탐구하고 해결하는 전문가가 되는 것을 주 내용으로 한다.16) 실
제 가르치는 행위 속에서 자신의 교수 행위에 대해 사고하는 것으로
구체화된다. 이러한 반성을 통해서 기존과는 다른 앎을 깨닫고, 이
것이 교수 실천을 변화시킬 수 있다고 보는 것이다. 듀이(Dewey)의
"반성적 사고"와 숀(Schön)의 "행위 중의 반성(reflection-in-action)"17)

---

16) 이종일, 〈교사 교육 이론의 변천〉, 《교사교육 — 반성과 설계》, 교육과학사,
    2004; 이진향, 〈교사의 수업 개선을 위한 반성적 사고의 의미 고찰〉, 《한국교사교
    육》 제19권 제3호, 한국교사교육학회, 2002 등 참조.
17) 숀(Schön)이 '반성'을 전문직에 종사하는 사람들이 가진 특징으로 강조하고 교사
    를 반성이 요구되는 전문인으로 봄으로써, 반성이 교사교육에서 중요한 문제로
    요청된 역사적 맥락을 갖고 있다.(Donald A. Schön, *The reflective practitioner: how
    professionals think in action*, Basic Books, 1983 참고)

을 이론적 근거로 하여 이 문제에 대한 교사 연구, 질적 연구가 여러 차례 이루어졌다.18) 유아교육 분야에서 특히 두드러지며,19) 국어교육과 관련해서는 최인자의 연구가 대표적이다.20)

이처럼 교사교육이 교사가 될 자기 자신에 대한 자기 교육과 개발에서 시작되어야 한다는 점21)은 이 책에서 다루는 자기 이해와 문제의식을 같이 한다. 그러나 이는 교사교육이라는 특수한 국면에서 제기된 문제로, 인간의 보편적 사고의 문제를 다루려는 이 책의 관점과는 상당 부분 차이가 있다. 또한 가르치는 일에 관해 사고하는 과정은 자기 발견에까지 이르지 못하거나 실천으로 연결되지 못할 우려가 있다. 즉 주체 자신으로 되돌아오는 반성이 이루어지지 못하고, 단지 대상에 대해 사고하는 데에 그치는 것을 말한다.22) 무엇보다 반성의 교사 교육이 '자기 자신의 행위'를 되돌아보는 구조를 지

---

18) 유솔아, 〈교사 반성에 대한 관점 정립을 위한 재고〉, 《교육과정연구》 제24권 제3호, 한국교육과정학회, 2006; 노원경, 〈교육실습생의 자아성찰에 대한 연구〉, 《교육문제연구소 논문집》 제23권 제1호, 경희대 교육발전연구원, 2007 등 다수가 있다.

19) 이진향, 〈수업 반성이 유치원 교사의 교수 행동과 반성 수준에 미치는 영향〉, 《유아교육연구》 제22권 제3호, 한국유아교육학회, 2002; 이세나 외, 〈수업반성 활동이 유치원 교사의 교수활동에 미치는 영향〉, 《아동교육》 제16권 제3호, 한국아동교육학회, 2007 등이 대표적이다.

20) 최인자, 〈국어과 교사의 실천적 지식 성찰을 위한 방법론적 탐색〉, 《문학교육학》 제21호, 한국문학교육학회, 2006. 여기서는 성찰적 내러티브의 방법을 통해 실천적 지식을 성찰하는 문제를 다루고 있다.

21) 정윤경, 〈발도르프학교의 교사교육〉, 《교육사 교육철학》 제27집, 교육철학회, 2002, 101면.

22) 정윤경, 〈반성적 교사교육에서 '반성'의 의미〉, 《교육의 이론과 실천》 제12권 2호, 한독교육학회, 2007, 178면.

향한다는 점은, '대상을 통해' 자기를 이해하는 성찰적 사고와 본질적으로 차이가 있다.

　학습자를 대상으로 한 자기 성찰의 문제는 대체로 성찰적 글쓰기를 중심으로 논의되었다. 가령, 도덕교육에서 초등학생의 자기 정체성 형성을 위한 구체적인 방법으로 "성찰 일기"나 "성찰적 스토리텔링"이 제안되기도 하였다.[23] 또한 자기 소개의 글쓰기를 자기 성찰이나 자기 탐색의 차원에서 살펴보기도 하였다.[24] 문학교육의 연구로는 유소년기 소설을 대상으로 자기 경험을 서사화하는 방법을 살펴봄으로써 자기 성찰 능력과 자기 정체성의 함양을 꾀한 임경순의 연구가 대표적이다.[25] 이는 서사가 갖는 성찰의 가능성을 보여주지만, 논의의 초점이 경험의 서사화 방법에 맞추어져 있다는 점에서 본격적인 자기 이해의 연구로 보기는 어렵다. 무엇보다 이들 연구는 자기를 대상으로 성찰을 진행함으로써, 주체가 자신의 내면의식을 탐색하는 가운데 발생하는 이른바 나르시시즘적인 자기 동일성의 오류에서 자유롭지 못하다는 한계를 갖고 있다. 자기 내면으로의 침잠함을 막고 의미 있는 자기 이해에 이르기 위해서는 자기 자신을 넘어서는 것, 즉 대상이라는 타자를 통해서 자기 이해에 이르는 것

---

[23] 길병휘 외, 〈성찰일기 쓰기를 통한 도덕 교육의 일신〉, 《초등도덕교육》 제22집, 한국초등도덕교육학회, 2006; 박세원, 〈초등학생의 도덕적 자기 정체성 형성을 돕는 성찰적 스토리텔링 활용 방법〉, 《교육학논총》 제27권 제2호, 대경교육학회, 2006.

[24] 최규수, 〈대학 작문에서 자기를 소개하는 글쓰기의 현실적 위상과 전망〉, 《문학교육학》 제18호, 한국문학교육학회, 2005.

[25] 임경순, 〈경험의 서사화 방법과 그 문학교육적 의의 연구〉, 서울대 박사학위논문, 2003.

이 요청됨을 거듭 확인하게 된다.

그 밖에도 황혜진은 설화를 대상으로 자기 성찰의 글쓰기를 살펴보고 그 결과를 분석하는 작업을 진행하였다. 이는 자기 성찰의 문제를 '완결된 자기'를 되돌아보는 것이 아니라 문학이라는 타자를 통해 자기를 발견하고 형성하고 변화시키는 것으로 보았다는 점에서26) 이 책과 관점을 같이한다. 그러나 성찰의 방법과 절차에 대한 규명 없이 글쓰기 결과만 다룬다는 점에서 문제가 있다. 즉 학습자의 성찰 활동을 가능하게 하는 구체적인 교육 내용을 구성하지 못하고, 성찰의 '사례'를 분석하는 데 머물렀다는 한계를 갖는다.

이처럼 자기 이해와 관련된 기존의 연구는 성찰적 글쓰기의 결과와 그 사례를 귀납화하는 데 그쳤다는 점에서, 자기 이해의 기제를 밝히고 수행 절차를 수립하는 교육적 기획이 요청된다. 이 책이 자기 이해의 문제, 성찰의 문제를 '성찰적 사고'로 접근하는 것은, 대상을 매개로 한다는 점뿐만 아니라 자기 이해의 기제를 체계적, 이론적으로 규명하기 위함에 있다.

둘째, 시조교육에 대한 기존의 연구는 대체로 시조의 역사성에 기대어 교육적 가치를 미리 전제하고서, 시조를 어떻게 효과적으로 가르칠 것인가의 문제에 집중해 왔다. 이 같은 연구 경향은 대체로 '지도 방법'의 문제를 다루는 공통점에서도 확인된다.27) 또한 시조교육

---

26) 황혜진, 〈설화를 통한 자기 성찰의 사례 연구〉, 《국어교육》 122, 한국어교육학회, 2007; 황혜진, 〈설화를 통한 자기 성찰 방법의 실행 연구〉, 《독서연구》 17, 한국독서학회, 2007.

27) 김태운, 〈초등학교 시조 교육의 효율적인 지도 방법 연구〉, 서울교대 석사학위논문, 2003; 김현미, 〈중학교 국어과 시조 교육의 개선 방향 연구〉, 성균관대 석사

의 현황과 역사적 전개 양상에 주목하여 그 실체를 밝히기도 하였고,28) 시조교육의 위계성 측면에서 교육 내용을 살펴보는 연구가 이루어지기도 하였다.29)

교육 연구는 목적, 내용, 방법의 층위를 가지고 있음에도, 그동안 시조교육 연구는 방법적 측면으로 기울어진 나머지, 정작 시조의 '무엇을', '왜' 가르쳐야 하는지에 대한 고민과 모색이 제대로 이루어지지 못하였다. 그 결과 시조의 고유 형식, 표현 자질, 가치관 등과 같은 교육적 자질을 충분히 밝히지 못한 채, 시조 작품에 대한 정확한 해석이나 역사적 실체로서 시조 양식에 대한 메타적 지식만 강조하는 데에 그쳤다. 이와 같이 시조의 교육적 자질과 내용에 대한 근원적인 탐색이 요청되는바, 김대행,30) 류수열,31) 한창훈32) 등의 논의는 이러한 연구의 필요성과 실례를 보여주는 대표적인 사례에 해당한다.

시조교육 연구에서 무엇보다 요청되는 것은, 시조가 갖는 교육적 자질에 대한 근본적인 고민이다. 현재의 학습자가 시조를 읽는 것이

학위논문, 2004 등을 들 수 있다.
28) 김선배, 《시조문학교육의 통시적 연구》, 박이정, 1998; 김선아, 〈문학 교과서에 나타난 시조 교육의 분석적 연구〉, 이화여대 석사학위논문, 1992; 박소현, 〈제7차 교육과정의 시조교육 연구— 국어 교과서를 중심으로〉, 동국대 석사학위논문, 2007.
29) 고영화, 앞의 글.
30) 김대행, 〈손가락과 달의 문학교육론〉, 《문학교육 틀짜기》, 역락, 2000.
31) 류수열, 〈사설시조의 텍스트 구성 원리 연구〉, 서울대 석사학위논문, 1996.
32) 한창훈, 〈강호시가의 문학교육적 가치에 관한 연구〉, 고려대 박사학위논문, 2000.

어떠한 의미를 가지며, 시조를 통해 어떠한 성장을 가져올 수 있는 지에 대한 탐색이 요구되는 것이다. 성찰적 사고의 측면에서 시조교 육에 접근하는 이유가 바로 여기에 있다. 시조가 갖는 의미와 경험 의 세계를 인간 사고의 측면에서 바라봄으로써, 학습자의 인식 지평 의 확대라는 긍정적인 변화를 기대할 수 있기 때문이다. 이 같은 문 제의식에서 이 책은 시조의 교육적 자질이 시조 감상을 통해 학습자 가 자기를 발견하고 이해한다는 점에 있다고 보고, 이를 성찰적 사 고의 교육 내용으로 구안하고자 하였다.

셋째, 이 책에서는 자기 이해를 사고의 차원에서 접근하는바, 교 육학 일반에서 이루어진 사고 관련 연구 성과도 함께 검토할 필요 가 있다. 교육이 사고에 관한 활동이라는 점을 전제로 하면서, 각 교과에서 추구할 사고교육의 내용을 기획하고 제안하는 연구가 다 수 이루어졌다. 한국교육개발원에서 5개년의 장기 과제로 진행한 《사고력 신장 프로그램 개발 연구》가 대표적인 사례에 해당한다.[33] 사고가 특정 교과의 차원에 국한된 문제가 아니라는 인식에서, 사 고에 대한 다학문적 접근을 시도한 것이다.[34] 사고에 대한 이 같은 접근은 사고의 개념과 의미의 폭을 확장시켰을 뿐만 아니라, 사고 가 인간의 문제이며 따라서 특별한 교육적 처방과 기획이 필요하다

---

[33] 한국교육개발원 편, 《사고력 신장을 위한 프로그램 개발 연구(I ~ V)》, 1987~ 1991.

[34] 성일제 외, 《사고 교육의 이론과 실제》, 배영사, 1989 참조. 여기서는 사고의 문 제를 지적 인지적 차원이나 사회 도덕적 차원 등과 같은 발달적 측면에서, 또는 문화·철학·미학 등의 학문적 측면에서, 성리학·불가·노장사상·무속에 이 르는 종교적 측면에서 다각도로 조망하고 있다.

는 문제의식을 불러일으켰다. 비록 교과 전체를 대상으로 사고의 문제를 살펴본 까닭에, 개별 교과에서 이루어지는 사고교육의 성격과 특성을 정치하게 드러내는 데는 한계가 있지만, 사고교육에 대한 기본적인 관점과 이론적 바탕을 제공한다는 점에서 그 의의를 찾을 수 있다.

그러나 이러한 시도와는 달리, 그동안의 사고 논의는 대체로 '문제 해결 과정'에 초점을 맞추어 진행되어 왔다.35) 문제 사태에 직면한 학습자가 문제를 해결할 수 있는 능력을 키워 주는 것을 사고교육의 목표로 설정하고, 그 과정과 절차를 탐구하는 것을 말한다. "문제의 확인, 문제의 정의, 해결 대안의 탐색, 계획의 실행, 효과의 확인의 단계"를 제안하는 "IDEAL 모형"이 대표적인 사례이다.36) 이를 바탕으로 각 교과별로 문제 해결 능력을 위한 교육 내용을 구안하는 작업이 다양하게 이루어졌다.

그런데 이러한 관점은 사고교육의 목표를 명확하게 제시하고 학

---

35) 한명희, 《교육의 미학적 탐구》, 집문당, 2002, 175면 참조. 다음은 이러한 관점을 보여주는 하나의 예가 된다. "사고교육은 삶의 과정에서 당면하게 되는 문제에 현명하고 합리적으로 대처할 수 있는 능력을 신장시켜 주기 위한 것으로, 문제 해결을 위한 이러한 고등정신 능력을 키워 주는 일이 그 목표가 된다."(Fred M. Newmann, *Higher Order Thinking in the High School Curriculum*, National Center on Effective Secondary Schools, 1987 참조) 그 밖에 문제 해결의 관점에서 사고를 바라보고 접근한 대표적인 논의로 김영채, 《사고와 문제 해결 심리학》, 박영사, 1995; 김영채, 《창의적 문제 해결》, 교육과학사, 1999 등을 들 수 있다.

36) 김영채, 《사고력 이론 개발과 수업》, 교육과학사, 1998, 244~246면과 J. D. Bransford et. al., *The Ideal Problem Solver*; 김신주 역, 《사고 기능의 교육》, 문음사, 1993, 31~58면 참조.

습자의 실질적인 능력의 향상을 가져온다는 장점을 갖지만, 사고를 문제 해결의 관점으로만 바라보고 획일화시키는 부작용 또한 불러왔다. 삶을 계속되는 문제 상황으로 보면서 당면한 문제를 해결하려는 노력의 과정만을 사고로 간주하는 것이다. 그 결과 의미와 가치, 내면화와 통찰, 상상력과 이상 등은 사고에서 배제되고, 오직 현실 개선에 도움이 되는 과학적 사고, 또는 정밀하고 객관적인 실증의 과학적 탐구만이 사고의 영역으로 규정되거나 인정되는 문제점을 낳았다.[37]

끝으로, 국어교육에서 이루어진 사고 관련 연구 성과를 검토하기로 한다. 언어는 외부 세계의 사상(事象) 그 자체가 아니라 이를 대신 가리키는 기호라는 속성을 가지며, 인간 사고의 중요한 촉매로서 작용한다. 이에 따라 국어교육에서도 사고의 문제가 피아제(Piaget), 비고츠키(Vygotsky), 사피어(Sapir)와 워프(Whorf) 등이 제시한 일련의 명제에 기반을 두고서, 언어와 사고의 관련성에 초점을 맞추어 연구되었다. 이러한 성과를 바탕으로 국어교육의 본질을 사고로 보고, 사고력의 증진을 목표로 내세운 국어교육학 개론서가 출간되기

---

[37] 19세기 중반 교육과정에서 고전을 없애고 이를 과학으로 대체하려 한 사실을 두고서 듀이가 "고전적 인문주의의 고집 센 맹종을 누른 탐구방법의 승리"라고 언급한 것은 문제 해결 중심의 과학적 사고에 대한 편향성을 보여주는 대표적인 사례이다.(Matthew Lipman, *Thinking in Education*; 박진환 외 역, 《고차적 사고력 교육》, 인간사랑, 2005, 58면 참조) 아이스너(Eisner) 역시 듀이가 교육의 과학적 실천을 도모하려 했고, 그 바탕에는 과학적 탐구에 대한 신념과 맹신이 자리 잡고 있음을 지적한 바 있다.(Elliot W. Eisner, *The Educational Imagination*; 이해명 역, 《교육적 상상력》, 단국대출판부, 1991, 10~14면 참조)

에 이르렀다.38)

그런데 국어교육에서는 언어와 사고의 관련성을 어떻게 보느냐에 따라 크게 두 부류로 나누어진다. 먼저, 기능 중심의 국어교육에서는 언어를 도구로 '사용'한다는 점을 중시하여, 언어 기능과 전략을 습득하는 과정에서 수반되는 사고의 문제에 주안점을 둔다.39) 언어를 매개로 하여 대상을 표현하고 의미를 재구성하는 행위를 사고로 보고, 이를 주된 과제로 다루는 것이다.40)

그러나 언어는 사용의 도구이지만 인간을 형성하는 매개이기도 하다는 시각에서 언어와 사고의 문제에 접근하기도 한다.41) 인간을 언어에 의해서, 언어 속에서, 언어로 표현됨으로써 비로소 구성되고 존재하게 되는 "언어적 존재"42)로 보는 것이다. 따라서 세계를 인식하고 경험하는 것은 언어적인 범주를 통해서 가능하며, 언어 없이는

---

38) 이삼형 외, 《국어교육학과 사고》, 역락, 2007.

39) 노명완·이차숙, 《문식성 연구》, 박이정, 2002; 노명완, 〈국어교육과 사고력〉, 《한국초등국어교육》 24, 한국초등국어교육학회, 2004; 이삼형, 〈언어사용교육과 사고력〉, 《국어교육연구》 5집, 서울대 국어교육연구소, 1998 등.

40) 아래 표는 텍스트를 중심으로 작자의 생산 과정과 독자의 수용 과정을 정보처리적 관점에 따라 살펴본 예이다.(송문석, 《인지시학》, 푸른사상, 2004, 63면 참조) 사고의 문제를 단순히 공통의 약호와 기존 경험에 기반한 정보 처리의 규칙에 따라 기호화나 의미화가 이루어지는 것으로 보게 되면, 객관화된 의미의 산출과 수용이 중요한 과제가 된다.

정보↔통사구조↔음운구조→물리적 운동→ **텍스트** →시(청)각↔음운구조↔통사구조↔정보
생산 과정　　　　　　　　　　　(기표)　　　　　　　　　　수용 과정

41) L. S. Vygotsky, M. Cole et. al. ed., *Mind in Society* ; 조희숙 역, 《사회 속의 정신—고등심리과정의 발달》, 양서원, 2000 참조.

42) 박해용, 《철학용어용례사전》, 돌기둥출판사, 2004.

인식과 경험 자체가 성립하기 어렵다는 점에 주목한다. "내 언어의
한계는 내 세계의 한계를 의미한다"는 비트겐슈타인(Wittgenstein)의
명제는, 이처럼 인간 사유와 인식에 대한 언어의 영향력을 단적으로
표현한 것이라 할 수 있다. 현실 세계는 언어 습관을 바탕으로 구축
되며, 구성원의 특정한 행위, 사고, 태도는 상당 부분 언어에 이끌려
서 이루어지기 마련이다.

이 같은 문제의식에서 김대행, 윤여탁, 김중신 등은 문학과 사고
의 관련성을 살펴보고, 문학교육의 측면에서 사고력 함양을 위한 교
육의 방향과 지향점을 제안하였다.43) 이들은 문학의 속성과 인간
사유 구조의 접점에 주목하여 사고의 문제를 해명하려 하였다. 우한
용과 김상욱은 "문학적 사고", "문학적 사유"라는 개념으로 그 특질
을 설명하려 하였다.44) 개별 장르 차원에서는 대상을 새로운 시각
에서 바라보고 접근할 수 있는 인식 능력을 소설 교육의 내용으로
설정한 연구가 대표적이다.45) 이러한 관점에서 소설 속 등장인물의

43) 김대행, 〈사고력을 위한 문학교육의 설계〉, 《문학교육 틀짜기》, 역락, 2000, 147~
169면; 김대행 외, 《문학교육원론》, 서울대출판부, 2000, 95~128면; 윤여탁, 〈시
교육과 사고력의 신장〉, 김은전 외, 《현대시 교육의 쟁점과 전망》, 월인, 2001;
김중신, 《한국문학교육론의 방법과 실천》, 한국문화사, 2003.
44) 문학적 사고는 세 가지의 특징을 갖는다. 첫째, 상징적 인간으로서 상상력을 구사
하는 사고라는 것, 둘째, 삶의 수직적 전망을 모색하고자 하되 세계관 자체는 복
수적임을 인정한다는 것, 셋째, 언어를 사용하는 인간으로서의 언어적 창조성을
발휘한다는 것이다.(우한용 외, 《문학교육과정론》, 삼지원, 1997, 17면) 김상욱
또한 문학적 사고의 특성으로 '구체적 사고', '상상적 사고', '가치론적 사고'를 제
기하고 있다.(김상욱, 《국어교육의 재개념화와 문학교육》, 역락, 2006, 190~197
면 참조)
45) 우한용 외, 《소설교육론》, 평민사, 1993, 27면 참조.

사고를 중심으로 소설 이해의 원리와 전략을 구명한 연구가 이어졌
다.46) 특히 현대문학의 경우 상상력을 통한 예술적 형상화가 두드
러진다는 점에서 '상상력', 또는 '허구적 인식 능력'에 주목한 연구가
이루어지기도 하였다.47) 그 밖에도 개별적인 사고능력의 신장을 목
표로 하는 연구가 진행되었다. 창의적 사고, 비판적 사고 등 기존의
사고 영역을 대상으로 한 연구48) 이외에, "서사적 사고", "인문지리
적 사고", "비평적 사고", "배려적 사고"와 같이 국어 현상에서 비롯
되는 특징적인 사고 문제가 새롭게 제안되기도 하였다.49)

사고 문제에 대한 이 같은 관심의 증대와 필요성과는 달리, 실제
국어교육에서 사고의 논의는 개별 하위 유형과 국어의 특정 영역 사

---

46) 박선혜, 〈소설 이해의 사고 원리에 대한 연구〉, 서울대 석사학위논문, 2006.
47) 우한용, 〈상상력의 작동 구조와 교수·학습〉, 구인환 외, 《문학 교수 학습 방법
론》, 삼지원, 1998; 우한용, 〈문학교육과 허구적 인식 능력〉, 《국어교육연구》 제
14집, 서울대 국어교육연구소, 2004; 윤여탁, 〈문학교육에서 상상력의 역할〉, 《문
학교육학》 제3호, 문학교육학회, 1999 등.
48) 류성기, 〈창의적 사고력 신장을 위한 국어과 교육〉, 《한국초등국어교육》 12, 한
국초등국어교육학회, 1996; 조하연, 〈문학의 속성을 활용한 창의적 사고의 교육
방안 연구〉, 《국어교육학연구》 16, 국어교육학회, 2003; 오판진, 〈비판적 사고교
육의 내용 연구〉, 《국어교육학연구》 16, 국어교육학회, 2003; 최홍원, 〈창의성에
대한 이해 지평의 확대와 국어교육적 재조명〉, 《새국어교육》 제89호, 한국국어
교육학회, 2011.
49) 최인자, 〈모티프 중심의 서사적 사고력 교육〉, 《국어교육학연구》 18, 국어교육
학회, 2004; 황혜진, 〈문학을 통한 인문지리적 사고력 교육의 가능성 탐색〉, 《고
전문학과 교육》 13, 한국고전문학교육학회, 2003; 선주원, 〈비평적 사고력 증진
을 위한 소설 교육〉, 《현대문학의 연구》 29, 현대문학연구학회, 2006; 서현석,
〈말하기 교육의 내용으로서 '배려적 사고'의 개념 탐구〉, 《국어교육학연구》 28,
국어교육학회, 2007.

이의 관련성 차원에서 산발적으로 이루어진 측면이 강하다. 그 결과 국어교육 전체의 구도에서 사고가 가지는 위상에 대한 탐색으로 발전되지 못한 것이 사실이다. 이 같은 문제의식에서 이성영은 사고력을 중심축으로 하여 국어교육의 내용들을 나열하고 체계화할 것을 제안하였고,[50] 김대행은 언어의 재개념화를 통해 국어교육의 영역으로 사고를 독립적으로 설정하였다.[51] 이는 사고의 문제를 국어교육 전체의 구도와 지평에서 살펴보고 기획한 것으로, 특히 후자는 언어의 본질과 기능을 각각 체계, 행위, 문화, 사고, 소통, 예술로 재개념화하여, 국어교육 전체 영역에서 사고가 가지는 위상과 기능에 대해 체계화를 시도하였다.

이상의 연구 성과를 종합하면, 자기 이해와 관련하여 다양한 분야에서 다각적인 연구가 이루어졌음에도, 구체적인 교육 내용이 구성되지 못한 문제점이 발견된다. 자기 이해의 기제를 이론적으로 규명하지 못한 결과, 학습자가 자기 성찰의 글을 어떻게 써야 하는가에 대한 교수·학습이 이루어지지 못하고, 단순히 성찰의 글쓰기 경험을 통해서 학습자 개인 차원의 이해와 깨달음만을 강조하는 데 그치고 있다. 또한 의미 있는 자기 이해는 자기 자신을 넘어서서 대상이라는 타자를 통해 가능함에도, 여전히 자기 내면에 침잠하는 활동에 머무르는 한계를 지적할 수 있다. 자기 자신에 대한 기존의

---

50) 이성영, 〈국어교육 내용 연구의 현황과 과제〉, 《국어교육학연구》 제14집, 국어교육학회, 2002.
51) 김대행, 〈국어교과학을 위한 언어 재개념화〉, 《선청어문》 30집, 서울대 국어교육과, 2002.

이해를 되풀이하는 것을 막고, 이해 지평의 확장을 가져올 새로운 방법이 요청된다. 게다가 인간의 사고를 대상에 대한 조작과 분석, 그리고 문제해결의 차원에서만 바라본 결과, 인간의 자기 이해와 같은 측면을 사고의 영역에서 제대로 다루지 못하는 문제마저 낳고 있다.

이 같은 문제의식에서 이 책은 시조가 대상과의 관계 속에서 자기를 이해하는 구조를 담고 있다는 점에 착안하여, 자기 이해의 문제를 성찰적 사고로 이론화하고 시조교육의 내용으로 구안하고자 한다. 시조의 중핵적 자질이 대상과 주체의 관계 맺음에 있다는 판단에 따라 시조 감상 교육의 내용을 구성하는 한편, 이를 바탕으로 성찰적 사고의 실행을 설계하는 것이다. 이는 시조를 역사적 실체로 바라보고 정확한 의미의 이해와 역사적 지식의 습득을 목표로 하는 것과는 분명한 차이점을 갖는다. 작품에 대한 이해와 감상의 차원에서 머무르지 않고, 시조의 사유방식에 기반하여 학습자가 사고를 실제로 실행하는 것까지를 포괄하는 교육 내용을 구안하는 것이다.

1.3. 성찰적 사고교육, 어떻게 연구할 것인가

1.3.1. 연구의 대상 —시조의 사유적 속성과 자연의 만남

이 책은 인간의 자기 이해를 위한 교육 내용과 방법의 설계에 목표를 두고, 성찰적 사고라는 개념을 통해 접근한다. 자기 이해의 문제가 인간의 주요한 '사고' 활동이라는 점에 주목한 것이면서, 이른바 자기 성찰적 글쓰기와는 구별되는 이론적 체계적 규명을 목표로 하는 것이다. 자기 이해의 의식 과정에 관여하는 요소와 구조를 밝힘으로써 자기 이해의 수행을 위해서는 무엇이 필요하고 무엇을 교육해야 하는가에 대한 대답을 마련하고자 한다.

그런데 성찰적 사고는 어디까지나 인간 내면의 사유구조인 만큼, 언어로 외현화된 결과를 통해서 이론적으로 접근할 수 있는데, 시조는 성찰적 사고를 기반으로 하는 대표적인 문학 갈래라는 점에서 이 연구의 효과적인 자료가 될 수 있다. 특히 자기 이해의 국면을 밝히고 실증하기 위해서는 대상과 주체의 관계 양상이 두드러지는 작품군에 초점을 맞출 때 꼼꼼한 분석과 규명이 가능할 수 있다. 따라서 이 책에서는 대상과 주체의 관계가 중요하게 다루어지는 시조 작품군으로 자연이 등장하는 시조에 주목하기로 한다.[52]

---

[52] 시가에서 자연은 문화적 관습에 따라 '전원', '강호', '임천(林泉)', '호산(湖山)', '계산(溪山)' 등으로 다양하게 형상화되며 이들 의미에는 약간의 차이점이 있다.

우선 시조는 "사변적이고 오성적"[53]인 장르적 성격을 가지며, 그 형식은 형식 그 자체로서의 의미에 국한되는 것이 아니라 세계관의 문제와 연결되어 주자학 세계관의 "가장 명석하고도 일관성 있는 표현"[54]으로 평가받는다. 시조는 노래라는 점에서 오락으로서의 성격을 갖지만, 유가 사상을 바탕으로 도(道)와 덕(德), 그리고 인(仁)에 입각하여 자신의 인격 수양에서부터 민간의 풍속 교화를 다루는 '군자의 노래'에 이르기까지 도덕론으로서의 성격 또한 내포하고 있다.[55] 이기철학의 성정론에 근거해 서정적 자아의 본질을 재론하여 "본연지성(本然之性)의 시조"와 "기질지성(氣質之性)의 시조"로 구분하는 것도 시조가 갖는 이러한 사유적 속성에 기반을 두고 있다.[56] "정감성"과 "교훈성"의 대립, "자설적 시조"와 "타설적 시조" 등으로 시조의 특질을 규명한 연구들 또한 시조 양식에 내재된 세계 인식의 측면에 천착한 결과들이다.[57]

그러나 이 책에서는 이들을 '자연'으로 포괄하여 다루기로 한다. 여기서 자연은 인식 주체의 외부에 경험적 지각의 대상으로 존재하는 자연경관 및 자연물을 일컫는다.(이숭원, 〈한국 근대시의 자연표상 연구〉, 서울대 박사학위논문, 1987, 6~14면) '자연'이라는 용어를 선택한 것은 강호가도의 가치를 "자연미"라는 용어를 통해 집약해낸 연구에 바탕을 둔다.(조윤제, 〈국문학과 자연〉, 《국문학 개설》, 탐구당, 1991 참조)

[53] 이처럼 시조는 적극적인 감정의 표현이라기보다는 객관적이고 다분히 성찰적인 태도를 보여주는 것이 주류이며, 이를 가리켜 "사변적인 태도"라 부른다.(김대행, 《시조유형론》, 이대출판부, 1986, 168·225면 참조)

[54] 김윤식, 〈유교적 세계관과 시조 양식의 대응관계〉, 《한국 근대 문학양식논고》, 아세아문화사, 1990, 92면.

[55] 김학성, 《한국고시가의 거시적 탐구》, 집문당, 1997, 291면.

[56] 조동일, 〈시조의 이론 그 가능성과 방향 설정〉, 《한국학보》 1, 일지사, 1975 참조.

[57] 김열규, 〈한국시가의 서정의 몇 국면〉, 김학성 외 편, 《고전시가론》, 새문사, 1984;

무엇보다 자연에 주목하는 까닭은, 전통적 사유에서 자연이 단순히 인간을 둘러싸고 있는 수많은 외적 대상으로서가 아니라, '능연(能然)', '필연(必然)', '당연(當然)'을 내재한 존재로서 우주의 본질, 근원에 대한 탐색과 관련 깊다는 데 있다. 동양에서 자연은 대상 그 자체보다 인간과 자연의 관련 속에서 그 의미와 가치가 구성되어 왔다. 자연을 대상으로 그 실체를 해명하기보다는, 인간의 도덕적 체화에 초점을 맞추어 온 것이다. 이는 자연을 개념적으로 인식하는 것이 아니라, 만물의 존재 원리를 일깨우고 주체의 수양 태도를 형성하는 매개로서 바라보는 것을 말한다. 이에 따라 자연을 대상으로 한 사고 행위는 인간을 포함한 모든 존재의 근원과 시초를 탐구하는 행위가 되면서, 자연과 인간의 근원, 유래, 나아가 삶의 목적과 본질에 대한 근원적인 반성으로 기능한다.[58] 자신을 자연과 비교해봄으로써, 아니면 자연에 비추어봄으로써 인간의 참된 모습과 나아가야 할 방향을 깨닫게 되는 것이다. 이처럼 자연은 존재의 근원과 본질에 대한 깨달음을 가져다주고, 이로써 주체는 자신을 되돌아보고 새롭게 발견하고 이해하는 것이 가능해진다.

자연에 내재된 이 같은 속성과 자질은 서양의 자연관과 비교할 때 더욱 분명해진다. 대체로 동양에서는 인간을 자연의 일부분으로 바라보는 것과는 달리, 서양에서는 자연이 인간을 위하여 존재하는 배

박철희, 〈시조의 구조와 그 배경〉, 《영남대 논문집》 7집, 영남대, 1974 참조.
58) 손오규, 《산수미학탐구》, 제주대출판부, 2006, 38~39면 참조. 동양에서는 인간 존재를 항상 전체론적 관점에서 바라보며, 무엇보다 인간과 자연의 "상의상관성(interconnectedness)"에 주목하는 특징을 갖는다.(John Welwood, *The Meeting of the Ways*; 박희준 역, 《동양의 명상과 서양의 심리학》, 범양사출판사, 1987 참조)

경 정도로 간주되는 것이 일반적이다. 단적으로 말해 자연을 경외의 시각과 도구의 시각으로 보는 차이인 것이다.59) 이때 도구란 외부의 다른 목적 성취를 위해 수단으로 기여하는 것으로, 여기에는 인간이 자연을 통제하고 극복한다는 점이 전제되어 있다. 자연은 인간의 생활을 좀 더 편리하고 윤택하게 만들어 주는 대상이며, 인간은 그와 같은 자연을 자신의 삶에 맞게 조작하거나 변형시킬 수 있는 존재로 여겨진다.60) 이는 자연과 교감하거나 자연적 질서에 순응하는 존재로서 인간을 바라보는 동양의 관점과는 사뭇 다른 양상이다.61) 전통적 사유에서 자연은 질서의 원리이면서 생명의 원리이며, 동시에 절대적 세계로서의 의미를 갖는다.

특히 시가에서 자연은 단순한 소재론적 차원을 넘어서서 세계 인식의 문제와 긴밀하게 맞닿아 있음에 유의해야 한다.62) 시조에서 자연은 물(物)이라는 객관적 대상으로서의 의미에 제한되지 않고, 인간과의 적극적인 교응 속에서 궁극적으로 인간과 관계 맺는 자연으로 노래된다. 서정성의 문제를 "시인이 자연을 경험하는 태도"라든

---

59) 최태호, 〈한국 고전에 나타난 자연관〉, 《한국문예비평연구》 제11호, 한국현대문예비평학회, 2002, 255~256면.

60) 동양화가 자연을 중심으로 하는 것에 비해, 서양화가 인물을 중심으로 하고 있는 것에서도 이러한 모습을 엿볼 수 있다. 서양화는 인간 생활을 풍족하게 하기 위하여 개간된 농토를 표현하거나 인간의 삶을 즐겁게 하는 바닷가의 모습을 주로 다룬다는 점에서 동양화와 차이가 있다.(안휘준, 《동양의 명화— 한국화Ⅰ·Ⅱ》, 삼성출판사, 1985, 132~150면 참조)

61) 이홍우 외, 《한국적 사고의 원형》, 한국정신문화연구원, 1988, 139면 참조.

62) 성기옥, 〈고산 시가에 나타난 자연 인식의 기본틀〉, 《고산연구》 제1집, 고산연구회, 1987 참조.

지, "자연을 포착하는 양식"63)에서 찾는 것에서 보듯, 자연이라는 대상과 주체의 감응은 시가 장르의 두드러진 특질에 해당한다.

이처럼 시가에서 자연은 생활의 공간이라는 의미를 넘어 정신사의 동력과 원천으로서 의의를 갖는다. 자연이 인간 외부에서 독자적으로 이루어지는 객관적 현상이 아니라, 삶의 내부에서 함께 존재하는 것으로 간주됨을 뜻한다. 이런 까닭에 자연 시조를 두고서 자연을 위한 자연을 노래한 것이 아니라, 자연을 인간 속에 끌어들여 '인간 세계 속의 자연', '자연 속의 인간'을 노래하였다고 할 수 있다. 추상적인 의식과 구상적인 자연 공간의 길항작용으로 이루어지는 자연 시조는, 보이는 자연과 보이지 않는 의식이나 사상의 문제를 정면으로 다루는 것이며,64) 자연이라는 대상을 통해 궁극적으로 인간의 문제를 살펴보는 것이다. "강호가도가 결코 인생시일지언정 자연시는 못 된다"65)는 명제가 성립하는 것도, 자연을 실체 그대로가 아닌 인간 의식의 차원에서 바라보는 데서 연유한 것이다. 이처럼 자연은 주체의 자기 이해를 위한 매개로 기능하는데, 특히 시조의 자연에는 세계와 자아에 대한 주체의 의식이 담겨 있으며, 그 관계 맺음에 따라 세계와 자아에 대한 다양한 인식을 가져다준다.

자연을 대상으로 한 시조는 자연과 인간의 특별한 만남을 통해 현재와는 다른 유의미한 경험을 만들어낸다는 점에서, 연구자료로서

---

63) 김열규, 〈한국시가의 서정의 몇 국면〉, 김학성 외, 《고전시가론》, 새문사, 1984, 384면.

64) 권정은, 〈자연시조의 구성공간과 지향의식〉, 서울대 박사학위논문, 2004.

65) 정병욱, 〈꽃과 시조〉, 《국문학산고》, 신구문화사, 1959, 188면.

의의를 갖는다. 이처럼 이 책은 시조라는 특정 장르 속에서 발견되는 성찰적 사고를 분석하고 귀납화하지만, 대상과 인간의 관계에 대한 본질을 다룬다는 점에서 성찰적 사고의 구조로 일반화하는 것이 가능하리라 여겨진다. 비록 자연이 등장하는 시조를 통해 성찰적 사고를 입론하지만, 성찰적 사고는 자연에 국한되지 않으며, 시조 이외에도 문학작품 전체로 일반화할 수 있음을 앞으로의 논의에서 밝힐 것이다.

1.3.2. 연구의 방법 —고전시학과 해석학, 경험론의 넘나듦

자연을 대상으로 한 시조를 연구자료로 설정한 만큼, 분석의 틀은 성정론(性情論)과 천기론(天機論)으로 대표되는 고전시학 속에서 마련하기로 한다. 시조에서 대상과 주체 사이의 감응을 분석하기 위해서는 작품 표면에 드러나는 양상을 넘어서서 그것이 갖는 철학적 차원의 의미를 밝혀내는 일이 요구되는데, 성정론과 천기론 등은 이를 해명하는 이론적 바탕이 된다. 이들은 문학을 설명하는 이론이지만, 세계와 인간의 관계에 대한 이해를 포괄하는 철학적 담론이기도 하다. 그 밖에도 대상과 주체의 감응을 설명하는 고전시학의 여러 논의에 도움을 받고자 한다.

그러나 연구의 궁극적인 목적이 어디까지나 대상을 통한 자기 이해의 수행에 있는 만큼, 시조가 갖는 당대 고유의 미학을 규명할 것이 아니라 성찰적 사고의 구조와 절차를 밝히는 것에 초점을 맞출 필요가 있다. 이를 위한 방법론으로 존재론적 해석학에 주목하기로 한다. 넓은 의미에서 해석학이란 의미의 해석에 관한 이론 또는 철학을 뜻하지만, 하이데거(Heidegger) 이후 존재론적 해석학에서는 인간의 이해 문제와 관련된 본질적인 측면에 관심을 두고 있다. 즉 세계에 대한 인간의 이해 가능성을 탐구하는 것을 말한다. 이해는 삶을 살아가는 인간의 근원적 존재방식이며, 그것의 의의는 외부 대상에 대한 객관적인 파악에 있다기보다는 자아의 성찰과 자기 교육에서 찾을 수 있다.66) 자기 존재에 대한 이해 없이 대상을 이해하는 것이 불가능하고, 동시에 타자나 대상을 이해하지 않고서는 자기와 세계를 이해할 수 없다고 본다는 점에서, 대상과 주체의 이해 문제에 대한 유용한 방법론이 될 수 있다. 이처럼 해석학은 남의 이해를 거친 자기 이해를 주된 과제로 한다.67) 직접적인 자기 이해를 비판하면서 인간의 외현화된 경험인 언어 표현물을 통한 이해를 주장함으로써, 자기 이해의 문제를 '대상을 통한' 이해로 접근하는 이 책의 중요한 방법론을 담당한다.

한편, 해석학은 교육을 바라보는 관점으로서도 기능한다. 해석학의 입장에서 교육은 교사와 학생의 상호작용을 통한 이해의 행위이며, 궁극적으로 인간의 앎과 삶을 통합하는 것이라 할 수 있다. 이처럼 해석학의 관점에 따라 교육을 "의미를 창출하는 상호작용의 과정"68)으로 보는 것은, 성찰적 사고의 교수·학습과 평가를 설계하

---

66) 서용석, 〈해석학적 경험으로서의 이해의 의미〉, 서울대 석사학위논문, 2005, 3~4면 참조.

67) Paul Ricoeur, *Le Conflit des Interprétations*; 양명수 역, 《해석의 갈등》, 아카넷, 2003, 21면.

68) 김인회, 《교육사·교육철학신강》, 문음사, 1985; 이귀윤, 《교육과정 연구》, 교

는 중요한 이론적 근거를 제공한다. 교육의 상호작용적 속성과 자기 이해의 타자성이 맞물리면서 성찰적 사고교육에서는 학습자 개인 차원의 행위를 넘어서서 구성원 사이의 소통 활동이 강조되는 특질을 보인다.

경험론 또한 대상과 인간의 관계 규명을 뒷받침하는 이론적 배경이 된다. 듀이(Dewey)의 경험론은 인간 존재를 환경에 의존하는 존재로 상정하고, 인간과 환경의 상호작용 속에서 생명이 연속된다고 본다.[69] 인간과 환경이 독립되어 존재하는 것이 아니라 하나의 상황 속에서 서로 작용을 가하고 그 결과를 당하는 연속적인 관계로 보고 있다는 점에서, 자연과 인간의 교융과 상호작용을 고찰하는 이 책의 문제의식에 부합한다. 인식 주체와 인식 대상의 분리라는 인식론적 가정을 부정하고 상호 관계성의 차원에서 접근한다는 점, 그리고 인간의 인식은 절대적인 의미를 가질 수 없고 불확정적인 성격을 갖는다는 점[70]은 상호작용 속에서 대상의 의미와 자기 이해의 내용

육과학사, 1997 참조. 이런 점에서 해석학의 '이해'와 구성주의의 '구성' 개념은 상호 관련성을 갖는다. 이에 대해서는 최신일, 〈해석학과 구성주의〉, 김종문 외, 《구성주의 교육학》, 교육과학사, 1998 참조.

[69] John Dewey, *Experience and Nature*; 신득렬 역, 《경험과 자연》, 계명대출판부, 1982 참조. 듀이가 말하는 '경험'이란 "개인과 환경 간의 상호작용에 대한 결과와 표식이며 선물"에 해당한다.(John Dewey, *Art as Experience*; 이재언 역, 《경험으로서의 예술》, 책세상, 2003, 48면)

[70] 김무길, 《존 듀이의 교호작용과 교육론》, 원미사, 2005 참조. 근대 인식론에서는 인간 마음과 자연을 완전한 실체로서 동떨어진 것으로 본다. 그러나 듀이는 인간과 자연이 상호 의존적인 것이며, 자연에 대한 인간의 의식은 '단순한 바라봄'이 아니라 '나와 그것과의 관계에서의 바라봄'으로 설명한다.(송도선, 《존 듀이의 경험교육론》, 문음사, 2004, 111면 참조)

이 '구성'됨을 뒷받침하는 근거가 된다. 이는 또한 해석학과 만나는 지점이다. 기존의 전통적 인식론을 비판하고 대상과 주체의 상호작용 속에서 의미의 문제를 다루는 것은 경험론과 해석학이 공유하는 공통된 문제의식이다.[71)

1.3.3. 연구의 밑그림

이 연구에서는 고전시학과 해석학, 경험론 등을 이론적 바탕에 두고서 인간의 자기 이해 문제를 구명하기로 한다. 자기 이해의 문제를 '대상을 매개로 한 인간의 사고 활동'으로 규정할 수 있는 것은 앞서 밝힌 바와 같이 고전시학과 해석학, 경험 이론에 힘입은 바가 크다. 따라서 이 책에서는 대상을 매개로 한 인간의 사고 활동을 성찰적 사고로 개념화하고, 시조교육의 내용과 방법을 구성하고 설계하는 것을 주된 과제로 한다.

일반적으로 교육의 기획은 '왜 가르치는가', '무엇을 가르치는가', '어떻게 가르치는가'라는 세 영역으로 이루어진다. 이는 대상의 교육적 가치에 대한 탐색이 이루어질 때 가르칠 '무엇'이 구성될 수 있고, 교육 목적과 내용 속에서 교육 방법이 결정될 수 있음을 뜻한다. 이런 점에서 볼 때 성찰적 사고교육 연구는 '왜', '무엇을', '어떻게'라는

---

71) 해석학적 관점에서 듀이 이론을 재해석하고 새롭게 접근하는 여러 연구가 이루어진 바 있다. 오만석, 〈현대 해석학의 관점에서 본 교육적 의미소통과정〉, 《교육이론》 제1권 제1호, 서울대 교육학과, 1986; 정덕희, 〈듀이 교육철학의 해석학적 이해〉, 성균관대 박사학위논문, 1992; 정건영 외, 《듀이 교육론의 이해》, 문음사, 1995 참조.

세 가지 질문에 대한 대답을 마련하는 것이라 할 수 있다.

먼저 새롭게 제안되는 성찰적 사고의 개념과 구조에 대한 논의가 2장에서 이루어지는데, 이는 일차적으로 연구의 과제를 분명히 설정하는 작업에 해당한다. 성찰적 사고의 본질에 대한 이러한 이론적 탐색은 사고의 수행과정과 기제를 밝히는 것으로, 이후 교육 내용을 형성하는 기반이 된다. 또한 성찰적 사고의 교육적 의의는 교육의 필요성과 그 가치를 입증하는 것으로, 연구의 의의는 물론 교육 내용과 방법의 기획과 설계를 정당화하는 과정에 해당한다. 3장에서는 성찰적 사고를 중심으로 시조를 감상하고, 또한 사고를 직접 실행하기 위한 교육 내용을 구안하기로 한다. 이를 바탕으로 4장에서는 교육 방법과 관련하여, 목표론, 교재론, 교수·학습론, 평가론을 구체적으로 살펴봄으로써 성찰적 사고의 교육적 구현과 실행에 역점을 둔다.

1장에서 나오며

고민 하나. 서술 체계와 방식의 한계와 과제

여기까지가 사실상 서론에 해당하는 부분이다. 서론이란 '본격적인 논의를 하기 위한 실마리가 되는 부분'으로, 경우에 따라 '머리말', '들머리' 등으로 불리기도 한다. 무엇으로 불리든 서론의 존재는 이러한 기능상의 필요보다는 대체로 책이 요구하는 형식에 따른 것임을 부정하기 어렵다.

서술 체계의 특성에 대한 연구에 따르면, '서론-본론-결론'의 연역적 구성 방식은 이른바 아리스토텔레스 논리학의 영향으로, 전통적인 우리의 사유 구조와 차이가 있다고 한다. 일화나 사례를 먼저 제시하고 주제를 끌어들이면서 글을 전개하는 전통적 사유 방식과는 분명한 차이점을 확인할 수 있다.

이런 점에서 본다면, 이 책에서도 관련되는 여러 사례나 일화를 통해 말하고자 하는 바를 이끌어내는 서술 방식의 채택도 생각해볼 수 있다. 이러한 생각은 이 글이 다루는 문제 자체가 대상을 통한 깨달음의 사유 구조라는 점에서, 주체 못지않게 대상이 중요하다는 판단에 닿게 되면 더욱 설득력을 얻게 된다. 말하자면 다루는 내용뿐만 아니라 서술 방식까지 성찰적 사고로 구성해보는 것(!)이다. 일상과 주변에서 성찰적 사고의 흔적과 파편을 찾아 거기서 문제를 제기하고 의미를 찾아가는 새로운 글쓰기 틀인 셈이다.

그럼에도 기존의 '서론' 틀 안에서 여러 가지 생각을 담아내고 있음은, 이 글이 논문이라는 태생적 한계에서 완전히 자유롭지 못함을 드러낸다. 전달과 설득의 편이성을 위해 독자의 기대와 예측을 고려하고 존중하는 방향으로 책의 서술체계를 채택하였다는 변명을 늘어놓는다. 보편성, 관습성, 규범성과 함께 창의성이 더해진 새로운 글쓰기 체계, 또 다른 연구 과제이다.

고민 둘. 국어교과학 연구 특성의 재확인과 남은 과제

일찍이 '토끼는 앞발이 짧다'를 제대로 가르치기 위해서도 요구되는 것이 얼마나 많은지에 대해서 논의가 이루어진 적이 있다.(김대행, 〈'토끼는 앞발이 짧다'를 위한 국어교과학〉, 《국어교과학의 지평》, 서울대출판부, 1995) 국어교육은 여러 학문을 기반으로 하는 복합 학문이면서 동시에 응용 학문임을 주장하는 글이다. 해당 이론들을 단순히 재조직하는 것으로 충분하지 않으며, 요구되는 설명을 해당 학문이 모두 다 제공하리라 기대하는 것 또한 터무니없는 낙관임을 일깨워 준다.

국어교육에서 사고의 문제를 제기하는 것 자체가 새로운 과제였고 도전이었기에, 문학이나 언어학 이외에도 철학, 심리학, 교육학 등 여러 학문의 성과를 살펴야만 했다. 고전시학 말고도 해석학과 경험론 등도 꼭 필요한 공부였으며, 나아가 성리학적 사유에 대한 탐구까지도 요구되었다. 방대한 자료와 다양한 연구 방법론만큼이나 그 탄탄함과 철저함이 뒷받침되지 못한 것은 오로지 필자의 책임이다. 설익은 채로 급하게 내놓는 부끄러움에 낯이 뜨겁다.

다양한 연구 방법론이 국어교육에 필요하고 요구됨을 몸소 입증하였고, 그 유용성과 타당성에 대해서는 냉철한 평가를 기다리고 있다. 욕심이 허락된다면, 국어교육학이 여러 학문의 수용과 적용의 장에 그치는 것이 아니라, 해당 학문과 방법론에 새로운 안목과 관점을 제공해주는 선순환을 기대해본다. 국어교육적 안목이 이들 방법론에 새로운 시각과 영역을 이끌어내는 것을 기대하는 것은 지나친 욕심일까?

2장

성찰적 사고의 본질과 교육적 의의

많은 책 속에서 사고를 발견한다고 생각한다면 실망할 것이다.
사고는 강이나 바다에, 언덕이나 수풀에, 햇빛이나 바람 속에 머물러 있다.

- 제파리스

2장에 들어가며

개념과 용어

인문학 연구에서 개념은 연구의 출발점이면서 도착점이기도 하다. 흔히들 개념에서 시작되어 개념에서 끝을 맺는다고 한다. 이 장의 중요성이 바로 여기에 있다. '대상을 통한 자기 이해'라는 실체를 두고서 이를 가리키는 기존의 용어를 찾지 못한 까닭에, '성찰적 사고'로 새롭게 이름 붙였다. 새롭게 이름 붙이는 것만큼, 설득력 있는 글을 쓰기 어려운 게 없다는 것을 새삼 깨닫는다.

'성찰적 사고'라는 용어 채택에도 고민과 주저함이 많았다. '대상을 통한 자기 이해'에 해당하는 개념을 찾기 위해 수많은 연구 분야와 논저를 살펴야 했다. 데카르트의 《성찰(*Meditationes de prima philosophia*)》에서부터 듀이의 《사고하는 방법(*How we think*)》에 이르기까지, 한없이 어렵기만 한 철학책들을 들추어야 했다. '반성(reflective)'이라는 용어를 만나고서 그동안의 모든 고민이 한번에 해결되었다는 기쁨을 잠시 누리기도 하였다. 그러나 '반성'이라는 용어 속에 감추어진 '과학적 사고'에 대한 맹신을 확인하고는 더 큰 고민에 휩싸이기도 하였다. 이러한 과정들이 이 연구의 필요성을 다시금 깨닫는 계기가 되었음은 물론이다.

아쉬운 — 아니 두려운 — 점은 동양 철학과 사유에 대한 이해가 깊지 못한 탓에, 행간의 의미를 숙고하지 못한 채 함부로 재단하는 '무식한 용감함'이다. 예컨대 '격물치지(格物致知)'에 담긴 함의는 앞으로 계속 공부해야 할 과제이다.

들뢰즈(Deleuze)는 자기 책을 개념이 담긴 상자가 아니라 개념의 장치로 읽을 것을 요청한 바 있다. 책을 상자로 읽을 때는 그 속에 의미가 담겨 있다고 생각한 나머지, 급기야 상자에 대한 상자, 책에 대한 책에 자신의 생각을 통째로 빼앗기고 만다. 개념이 새로운 의미와 역할을 가질 수 있기를 바라는 것이다.

이 책에서 제기한 '성찰적 사고'는 여전히 설익은 개념이다. '성찰', '사고', '지향성', '반성', '자기 이해' 등은 수많은 논쟁과 검토를 필요로 하는 불완전한 개념어들이다. '성찰적 사고'라는 용어가 대상을 통한 자기 이해를 담아내기에 적절한 것인지부터 지향성, 반성, 자기 이해로 질서화되는 구조가 그 본질에 들어맞는 것인지에 이르기까지, 논쟁적으로 읽어주기를 바란다. 최근 이강옥 선생님의 〈문학교육에서 바라본 문학의 힘 — 문학교육과 비판, 성찰, 깨달음〉(2009)이라는 글에서, 문제의식이 공유되고 발전되고 있음을 볼 수 있었다.

이 책을 읽는 이 모두에게 더 많은 가르침을 부탁드린다. 필자는 현명함과 명석함은 지니지 못하였지만, 더 적절한 용어와 개념, 구조가 나타난다면 언제든 새로운 것으로 갈아끼울 마음가짐만은 늘 지니고 있다.

주춧돌과 대들보

한 가지 더. 부디 지금 펼쳐지는 2장의 논의를 꼼꼼히 읽어줄 것을 부탁드린다. 2장의 논의는 표면적으로 성찰적 사고의 본질과 실체에 대한 규명에 해당하지만, '성찰적 사고교육의 내용'과 '성찰적 사고교육의 방법'의 토대와 기반이 되는 부분이기도 하다. 3장에서 성찰적 사고의 유형을 나누는 것도, 성찰적 사고의 각 양상별 수행 내용을 구성하는 것도 모두 이 장에서 논의된 개념과 구조에 바탕을 두고 있음은 물론이다. 4장의 교육 방법 역시 마찬가지이다.

겉으로 드러나는 처마의 아름다움이 튼튼한 주춧돌과 대들보에 힘입고 있다면, 성찰적 사고의 개념과 구조는 이 글의 주춧돌과 대들보라 할 수 있다. 글 전체의 중심을 받쳐주고 떠받들고 있는 중심축인 셈이다. 처마의 아름다움을 평가하기에 앞서 주춧돌과 대들보부터 먼저 살펴야 하지 않겠는가?

2.1. 성찰적 사고의 개념

2.1.1. 성찰적 사고의 개념에 앞서 — 사고의 재개념화

　일반적으로 사고[1]란 어떤 방식으로 통제된 생각의 전개를 가리키는 말이다. 대상을 찾고 그에 대한 심리적 상태를 변화시키는 정신작용을 의미하는 것으로, 이러한 정신작용을 운용할 수 있는 힘을 '사고력'으로 규정한다.[2] 그런데 그동안 교육의 국면에서 사고의 문제는 인간 정신작용으로서의 국면이 포괄적으로 다루어지기보다는, 문제 해결 능력의 일환으로 간주되어 온 특별한 이력을 갖고 있다. 이때 사고는 문제 상황에 직면하여 문제를 해결하는 과정에서 이루어지는 지적 활동으로 개념화되고, 사고력 교육은 이러한 문제 해결 능력의 향상을 목표로 설계되는 것이다.[3] 합리적으로 문제를 규정

---

1) 사고의 순우리말에 해당하는 '생각'은 대체로 무의도적, 무의식적 또는 특정한 목적과 무관한 정신 활동을 의미하는 것이 일반적이다.(성일제 외, 《사고 교육의 이론과 실제》, 배영사, 1989, 55면 참조) 그리고 '사고'를 가리키는 영어 표현에는 'thinking'과 'thought'가 있는바, 각각 '과정(process)으로서의 사고'와 '산출(products)로서의 사고'를 가리키는 것에서 미세한 차이점을 찾을 수 있다.(김중신, 〈창의적 사고력과 문학교육〉, 《문학교육학》 제4호, 한국문학교육학회, 1999, 15면 참조)
2) 이돈희, 〈사고와 사고력의 교육적 가치〉, 성일제 외, 《사고와 교육》, 한국교육개발원, 1987, 14면; 서울대 국어교육연구소 편, 《국어교육학사전》, 대교, 1999 참조.
3) 허경철, 〈사고력의 개념화〉, 《사고력 교육과 평가》, 중앙교육평가원, 1990, 19면. 다음과 같은 개념 규정은 사고를 문제 해결 능력과 같은 것으로 바라보는 하

하고 그것을 조작하여 해결하는 능력의 신장은 교과를 막론하고 교
육이 추구하는 일반적인 목표에 해당한다는 점에서 설득력과 타당
성을 인정받고 있다.

이처럼 사고를 문제 해결 능력으로 보는 바탕에는 심리학의 연구
전통이 자리하고 있다. 심리학에서는 사고의 문제를 주로 문제 해결
과정에서 일어나는 장애적 상황과 관계되는 여러 가지 조건과 정보
적 요소들의 역동적 결합과 상호작용 과정으로 본다. 아래의 설명은
이 같은 관점을 보여주는 하나의 사례이다.

첫째, 사고는 인간이나 동물이 문제에 직면하여 이를 확인하고 해결하
는 과정에서 일어나는 것이다. 둘째, 문제라고 하는 것은 목표 달성 과정
에서 방해되는 장면 또는 그러한 상황을 의미한다. 셋째, 사고는 원래 문
제 장면에서 나타나는 제조건이나 정보들의 관계를 역동적으로 결합함
으로써 일어난다. 넷째, 사고 활동은 시행착오의 과정을 통하여 수행된
다. 다섯째, 모든 사고는 목표 지향적이며 동기, 성격 등과 밀접히 관계
된다. 여섯째, 문제 장면에 대한 총체적인 해결 과정은 언어, 개념, 상상,
신체·운동적인 반응으로 나타난다.4)

그러나 사고는 문제 해결의 차원을 넘어서 '표상의 조작'이면서

나의 사례가 된다. "우리가 과제 해결이 요구되는 상황에 당면하여 그것을 습관
적 수단으로 해결할 수 없는 경우에 수단의 탐구가 행해지고, 그 변형이 일어나
며 또는 수단 체계의 새로운 구성이 일어난다. 이와 같이 과제 상황에 대처하는
정신 기능을 사고라고 한다."(《세계철학사전》, 교육출판공사, 1985, 472면)
4) James Oliver Whittaker, *Introduction to Psychology*, Saunders, 1976 참조.

'해석과 의미를 추구하는' 총체적인 정신 과정의 의미를 갖는다는 데 주목할 필요가 있다.5) 사고란 일차적으로 기억, 언어, 이해, 의사 결정과 같은 정신적 활동으로 주체의 해석과 판단에 따라 결론을 추구하는 일이다. 그러나 더욱 중요한 것은 자료나 정보 그 자체를 있는 그대로 객관적으로 다루는 데 그치지 않고, 주체가 의미를 '구성'하고 '부여'하며 '해석'한다는 점에 있다. 사고가 '의미를 만들어가는 과정'이라고 할 때, 의미란 생각하는 사람이 구성하고 부여하는 어떤 것이다.

따라서 사고의 개념을 더 확장하면, "사고란 보는 것"6)이며, 이때의 보는 것이란 단순히 보이는 것을 넘어서서 깊이 헤아려 꿰뚫어 보는 것을 의미한다.7) 대상을 달리 볼 수 있는 가능성, 대상에 대한 이해를 넓히면서 존재의 의미에 다가가는 의식 활동이 바로 사고이다. 새로운 세계는 앎의 지평을 열어가는 데서 만날 수 있으며, 사고

---

5) 김영채, 《사고력 이론 개발과 수업》, 교육과학사, 1998, 10~11면 참조.

6) 성일제 외, 《사고력 신장을 위한 프로그램 개발 연구 Ⅱ》, 한국교육개발원, 1988, 32면. 사고라는 말에서 '사(思)'는 '숨구멍, 밝음, 세밀함, 바람, 연민' 등의 어원을 갖는바, 사물을 새롭게 확인하려는 마음의 작용으로 이해할 수 있다.(윤재근, 〈시와 사(思)〉, 《시론》, 둥지, 1990, 52~65면 참조) 또한 '본다'는 의미와 '사고한다'는 의미를 연결시켜 이루어진 단어로는 '통찰력, 예견, 간과, 선지자' 등을 들 수 있으며, '아이디어(idea)' 역시 '보다'는 뜻의 그리스어 'dein'에서 유래한 사실(Robert H. McKim, *Thinking visually*; 김이환 역, 《시각적 사고》, 평민사, 1989, 20면) 등은 모두 사고의 의미가 보는 것과 관련됨을 나타낸다.

7) 성일제 외, 《사고 교육의 이론과 실제》, 배영사, 1989, 20면 참조. 사고에 대한 이러한 접근은 어디까지나 동양적 관점으로, '논리', '합리적 추론', '비판', '창의'의 영역 이외에 '심미', '실천', '통찰', '깨달음의 사고' 등을 모두 포괄하는 특징을 갖고 있다.(같은 책, 25면 참조)

의 틀을 바꿈으로써 가능하다고 보는 것8)도 모두 사고의 의미를 보는 것, 또는 통찰에 바탕을 두고 있다. 이러한 측면에 주목하면 사고력 교육은 이제 인간과 세계를 거시적으로 통찰할 수 있는 안목의 형성을 목표로 설정할 수 있다.9) 인간 "사유의 궁극 목적은 자신/자기를 이해하는 것"10)에서 찾을 수 있음은 물론이다.

2.1.2. 성찰적 사고의 개념화와 배경

대상에 대한 의미 구성과 부여, 그에 따른 깊이 있는 통찰과 안목의 형성을 사고의 의미역으로 할 때, 비로소 문제 해결과는 다른 차원의 사고인 성찰적 사고에 대한 논의가 가능해진다. 이 책에서 '성찰적 사고'란 대상을 통해 자기를 이해하는 일련의 인간 사고 행위를 가리키는 것으로, 사물을 대상으로 그 의미를 탐색하는 과정 속에서 자신을 되돌아보고 새롭게 발견하고 이해함으로써 세계와 자신의 삶에 대한 가치와 태도를 정향(定向)하는 의식 활동으로 개념화된다. 그동안 사고의 문제가 외부에 존재하는 대상과 인간의 의식이 얼마나 정확하게 일치하느냐를 다루어왔다면, 성찰적 사고는 대상을 대상 자체로 인식하지 않고 그 대상이 나를 향하여 던지는 의미가 무엇인가를 해석한다는 점에서 근본적인 차이가 있다.

---

8) 송항룡, 《시간과 공간 그리고 지금 바로 여기》, 성균관대출판부, 2007, 16~17면.
9) Raymond S. Nickerson, *Why Teach Thinking?* ; Joan Boykoff Baron, *Teaching Thinking Skills*, W. H. Freeman and Company, 1987 참조.
10) 이정우, 《인간의 얼굴 ― 탈주와 회귀 사이에서》, 민음사, 1999, 56면.

일반적으로 '성찰'이란 "자신이 한 일을 돌이켜보고 깊이 생각함"을 뜻하며, 자기 자신을 되돌아보는 행위의 의미로 널리 사용된다. 그런데 이 같은 개념 규정은 성찰의 문제를 종교적 수행이나 명상의 차원으로 전락시켜 자기 내면으로 침잠되어 버리는 결과를 가져올 우려가 있다. 가령, 불교에서 수행을 통해서 "자기 존재에 대한 그때 그때의 물음, 나는 누구인가, 어떤 것이 내 온전한 마음인가, 거듭거듭 물음으로써 삶이 조금씩 개선되고 삶의 질도 달라진다"[11)]고 보는 것이 대표적인 장면이다. 또한 성찰의 의미를 마음을 반성하여 살피는 것으로 보고, 주체의 "생각 내용"을 통해서 마음의 본질인 "정신 내용"을 새롭게 하고, 그것을 반성적으로 살펴 향상시키는 기제로 설명하기도 한다.[12)] 그러나 이러한 접근 역시 생각 내용과 정신 내용이 가리키는 바가 모호하고 추상적이라서 그 구조의 해명에 어려움이 뒤따른다.

성찰이 자기 이해를 뜻하는 것이라고 한다면, 의미 있는 자기 이해는 자기 내면으로의 침잠이 아니라 세계와의 관계 속에서 가능하다는 점에 주목할 필요가 있다.[13)] 흔히 타인을 이해하는 것보다 자

---

11) 법정, 《산에는 꽃이 피네》, 동쪽나라, 2002, 21면. 정체성 찾기를 위한 수행 방법의 하나로 명상을 제안하면서 "이 순간 일어나고 있는 일을 자각하는 것으로 자신의 몸 안에서 느낌 안에서 마음 안에서, 이 세계 속에서 일어나는 일을 깨닫는 것"이라고 보는 관점(Thích Nhát Hanh, *Being Peace*; 류시화 역, 《틱낫한의 평화로움》, 열림원, 2002, 15면) 역시 자기 성찰의 문제를 개별 주체의 내면 의식 차원에서 살펴보는 하나의 예가 된다.

12) 김도남, 〈성찰적 읽기 교육의 방향 탐색〉, 《국어교육학연구》 제28집, 국어교육학회, 2007, 240~241면.

13) 성찰에 대한 이 같은 접근과 개념 규정은, 성찰을 "심리학적 접근에서처럼 조작

신을 이해하는 것이 쉽다고 생각하지만, 왜 자신이 지금처럼 어떤 일을 하고 느끼고 바꾸고, 심지어 믿는가에 대해 깊이 이해하기 위해서는 자기 자신을 넘어서는 과정이 선행되어야 한다.14) 자신의 자신됨은 개인 차원의 내면 문제가 아니라 넓게는 우주, 좁게는 인간 사회의 관계를 통해서 성립하기 때문이다. "우리가 스스로를 이해한다는 것은 세계를 이해함을 전제"15)할 수밖에 없다. 이것은 주체가 거울에 비친 자신의 모습을 되돌아보듯, 스스로의 내면의식을 탐색하는 이른바 나르시시즘적인 자기 동일성16)에서 벗어나, 세계와 만나고 부딪히는 가운데 일어나는 세계 속의 자아를 살펴보아야 한다는 설명으로 구체화된다. 여기서 세계란 자아가 대상화하는 일체의 시간적 공간적 존재에 해당하며, 세계와 자아의 관계는 인간이 살아가는 데 가장 기본적인 문제로 자리 잡고 있다.17) 따라서 자아가 세계와 만나는 여러 접점을 경험하고, 그 속에서 자기와 세계에 대한 이해를 갖는 것이 이 책에서 다루는 성찰의 주된 내용이다. 이

에 의해 강화되는 인지적 기술, 태도, 행위가 아니라, 한 개인이 자신과 세계 그리고 그 관계 맺기를 탐구하면서 구성하는 자기 정체성 형성의 경험"으로 보는 한 연구의 관점과도 맥을 같이 한다.(박세원, 〈초등학생의 도덕적 자기 정체성 형성을 돕는 성찰적 스토리텔링 활용 방법〉, 《교육학논총》 제27권 제2호, 대경교육학회, 2006, 42면)

14) George Lakoff et. al., *Metaphors We live by*; 노양진 외 역, 《삶으로서의 은유》, 박이정, 2006, 279면 참조.

15) 이정우, 앞의 책, 31면.

16) 김상봉은 자기를 되비치는 것, 즉 자기 동일성의 반복이 갖는 문제를 '나르시시즘'으로 규정하면서, 서양 문화 전체의 나르시시즘과 자기 도취를 비판한 바 있다.(김상봉, 《나르시스의 꿈 ― 서양 정신의 극복을 위한 연습》, 한길사, 2002 참조)

17) 조동일, 《한국소설의 이론》, 지식산업사, 1996, 87면.

같은 접근은 인문적 성찰과 지혜가 주는 최상의 앎이 바로 "자신과 세계의 관계에 대한 이해"18)로 보는 시각에 따른 것이기도 하다.

기존의 연구가 성찰의 문제를 자기 내면을 대상으로 한 글쓰기의 차원에서 다루었다면, 여기서의 성찰적 사고는 타자를 매개로 하여 자기와 세계를 이해한다는 점에서 차이가 있다. 이 책에서 '성찰적 사고'는 이처럼 대상을 통한 자기 이해를 본질로 하는데,19) 그 용어를 새롭게 제안하는 배경에는 다음과 같은 두 가지 특질이 자리하고 있다.

먼저, 타자를 매개로 자기 이해가 이루어진다는 방법론의 특질이다. 이른바 "나 개념의 체계적 도피성", 즉 자신의 인적사항과 같이 '나'라는 것과 관련된 모든 것을 빠짐없이 열거한 뒤에도 여전히 서술되지 않은 뭔가는 남게 마련이며, 나에게 접근할수록 오히려 나로부터 멀어지는 것은 피할 수 없는 사실이다.20) 이처럼 진정한 의미에서 '자기'란 타자와의 변증법을 통한 인격을 뜻하는 것으로,21) 나의 자기됨이란 오직 타자와의 상호 교섭과 관계 속에서만 발견되고

---

18) 김홍규, 〈국문학 연구, '우리'의 정체성을 향한 질문〉, 《도남학보》 20, 도남학회, 2004, 236면.

19) 기존의 '성찰', '반성'의 개념과 구별하여 이 책에서는 '성찰적 사고'의 개념을 제안하고, 영어 표현으로 'self-reflective thinking'을 채택한다. 'reflective thinking'이라는 표현은 일반적으로 문제 해결을 염두에 둔 듀이의 '과학적 사고'를 지칭하는 까닭에, 성찰적 사고와는 거리가 있다.

20) Gilbert Ryle, *The Concept of Mind*; 이한우 역, 《마음의 개념》, 1994, 241~257면 참조.

21) Paul Ricoeur, *Soi-même comme un autre*; 김웅권 역, 《타자로서의 자기 자신》, 동문선, 2006, 482면 참조.

형성된다고 볼 수 있다. 기존의 '성찰'이 자기 자신을 대상으로 하는 것에 비해, 성찰적 사고는 타자를 대상으로 하는 자기 이해라는 점을 분명히 한다.

둘째, '성찰'이라는 개념에 '사고'라는 말을 덧붙이는 것, 다시 말해 자기 이해의 문제를 사고 활동의 차원에서 바라보고 접근하는 근거는, 일차적으로 사고가 대상을 매개로 하며 인간과 세계에 대한 통찰의 문제를 다룬다는 점에서 찾을 수 있다. 그러나 더 근본적인 이유는 자기 이해를 인간의 사고 문제로 바라볼 때, 과학적이고 체계적인 규명이 가능하기 때문이다. 개인 내면의 세계로 침잠하는 과정에서 야기되는 추상성과 개별성에서 벗어나, 대상과 주체의 관계 형성과 그에 따른 인간 의식의 방향성을 명확히 밝힐 수 있는 길을 확보하기 위함이다. 따라서 이후의 과제는 인간 의식의 방향성 차원에서 성찰적 사고가 어떻게 구성되는가를 구명하는 일이다.

성찰적 사고가 대상을 통한 자기 이해로 규정된다면, 대상은 사고의 질료로서 필수적인 요소이다. 주체가 대상을 어떻게 인식하느냐에 따라 대상의 의미가 달라질 뿐만 아니라 삶의 모습 또한 바뀐다.[22] 대상이 삶에 대한 총체적인 체험을 열어 보임으로써 주체는 자신의 가치와 태도를 대상에 비추어 반성하는 기회를 얻을 수 있다. 이런 점에서 본다면, 주체의 사고는 대상을 향한 의식 작용과 더불어 그 대상에 의해 자기를 발견하고 이해하는 의식 작용으로 이루어진다고 유추할 수 있다. 여기서 이들 각각은 '지향성'과 '반성'으로

---

[22] 강신주, 《타자와의 소통과 주체 변형》, 태학사, 2003, 256면.

개념화될 수 있다.

먼저 지향성의 측면을 살펴보기로 하자. 사실 주체의 존재 여부와 관계없이 대상은 사물로서 존재한다. 그런데 주체의 의식적인 지향 작용이 이루어지지 않으면 지각될 수도 없고 의미를 만들어내지도 못한다. 전시회에 수많은 그림이 있지만 안내자에게 끌려 다니는 관람객에는 그림의 의미가 새롭게 부각되기 어려운 것과 같은 이치이다. 그림을 통해 무엇인가의 의미를 발견하지 못하는 것은, 그림을 향한 주체의 의식적 관심과 태도가 결여되었기 때문이다. 이처럼 인간의 사고는 알고자 하는 대상으로서의 '무엇'과, 그것을 알고자 하는 주체의 의식이 만나 촉발된다고 볼 수 있다.

주체인 '나'는 무엇인가를 알고자 함으로써 의식 활동을 시작하는데, 여기에는 대상에 대한 주체의 의도와 의지, 관심과 태도가 개입한다. 이들에 의해 주체의 의식은 외부에 존재하는 대상을 향하여 움직이는 것이다. 이처럼 사고는 '무엇'에 대한 것이며, '무엇'인가를 지향하고 지시하는 것이라 할 수 있다. 인간의 의식이 늘 무엇인가의 대상을 향하여 움직이는 것을 '지향성'이라 한다. 지향성이라 함은 인간의 사고가 언제나 무엇인가를 대상으로 한다는 것으로, "모든 의식은 무엇인가에 관한 의식을 가리키는 것"이다.[23] 세계 안에

---

23) 지향성은 인간 존재가 자신의 의식을 통해 세계를 이해하고 세계와 관계를 맺는 기본적 구조를 지칭하는 개념이다. 이는 스콜라 철학에서 유래한 것으로, 브렌타노(Brentano)에 의해 자아의 의식은 특정한 대상 또는 내용을 지향할 수밖에 없다는 의미로 개념화되었다.(한전숙, 《현상학》, 민음사, 1996 참조) 흔히, '어떤 것에 대한 의식'이라 간단히 규정되기도 하지만, 그 개념은 끊임없이 변화를 거듭한 끝에 다소 일관되지 못한 측면이 존재하는 것도 사실이다. 그런데, 알다라는 의

있는 대상과 사태'를', 또는 '에 관하여', 또는 '로 지향해 있는' 많은
마음의 상태와 사건들의 속성24)을 뜻하며, "대상적인 것을 향하면
서 그것과 맺고 있는 관계"25)를 의미하는 개념이다. 지향성의 측면
에서 바라본다면 사고라는 것은 결국 '무엇'에 대한 것이며, 무엇인
가를 '지향하고 있으며 '지시'하는 것이다. 이처럼 인간이 사고한다
는 것은 언제나 '무엇을'이라는 대상을 필요로 하며,26) 근본적으로
인식 주체와 인식 대상의 관계적 상황에서 상호작용함을 뜻한다.

지향성과 대응을 이루는 반성의 개념과 의미를 살펴보기로 하자.
인간의 사고는 대상으로 나아가는 것과 동시에 주체인 자기 자신에
게 되돌아온다는 데 주목할 필요가 있다. 내가 어떤 것을 사고한다
는 것은 그 대상을 향해 나아가는 동시에 나에게로 다시 되돌아오는
의식의 작용이다.

생각은 언제나 메아리 되울림을 갖는다. 내가 어떤 것을 생각할 때 생
각은 생각되는 것을 향해 나아가지만 동시에 그것은 다시 나에게 생각
되어 있다. 이런 의미에서 모든 생각은 무엇인가를 향해 나아가면서 동
시에 자기에게 되돌아온다. 지향성은 곧 반성이요, 생각함은 돌이켜 생
각함이다.27)

미의 '지(知)'라는 글자에도 이러한 지향성이 담겨 있다는 점은 매우 흥미롭다.
즉 '지'는 '시(矢)'와 '구(口)'의 결합자로, 여기서 '시'는 '향(向)'함을 뜻한다.("知
ㅆ口矢") 이처럼 지(知)는 주체에서 대상으로 지향하는 데서 성립하는 것이
다.(《說文解字》; 금장태, 《유학 사상의 이해》, 집문당, 1996, 107면 참조)
24) John R. Searle, *Intentionality*, Cambridge Univ. Press, 1983, p.1.
25) 이남인, 〈후설〉, 소광희 외, 《인간에 대한 철학적 성찰》, 문예출판사, 2005, 394면.
26) 윤재근, 〈시와 사(思)〉, 《시론》, 둥지, 1990, 49면.

이처럼 '반성'이란 그 어원 자체가 빛나는 광선을 다시 원천으로 돌려보낸다는 데에 있듯이, 의식이 자기 자신에게 되돌아감을 뜻한다.28) 일반적으로 철학 분야에서 인간 의식이 인식 주체에게로 되돌아가는 방향성의 의미로 개념화되어 사용되고 있다.29) "인식할 때 우리의 시선은 바깥을 향하지만, 그 시선을 안으로 되구부려 (re-flect) 인식하고 있는 자신에 대한 검토"30)가 동시에 이루어진다는 것이다. 이처럼 반성은 대상을 향했던 의식이 자기 자신에게 돌아가는 방향성을 뜻한다. 중국 철학에서도 자신을 대상으로 한 스스로의 사유를 나타내는 것으로 "반성 사유(反省思惟)"라는 말이 쓰이는 것에서 그 보편성을 짐작할 수 있다.31) 자기 이해의 문제를 인간

---

27) 김상봉, 〈생각〉, 우리사상연구소 편, 《우리말 철학사전 Ⅲ》, 지식산업사, 2001, 291면. 사르트르(Sartre) 또한 후설의 현상학을 바탕으로, 인간의 의식 구조가 '~에 관한 의식'과 '자기에 관한 의식'의 이중 구조로 되어 있다는 점을 지적한 바 있다.(Jean Paul Sartre, *L' Étre et le néant*; 손우성 역, 《존재와 무》, 삼성출판사, 1990 참조)

28) Frédéric Laupies, *Premieres lecons de philosophie*; 공나리 역, 《철학기초강의》, 동문선, 2003, 122면. 이하 반성의 개념에 대해서는 최홍원, 〈성찰적 사고의 문학교육적 구도〉, 《문학교육학》 제21호, 한국문학교육학회, 2006 참조.

29) 임석진 감수, 《철학사전》, 이삭, 1983, 144면 참조. 'Reflection'은 라틴어 "reflectio"에서 유래한 것으로 "re+flectere", 즉 "다시 구부리다, 휘다(to bend), 되돌린다, 되휜다"의 의미를 갖는다.(Dagobert D. Runes, *The Dictionary of Philosophy*, Philosophical library, 1942, 267면; 한국철학사상연구회 편, 《철학대사전》, 동녘, 1990, 469면) 이처럼 "반성은 사고하는 의식이 자기 자신에게 되돌아가는 것"을 나타낸다. (Müller Max et. al., *Kleins philosophisches Wörterbuch*; 강성위 역, 《철학소사전》, 이문출판사, 1994, 103면)

30) 이정우, 《개념 — 뿌리들》, 철학아카데미, 2004, 380면.

31) 蒙培元, 《中國哲學的主體的思惟》; 김용섭 역, 《중국 철학과 중국인의 사유 방식》, 철학과현실사, 2005 참조.

시선의 차원에서 설명한 아래 글에서 성찰적 사고의 방향성, 즉 지
향성과 반성을 구체적으로 살필 수 있다.

> 만일 나의 보는 행위가 나를 나의 바깥 세계로 던진다면 내가 보고 있
> 는 세계는 나에게 되돌아오기 때문이다. 세계는 나의 보는 행위를 중심
> 으로 해서 형성되고, 나의 보는 행위에서 세계는 끊임없이 다시 태어나
> 는 것이다. …… 태양이 항상 그것에 드러나 있는 얼굴에 그을림의 흔적
> 을 남기듯이, 우리는 보는 행위와 사고하는 행위도—그것이 감각적인
> 것이든 지성적인 것이든 상관없이—그러한 변형시키는 영향을 우리에
> 게 미친다. 예를 들어 플라톤의 이데아를 언제나 생각하고 있는 사람은
> 이데아를 모방하게 되고, 그리하여 어느 정도는 이데아와 같게 된다고
> 말하였다. 이처럼 모든 사람은 그가 진실이라고 생각하는 것의 모습으로
> 변형되는 것이다. 나의 존재방식에 따라서 나는 세계를 보는 것이다. 다
> 른 한편으로 내가 세계를 보는 방식에 따라서 나의 존재가 형성되는 것
> 이다. 어떤 때는 그 세계가 내가 처음에 그것에 대해서, 그리고 나 자신
> 에 대해서 부여했던 의미를 확증해 준다. 또 어떤 때는 그 세계는 그러
> 한 의미를 부정하고 나로 하여금 그것을 수정하도록 한다. 이리하여 존
> 재한다는 것은 보는 신체와 보이는 세계 사이의 교호작용에 의해 그 자
> 신으로 된다는 것이다. 우리의 얼굴은 모두가 세계의 거울이다.[32]

바깥 세계를 향하지만 동시에 자기 자신에게로 되돌아온다는 점
은 인간 사고의 두 방향성, 지향성과 반성의 존재를 나타낸다. 무엇

---

[32] E. Barbotin, "The Humanity of Man", Battista Mondin, *Anthropologia filosofica*; 허
재윤 역, 《인간—철학적 인간학 입문》, 서광사, 1996, 90~91면 재인용.

보다도 자신의 방식으로 세계를 바라보지만, 한편으로는 내가 보는 방식에 따라서 나의 존재가 형성된다는 인식은, 곧 대상을 통한 자기 형성과 이해라는 성찰적 사고의 본령에 해당하는 것이다. 자기는 세계를 구성하고 인식하는 주체이지만, 또한 세계에 의해서 만들어지고 구성되는 존재이기도 하다. 이러한 대상 우위의 세계관과 그에 따른 주체의 자기 형성 태도가 성찰적 사고의 토대를 마련해준다.

지금까지 대상을 통한 자기 이해를 성찰적 사고로 개념화하는 작업을 진행하였다. 나아가 성찰적 사고가 대상을 향한 지향성과 반성에 의한 자기 이해로 구성되며, 이들 의식의 길항 작용에 의해 이루어진다는 점을 밝혔다. 이것이 개인의 내면 성찰과는 구별되는 성찰적 사고의 본질에 해당한다.

2.1.3. 성찰적 사고와 격물치지의 구조적 상동성과 전통성

성찰적 사고의 개념과 그 연원은 동양 철학에서도 찾아볼 수 있다. 동양에서 인식론과 수양론, 자연과 도덕이 분리된 것은 서구의 근대적 학문의 영향에 따른 것으로,[33] 본래 동양의 사고는 자연을

---

33) 김낙진, 〈조선 유학자들의 격물치지론〉, 한국사상연구회 편, 《조선 유학의 자연 철학》, 예문서원, 1998, 73면. 일반적으로 서양 학문과 동양 학문, 전근대적 학문과 근대적 학문의 차이를 '이론 및 체계 중심'과 '실천 및 수양 중심'으로 설명한다. 그러나 이론이라는 것은 인간 삶에 더 나은 방향을 제시하고 그 방향으로 나아가는 방법을 제시하는 것이며, 실천 또한 그 자체로 존재하는 것이 아니라 이론을 통해 비추어지고 확인되어야 한다는 점에 유념해야 할 것이다.(강영안 외, 〈수양으로서의 학문과 체계로서의 학문〉, 《철학연구》 제47집, 철학연구회, 1999

대상으로 한 인식론에다 윤리론과 수양론을 결합하여 궁극적으로 인륜 질서의 근거를 확립하는 데에 목적을 두고 있다. 한 예로 성리학의 경우만 하더라도, 그 명칭부터 자연에 대한 철저한 법칙적 원리적 이해와 더불어, 인간 사회에 그 원리를 응용하는 심화된 사상을 뜻한다.34) 인식론의 차원으로 알려진 '격물치지(格物致知)'조차도 단순히 사물에 대한 과학적 탐구를 지향하는 것이 아니라, 인간의 행위 법칙을 찾는 도덕적 탐구의 성격을 갖고 있다.35) 도(道)에 대한 궁극적 관심 아래에서 일상적 경험과 자연과학적 경험, 그리고

참조)

34) 성리학의 명칭에서 '성(性)'의 대상은 인간이고 '이(理)'의 대상은 자연에 해당한다. 이처럼 성리학은 인간의 본성과 천리(天理)에 대한 규명을 주된 과제로 하면서, 내면적 성실성을 추구하는 인성론의 측면과 인간 행위의 준칙과 규범을 실행에 옮기는 실천적 측면을 강조한다.(최영성, 《한국유학사상사 II》, 아세아문화사, 1995, 216~224면 참조)

35) 금장태, 앞의 책, 119면. '격물치지'는 원래 도덕 수양의 첫 단계로 설정된 조목이다. 주희의 〈격물보전장(格物補傳章)〉의 내용은 다음과 같다. "치지는 격물에 있다고 말하는 것은 다름 아닌 나의 앎을 지극히 하려면 사물에 나아가 그 이(理)를 끝까지 추구해야 한다는 것을 뜻한다. 무릇 사람의 마음에 들어있는 신령한 자질은 반드시 앎의 능력을 갖추고 있고, 천하를 채우는 사물은 반드시 이를 갖추고 있다. 앎이 지극한 경지에 나아가지 못하는 것은 이의 추구가 철저하지 못하기 때문이다. …… 배우는 사람이 이의 궁극적인 경지에 이르는 것을 목적으로 삼아 오랫동안 열심히 노력하면, 그는 어느 날 하루아침에 눈앞이 환히 트이면서 모든 사물이 한꺼번에 속속들이 이해되는 것[豁然貫通]을 경험하게 된다. 이제 뭇 사물은 모든 측면을 남김없이 드러내며, 우리의 마음은 그 체(體)와 용(用)이 모조리 밝아진다. 이것이 바로 격물이며, 이것이 바로 치지이다."(所謂致知在格物者, 言欲致吾之知, 在卽物而窮其理也, 蓋人心之靈莫不有知, 而天下之物莫不有理, 惟於理有未窮, 故其知有不盡也. …… 以求至乎其極 至於用力之久, 而一日豁然貫通焉, 則衆物之表裏精粗無不到, 而吾心之全體大用無不明矣, 此謂格物 此謂知之至也; 《大學》, 〈格物補傳章〉)

도덕적 경험을 모두 포괄하는 것이 바로 격물치지이다.

이처럼 격물치지의 목표는 사물의 객관적인 법칙을 탐구하는 것이 아니라 궁극적으로 '이(理)'를 찾는 데 있으며, 사물을 대상으로 '격(格)'이라는 활동을 통해서 '치지(致知)'라는 이상적 경지에 이르는 것이다. 그 목적은 어디까지나 순수한 자연과학적 탐구에 있지 않고, 오히려 도덕 규칙이 사물의 자연성에 근원을 둔 객관적인 것임을 입증하는 데 두고 있다. 이런 점에서 본다면, 격물치지는 물(物)과의 관련 속에서 이루어진다는 과정의 측면에서, 그리고 추구하는 앎의 성격 측면에서 성찰적 사고와 상당 부분 공통분모를 갖고 있다.

우선 격물치지는 '사물에 나아가 그 이를 궁구하는' 격물(格物)의 과정과 '사물에 나의 앎을 지극히 하는' 치지(致知)의 과정으로 구성되는데, '물(物)'이 주체 외부에 존재하는 객관 대상이라면 '지(知)'는 인식 주체에 형성되는 것으로 구별된다. 여기에는 나와 사물, 또는 주체와 대상 사이에 일어나는 두 가지 방향의 운동성이 내포되어 있다. 사물에 나아가 그 '이'를 끝까지 추구한다는 것은 주체가 대상으로 나아가는 한 방향의 운동에 해당하고, 나의 앎을 지극히 한다는 말은 대상이 주체로 되돌아오는 또 다른 방향의 운동을 나타낸다.36) 이처럼 격물치지는 주체와 대상 사이에 일어나는 두 가지 방향의 운동으로 규정되고,37) 이는 각각 성찰적 사고의 '지향성'과 '반

---

36) 박채형, 〈교육과정이론으로서의 격물치지론〉, 《교육학연구》 42호, 한국교육학회, 2004, 301면.
37) 이재준, 〈주희의 격물치지론과 탈근대 교육과정〉, 한국정신문화연구원 박사학위

성'의 속성에 대응하는 것이라 할 수 있다.

이러한 격물과 치지의 두 과정은 별개의 활동이 아니라 같은 과정의 서로 다른 두 측면을 가리키는 것으로,[38] 현상적으로 분리된 외물(外物)과 내아(內我)가 격물치지의 과정 속에서 합일한다는 데에 유의할 필요가 있다. 즉 격물과 치지는 따로 떨어져서 일어나는 두 가지 종류의 활동이 아니라, '궁리(窮理)'로 일컬어지는 한 가지 활동의 서로 다른 두 측면에 해당하며, 궁리는 격물과 치지의 끊임없는 순환과정으로 설명된다.[39] 이처럼 격물치지는 주체로서의 마음과 대상으로서 사물의 관계가 앎의 기본구조를 이루고 있다는 점,[40] 그리고 격물과 치지라는 각각의 과정은 성찰적 사고에서 물에 대한 지향성과 자기에 대한 반성의 작용에 해당한다는 점에서 구조적 상동성을 확인할 수 있다.

둘째, 격물치지가 추구하는 앎의 성격과 방향 또한 성찰적 사고와 관련이 깊다. 격물치지의 앎은 대상으로서 사물이 갖고 있는 개별적 '이'보다는, 인식 주체와 대상이 합일하여 만물의 존재를 꿰뚫고 있는 근원적 보편적 '이'를 체득하는 것이라 할 수 있다. 이때의 '이'는 도(道)와 상통하는 것으로, 자연의 물리적 변화를 넘어서서 도덕의 원리와 법칙까지 포괄하는 것이다. 따라서 탐구의 결과는 대상 자체에 대한 이해에 그치는 것이 아니라, 인도(人道)로서의 도덕 법칙을

논문, 2002, 103면.
38) 박은주, 〈격물치지론의 교육학적 함의〉, 이홍우 외, 《교육의 동양적 전통》, 성경재, 2000, 459면.
39) 《朱熹集》 卷5. "但能格物 則知自至 不是別一事也 格物致知只是窮理."
40) 금장태, 앞의 책, 112면.

지향한다. 대상의 질서와 법칙에 대한 이해 속에서 궁극적으로 인간
이 추구할 가치를 깨닫고, 이로써 예와 도덕의 내용과 근거를 구성
하는 데 이르는 것이다. 그런데 이것은 도덕이 인간의 의지에 따른
인위적 현상이 아니라 자연적인 현상임을 전제하고 이를 입증하려
는 특별한 의도 속에서 배태된 것임을 살필 필요가 있다. 말하자면
도덕과 그 원리의 기준을 우주와 자연에서 찾고자 하는 것이다.[41]
이처럼 사물에 대한 탐구를 통해서 인도로서의 도덕 법칙을 내면화
한다는 점은, 격물치지에 성찰적 사고의 성격이 내포되어 있음을 보
여준다.

대상에게서 출발하여 주체의 이해가 이루어진다는 과정적 측면,
그리고 대상에 근거를 두고 그 속에서 도덕과 윤리를 찾는다는 내용
적 측면은 성찰적 사고와 격물치지가 공유하는 부분이다. 이처럼 성
찰적 사고는 전통적 사유 방식인 격물치지에도 맞닿아 있음을 확인
하게 된다. 격물치지로 대표되는 인간과 자연의 관계에 대한 인식은
우리 의식 속에 널리 자리 잡고 있었으며, 다음과 같은 일화는 이
같은 보편성과 전통성을 보여주는 사례가 된다.

　내가 일전에 양주(楊洲)에서 오다가 말을 기르는 회양(淮陽) 사람을
만났습니다. 그에게 금강산을 보았느냐고 물으니, 보기는 했지만 미련한
사람이라서 금강산의 아름다움을 제대로 알겠느냐고 하였습니다. 그러나
처음 단발령(斷髮嶺)에 오르니 뾰족한 흰 봉우리가 홀연히 우뚝 솟아

---

41) 윤사순, 〈유학의 자연철학〉, 한국사상연구회 편, 《조선 유학의 자연철학》, 예문
　　서원, 1998, 32면.

있었다는 것입니다. 마음속으로 '이 순간부터는 아주 작은 일이라 한들 어찌 사람을 속이랴 하고 다짐했으며, 갈수록 욕심이 깨끗이 없어졌다고 합니다. 그러나 유람하고 돌아온 뒤에 새로 단발령에 오를 때는 사람을 속이는 마음과 더러운 욕심이 다시 전과 같아졌다고 했습니다.[42]

회양 사람에게 단발령의 흰 봉우리는 단순한 하나의 사물 또는 실체의 의미에 그치지 않고, 자신을 비추는 거울의 의미를 갖는다. 흰 봉우리라는 대상을 바탕으로 자기 자신을 돌이켜봄으로써 자기를 이해하고 지향해야 할 바를 깨닫게 된 것이다. 금강산의 청정함과 드높은 기상에 주체의 동화가 이루어진 것으로 볼 수 있다. 이는 곧 대상을 바탕으로 자기를 이해하는 성찰적 사고의 한 모습이다. 이러한 관점에서 다음 시조를 살펴보자.

> 夫子의 起予者는 商也란 말슴 듯즈왓더니
> 오늘 起予者는 말 업슨 바회로다
> 어리고 鄙塞던 무움이 절노 시롭노라.[43]
>
> ─朴仁老, 《蘆溪集》

---

[42] 이덕무, 《이목구심서(耳目口心書)》; 이화형 역, 《청장 키 큰 소나무에게 길을 묻다》, 국학자료원, 2003, 49면.

[43] 위 시조는 연시조 〈입암 이십구곡(立巖二十九曲)〉의 한 수이다. 〈입암 이십구곡〉은 박인로가 69세(1629년)에 입암에서 장현광(張顯光)과 교류하면서 그곳의 승경을 노래한 작품으로, 작품의 상당수가 대상을 통한 자기 이해를 보여주는 구조를 갖고 있다. 가령, "無情히 션는 바회", "江頭에 걸립ᄒ니", "繩墨업시 삼긴 바회", "合流臺 느린 무리" 등의 작품은 성찰적 사고가 구현된 전형적인 작품에 해당한다.

"기여자(起予者)는 상야(商也)"란 공자가 "나를 깨우쳐 일으키는 사람은 복상(卜商)이로다"고 한 말을 인용한 것으로, 이때 '복상'은 제자인 자하(子夏)를 가리킨다. 자하라는 인물을 통해서 자기 자신에 대한 새로운 깨우침이 생겼다는 것으로, 타자를 매개로 자기 성찰이 이루어졌음을 보여준다. 이처럼 공자의 자기 이해를 가져온 타자가 '자하'였다면, 박인로에게 이러한 타자의 기능을 수행하는 것은 바로 시조 중장에 등장하는 '바위'이다. 바위라는 대상을 통해서 자기의 어리석고 천하며 옹색하던 마음을 새롭게 할 수 있었던 것이다. 이는 바위라는 대상을 향했던 주체의 의식이 자기 내면으로 되돌아온 결과이다. 여기서 바위는 단순한 자연물의 존재에 그치지 않고 자기 이해의 매개로서 기능하며, 주체는 바위라는 대상과의 만남과 감응 속에서 자기 자신을 새롭게 이해하게 되는 것이다. 이러한 모습에서 성찰적 사고가 인간이 세계를 접하고 대상을 만나는 과정에서 이루어지는 보편적인 사고임을 짐작할 수 있다. 자아와 대위되는 세계, 곧 물(物)을 통해 세상을 읽고 자아를 발견하며, 물을 통해 도를 찾고 현실을 관찰하며 이상을 사유하는 의식의 양태가 하나의 문화적 전통으로 자리한 것이다.44)

요컨대, 성찰적 사고란 대상을 통해 자기를 발견하고 이해하는 것을 가리키며, 주체와 대상의 관계 맺음이 강조되는 사고 구조라 할 수 있다. 지향성과 반성이라는 개념은 성찰적 사고의 기제에 해당하는 것으로, 이들의 길항 작용에 의해서 자기 이해가 이루어진다. 자

---

44) 조기영, 《한국 시가의 자연관》, 북스힐, 2005, 209~211면 참조.

기 이해의 문제를 두고서 '성찰'이라는 개념에 '사고'를 덧붙이는 것은, 단순히 내면의식으로 침잠하는 것에서 벗어나 자기 이해를 가능하게 하는 동인으로서 지향성, 반성, 자기 이해와 같은 의식 과정의 전반을 포괄하여 다루기 위함이다.

2.2. 성찰적 사고의 구조

대상을 통한 자기 이해를 성찰적 사고로 규정한다면, 대상과 주체는 성찰적 사고를 구성하는 중핵적인 요소이다. 이들 대상과 주체를 구성 요인으로 하여 성찰적 사고는 지향성, 반성, 자기 이해로 구조화된다. 즉 지향성에 의해 대상과의 관계가 형성되고, 반성에 따라 의식이 주체에게로 되돌아오는 과정을 거침으로써 자기 이해가 이루어지는 것이다. 이처럼 대상을 통해서 자기를 되돌아보는 까닭은, 인간은 스스로를 이해하고자 하는 욕망을 지닌 존재이지만, 다른 대상과 함께 놓여서 관계를 맺을 때 존재의 의미가 더 잘 드러나기 때문이다.[45]

2.2.1. 지향성

대상 속에는 소수의 지배적인 의미와 다수의 불확정적인 의미가

---

[45] 김대행 외, 《문학교육원론》, 서울대출판부, 2000, 121면.

혼융되어 있다. 주체와의 만남에 따라 이들은 선택될 수도 있고, 배제되거나 은폐 또는 보류될 수도 있다. 이는 전적으로 주체가 대상의 어디에 초점을 맞추고 마음을 쓰느냐에 따라 결정된다.[46] 이처럼 주체와의 만남에 의해서 대상의 본유적 속성이 사장되고 특정 부분만이 선택되어 의미를 구성하게 되는 것은,[47] 대상을 향한 주체의 의식작용, 즉 지향성에 따른 결과이다.

지향성이란 "모든 의식은 무엇인가에 관한 의식"으로 모든 체험이나 정신적 행동은 무엇으로 향해 있음을 뜻한다.[48] 어떤 것을 '지향해 있음(directedness)' 또는 어떤 것에 '관함(aboutness)'이 보여주는 마음의 상태나 사건의 특성을 가리켜 지향성이라고 한다면, 인간은 이런 지향성을 통해서 지각하고 느끼며, 욕구하고 의지하며 살아간다고 볼 수 있다.[49] 지향성은 주체가 지닌 관심과 태도가 대상의 의

46) 객관주의 의미론에 따르면, 의미는 개인이 이해하거나 파악하는 방식으로부터 독립된, 기호와 사태의 관계들로 취급된다. 관계의 외부에 그 기호와 사물의 합치를 판단할 수 있는 하나의 위치, 즉 "신적 관점(God's-Eye View)"이 존재한다는 것이다.(Mark Johnson, *The Body in the Mind* ; 노양진 역, 《마음속의 몸》, 철학과현실사, 2000, 41면 참조) 주체의 태도(지향성)에 따라 대상의 의미가 달라진다고 보는 이 책의 관점은 이와는 상반된 입장이다.

47) 슐츠(Schutz)는 엄격히 말해서 이 세상에 순수한 본래의 모습은 존재하지 않는다고 보고 있다. 모든 사실은 애초부터 인간의 정신작용에 의해 선정된 것이며 따라서 그것은 언제나 그것이 처한 상황 속에서 '해석'되어진 결과라는 것이다.(Alfred Schutz, *Collected Papers : The Problem of Social Reality*, Martinus Nijhoff, 1962, 5면 참조) 여기서 해석은 인간이 대상에 대해 능동적으로 의미를 부여한 행위라는 점에서 지향성과 상당 부분 관련성을 갖고 있다.

48) Wilhelm Szilasi, *Einführung in die phänomenologie Edmund Husserls* ; 이영호 역, 《현상학 강의》, 종로서적, 1988, 13면.

49) 길병휘, 《가치와 사실》, 서광사, 1996, 43면.

미화에 미치는 영향을 설명한다.

그런데 지향성은 단순히 대상의 지각과 파악을 의미하는 데 그치지 않는다. 오히려 주체의 상황과 목적에 비추어 대상을 평가하고 종합하는 행위로서의 성격을 갖는다. 단순히 인과적이고 수동적인 것이 아니라, 합목적적이고 능동적인 의미 구성의 과정이다. 따라서 성찰적 사고는 비록 대상을 질료로 하지만, 대상이 드러내는 그 자체의 속성에 따른 것이 아니라, 인간이 대상에 대해 마음을 쓰는 것에 연유한다고 볼 수 있다. 자기 이해의 과정에서 주체는 객관적으로 존재하는 현실에 대해 반응하는 것이 아니라, 지향성의 결과에 대해 반응하는 것이며, 현실은 이러한 지향성에 의해 지각되고 신념화되는 과정을 거친다.

그런데 성찰적 사고의 구조에서 주체의 지향성은 무엇보다도 물(物)을 대상화하고 범주화한다는 점에 유의해야 한다. 지향성은 '대상성', '관계성', '통합성', '구성성'의 속성을 갖는바,50) 이에 따라 성찰적 사고에서 물(物)은 단순히 사물에 그치지 않고 인간의 자기 이해를 위한 매개로서 '대상화'되고 '범주화'되는 것이다. 이러한 속성으로 인해 반성의 작용과 자기 이해의 내용에 결정적인 역할과 기능을 한다.

첫째, 성찰적 사고에서 대상성이란 주체의 지향성에 의해 하나의 사물이 대상이 되는 것을 가리킨다. 이때 '하나의 대상'은 '하나의 사

---

50) 김종걸은 후설(Husserl)의 지향성 개념이 "대상화한다", "통합한다", "관계를 맺게 한다", "구성한다"의 네 가지 특성을 가진다고 보았다.(김종걸, 《리꾀르의 해석학적 철학》, 한들출판사, 2003, 58~59면 참조)

물' 이상의 것이다.[51] 외부 세계로서 사물은 주체의 정신적 요소와
연계되어 심령의 불빛이 비추어질 때 비로소 상관된 의미를 낳아서
하나의 대상이 될 수 있다.[52] 주체에게 인식되기 이전의 사물과 대
상화된 이후의 사물을 비교해 보면, '사물'과 '대상' 사이의 이러한
차이는 더욱 분명해진다. 사물이 사고의 대상이 되는 순간, 주체의
삶 '바깥에서' 하나의 객관적이고 독립된 현상으로서의 존재 의미를
잃게 된다. 대신 객관적으로 존재하는 독립적 개체의 수준을 넘어서
주체의 의식 활동 영역에 관여하는 상관물로 기능하게 된다. 사물이
주체의 의식 작용에 의해 '대상화'될 때, 그 존재가 담고 있는 의미
는 비로소 발현될 계기를 얻는다.[53]

---

51) John Dewey, *How We Think*; 임한영 역, 《사고하는 방법》, 법문사, 1979, 32면.
52) 吳戰壘, 《中國詩學》; 유병례 역, 《중국시학의 이해》, 태학사, 2003, 29면. 현대
   물리학 또한 물질이 주체를 자극하는 현상에 대해 관심을 갖고 있다. "입자-파동
   이중설(particle-wave duality)"에 따르면, 자극은 외부 사물이 갖는 에너지가 다른
   사물이 갖는 에너지로 이동 또는 전달되는 것으로 설명된다. 인간도 외물(外物)
   과 마찬가지로 입자로서의 육체와 파동으로서의 정신을 갖고 있다면, 외물의 입
   자와 파동은 각각 인간의 육체와 정신에 해당하는 것이라 할 수 있다. 이런 점에
   서, 인간이 외부 사물을 지각한다는 것을 사물의 이중성과 인간의 이중성이 서로
   반응하는 행위로 설명한다.(Fred A. Wolf, *Taking the quantum leap*; 박병철·공
   국진 역, 《과학은 지금 물질에서 마음으로 가고 있다》, 고려원미디어, 1992 참
   조) 이는 물(物)을 고정된 입자로 간주하는 고전물리학의 세계관·물질관과는
   분명한 차이를 보인다.
53) 1920년대 양자론의 창시자인 물리학자 하이젠베르크(Heisenberg)에 따르면 "우
   리가 관찰하는 것은 자연 그 자체가 아니라, 우리의 질문 방식에 따라 도출되는
   자연이다"라고 한 바 있다. 이것은 인식 대상이 그것을 바라보는 주체와 연결되
   어 있음을 뜻한다. 이처럼 물리학에서조차 대상에 대한 관찰은 사실상 '관찰'이
   아니라 '참여'로 보기도 한다.(Fritjof Capra, *The Tao of Physics*; 이성범 외 역, 《현
   대 물리학과 동양사상》, 범양사출판부, 2006, 157~159면 참조)

사실이나 사태는 그 자체로 의미를 갖는 것이 아니라, 인간의 지향성이 작용하여 그 영향 속에 놓일 때 비로소 의미를 구성할 수 있다. 주체로서 인간이 마음을 쓰고 관심을 갖지 않는다면, 어떤 물(物)도 주체에게 의미를 지닐 수 없고, 그야말로 단순한 사물에 지나지 않는다. 어떤 사실에 어떠한 의미가 부여되는 것은 궁극적으로는 지향성의 문제이다.[54] 이처럼 '무엇'에 대한 사고를 낳는다는 점에서 지향성은 대상 세계의 성립을 가져오는 중요한 바탕이 된다. 세계에 대한 인식 근거를 마련하고 사고의 원인으로 작용함으로써, 비로소 특정한 사고가 산출되는 계기를 마련한다. 이는 성찰적 사고를 가능하게 하는 기본적 요건에 해당한다.

둘째, 관계성이란 주체의 지향성에 의해 사물이 주체와 특별한 관계를 형성하게 됨을 뜻한다. 앞서 밝힌 바와 같이 성찰적 사고는 주체와 대상의 상호작용에서 비롯된다. 그런데 사고에서 대상은 주체의 시선을 기다리는 죽어 있는 사물이 아니라, 그것 자체가 일종의 관계 양상이다.[55] 주체와 관계를 맺는다는 것은, 사물을 그 자체로 바라보는 것이 아니라 '나에게서의 봄'을 의미한다. 대상은 '보이는 것'이다. 따라서 대상을 향한다는 것은 곧 사물과 주체 사이의 특별한 관계 형성을 만들어낸다. 예컨대 길가에 핀 꽃을 지각할 경우, 주체의 지향성은 일차적으로 그 꽃을 향하면서 동시에 그것과 관계 맺게 됨을 함의한다.

---

54) 길병휘, 앞의 책, 207면.

55) Paul Ricoeur, *Interpretation Theory—Discourse and the Surplus of Meaning*; 김윤성 · 조현범 역, 《해석이론》, 서광사, 1998, 79면 역자 주 참조.

이 같은 관계성에 따라 물(物)과 주체 사이의 은유적 대응 구조가 형성된다. 여기서 은유는 '비교 이론'에서 말하는 바와 같이, 두 대상 사이에 존재하는 유사성을 활용하는 수사법의 차원에 그치지 않는다. 오히려 유사성이 없어 보이는 두 대상 사이에 유사성을 '찾고 연결하는' 인간의 사고 작용에 가깝다. 주체와 대상을 관련짓는 은유의 힘은 두 대상을 바라보는 인간의 사고와 인식에 의해 '유사성이 만들어짐으로써' 생겨난다.56) 이처럼 은유는 표면상 아무런 관련이 없어 보이는 대상과 주체에 "혈연관계를 부과"57)하는 기능을 한다. 논리적으로 보자면 이른바 "범주 오류"58)에 해당하는 것이지만, 양립할 수 없는 사물을 하나의 집합군에 두고서 이전의 범주 분류 체계를 넘어서는 새로운 관계를 형성하게 한다.

이처럼 성찰적 사고에서의 지향성은 물(物)과 인간이라는 전혀 다른 차원의 존재 사이에 유사성을 발견하여 이 둘을 아우르는 새로운 범주로 묶어내는 것이라 할 수 있다. 여기서 범주는 고정된 것이 아니라 목적에 따라 다양한 방식으로 확장이 가능하며,59) 어떤 특성을 강조하거나 감춤으로써 대상들을 똑같이 만드는 "동일시의 원리"에 의해 새로운 범주화 또한 얼마든지 이루어질 수 있다.60)

---

56) 정혜승, 〈은유의 기능과 국어교육적 함의〉, 《국어교육》 118, 한국어교육학회, 2005, 185면.

57) Paul Ricoeur; 김윤성·조현범 역, 앞의 책, 95면.

58) Gilbert Ryle; 이한우 역, 앞의 책, 1994 참조. 굿맨(Goodman) 역시 "은유는 계산된 범주의 오류라고 볼 수 있다. 다시 말해 행복과 새로운 활력을 위한 중혼이나 재혼이라고 볼 수 있다"고 언급한 바 있다.(Nelson Goodman, *Language of Art*, 김혜숙 외 역, 《예술의 언어들》, 이화여대출판부, 2002 참조)

59) George Lakoff et. al.; 노양진 외 역, 앞의 책, 168~170면 참조.

셋째, 통합성은 관계성에 기반하여 형성된 범주화에 따라 대상의 의미와 주체의 의미가 공유되면서 일체화되는 것을 말한다. 범주는 본래 주변이나 세계를 이해하는 인식 행위의 기본적인 틀로 작용한다. 그런데 은유적 구조에 의해 발견되고 생성된 두 존재 사이의 유사성은 대상과 주체의 본유적 범주를 무너뜨리고 이 둘을 포함하는 새로운 범주를 만들어낸다. 이로써 대상과 주체가 한 범주 속에 나란히 세워지고, 두 존재는 서로의 의미를 공유하게 된다. 이처럼 새로 형성된 범주 속에서는 대상의 성질이 곧 주체의 것이 된다. 대상과 관련된 일련의 자질과 요구들은 은유적 대응 관계와 동일 범주에 의해서 주체에게도 똑같이 적용되고 부과되는 것이다.

이러한 통합성에 따라 물(物)은 자기 이해의 매개, 좀 더 구체적으로는 모델로서 작용하게 된다. 여기서 '모델'이란 대상이나 실재에 대한 재기술(redescription)의 도구이자 표현으로 기능하는 것을 일컫는다.[61] 다시 말해서, 복합적이고 추상적인 실재를 효과적으로 파악하기 위하여 상대적으로 간단하고 단순한 대상을 이용하는 것이다. 이것은 익숙한 근원 영역에 기대어 낯선 목표 영역을 개념화하는 인지 전략에 해당하는 것으로, 추상적인 세계에 구체성과 가시성을 부여하는 효과를 낳는다. 주체와 대상이 동일 범주에서 의미를 공유하게 되고, 이로써 관찰과 분석이 쉬운 구체적 사물을 모델로 복합적인 주체의 내적 본질에 대한 탐구가 가능해진다.

---

60) 김경용, 《기호학이란 무엇인가》, 민음사, 1994, 64면 참조.

61) Mary B. Hesse, *Models and Analogies in Science*, Univ. of Notre Dame Press, 1966 참조.

끝으로, 구성성은 대상성, 관계성, 통합성을 기반으로 새로운 추상적 의미를 생각해 내는 것을 말한다. 인간은 실제 주어진 것보다 더 많은 것을 사념하는 의식 활동을 하며 직접적으로 주어진 현상적 대상을 넘어서서 새로운 의미를 구성해 낸다.[62] 따라서 대상 자체의 질성적 의미를 뛰어넘어 새로운 의미를 만들고 자기를 비롯한 인간 이해로 확장하고 전이할 수 있는 것도, 이러한 구성성의 작용 결과이다. 주어진 사물 자체의 파악을 넘어서서 세계와 자아의 관계를 이해할 수 있는 것은 이러한 구성성에 힘입은 바가 크다.

성찰적 사고에서 대상을 향한 지향성이 무엇보다 중요한 까닭은, 이러한 지향성에 의해서 대상과 주체 사이의 "교호작용(transaction)"이 일어난다는 점에 있다. 교호작용[63]이란 개인과 환경의 상호 관계적 활동을 일컫는 것으로, 사물이 고립적으로 존재하지 않고 주체의 인식 작용과 상호관계를 맺는다는 뜻이다. 이는 유기체와 환경 사이의 생물학적 통합을 뜻하는 것이 아니다. 무엇인가 유의미한 경험을 하는 과정에서 자기에 대한 인식이 이루어지기 위해서는, 근본적으로 인식 주체와 인식 대상이 하나의 관계적 상황에 놓여야 하고, 대상과 주체가 상호 영향 속에서 끊임없이 변화하고 발전하는

---

62) 현상학에서는 인간의 의식이 지향성을 통해서 주어진 의미보다 더 높은 단계의 의미로 대상 및 세계를 구성하는 능력을 지니고 있다고 본다. 이처럼 직접적으로 주어진 것을 초월하여 새로운 의미를 파악하는 작용을 "구성 작용"이라 한다.(이남인, 앞의 글, 399~404면 참조)

63) 'transaction'의 번역어로 '교섭작용', '상관작용', '변성작용' 등이 있으나 상호작용의 입체적 의미를 강조하여 '교호작용'라는 용어를 사용하기로 한다.(김무길, 《존 듀이의 교호작용과 교육론》, 원미사, 2005, 16, 53면 참조)

과정을 거쳐야만 한다. 이처럼 대상을 통해서 자기를 이해하기 위해서는 대상과의 특별한 만남과 그에 따른 교호작용이 요청되는데, 이것을 가능하게 하는 것이 바로 대상을 향한 주체의 지향성이다. 대상의 의미에 주체가 개입하고 대상에 의해 주체의 인식과 경험이 변화하는 것도, 지향성과 그에 따른 교호작용으로 설명될 수 있다. 지향성과 교호작용의 측면에서 다음의 시조를 살펴보자.

> 菊花야 너는 어이 三月 東風 다 보니고
> 落木 寒天에 네 홀노 픠엿는다
> 아마도 傲霜孤節은 너 뿐인가 ᄒ노라.
>
> ― 李鼎輔, 《樂學拾零》

> 蜀天 블근 둘의 슬피 우는 져 杜鵑아
> 空山을 어듸두고 客窓에 와 우니는다
> 不如歸 不如歸ᄒ는 情이야 네오 너오 다르랴.
>
> ― 작자미상, 《古今歌曲》

> 是非 업슨 後ㅣ라 榮辱이 다 不關타
> 琴書를 훗튼 후에 이 몸이 閑暇ᄒ다
> 白鷗ㅣ야 機事을 니즘은 너와 낸가 ᄒ노라.
>
> ― 申欽, 《樂學拾零》

이들 시조에서는 공통적으로 "너"라는 표현이 등장한다. 여기서 "너"는 대상과의 특별한 관계 맺음을 드러내는 언표에 해당한다. 나의 상대자로서 '너'라는 형식은 객관적인 존재로서의 '그것'보다 우위성을 갖는다는 것은 두루 알려진 사실이다. 너라는 표현에는 이미 하나의 대상을 객관적인 사물로 보는 것이 아니라, 나와 구체적인 관계를 가지고 있는 상대자로 본다는 것이 함의되어 있다.[64] 하나의 사물이 주체에게 의미 있는 대상이 되면서 특별한 관계를 형성하는데, 이는 지향성, 즉 대상성, 관계성, 통합성, 구상성의 결과로 설명이 가능하다.

첫 번째 시조에서 "국화"라는 하나의 사물은 주체에게 의미 있는 대상이 되면서 특별한 관계를 형성한다. 지향성과 그에 따른 관계 형성으로 국화와 주체가 같은 범주에 놓임으로써 국화의 자질인 "오상고절(傲霜孤節)"은 대상의 것만이 아니라 주체 또한 가져야 할 공통의 가치가 된다. 두 번째 시조에서는 "두견(杜鵑)"이라는 대상을 상대로 주체의 지향성이 작용한 결과, 두견과 주체가 동일시되면서 너와 내가 다르지 않다는 인식에 이른다. 두견은 본래 하나의 새에 지나지 않지만, 주체의 정서를 대변하는 기능을 하는 것도 지향성에 따른 대상화와 범주화의 결과이다. 세 번째 시조에서 "백구"와 "나"가 새와 인간이라는 범주를 뛰어넘어 물아일체(物我一體)를 이룰 수 있었던 것 역시 주체의 지향성과 그에 따른 교호작용의 결과로 설명할 수 있다. 이처럼 주체의 지향성이 작용함으로써 국화, 두견, 백구

---

64) 이규호, 《앎과 삶 — 해석학적 지식론》, 좋은날, 2001, 101면 참조. 여기서는 '너'의 표현이 더 원초적이고 본원적이며, 본질적이고 근본적인 형식을 뜻한다고 보고 있다. 이처럼 '너'와 '그것'의 표현이 갖는 존재론적 의미와 가치에 대한 연구는 부버(Buber)가 선편을 쥐고 있다.(Martin Buber, *Ich und Du*; 표재명 역, 《나와 너》, 문예출판사, 1995 참조)

라는 사물은 주체와 특별한 관계를 형성하게 되는데, 사물과 인간이라는 범주상의 차이가 존재함에도 새로운 공통 범주를 통해 대상의 의미가 주체로 전이되는 과정을 거친다. 대상과의 특별한 만남과 교호작용을 가능하게 하는 것이 지향성임을 이들 시조에서 다시 한 번확인하게 된다. 이러한 지향성의 중요성은, 사물을 바라보는 새로운시각과 방법이 그 사물을 새롭게 다룰 수 있는 가능성을 제시하고, 새로운 이해와 깨달음을 가져다준다는 데 있다. 이처럼 성찰적 사고에서 지향성은 자기 이해의 내용을 결정짓는 하나의 중요한 과정이자 구조로 기능한다.

2.2.2. 반 성

성찰적 사고에서 주체의 의식작용은 크게 대상을 향하는 것과 대상에서 자기에게로 되돌아오는 두 방향성으로 구성된다. 이때 대상에서 자기에게로 되돌아오는 의식작용을 설명하는 것이 바로 '반성(反省)'이다. 지향성을 통해서 대상과 주체의 관계 형성이 이루어졌다면, 성찰적 사고의 다음 절차는 주체 자신으로 되돌아오는 것이며, 이것이 반성의 작용이다. 이처럼 반성이란 향하고 있던 방향에서 반대쪽으로 돌려[反] 자신을 본다[省]는 것으로, 자기 자신에게로 돌아가는 의식의 방향성을 가리키는 개념이다.[65] 특히 자기 이해로서

---

[65] '반성'을 "반면적(反面的) 사유"라는 개념과 비교하여 살펴볼 필요가 있다. 반면적 사유는 상대방에 대한 돌아보기를 뜻하는 중국의 사유체계로, 자기의 입장을 거꾸로 뒤집어 보아 상반되는 입장을 헤아리는 것을 뜻한다. 이처럼 반대 상황에

반성은, 첫째 인간은 거울을 통해 수동적으로 비추어지는 것이 아니라 적극적으로 거울을 바라본다는 점, 둘째 인간은 거울이라는 외재하는 물체 없이도 반성을 통해 자기 자신을 바라본다는 점, 그리고 되비추어지는 것이 눈에 보이는 물질적인 것뿐만 아니라 자신의 삶의 실존적 측면까지도 포함한다는 점을 특징으로 한다.[66]

그런데 반성이 주체에게 되돌아오는 것이라면, 문제는 무엇에게서 되돌아오는가에 있다. 이는 주체가 자기 자신을 이해하기 위해 무엇을 대상으로 해야 하는가의 물음이다. 반성과 관련된 기존의 연구에서는 사고 활동 자체나 자기 자신을 반성의 대상으로 설정하고 있다.

첫째, 사고 활동 자체가 반성의 대상이 될 수 있다. 이는 의식의 진행을 갑자기 중단시키고 그 원천으로 되돌림으로써 의식행위 자체를 메타적으로 바라보는 것을 말한다. 이런 거리두기의 성격에 의해서 반성은 "상위 인지 기술" 또는 "비판적 사고"[67] 등의 의미로 개념화되기도 한다. 이러한 사고는 '회귀적(recursive) 사고', '메타인지적 사고', '자기 수정적 사고'로서의 성격을 가지며, 내용은 물론 방법론까지도 반성의 대상으로 삼는다.[68] 사고 과정 자체를 사고의

대한 고찰을 통해 총체적 합일과 조화를 꾀하는 "반사적(反思的) 돌아보기"라는 점에서 이 책에서의 '반성'과는 거리가 있다.(오태석, 《중국문학의 인식과 지평》, 역락, 2001, 50~51면 참조)

66) Jan Bengtsson, *What is Reflection? : On reflection in the teaching profession & teacher education*, Teacher and Teaching : theory and practice, 1(1), 1995 참조.

67) Robert J. Sternberg et. al., *The Psychology of Human Thought*; 이영애 역, 《인간사고의 심리학》, 교문사, 1992, 508~509면과 김영정 외, 《비판적 사고와 학술적 글쓰기》, 서울대 교수학습개발센터, 2004 참조.

대상으로 설정함으로써, 반성을 통해서 자신의 행동에 대한 수정을 가져오는 것이다. 그러나 자신의 사고에 대한 반성이라는 점에서, 이 책의 과제인 자기 이해의 문제와는 목표와 성격을 달리 한다.

둘째, 자기 이해와 관련된 기존 연구에서 반성의 대상은 대부분 자기 자신으로 설정되어 있다. 주체가 자기를 대상으로 내면을 되비 추어보는 것으로 설명된다. 철학에서 흔히 말하는 반성(réflexion) 역 시 "주체가 자기 자신으로 되돌아오는 활동"으로서 자기 자신을 대 상으로 하고 있다. "인식 활동, 의지 활동, 가치평가 활동 등의 주체 로서 자기 이해의 가능성"에 관한 문제를 살펴보는 것도 이러한 철 학 연구의 자장 속에서 논의되어 온 것들이다.[69]

이 같은 방법론은 주체를 이해하고 정립하려는 근대 서양 철학의 욕망과 맞아떨어지면서 "반성철학"이라는 별칭을 얻는 역사적 이력 을 갖고 있다. 데카르트의 코키토(Cogito)에서 비롯되어 칸트와 후기 칸트 철학을 거쳐서 형성된, 사유하는 주체로서의 인간을 정립하는 일련의 철학적 흐름이 여기에 해당하는 것이다. 신이 사라진 이후

---

68) Matthew Lipman, *Thinking in Education*; 박진환 외 역, 《고차적 사고력 교육》, 인간사랑, 2005, 48면.

69) Paul Ricoeur, *Du texte à l'action*; 박병수·남기영 편역, 《텍스트에서 행동으로》, 아카넷, 2002, 19면 참조. 서양 철학사에서 '반성'이라는 개념은 역사적 추이에 따 라 의미에 큰 차이가 있다. 가령, 영국 경험론에서는 인식자가 일상적 경험에서 얻은 인상(impression)을 관념으로 조직하는 인식 기능의 일종으로 간주되지만, 독일 관념론에서는 인식대상에 대한 지식을 얻기 위한 기능을 넘어서서 주체와 객체 사이의 상호관계를 가능하게 하는 조건으로 설명된다.(Jürgen Habermas, *Theorie und Praxis*; 홍윤기 외 역, 《이론과 실천》, 종로서적, 1990, 362면 역자 주 참조)

근대인에게는 어떻게 세계에 대해 참되게 인식할 수 있느냐의 물음
이 끊임없이 제기되었고, 사유의 주체로서 인간을 정립하는 것에서
그 답을 마련하고자 했다. 한마디로 말해서, 자신의 존립을 위해 다
른 것에 의존할 필요가 없는, 인식의 확고한 근거가 되는 주체를 세
우려 한 것이다. 이처럼 반성의 대상을 자기 자신으로 설정하는 것
은 근거로서의 주체와 나로서의 주체 사이에 모종의 일치와 동일시
를 꾀하려는 특별한 의도가 자리 잡고 있다.70) 자기 자신에 대한 의
식을 통해 자기와 관계를 맺고, 그 속에서 '나'라는 주체를 정립함으
로써 자기동일성의 주체로서 자신을 인식하려 한 것이다.

　그런데 '자신에 대한 반성'의 결과 인간은 주체로 정립되기에 이
르지만, 인간 이외의 것은 모두 객체로 돌려세워진다는 문제가 발생
한다. 주체와 대상을 이원적으로 인식함으로써 대상세계를 부차적
인 것으로 간주하는 이른바 대상화가 초래되는 것이다. 대상을 소외
시킴으로써 주체의 인식이 가능해지고, 주체는 자율적이고 이성적
인 존재로 존립할 수 있게 된다.71) 그러나 주체는 곧 모든 것과 단
절되어 자신만의 세계에 갇히고 만다. 이 모두는 타자를 배제한 채
자기 자신에 대한 직접적인 탐색을 통해서 자기를 인식하려는 태도
에서 비롯된 것이다. 이 같은 내성적 방법으로는 자기 이해의 결과
가 자기에 대한 일면적 인식에 그치고 만다.72)

　이처럼 자기 자신의 내면을 되비추어보는 기존의 방법론에서는

---

70) 윤성우, 《해석의 갈등, 인간의 실존과 의미의 낙원》, 살림, 2005, 123~124면.
71) 김상욱, 《문학교육의 길찾기》, 나라말, 2003, 23면
72) 소광희 외, 앞의 책, 7~8면 참조.

애초부터 타자의 개입을 철저히 차단함으로써 있는 그대로의 자기 자신을 재확인하는 데 머무르거나, 심지어 왜곡된 이해를 더욱 강화시키는 결과에서 자유로울 수 없었다. 데카르트 식의 직관적인 코키토에 따라 자기 자신을 직접적으로 탐구하는 '의식 철학, '직접적인 것의 철학이 가지는 한계가 여기에 있다. 타자를 배제하는 동일성의 원리에 매몰됨으로써, 타자에 의해 이루어질 수 있는 진정한 자기의 발견과 이해의 가능성을 스스로 차단해 버리고 만 것이다. 이는 자신을 절대화하고 타자를 철저히 배제하는 독선의 논리라고 할 수 있다.

반성의 대상을 자기 자신으로 설정하고 자신의 내면에 천착하는 것은, 서구의 근대 철학에 국한된 문제가 아니다. 한 예로, 동양에서 정자(程子) 또한 내적 성찰을 강조하면서 자기 자신에게 향하는 의식을 "내성적 사유"라 이름 짓고, 그 방법으로 "체회(體會)"라는 체험적 이해를 제시한 바 있다.[73] 그런데 내성적 사유는 스스로 체험하는 자득(自得)의 과정으로 설정되어 개인 차원의 끊임없는 수양과 그에 따른 깨달음만을 강조할 뿐, 구체적인 방법과 절차에 대한 규명이 부족하다. 더구나 자기 자신의 내면에만 함몰된 직관주의적 내성(內省)의 성격을 갖는 탓에, 자기의 이해 지평을 뛰어넘는 길이 원천적으로 막혀 있다. 즉 자신의 기존 경험과 지식을 뛰어넘는 질적 고양과 발전을 기대하기 어려운 구조이다.

자아는 분명 반사되는 것에 의해 구성된다.[74] 그런데 문제는 이

---

[73] 이규성, 〈정자에서의 지식과 직관의 문제〉, 이남인 외, 앞의 책, 299면.
[74] Jonathan Culler, *Literary Theory*; 이은경 외 역, 《문학이론》, 동문선, 1999, 182면.

러한 '반사'를 자기 자신이라는 거울로만 비추어보려 했다는 데 있다. 진정한 자기의 발견과 이해는 타자에 의해 이루어질 수 있다는 점이 간과되어 왔다. 유아론적인 코키토의 '나'가 갖는 이러한 나르시시즘의 한계는 곧 타자성에 대한 적극적 도입을 요구한다. 여기서 타자는 단순히 현상적 표면적 이질성을 내포한 존재에 그치는 것이 아니라, 자기를 일깨우는 기능을 담당한다. 타자는 "나를 바라보는 자"이며, 따라서 내가 나에 관한 진실을 알기 위해서는 반드시 타자를 거쳐야만 한다.75) 이러한 타자에 의해서 나는 "바라보는-존재"에서 "바라보인-존재"로 변화한다.

> 무엇이건 나에 관한 진실을 얻으려면 나는 반드시 타자를 거쳐야만 한다. 타자는 나의 존재에 필수불가결하다. 그뿐만이 아니라 내가 나에 대해 가지는 인식에서도 이와 마찬가지다.76)

타자가 등장하면서 내가 중심으로 있던 세계는 허물어진다. 타자에 의해서 나는 다른 대상과 마찬가지로 그 누군가에게 거리를 부여받는 사물, 즉 객체의 자격을 부여받게 된다. 이로써 '나'의 대상화와 객관화가 이루어진다. 타자는 나에 의해 구성되는 어떤 것이 아니라, 나의 나됨에, 나의 자기됨에 적극적으로 참여하는 존재이기에77) 타

---

75) 변광배, 《장 폴 사르트르 시선과 타자》, 살림, 2004, 33면 참조.
76) Jean Paul Satre, *L'Existentialisme est un humanisme*; 방곤 역, 《실존주의는 휴머니즘이다》, 문예출판사, 1993.
77) 윤성우, 《폴 리쾨르의 철학》, 철학과현실사, 2004, 79면.

자 없이 나는 나를 살펴볼 수 없다.

바흐친(Bakhtin) 역시 나 자신에 대한 인식은 타자를 통해서만 이루어질 수 있으며, 타자의 시선을 통해서 나의 객관화가 가능하다고 보았다.78) 방법론에서 차이가 있기는 하지만, 라캉(Lacan)과 레비나스(Levinas) 또한 타자를 거울로 삼아 타자를 통해 역설적으로 주체를 구성해 가는 "과정 중의 주체"를 주창한 바 있다. 결국 이들의 주장은 주체의 존재를 절대화한 근대 관념론을 비판하고 타자를 통해서 진정한 주체가 될 수 있다는 점으로 수렴된다.79) 내가 누구이며 무엇인가에 대한 탐구는 타자의 현전과 상호작용에 의해서 가능함을 설명하고 있다.

이 같은 문제의식에서, 이 책은 자기 이해를 위한 반성의 대상으로 '물(物)'이라는 타자를 설정한다. 여기서 '물'은 인간과 대립되는 물질적 현상적 존재만이 아니라, 인정(人情), 사상(事象), 물태(物態)를 비롯한 우주의 삼라만상을 포괄하는 "물태인정(物態人情)"80)을 가리킨다. 이처럼 모든 존재는 사고 질료의 성격을 갖고 있는바, 이 때의 '물'은 고정된 실체이기보다는, "인간이 행동하고 말하고 사고하는 데에서 관심을 두는 대상"81)이라 할 수 있다. 성찰적 사고에서

---

78) Todorov, *Mikhail Bakhtine : le principe dialogique* ; 최현무 역, 《(바흐친) 문학사회학과 대화이론》, 까치, 1987, 135〜137면.
79) 주체 문제에 관한 라캉, 레비나스 등에 대한 설명은 강영안, 《주체는 죽었는가》, 문예출판사, 1996에 바탕을 두고 있다.
80) "물태인정(物態人情)"이라는 용어는 민요가 대상으로 하는 감정의 세계를 일컫는 말로 사용된 바 있다.(김대행, 《시와 노래의 세계》, 역락, 2000, 94〜95면 참조) 다만, "물태(物態)"가 사물과 관계되고 "인정(人情)"이 사람과 관계된다는 점에서, 물(物)이 포괄하는 전체 대상을 가리키는 말이 될 수도 있다.

물은 인간의 의식 작용과 분리되어 독립적으로 존재하는 것이 아니라, 인간과의 교호작용과 그에 따른 대상화가 가능한 존재들이다. 따라서 "그것이 인위적인 것이든 또는 자연적인 것이든 간에 언제나 인간 삶의 세계 안에 존재하며, 인간과 함께 호흡하는 대상"[82]에 가깝다. 그렇다면 인간으로부터 독립된 존재로서가 아니라, 인간과의 관계 속에서 의미가 규정될 수 있는 존재로 보아야 할 것이다. 이 과정에서 지향성의 관여가 요청됨은 물론이다. 이와 관련, 대상은 외부에 실재하는 것이 아니라 인간의 의식에서 만들어진 산물이라는 점을 강조하면서 "풍경"이라는 용어가 제안되기도 하였다.[83]

---

81) John Dewey, *Knowing and the Known*, Beacon Press, 1960, 149면; 김무길, 앞의 책, 57~58면 참조.

82) 이홍우 외,《한국적 사고의 원형》, 한국정신문화연구원, 1988, 127면. 물(物)을 외(外)라고 규정하고, 물을 접하는 자아를 내(內)라고 하여, "내외합일(內外合一)", "내외무간(內外無間)" 등의 용어를 사용하는 것도 주체와 외물과의 관련성에 주목한 결과들이다. 서양에서도 주체와 대상의 만남에 따른 심미적 경험의 문제에 대해 다양한 탐색이 이루어졌는데, "융해론(Theory of Fusion)"과 "유사론(Theory of Formal Resemblance)"이 대표적인 입장들이다. 융해론은 심미적 대상에 내재하는 객관적 요인의 종합을, 유사론은 주체와 대상의 유사성을 강조하는 차이점은 있으나, 모두 주관적 요인과 객관적 요인이 서로 긴밀한 상호 의존성을 가지고 합일을 이룬다고 보는 공통성이 있다.(Melvin Rader et. al., *Art and Human Values*; 김광명 역,《예술과 인간 가치》, 이론과실천사, 1987, 112~118면 참조) 그러나 이들은 주체와 대상의 관계에 대한 면밀한 고찰까지는 이르지 못하였다.

83) 李孝德,《表象空間の近代》; 박성관 역,《표상 공간의 근대》, 소명출판, 2002, 41~43면 참조. "풍경"은 사물과 사물, 사물과 인간 등의 관계성에 기초한 세계상을 반영하는 의미를 갖고 있다.(강영조,《풍경에 다가서기》, 효형출판, 2003; 김문주,《형상과 전통》, 월인, 2006, 9~10면 참조) 자연 이외의 것을 포괄하는 장점을 갖지만, 주체의 의미가 상대적으로 약한 탓에 주체의 자기 이해 행위를 담아내기 위한 개념으로는 적절하지 않다고 판단된다.

인간은 이처럼 자신의 상대적 개념인 외물(外物)과의 만남을 통하여 자기 변화와 자아 발전을 꾀하여 왔다.[84] 주체와 대상의 만남은 주체가 가진 기존의 가치, 관념과 대상이 서로 맞부딪히는 대화의 장을 형성하는데, 이러한 역동성과 긴장이 대상을 재구성할 뿐만 아니라 주체의 자기 이해를 가능하게 하는 동력이 된다. 물은 인간의 본질과 실존의 의의를 인식시키는 사고의 질료이면서 주체의 사고를 불러일으키는 대상이 된다.[85]

따라서 이 책에서 반성이라는 개념은 반성철학에서 말하는 데카르트식의 직접적인 자기 이해와는 차원을 달리하여, '자기 자신에게로 되돌아오는 의식의 방향성'이라는 어원적 의미로 개념화하여 사용하기로 한다. 성찰적 사고가 개인의 내면을 직접적으로 다루는 기존의 성찰적 글쓰기나 서양 근대 철학의 반성과 구별되는 것이 바로 이 지점이다. 물론 자기 자신을 향한 반성은 대상을 향한 지향성과 별개의 관계일 수 없다. 반성적 자기 의식은 언제나 그것의 작용이 불가피하게 결부되어 있는 대상 지평의 발자국에 따라 이루어지기 때문이다.[86]

그런데 성찰적 사고에서 주체와 대상은 지속적으로 간섭하고 영향을 끼치는데, 이러한 교호작용에 의해 대상 A와 주체 B는 각각 A'와 B'로 바뀌고, 이것은 이전과는 다른 새로운 의미의 지평을 구성

---

84) 조기영, 앞의 책, 208면.
85) "人心之動 物使之然也"(《樂記》); "瞻萬物而思紛"(陸機, 《文賦》); "志之所適, 外物感焉"(孔穎達, 《詩大序正義》)
86) Battista Mondin; 허재윤 역, 앞의 책, 115~116면 참조.

하면서 다시 A"와 B"라는 의미로 끊임없이 변화하게 된다. 이처럼 대상과 주체의 지평이 만나 의미를 형성하고 변화하는 일련의 교호 작용이 성찰적 사고이다. 대상의 의미는 끝없이 유동적이고 가변적 일 수밖에 없으며, 그에 따라 대상을 통한 자기 이해의 사고 결과 또한 고착되는 것이 아니라 끊임없이 변동하고 새롭게 재구성된다. 지평 변화 속에서 주체는 자기 자신을 새롭게 이해하고 그 과정에서 의미 있는 성장이 이루어질 수 있다. 이와 같이 자기 이해의 지평이 무한히 확장되고 창조되기 때문에 사고의 도달점과 완결성을 설정 할 수 없다는 점은 성찰적 사고가 다른 사고, 예컨대 문제 해결의 사고와 구별되는 또 하나의 특징이다.

2.2.3. 자기 이해

성찰적 사고에서 지향성과 반성의 과정은 주체의 자기 이해를 위 한 주요 과정으로 기능한다. 따라서 자기 이해는 성찰적 사고의 도 달점으로서의 성격을 갖는다. 그런데 흔히 자기 이해라고 하면 자신 에 대해서 비추어보는 내면 차원의 관찰을 쉽게 떠올리지만, 성찰적 사고는 이와 구별되는 다른 특질을 갖고 있다. 자기라는 개념 자체 가 그 사회의 인간에 대한 이해이기 때문에, 그가 속한 시대나 문화 의 수많은 내외적 요인에 영향을 받게 마련이며,[87] 따라서 심리적 측면뿐만 아니라 사회적 측면까지 포함할 필요가 있다. 이런 점에서

[87) 박아청, 〈한국인의 자기에 대한 의식〉, 《교육인류학연구》 제2권 3호, 한국교육 인류학회, 1999, 41~42면 참조.

성찰적 사고의 자기 이해는 심리학에서 논의되는 자기 이해와 다음과 같은 두 가지 특질 면에서 구별된다.[88] 첫째, 자기 이해가 세계와 자아의 관계에 대한 보편적인 이해를 추구한다는 점, 둘째, 이해의 차원에 머무르지 않고 삶 속에서 실천하는 태도의 문제로 이어진다는 점이다.

먼저 성찰적 사고에서 반성의 대상이 타자로 설정되는 것에서 보듯, 자기 이해는 개별 주체의 특수성을 추구하지 않는다. 자기의 내면을 철저하게 파고드는 것이 아니라, 주체를 둘러싼 세계와의 관계 속에서 인간에 대한 존재론적 이해를 도모하는 것이다. 개인의 고유한 특성이나 개별자로서의 앎이 아니라, 보편적 인간 존재로서 자기에 대한 총체적 앎을 목표로 한다. 따라서 성찰적 사고에서 자기 이해는 '자아와 세계의 관계'를 주된 내용으로 한다. '자아'란 세계와 관계하고 있는 인간 존재로, 의식 활동을 통해 자신을 창조하고 확장시켜 나감으로써 주어진 것으로서의 결핍을 극복하려는 존재를 뜻한다.[89] 이에 반해 '세계'는 과거에 있었던 것과 지금 있는 것을

88) 개인의 내면 차원에 주목하는 심리학에서도 자기 또는 정체성의 문제가 사회 문화적 맥락과 관계된다는 인식에서, 개인주의적 오류(individual bias)에 빠진 기존의 연구를 반성하여 심리학의 문화–사회과학화를 주장하고 있다. 이는 "개성적 자기"에서 "보편적 자기"의 문제로 인식이 전환되고 있음을 보여준다.(최상진, 〈한국인의 문화적 자기(自己)〉,《한국심리학회 92 연차대회 학술발표논문집》, 한국심리학회, 1992, 264면~267면 참조)

89) '자아'는 '세계'에 대응하는 주체를 가리킨다. "자신(ego)", "자아지식(self knowl- edge)", "자아정체성(self identity)", "자기 이해(self understanding)", "자아상(self image)", "자아존중감(self esteem)", "현상적 자아(phenonmenal self)" 등이 불분명하게 개념화되어 사용되고 있는데(R. B. Burns, *The Self-Concept*, Longman, 1979

모두 가리키는 것으로, 우리의 생각에 들어올 수 있는 모든 것으로 규정된다.[90) 자아와 세계의 관계는 이처럼 현상적으로는 분절되어 있으나, 이는 어디까지나 자아와 세계에 대한 이분법적 인식에 따른 인위적인 구분이다. 사실, 자아라는 존재는 세계 없이 구성될 수 없으며, 타자 관계에 있는 세계의 의미를 받아들이면서 자신의 존재를 인식하고 확인하게 되기 때문이다.

이처럼 세계가 절대성을 지님에 따라 세계와 자아의 관계는 절대적 세계와 합일하거나 대립하는 자아로 나누이지며, 여기에 세계와의 합일을 추구하고자 세계에 견인되는 자아가 추가될 수 있다. 이러한 관계 양상에 대한 이해와 인식은 곧 세계 속에 태어난 개인이 그 세계를 배우는 과정이 되며, 이처럼 "개인보다 더 큰 것이 있다"는 것을 하나의 믿음으로 받아들이는 것 자체가 바로 교육을 통하여 개인이 깨달을 수 있는 최고의, 최종의 지혜라 할 수 있다.[91) 자기 이해와 관련하여 다음의 시조를 살펴보기로 하자.

참조), 여기서는 세계와의 관계를 전제로 '자아'라는 말을 대표적으로 사용하기로 한다. 알포트(Allport)를 비롯한 여러 학자들 또한 "자기(self)"와 "자아(ego)" 등이 명확하게 구별되지 않으며 서로 바꾸어 사용할 수 있음을 설명하고 있다.(박 아청, 《자기의 탐색》, 교육과학사, 1998, 3~6면 참조)

90) 이홍우, 《교육의 개념》, 문음사, 1991, 137~139면 참조. "世爲遷流 界爲方位 汝今當知 東西南北 東西南北 東西南北 上下爲界 過去 未來 現在爲世(楞嚴經)"이라는 언급에서 보듯, 원래 '세(世)'는 시간적인 의미를 가지고 '계(界)'는 공간적인 의미를 가지는 말이다. 자아가 대상화하는 일체의 시간적·공간적 존재를 '세계'로 통칭할 수 있다. 동양 철학은 시간과 공간의 비분리적 입장에 기반을 두고 모든 것을 관찰해 나가기 때문이다.

91) 위의 책, 140~143면.

江頭에 屹立ᄒ니 仰之예 더욱 놉다
風霜애 不變ᄒ니 鑽之예 더욱 굿다
사름도 이 바회 ᄀᆞᆺ트면 大丈夫닐가 ᄒ노라.
—朴仁老,《蘆溪集》

東君이 도라 오니 萬物이 皆自樂을
草木 昆虫들은 희 희마다 回生커늘
사람은 어인 緣故로 歸不歸를 ᄒ는고.
—朴孝寬,《歌曲源流》(國樂院本)

幽僻을 ᄎᆞ자가니 구름 쇽에 집이로다
山菜에 맛 드리니 世味을 니즐노다
이 몸이 江山 風月과 함끠 늙ᄌ ᄒ노라.
—趙黻,《詩歌》(朴氏本)

첫 번째 시조에서 주체는 바위라는 대상을 통해서 추구해야 할 정신적 가치를 깨닫는다. 우뚝 솟아 있는 모습, 변함없는 모습은 대상의 특별한 자질로 한정되는 것이 아니라, 주체 또한 가져야 할 가치가 되면서 이를 실현하기 위한 수양의 태도를 요구받게 된다. 대상을 매개로 절대적 세계의 이치를 발견하고, 이에 견인되는 자아의 모습을 확인할 수 있다. 두 번째 시조에서 주체는 만물이 회생하는 모습과 그렇지 못한 인간을 대조함으로써 인간 존재의 유한성을 깨닫는다. 대자연의 운행을 지고(至高)의 규범으로 받아들이고 거기에 인간의 질서를 조화시키려 하는데, 인간이 그 자연의 질서와 합일되지 못함을 깨닫는 데서 비애가 발생한다.92) 이처럼 절대적 세계 앞에서 유한한 인간 존재의 모습, 세계와 대립하는 자아의 모습이 자기 이해의 또 다른 내용이다. 세 번째 시조에서 대상은 심미적 공간이며, 자아는 아무런 갈등이나 대립 없이 이러한 세계와 하나가 된다. 즉 절대적 세계와 합일을 이룩한 자아의 모습을 깨닫게 되는바, 여기서의 자기 이해는 절대적 세계와 자아의 합일이다.

이와 같이 자기 이해는 세계와 자아의 존재론적 관계를 내포하며, 여기에는 앞서 살핀 시조의 세 양상이 유형으로 포함된다. 우선 이치의 모습을 담시한 대상을 통해서 자신 또한 그러한 세계와의 합일을 추구하는 경우를 상정할 수 있다. 진정한 의미에서 천인합일은 주체가 절대적 세계에 자신의 태도를 정향(定向)하고 절대적 세계가 이러한 주체를 견인할 때 가능하며, 이는 유한한 인간의 독단과 왜곡, 또는 인간 행위의 합리화와는 구별되는 자기 이해의 내용이다. 유한한 주체가 절대적 세계를 끌어당기는 자아화의 방향으로는 세계와 자신을 맞닿게 할 수 없기 때문이다.[93]

또한, 절대적 세계와 대립하는 자아의 모습도 하나의 유형이 될수 있다. 절대적 세계와 합일에 도달한 자아의 모습도 마찬가지이다. 이들은 세계에 패배할 수밖에 없는 인간 존재의 유한성이나, 세계와 완전한 하나됨을 성취하는 것을 깨닫는 것으로 구체화된다.

---

[92] 정혜원, 《시조문학과 그 내면의식》, 상명대출판부, 1992, 17면.

[93] 이를 '세계의 자아화'와 관련지어 생각할 수 있다. 그러나 세계의 자아화는 세계를 자아화하고자 하는 요구에 근거를 두고 이루어진 작품적 질서일 따름이다. 세계의 자아화가 작품 속에 이루어져 있다 하더라도 세계가 실제로 자아화한 것은 아니며, 자아가 세계를 마음대로 지배할 수 있게 되었다는 것도 아니다.(조동일, 《한국소설의 이론》, 지식산업사, 1996, 93~94면 참조)

세계와 자아의 관계 측면에서 자기 이해를 다루는 이런 관점은 자기 자신에 대한 "역사학적 탐구"의 시각과도 관련된다. 역사학적 탐구에서 자기 자신에 대한 앎은 보편적 인간 존재로서의 나에 관한 앎을 목표로 하고 있다. 단순히 자신의 개체적인 특성이나 개별자로서의 '자기 자신'에 관한 지식이 아니라, 인류의 오랜 전통 속에서 살고 있는 사람으로서의 나, 인류의 지적 유산을 짊어지고 태어난 사람으로서의 나, 나보다 앞선 사람들의 생각을 몸에 지니고 태어난 사람으로서의 나, 지적인 존재로서의 나를 상정하고 있다.[94]

성찰적 사고가 심리학 등에서의 논의와 구별되는 또 다른 특징은 세계와 자아의 관계에 대한 앎이 인지적 행위나 결과의 성격을 갖는 데 그치는 것이 아니라, 삶 속에서 실천해야 하는 당위성을 갖는다는 점에 있다.[95] 과거 사림(士林)들이 생활 속의 실천에 의해 앎이 완수된다고 생각한 것은 이해와 실천이 별개일 수 없다는 자각에 따른 것이다. 특히 동양에서 '도(道)'는 성찰적 사고가 추구하는 궁극의 목표가 무엇인지를 보여주는 대표적인 개념이라 할 수 있다. 도는 궁극의 원리나 진리를 의미하지만, 본래 길을 뜻하는 어원에서 보듯 '행(行)'과 분리될 수 없는 것이다. 성찰적 사고 또한 세계와 자아의 관계에 대한 깨달음과 더불어 그러한 관계가 요구하는 태도를 갖고 삶 속에서 직접 실천하는 것까지를 포함한다. 성찰적 사고는 지식의 축적이 아니라, 인간의 지혜와 도덕을 함양하기 위한 주체의

94) 김명숙, 〈사고의 재연으로서의 교육〉, 서울대 석사학위논문, 1994, 30면.
95) 사고의 본질로 "보는 것" 이외에 "실천하는 것"을 제시하는 견해(성일제 외, 《사고 교육의 이론과 실제》, 배영사, 1989, 21면 참조)에도 부합한다.

'의식'이면서 자기 수양의 '태도'라는 성격을 함께 지닌다.

　이처럼 성찰적 사고는 세계와 자아의 관계를 파악하는 인식론의 문제를 넘어서서 인성에 대한 해명과 그 변화의 문제를 다룬다. 인성론에 기초한 윤리학의 성격, 주체의 태도와 관계되는 도덕수양론의 성격을 가지며, 궁극적으로 주체의 세계관과 태도, 그리고 변화와 성장의 문제를 모두 포괄한다. 따라서 성찰적 사고에서 '이해'는 인지적 차원에서의 '아는 것[知]'을 넘어서서 사태와 상황을 '자기 것으로 만듦'에 대한 주체적인 결단과 능력의 의미를 포함한다.96) 이러한 의미에 비추어 본다면, 스스로 반성할 줄 아는 사람은 자신이 되고자 하는 사람이 어떤 사람인지에 대해, 그리고 자신들이 마땅히 되어야 하는 사람이 어떤 사람인지에 대해 심사숙고할 수 있어야 한다.97) 가령, 박인로(朴仁老)의 시조에서 절대적 세계에 견인되는 자신의 모습을 이해한다는 것은, 곧 이러한 세계와의 합일에 이르기 위해 발견된 가치를 체화하는 자기 수양의 태도까지 포함한다. 박효관(朴孝寬)의 시조에서 절대적 세계와 대립하는 자아의 모습은 인간 존재의 유한성을 겸허하게 받아들이는 순응적 태도를 요청한다. 조립(趙岦) 시조에서의 절대적 세계와 합일된 자아의 모습 역시 이해의 차원을 넘어서서 조화로운 삶의 태도를 자기 이해의 내용으로 다루고 있는 것이다.

　이런 점에서 본다면 성찰적 사고에서 자기 이해는 자신이 가져야

---

96) 박순영, 〈이해 개념의 이해〉, 우리사상연구소 편, 《우리말 철학사전》I , 지식산업사, 2001.
97) Matthew Lipman; 박진환 외 역, 앞의 책, 345면.

할 태도를 깨닫고 그에 따른 실천으로 정향(定向)하는 것이라 할 수 있다. 앎을 각각 "문견의 앎[聞見之知]", "지식의 앎[知識之知]", "덕성의 앎[德性之知]"으로 구분할 수 있다면,[98] 성찰적 사고는 감관을 통해 형성된 "문견의 앎"을 바탕으로 사물의 존재 원리와 법칙인 "지식의 앎"을 추구하는 것이며, 궁극적으로 도덕법칙인 "덕성의 앎"을 자신의 삶에서 실천하는 것이라 할 수 있다. 성찰적 사고에 대한 이러한 접근은 다분히 강령적 정의의 성격을 지닌다.[99] 이는 단순히 개념을 규정하는 것에서 나아가 현재의 사고 논의에 대한 문제의식까지 담아내고자 하는 의도에 따른 것이다.

2.3. 성찰적 사고의 교육적 의의

교육은 "트렁크 속에 물건을 쑤셔 넣는 과정과 같은 것이 아니라 지식의 활용 기술을 습득하는 것"[100]이라는 주장에 경청할 필요가

---

98) 唐君毅, 《中國哲學原論》; 금장태, 《유학 사상의 이해》, 집문당, 1996, 124면 재인용.

99) 용어의 정의는 흔히 "기술적(記述的) 정의", "약정적(約定的) 정의", "강령적(綱領的) 정의"로 대별된다. 기술적 정의가 맥락과 관계없이 일반적으로 통용되는 설명적 정의라면, 약정적 정의는 정해진 약속에 의한 임의적인 정의이다. 이들과는 달리 강령적 정의는 어떻게 해야 하고, 어떻게 하는 것이 올바른 것인가라는 일련의 행동 강령을 포함한다.(이홍우, 앞의 책, 17~25면 참조) 강령적 정의가 도덕적 실천적 문제를 일으킨다는 점은 Cornel M. Hamm, *Philosophical Issues in Education*; 김기수 외 역, 《교육철학탐구》, 교육과학사, 1996, 38~42면을 참조.

100) A. N. Whitehead, *The Aims of Education and other Essays* ; 오영환 역, 《교육의

있다. 이때의 '활용'이 어떤 외적 상황을 변화시키는 도구적 기능을 가리키는 것이 아니라, 교육의 내용을 자신의 경험과 이해에 연결시키는 것임은 물론이다. 한마디로 말해, 교육의 내용이 인간 삶 속에 적용되어야 한다는 주장으로 요약할 수 있다.101) 이처럼 교육은 지식 또는 명제 그 자체로 존재하는 것이 아니라, 학습자의 삶과 경험에 전이되어 태도와 성향의 변화를 일으키는 것인 만큼, 가치와 의의의 문제에서 결코 자유로울 수 없다. 교육 그 자체가 규범적인 일이기 때문에, 교육 이론은 본질적으로 어떤 가치에 대한 타당성이나 합리성을 찾는 규범적 이론을 지향할 수밖에 없다.102)

교육 내용을 선정하는 것은 선택의 문제를 야기하며, 선택한다는 것은 어떤 가치를 준거로 한 평가를 필요로 한다. 여기서 가치란 곧 교육적 의의를 뜻하며 좀 더 구체적으로는 교육이 추구하는 목적에 해당한다. 그렇다면 교육 내용을 구안하기에 앞서 검토되어야 할 것은, 그것이 갖는 교육 목적이나 의의에 대한 고찰이다.103) 이것은

목적》, 궁리, 2004, 98면. "단지 박식함에 그치는 이는 이 지상에서 가장 쓸모없는 인간"이라고 비판한 것 또한 같은 맥락이다.

101) R. S. Peters, *Essays on Education*; 정희숙 역, 《교육철학자 비평론》, 서광사, 1989, 150면.

102) 일반적으로 이론은 '규범적 이론'과 '기술적 이론'으로 구별된다. 규범적 이론이 가치의 문제를 다루는 것이라면, 기술적 이론은 개념을 통해 이유나 실태를 설명하는 것이다. 교육에서는 규범적 이론이 중심을 이룬다.(Elliot W. Eisner, *The Educational Imagination*; 이해명 역, 《교육적 상상력》, 단국대출판부, 1991, 62~68면 참조)

103) 교육론에서는 '어떻게 가르칠 것인가'와 같은 방법론에 편향되어 있지만, 사실 '무엇을 어떻게 가르쳐야 할 것인가'의 질문에 선행되어야 할 것은, '왜 우리가 이것을 가르쳐야 하는가'에 관한 질문임은 분명하다.(Fantini et. al., *Toward Humanistic Education*; 윤팔중 역, 《인간중심교육을 위한 정의 교육과정》, 성경재, 1989)

'교육을 왜 하느냐'라는 질문에 대한 답을 마련하는 것이라 할 수 있다.104) 특정한 교육 행위가 어떤 점에서 가치 있는가를 분명히 하는 일, 다시 말해 교육하는 이유의 '근거'를 밝히고 정당화하는 일이다. 이러한 교육의 목적과 가치에 대한 분명한 이해는 이후 교육 내용과 방법을 올바르게 구성할 수 있는 토대가 된다.

그럼에도 그동안에는 교육에 대한 관심이 '어떻게'에 집중된 결과, '무엇'을 위해, 그리고 '왜'라는 질문에 대해서는 소홀히 다루어 온 것이 사실이다.105) 교육의 의의나 목적에 대한 천착 없이 단순히 외재적 차원에서만 찾게 되면, 교육은 교육의 바깥에서 제기되는 '필요'를 충족시키는 수단으로 전락하고 만다. 외재적 목적이 교육을 견인하면 "교육은 모든 사회 기능의 훈련장"106)이 되어 버릴 위험이 있다. "교육은 경제 발전을 위한 인력 양성소로 간주되어 온 것이 그간의 사정"107)이었다는 지적은 이 같은 한계와 폐해를 단적으로 나타낸다.

여기서 교육이 지향해야 할 가장 근원적인 문제가 무엇인가라는 의문이 제기된다. 교육을 "공학적 개념", "성년식 개념", "사회화 개념"108)으로 다양하게 접근할 수 있고 이에 따라 그것이 문제 삼고

---

104) 이돈희, 《교육철학개론 — 교육행위의 철학적 분석》, 교육과학사, 1983, 112면.
105) 성일제 외, 《사고 교육의 이론과 실제》, 배영사, 1989, 3면.
106) 이홍우, 《교육의 목적과 난점》, 교육과학사, 1998, 20면.
107) 정범모, 《미래의 선택》, 나남, 1989, 66면. 교육이 산업사회나 기술사회의 시녀로 전락하여, 학교는 무엇이든 현대 사회가 요구하는 것을 주조해 내는 공장, 즉 수요 공급이나 투자 효용에 입각해서 학생이라는 원료를 삶의 요구를 충족시켜 주는 상품으로 주조해 내는 공장이 되었다는 비판 또한 이러한 문제 상황을 지적한 것이다.(성일제 외, 앞의 책, 3면 참조)

있는 국면이 달라지지만, 그럼에도 하나의 공통점을 찾을 수 있다면
그것은 교육이 궁극적으로 인간의 성장을 목적으로 한다는 점이다.
관점과 시각에 따른 다양한 정의가 있다 하더라도, 교육을 '인간과
관련된 어떤 특별 현상'으로 보는 데는 이견이 있을 수 없다.109) 성
찰적 사고 또한 본질적으로 인간의 성장을 목적으로 하고 있으며,
이를 구현하기 위한 하나의 교육 내용인 셈이다.

  그런데 성찰적 사고의 교육적 의의나 가치를 본격적으로 탐색하
기에 앞서 교육적 의의와 가치 자체에 대한 이해가 선행될 필요가
있다. 교육적 의의와 가치는 교육 목표와 더불어 이를 실현하거나
완성하는 데 필요한 모든 수단을 포함한다는 점에서 의미의 차이를
갖기 때문이다. 즉 교육적 의의는 교육 활동을 통하여 성취하고자
하는 모든 것으로, 여기에는 최종적인 것뿐만 아니라 수단으로 생각
되는 것이 다 포함되는 개념이다.110) 하나의 교육 행위는 최상 범주
의 궁극 목적을 지향하면서, 동시에 이에 이르기 위한 수단으로서의
과정적 단계적 의의도 함께 지니기 때문이다. 이처럼 교육적 의의가
여러 차원을 갖고 있는 것이라면, 성찰적 사고의 교육적 의의 문제
또한 각각의 층위에 따른 탐색이 요구된다. 따라서 교육 일반의 차
원에서 추구하는 교육 철학적 의미와 함께 그것이 구체적인 국면에

---

108) 이홍우, 《교육의 개념》, 문음사, 1991 참조.
109) 이런 움직임 속에서 교육학에서도 교육을 인간학적인 관점에서 정립하고자 인
    간 존재와 교육 사이의 상호 관계의 해명을 목적으로 하는 "교육인간학"이 제안
    된 바 있다.(Otto Friedrich Bollnow, *Anthropologische Pädagogik*; 한상진 역, 《인간
    학적 교육학》, 양서원, 2006 참조)
110) 이돈희, 앞의 책, 120~121면 참조.

서 갖는 의미를 구분하여 다층적인 시각에서 살펴보기로 한다.

2.3.1. 인간교육의 차원 —안목을 통한 지력의 확장

교육이 인간을 대상으로 변화를 추구하는 활동이라면, 모든 교육
은 정도의 차이가 있을시언정 인간교육을 지향할 수밖에 없다. 인간
교육이란 인간을 인간답게 만든다는 것으로,111) 교육 본연의 목적
이면서 교육이 담당해야 할 가장 궁극적인 기능이다. 다시 말해, 교
육은 기계적인 사람이나 지식인이 아니라, 생각하고 느끼며 생활하
는 인간적이고 인간다운 전인적 존재를 양성하는 것이다.112)

교육의 본질적 기능이라 할 수 있는 인간교육을 새삼 강조하는 것
은, 인간 존재의 가치가 위협받고 있는 오늘날의 현실 때문이다. 전
문화, 양화 및 형식화, 특수한 과학적 탐구와 기술의 영향력 증대에
따라 인간 존재가 심각한 위기에 직면했음에도,113) 정작 인간이 어
떤 존재이며 무엇을 추구해야 하는가의 문제는 그 중요성에 비해 제
대로 다루어지지 못하고 있다.

인간에 대해서 관심을 갖고 연구하는 특수 과학들이 점점 다양하게

---

111) 김대행, 〈인간교육과 문학교육〉, 《선청어문》 32호, 서울대 국어교육과, 2004,
27면.

112) C. H. Patterson, *Humanistic Education*; 장상호 역, 《인간주의 교육》, 박영사, 1980,
39면.

113) Calvin O. Schrag, *Radical Reflection and the Origin of the Human Science*; 문정복
외 역, 《근원적 반성과 인간 과학의 기원》, 형설출판사, 1997, 22면.

증가하고 있지만, 그것들은 인간의 본질을 해명해주기보다는, 오히려 은폐시키고 있다. …… 그러므로 인간의 역사상 그 어느 시기에도 오늘날처럼 인간이 문제시된 적이 없었다고 말할 수 있다.[114]

개별 과학의 발전은 인간 존재가 추구해야 할 가치와 의미보다는 객관적인 법칙의 발견에 치중하는 결과를 가져왔다. 이들은 인간에 관해 부분적이고 피상적인 지식만을 제공할 뿐, 인간 존재의 온전한 상을 그려내지 못하고 인간 존재가 무엇인가라는 물음에 제대로 답하지 않는다. "과학은 사고하지 않는다"는 하이데거의 명제가 단적으로 보여주듯, 과학을 통한 인간 이해는 부분적일 수밖에 없고 피상적인 성격에서 벗어날 수 없다.

과학은 많은 것을 설명할 수 있지만, 삶이 무엇인지, 시간이 무엇인지, 역사가 무엇인지, 의식이 무엇인지, 진리가 무엇인지, 자유가 무엇인지, 존재가 무엇인지 등을 알지는 못한다. 과학은 많은 것을 알고 있고, 또 인간에 대해서도 과거보다는 엄청나게 많이 알지만, 그럼에도 인간이란 무엇이며, 인격이란 또 무엇이며, 사랑, 덕, 정의, 선 등은 또 무엇인지를 과거보다도 훨씬 이해하지 못하고 있다. 과학은 목적을 이해하지 못하고 기껏해야 수단만을 연구할 수 있을 따름이다.[115]

---

114) M. Scheler, *Die Stellung des Menschen im Kosmos*; 정혜영, 《교육인간학》, 학지사, 2005, 36면 재인용.

115) Battista Mondin; 허재윤 역, 앞의 책, 105~106면. "문화의 분석은 법칙의 분석을 추구하는 실험과학이 되어서는 안 되며, 의미를 추구하는 해석과학이 되어야 한다"는 기어츠(Clifford Geertz, *The Interpretation of Cultures*; 문옥표 역, 《문화의 해석》, 까치, 1998)나, 인간을 "스스로 얽은 의미의 그물에 구속되는 거미"와 같

　이러한 현실에서 현대의 인간은 자신이 누구인지도 모르면서 자기중심적인 삶을 살아간다는 데 문제가 있다. 삶에 대한 끊임없는 성찰 속에서 진정한 주체로 거듭날 것을 요청하는 까닭이 여기에 있다. 따라서 교육은 인간의 '변화'만이 아니라 변화의 방향, 즉 인간다움에 대한 앎과 그 가치에 대한 이해의 문제를 다루어야 한다. 이는 인간을 변화시키는 교육에 앞서서, 인간이란 무엇이며 인간다움이란 어떤 상태를 의미하는지에 대한 인식과 깨달음이 선행되어야 함을 뜻한다. 마리탕(Maritan) 또한 인간 이해의 중요성을 강조하면서, 교육의 목표가 인간으로 하여금 인간적인 성취를 이루도록 하는 데 있다면, 교육은 인간 철학을 상정해야 하며 인간이란 무엇인가라는 문제에 답해야 할 의무를 지닌다고 보았다.[116]

　성찰적 사고교육은 인간이란 무엇이며 어떠한 존재인가의 문제를 정면에 내세우고서 그 탐색을 과제로 한다. 여기서 성찰적 사고의 인간교육적 의의가 확인된다. 인간은 다른 생물체와 같이 생존 본능만을 쫓아 살아가는 것이 아니라, 자기 존재를 스스로 묻고 끊임없이 생각함으로써 나아가고 추구해야 할 바를 모색하는 존재이다. 인간은 스스로 자신의 존재를 문제 삼는다.[117] 끊임없이 되돌아보면

은 존재로 본 베버(Weber) 등의 진술은 자연과학의 한계를 비판하면서 인간 이해를 위한 관점 확립의 필요성을 역설한 것으로 볼 수 있다.

116) 진권장, 《교수 학습 과정의 재개념화—해석학적 관점에서의 반성적 이해》, 한국방송통신대출판부, 2005, 121면. 물론 "'인간적'이라는 수식어처럼 독단을 정당화하는 데 자주 동원된 용어도 많지 않을 것"이라는 지적에도 경청해야 할 것이다.(이성원, 〈무엇이 고전인가? 왜 고전인가?〉, 서울대 인문과학연구소 편, 《고전 읽기 활성화 방안 연구》, 1993, 4면)

117) Battista Mondin; 허재윤 역, 앞의 책, 6면 재인용.

서 자신을 확인하고 재구성하는 것을 본질로 한다. 이처럼 인간의 모든 지적 심미적 종교적 사유와 활동의 핵심에는 '자기'가 놓여 있으며,118) 성찰적 사고교육은 이 같은 자기를 알아내는 것을 목표로 하는 교육 활동이다.

교육은 인간을 무지에서 해방시켜 주는 일로 "볼 수 없는 상태"에서 "볼 수 있는 상태"로 나아가게 하는 일이라고 할 때,119) 성찰적 사고는 자기 자신과 인간 삶을 바라볼 수 있는 '안목'을 제공하는 것이라 할 수 있다. 자신과 인간 삶의 현상을 바라보는 눈 또는 안목을 통해 인간다운 삶, 좀 더 가치 있는 삶에 대한 깨달음의 문제를 불러일으킨다. 이처럼 성찰적 사고는 살아가면서 부딪히는 여러 문제 상황에 대한 현실적인 해결책을 제공하기 위한 수단이 아니라, 자기 자신과 인간이라는 현상을 보기 위한 안목으로서의 의미를 갖는다. 자신을 둘러싼 세계를 어떻게 인식해야 하고, 그 속에서 인간은 어떠한 존재인가라는 물음을 던지는 것이다. 무엇을 바라보아야 하고 그 속에서 어떠한 가치를 추구해야 하는가의 문제를 통해 바람직한 인간 삶을 통찰하는 안목의 형성을 도모한다.

이러한 안목은 곧 인격체 전체의 성장, 즉 '지력(知力)'의 확장으로 연결된다. 지력이란 흔히 인지적 능력을 뜻하는 것으로 생각되기 쉬우나, 마음의 계발을 경험한 사람의 특성으로서 인간이 발휘하는 온갖 종류의 능력에 대하여 '인간적임'을 평가받을 수 있는 의미와

---

118) 소광희 외, 앞의 책, 6면.

119) 이홍우, 《(증보) 교육과정탐구》, 박영사, 1996; 이홍우, 《교육의 목적과 난점》, 교육과학사, 1998 참조.

가치의 원천에 가까운 의미를 갖고 있다.120) 기술적 이성의 의미보다는, 더 근원적이고 본래적인 지성의 개념, 즉 일종의 통찰, 직감, 상기 및 예견을 모두 아우르는 의미이다. 따라서 성찰적 사고가 주어진 정보나 지식, 또는 훈련된 기술과 기능의 차원을 넘어서서 자신의 내면 세계와 외부 세계를 관계 짓고, 이로써 삶의 세계 전체에 대한 안목의 심화를 꾀한다는 점에서, 시력의 확장은 성찰적 사고가 추구하는 중요한 교육 목적이다.

인간 존재 자체에 완성이란 개념이 성립할 수 없는 것과 마찬가지로, 성찰적 사고를 통한 지력의 확장 또한 최종적인 도달점을 설정할 수 없다. 성찰적 사고를 통해 주체의 끊임없는 변화를 가져오는 것은 인간 존재의 본질이면서 동시에 교육이 추구해야 할 지향점이다. 따라서 성찰적 사고는 인간이란 무엇이며 어떠한 존재인지, 그리고 어떠한 인간형을 추구해야 하는가를 깨닫기 위한 인간의 노력이 사유 구조로 구현된 것으로 볼 수 있다. 인간의 자기 이해를 통한 지력의 확장은 성찰적 사고가 갖는 중요한 교육적 의의에 해당한다.

2.3.2. 국어교육의 차원 —언어적 사고력의 신장

성찰적 사고가 국어교육의 차원에서 갖는 의의는 무엇보다 언어적 사고력의 신장에서 찾을 수 있다. 국어교육은 '언어'를 대상으로 하며, 성찰적 사고는 '사고'의 하위 유형에 속한다. 언어와 사고가 밀

---

120) 이돈희, 《(수정판) 교육정의론》, 교육과학사, 1999, 483면.

접한 관련을 맺는다는 것은 널리 알려진 사실이다. 무엇보다도 언어
와 사고는 인간만이 갖는 특징이며 본질에 해당하기 때문이다.

　　언어적 동물이 되는 것과 사고하는 동물이 된다는 것은 하나의 인간
　적 상황으로서, 서로 떼어서 생각할 수 없는 양면이라 하겠다. 어떠한 형
　태로든지 언어를 사용하지 않고 존재에 대해 사고할 수 없으며, 언어의
　구사는 신음 소리나 비명과는 달리 의미의 지시물이 있어야 하고, 이것
　이 존재에 관해서 말하거나 혹은 적어도 이에 대한 물음을 제기한다. 의
　미론과 존재론은 불가분의 관계를 가지며 전자는 후자 없이는 피상적이
　며, 반대로 후자는 전자 없이는 이해할 수 없는 것이 된다.121)

　　사고가 그러하듯 언어 또한 늘 '무엇'과 관련된다. 어떤 언어를 이
해한다고 할 때 그것은 언어를 통해서 드러내고자 하는 '무엇'을 이
해하는 것이며, 이 '무엇'을 떠난 언어는 의미 없는 부호일 뿐이다.
언어는 어떤 대상의 존재를 전제로 하면서 그 대상을 기호와 표상으
로 대치하는데, 이러한 기호와 표상이 주체에게 무엇인가를 인지하
고 그 의미를 구성하는 사고의 문제를 불러일으키는 것이다. 이처럼
언어가 갖는 대상성으로 인해서 인간의 의식은 표현된 그 자체에 머
무르지 않고 그 대상을 향해 나아갈 것을 요구받는데, 이 과정에서
작용하는 것이 바로 사고이다. 주체마다 구체적 표현이 함의하는 것,
불러일으키는 것에 차이가 있는 것도 사고 작용에서 기인한 것으로,

---

121) Phlip Wheelwright, *Metaphor and Reality*; 김태옥 역, 《은유와 실재》, 한국문화
　　사, 2000, 13면.

언어는 필연적으로 인간 사고와 관련을 맺는다.

사고의 측면에서 보더라도 사고와 언어는 밀접한 관계에 놓인다. 사고는 비록 인간의 내면에서 이루어지는 과정이지만, '언어의 형태로 표현되고 전개된다'는 점에서 본질적으로 언어적일 수밖에 없기 때문이다.

- 사고란 특징적으로 내적 의식과정이다.
- 사고란 '어떤 대상'에 대한 것이고, 그 대상의 속성이나 관계에 대한 것을 다룬다.
- 사고를 서술하기 위한 언어는 객관적 실체를 반드시 지칭하는 것은 아니라는 점에서 비외연적(non-extensional)이다.
- 사고는 언어의 형태(verbal form)로 표현되고 또 전개되기 때문에 본질적으로 언어적이거나 개념적(conceptual)이다.
- 각각의 사고는 어떤 종류의 논리적 형태, 즉 범주적 가설적 보편적 특수적 형태의 논리를 지닌다.[122]

이상에서 보듯, 언어로 표현하고 이해하는 활동에는 사고가 전제될 수밖에 없고, 사고 또한 언어의 형태로 전개된다는 점에서 필연적으로 관련을 맺는다. 언어는 무엇보다도 먼저 생각하는 데 사용되며, 언어를 학습한다는 것은 곧 생각을 학습하는 것이기도 하다.[123]

[122] Paul Edwards, ed., *The Encyclopedia of Philosophy*; 한명희, 《교육의 미학적 탐구》, 집문당, 2002, 175~176면 재인용.

[123] Danièle Sallenave, *À quoi sert la littérature?*, Les Éditions Textuel; 김교신 역, 《문학은 무슨 소용이 있는가》, 동문선, 2003, 52면.

이처럼 언어와 관계되는 사고는 특별히 '언어적 사고'로 불리는데, 언어를 매개로 대상에 대한 인식의 변화를 꾀하는 정신작용에 주목한 것이다. 다시 말해서, 언어 텍스트를 바탕으로 어떤 지식이나 경험, 정서 등과 관련한 의미를 구성하거나 표현하는 정신활동 능력을 뜻한다.124) 국어교육은 이러한 언어적 사고를 주된 과제로 한다. 국어교육이 언어를 대상으로 한 '언어적 세계'의 문제를 다룬다는 점에서, 국어교육에서 사고 또한 어디까지나 언어와의 관련 속에서 논의되어야 할 것이다.

그런데 문제는 국어교육에서 바라보는 사고의 속성과 자질에 있다. 언어를 '다루는' 지적 사고라는 점에 편향되면, 국어교육은 "지식이나 정보 그 자체를 다루는 것이 아니라, 언어를 도구로 사용하면서 지식과 정보를 다루는(수용, 분류, 비교, 통합, 조직, 추론, 상상, 기억, 인출 등의 모든 정신 작용) 지적 사고 능력을 지도하는 교과"125)로 규정된다. 여기서 언어는 사물이나 사상을 구체적인 상징 부호로 재현하는 것에 국한되고, 언어 작용을 '표현'하고 '이해'하는 행위에 연구의 주된 관심을 두게 된다. 이런 관점에서 사고의 문제는 인간의 머릿속에 저장된 정보가 보편문법을 거쳐 개별문법, 즉 약속된 기호와 결합하는 과정의 차원에서 다루어진다.126) 언어적 사고의 문제를 단지 대상을 인지하여 관념화하고 그 내용을 다시 기호화하는

---

124) 이삼형 외, 《국어교육학과 사고》, 역락, 2007, 141면.
125) 노명완, 〈국어교육과 사고력〉, 《한국초등국어교육》 제24집, 한국초등교육학회, 2004, 12면.
126) 송문석, 《인지시학》, 푸른사상, 2004, 48면.

인지 처리 과정으로만 바라보는 이 같은 "정보처리적 패러다임"은, 언어가 인간에게 갖는 의미와 영향을 온전히 다루지 못하고 많은 부분을 배제하는 결과를 가져온다. 사고와의 관련성 속에서 언어는 다음과 같은 세 가지 특성을 가진다는 점, 따라서 국어교육에서 목표로 하는 언어적 사고 능력은 이 모두를 포괄하는 것으로 확장되어야 한다.

첫째, 언어는 인간이 사용하는 의사소통의 도구이지만, 인간을 형성하는 정신적 도구이기도 하다는 점이다. 언어는 대상물에 대한 인간의 조작을 가능하게 하면서, 동시에 인간의 행동, 가치, 태도마저 통제해 버린다. 이것은 언어가 의사소통을 위한 도구의 차원을 넘어섬을 뜻한다. 언어는 이미 존재하는 실체나 형이상학적인 존재를 표기하는 수단이거나 의미를 전달하는 도구에 그치지 않는다. 오히려 인간은 언어 없이 사유할 수 없다는 점에서 언어 속에 산다고까지 말할 수 있다.[127] "언어는 존재의 집이며, 언어의 집에서 인간은 산다"는 하이데거의 명제는 언어가 인간 의식과 사상의 측면에서 갖는 이 같은 영향력을 단적으로 표현하고 있다.

둘째, 언어는 세계를 옮겨 적지만, 이는 복제가 아니라 변형을 추구하며, 이때의 변형은 곧 비본질적인 것으로 간주되는 것에서 본질적인 것을 파헤치고 의미 있는 진실을 드러내는 일이다.[128] 따라서

---

127) 배상식, 〈하이데거에서 존재와 언어의 상관성 문제〉, 《역사와 사회》 27집, 국제문화학회, 2001, 190면 참조.

128) Georgia Warnke, *Gadamer: Hermeneutics, Tradition and Reason*; 이한우 역, 《가다머 ― 해석학, 전통 그리고 이성》, 민음사, 1999, 110~111면.

언어를 통한 의미 있는 재현이란 원래의 대상에 얽매이지 않고 그 전까지 은폐되어 있던 세계와 삶을 드러내는 것이라 할 수 있다. 여기서 진리는 곧 "알레테이아(aletheia)", 즉 감추어진 것이 비로소 드러나는 "탈은폐"에 있다. 실제 사실과 얼마나 일치하는가를 따지는 것이 사실적 차원의 진리라면, 알레테이아는 세계를 바라보는 관점과 시선 그 자체를 문제 삼으면서 숨겨져 왔던 새로운 의미를 끄집어내어 우리에게 제시하는 것이라 할 수 있다.129) 언어는 사물을 표상하고 사고를 표현하려 하지만, 바로 그러한 원래의 목적에 실패했을 때 오히려 진정한 의미를 가질 수 있다130)는 점을 감안한다면, 언어적 사고력은 이 같은 알레테이아로서의 속성에 초점을 맞출 필요가 있다.

셋째, 언어 안에서, 언어를 통해서 구성되는 것이 주체이듯,131) 언어는 주체의 가능 조건이 된다. 주체가 세계를 인식하고 경험하는 것은 언어적 범주를 통해서 가능하며, 언어 없이는 의미 있는 인식과 경험 자체가 성립하기 어렵기 때문이다. 심지어 세계라는 것도 사실 언어나 개념에 의해서 구성되고 창작된 것이며, 인간의 실천적 필요에 의해서 만들어진 주관적 사고 작용의 결과로 볼 수 있다.132)

---

129) 고전시학에서 핍진한 묘사를 부정하고, 형체를 떠나 그 닮음을 얻는 "이형득사(離刑得似)"의 경지와도 상당 부분 유사성을 찾을 수 있다. 이형득사란 개별적인 사물의 표면만을 묘사하는 단계를 뛰어넘어 그 속에 내재한 정신적 본질까지를 드러냄으로써 좀 더 진실하게 그 사물을 묘사하는 단계를 말한다.(이병한 편저, 《중국 고전 시학의 이해》, 문학과지성사, 1992, 114면 참조)
130) 박이문, 《예술철학》, 문학과지성사, 1983, 93면.
131) 강영안, 앞의 책, 35~72면 참조.
132) 박이문, 앞의 책, 33면.

즉 인간이 경험하는 양식은 공동체의 언어 관행이 그러한 식의 해석을 선택하도록 사전에 요구한 데 따른 것이다.[133] 이런 점에서 언어적 사고력은 대상을 표현하고 드러내는 도구뿐만 아니라 진리를 발견하고 주체를 형성하는 매개로서의 기능도 수행하는데, "언어의 상이함은 소리와 기호의 상이함이 아니고 세계관 자체의 상이함이다"[134]는 훔볼트(Humboldt)의 진술은 이러한 역할을 보여주는 명제라 할 수 있다.

이처럼 국어교육에서 다루는 언어적 사고의 문제는 단순히 기표와 기의의 결합이나 인간 두뇌 속에 일어나는 일련의 정보처리 과정에 국한되지 않는다. 국어교육에서 목표로 하는 언어적 사고 능력은 언어를 통해 대상을 인지하고 새로운 세계를 깨닫는 것, 이를 통해 삶과 세계의 문제에 대해 자신의 태도를 정향(定向)하는 것, 이로써 자기됨을 형성하는 것까지를 포함한다. 언어의 문제는 인간 존재의 기본 조건에 해당하는 것으로 세계를 파악하고 세계와 조율하며 삶의 전망을 모색하는 것이기 때문이다.[135] 언어교육을 문법이나 지식 전달의 수단을 위한 교육이 아니라 모든 지식 체계를 위한 지평의 형성에 관한 문제이며, 더 나아가서 사람됨의 문제로 바라보는 것[136] 또한 마찬가지이다. 이런 점에서 본다면, 세계와 자기의 관계를 이해하는 성찰적 사고야말로 국어교육에서 추구하는 언어적 사

· 133) Robert J. Sternberg et. al.; 이영애 역, 앞의 책, 243면 참조.
134) 이기상, 《하이데거의 실존과 언어》, 문예출판사, 1991, 198면 재인용.
135) 우한용 외, 《문학교육과정론》, 삼지원, 1997, 14면.
136) 이지중, 《교육과 언어의 성격》, 문음사, 2004, 32면.

고의 대표적인 유형이라 할 수 있다. 나의 나됨은 언어를 통한 세계와의 만남에 의해서 이루어지는 것이며, 언어적 세계의 의미를 구성하고 이를 내면화하는 인간 활동 전반이 곧 성찰적 사고에 해당하는 것이기 때문이다. 이처럼 성찰적 사고는 언어적 사고의 대표적인 하위 유형이며, 성찰적 사고 능력의 신장은 언어적 사고 능력의 신장을 구성하는 주요 내용임을 확인할 수 있다.

2.3.3. 문학교육의 차원 —문학의 사유적 자질과 세계 인식 경험의 형성

문학교육의 차원에서 성찰적 사고가 갖는 의의는 문학의 사유적 자질과 그에 따른 세계 인식의 경험 형성에 있다. 성찰적 사고는 세계와 자기에 대한 이해를 도모하는데, 문학 또한 억압되고 제한된 이해를 뛰어넘어 주체의 새로운 이해 경험을 가져오는 동인이라는 점에서 관련이 깊다. 문학이나 성찰적 사고 모두 대상의 외관을 그대로 본뜬 재현이 아니라, 대상의 본질적이고 의미 있는 측면을 다룬다는 공통점을 갖기 때문이다. 있는 그대로의 현실을 반영하는 것에서 벗어나 억압된 대상의 또 다른 측면을 드러내고 부각시키는 것이 문학의 주된 과제이며, 성찰적 사고 또한 자기 이해를 위해서 세계와 존재의 본질에 대한 재인식과 깨달음을 필요로 한다.

가장 깊은 의미에서 재인식(recognition)이 무엇인가 하는 것은, 그것을 단지 우리가 이미 알고 있는 것을 그대로 다시 인식하는 것이라고 생각한다면 절대 이해되지 않는다. 재인식의 즐거움은 오히려 이미 알고 있는 것 이상의 뭔가가 알려진다는 데 있다. 우리가 알고 있는 것은 재인식을 통해, 그것을 제약하고 있는 환경의 모든 우연성과 다양성으로부터 벗어나고 그 본질을 파악하게 된다.[137)

가다머(Gadamer)에 따르면, 재인식은 현실을 있는 그대로 반영하는 거울을 뜻하는 것이 아니라 본질에 대한 새로운 인식에 가깝다. 이는 곧 문학의 본질과도 맞아떨어진다. 문학은 일차적으로 삶의 표현이지만, 모든 경험을 언어화하는 것이 아니라 가치 있는 삶의 문제를 다루며, 관습화된 인식과는 달리 은폐된 대상을 들추어내는 것이기 때문이다. 즉 어떤 대상을 현실적 실제적 관심으로부터 떼어놓음으로써 실재와의 부합에 집착하는 관습적 상투적 인식을 중단시키고, 왜곡되고 은폐된 본질에 대한 새로운 접근 통로를 마련하는 것이다. 일상성, 편견, 억압으로부터 벗어나 현실의 재인식을 가능하게 함으로써 진실에 한 걸음 더 가까이 다가서게 한다. 이처럼 문학은 '형상적 인식'을 담당하는 대표적인 장르이고, 형상적 인식은 문학의 교육적 작용이 '인식에 대한 인식을 키워주는 것'에 있음을 보여준다.[138) 성찰적 사고 능력 또한 피상적인 현실 인식에서 벗어나 인간 존재와 세계의 관계에 대한 근본적인 이해를 추구한다는 점에

---

137) Hans Georg Gadamer, *Truth and method* ; 이길우 외 역, 《진리와 방법》 I , 문학동네, 2000.

138) 구인환 외, 《문학 교수 학습 방법론》, 삼지원, 1998, 21면. 이 점과 관련, 듀이는 예술가는 표현 능력뿐만 아니라 사물의 성질에 대한 특이한 감수성(인식 능력)이 탁월한 사람이라고 규정하고 있다.(John Dewey, *Art as Experience*; 이재언 역, 《경험으로서의 예술》, 책세상, 2003, 94면 참조)

서 대상에 대한 재인식을 끊임없이 요구하는 활동이다. 따라서 "세계에 대한 형상적 인식"[139]을 중심으로 문학과 성찰적 사고는 주체의 인식 능력이라는 공통된 과제를 갖는다.

문학의 세계 인식과 성찰적 사고 사이의 유사성은 이들이 논리적 인식과는 성격을 달리 한다는 점에서도 찾을 수 있다. 논리적 인식이 보편자를 인식하여 개념을 생산하는 것이라면, 문학은 직관적인 인식으로 개개 사물의 이미지를 산출한다.[140] 또한 과학이나 일상적 차원에서 발견된 진리가 피상적인 데 반해서, 문학의 진리는 좀 더 원초적이면서 다른 언어로 표상될 수 없는 진리에 가깝다.[141] 문학의 사유적 속성이나 성찰적 사고 모두 개념이나 이론의 분석을 통해 서술적으로 아는 것이 아니라, 주체의 관심과 상상력과 통찰을 가지고 아는 것이며, 대상에 대한 주체의 정서와 태도가 포함된 앎을 목표로 한다. 그러므로 문학과 성찰적 사고에서 인식은 주체가 대상과 관계를 맺음으로써 상호간의 거리가 상당 부분 무화되어 교융된 교호작용 속에서 이루어짐을 그 특징으로 한다.

성찰적 사고의 관점에서 본다면, 문학의 교육적 가치는 단편적인 정보의 저장에 있는 것이 아니라 의미 있는 문제 사태를 구성하고 그 속에서 삶과 세계에 대한 통찰을 제공한다는 데서 찾을 수 있다. 문학은 과학이나 다른 종류의 경험과는 구별되는 세계 인식과 의미

---

139) 김종철, 〈문학교육과 인간〉, 《문학교육학》 제1호, 한국문학교육학회, 1997, 110면 참조.
140) 진중권, 《미학 오디세이》 2, 새길, 2001, 63면
141) 박이문, 앞의 책, 31면.

구성 방식을 갖고 있으며, 세계를 향하는 하나의 통로이면서 나와 세계의 끊임없는 교섭과 소통을 가능하게 하는 대상이 되기 때문이다. 따라서 문학교육의 목표는 언어의 정련뿐만 아니라 세계에 대한 인식의 경험으로 설정될 수 있다. 어떠한 현실을 대상으로 그것을 어떠한 관점에서 드러내고 있으며, 어떠한 언어에 힘입어 그 본질을 그려내고 있는가를 살펴보는 것을 말한다. 진정한 인간의 삶이 무엇인지를 끊임없이 되묻는 과정에서 세계를 바라보는 새로운 인식이 이루어지고, 독자는 이를 매개로 인간과 세계에 대한 심화된 이해를 경험하게 된다는 점에 주목한 것이다. 예컨대 시는 언어의 유희라기보다 세계에 대한 새로운 인식이며, 시로부터 획득하는 감동은 언어의 절묘한 배합뿐만 아니라 대상을 바라보는 관점의 새로움에서 비롯된다고 볼 수 있다.142) 따라서 문학교육은 문학 텍스트를 통해서 학습자의 의식 속에 앎이 이루어진다는 데 맞추어질 필요가 있으며, 이때의 앎이란 인간의 느낌, 정서, 가치 등에 기반을 둔 지성, 통찰, 진리 등을 주된 내용으로 한다.

이처럼 문학은 즐거움과 감동뿐만 아니라 무엇인가를 인지하고 깨닫는 경험을 가져다준다는 점에서 성찰적 사고와 밀접한 관련을 맺고 있다. 문학은 세계와 자아가 어떠한 관계를 맺고 있는가를 보여주는 가운데, 삶의 근원으로서 인생의 방향 설정과 가치의 문제를 깨닫게 하는 것이며, 이로써 사고는 더욱 풍요롭게 발전한다.143)

142) 김상욱, 앞의 책, 12면.
143) 김대행, 〈사고력을 위한 문학교육의 설계〉, 《국어교육연구》 5집, 서울대 국어교육연구소, 1998, 7면.

2.3.4. 사고교육의 차원 —'좋은'(good) 사고와 사고 능력의 증진

교육은 사고 능력의 증진을 도모한다. 교육의 목적을 사고력의 증진에 두고, 사고의 측면에서 교육 행위의 정당성을 찾는 것에 대해 별다른 이견이 존재하지 않는다. 교육을 인간의 사고와 관련된 문제로 보는 것은 보편적인 인식이다.144)

시대에 따라서 강조의 정도나 개념의 이해 방식에 차이가 있기는 하지만, 동서양의 교육적 전통 속에 가장 일관되게 전승되고 있는 교육적 가치가 있다면 그것은 바로 사고 혹은 사고력의 가치라고 할 수 있다. 어떤 의미에서 보면, 개념을 규정하기에 따라서 교육은 바로 사고에 관한 활동이라고 할 수도 있다.145)

사고교육의 당위성에 대해서는 이처럼 공통된 입장을 나타내면서도, 정작 어떠한 사고가 "좋은"146) 사고인가의 문제에서는 견해마다

---

144) 김영찬, 〈문화와 사고〉, 성일제 외, 《사고와 교육》, 한국교육개발원, 1988, 147면.
145) 이돈희, 〈사고와 사고력의 교육적 가치〉, 성일제 외, 앞의 책, 14면. 다음과 같은 진술에서도 교육이 본질적으로 사고의 문제를 대상으로 한다는 점을 확인할 수 있다. "많은 사람들이 학생들에게 단순한 기계적 암기법 훈련 이상의 것을, 최소한의 능력 이상의 것을, 사실 이상의 것을 제공해야 한다고 믿고 있다. 우리는 학생들에게 정보를 어떻게 평가하고 적용하고 생산하는지를 가르치는 것으로부터 시작하지 않으면 안 된다. 다른 말로 하면 그들에게 생각하는 방법을 가르쳐야 한다."(Paul Chance, *Thinking in the Classroom*, Teachers College Press, 1986)
146) '비판적', '창의적', '효과적', '변증법적' 등과 같은 용어는 사고를 특정 관점의 국면에서 바라보는 위험을 갖고 있다. 이에 따라 학술적으로 모호함에도 불구하고 니커슨(Nickerson)이 사용한 "좋은(good)"이라는 용어(Raymond S. Nickerson, 앞

큰 차이를 보이고 있다. 사고 자체가 전개되는 양상의 다양함만큼이나 광범위한 하위 유형을 갖기 때문이다. 이른바 백일몽(白日夢)적인 공상 상태의 정신 상태에서 의도적인 문제 해결의 과정에 이르기까지 다양한 양태를 갖고 있다.

그런데 기존 사고교육에서는 인지 중심의 문제 해결 과정에 기울어진 모습을 쉽사리 찾을 수 있다. 사고를 문제 해결을 위해 가설에서 검증과 결론에 이르기까지의 심리 작용과 일대일로 대응시키는 것이다.[147] 이러한 관점의 근원에는 듀이의 "반성적 사고"가 자리잡고 있다. 듀이가 말하는 "사고 또는 반성(reflection)은 하려는 것과 그 결과로서 일어나는 것 사이의 관계를 파악하는 것"[148]으로, 이후 "탐구"라는 용어로 대치되는 사실에서 보듯,[149] 실증과 합리성의 확고한 기초 위에서 구체적 사실을 관찰하고 실험을 통해 가설을 검증하는 일련의 탐구 방법 차원에서 제안된 것이다. "제안(suggestion)",

---

의 글, 29면)를 원용하기로 한다.

[147] 이정모 외, 《인지심리학》, 학지사, 2001, 302면; 김영채, 《사고와 문제 해결 심리학》, 박영사, 1995, 209면 참조. 사고에 대한 이러한 관점과 시각은 아리스토텔레스까지 그 연원이 거슬러 올라간다. 인간의 존재적 특성을 이성에서 찾고 이러한 이성의 기능으로 사고의 문제를 접근함으로써, 사고에서 감정, 욕망, 의지, 용기 등과 관련된 일체의 심리적 작용이 배제되는 결과를 초래하였다.

[148] John Dewey, *Democracy and Education*; 이홍우 역, 《민주주의와 교육》, 교육과학사, 1987, 163면. 이하 듀이의 반성적 사고에 대한 검토는 최홍원, 〈성찰적 사고의 문학교육적 구도〉, 《문학교육학》 제21호, 문학교육학회, 2006 참조.

[149] 이 점과 관련하여 듀이는 "문제적인 것과의 관련은 변하지 않지만, '반성적 사고'와 '객관적 탐구'를 동일시하는 것은 오해의 소지를 덜 일으키는 설명의 양식을 가능하게 한다"(John Dewey, *Logic : The Theory of Inquiry*, Holt, 1960 참조)고 밝힌 바 있다.

"지적 정리(intellectualization)", "주도적 관념 또는 가설(hypothesis)", "추리작용(reasoning)", "행동에 의한 가설의 검증(testing)"으로 구성 되는 이러한 과정이 문제 해결의 일반적 절차, "문제의 발견-문제의 정의-대안의 탐색-계획의 실행-효과의 확인"의 단계150)로 정립된 것이다. 요컨대, 듀이의 반성적 사고란 "가능한 모든 수단을 활용하 고 지력을 자유롭게 작용시켜 현재의 문제 상황을 해결함으로써 지 식을 획득하는 방법"151)을 가리킨다. 이처럼 문제를 제기하고 해결 하는 것을 목표로 한다는 점에서 이 책의 '반성'이나 '성찰'과는 차이 가 있다.

그런데 인류가 발전시켜 온 가장 효율적인 방법을 자연과학의 실 험적 방법이라고 보고, 이를 토대로 반성적 사고를 구성하면서152) 사고를 문제 해결 과정에 나타나는 지적인 활동으로만 간주하고 있 다는 데 유의해야 한다. 수단, 방법, 절차 등에 대한 맹종에 따라 과 학적 탐구 절차만 강조한 결과, 윤리나 가치 같은 문제를 배제시키 고 있기 때문이다. 이러한 관점에 따르면, 문학과 같은 예술작품은 결코 '문제에 대한 해결'이라고 볼 수 없기 때문에,153) 사고로서 자 리를 잡을 수 없다.

듀이의 "반성적 사고"를 사고 전체가 아닌 하나의 개별 사고 유형, 즉 "과학적 사고"로 재번역해야 한다는 주장154)이 제기되는 것도,

---

150) 한국교육개발원, 앞의 책, 40~43면; 김영채, 앞의 책, 244~246면 참조.
151) 노진호, 〈듀이의 반성적 사고와 교육론에 관한 연구〉, 성균관대 박사학위논문, 1994, 89면.
152) John Dewey, *Reconstruction in Philosophy*, Beacon Press, 1957, 96면 참조.
153) 한명희, 앞의 책, 100면 참조.

이러한 배경과 맥락을 고려하여 재인식한 데 따른 것이다. 심지어 반성적 사고를 두고서, 생활에서 당면하는 실제적 사태에서의 문제나, 아니면 기껏해야 과학자가 실험을 필요로 하는 상황에서만 유효할 수 있는 하나의 원리로 그 가치를 재평가하기도 한다.155) 다음은 피터즈(Peters)가 사고에 대한 듀이의 관점을 비판한 내용이다.

내가 비판하려는 것은 듀이가 인간 상호 관계와 감정 교육에 소홀했다는 점이다. 이것은 듀이가 실제적으로 교육에 있어서 문학의 역할에 대해 아무런 언급도 하지 않았다는 것을 의미한다. 문학은 문제해결식의 학습방법을 두드러지게 추종하지 않으며, 개인 자신의 문제보다는 모든 인간의 곤경에 대해서 빈번히 관심을 쏟는다.156)

인지 중심의 사고 논의가 논리적인 인간을 목표로 실증과 합리성 속에서 인과 관계를 규명하고 탐구하는 활동이라면,157) 사고의 전부이거나 사고를 대표하는 것이기보다는 사고를 구성하는 하나의 영역에 지나지 않는다. 과학적 방법만이 모든 사고력을 대표하는 것

154) John Dewey; 이홍우 역, 앞의 책, 228면 각주 참조.
155) 이돈희, 《존 듀이 교육론》, 서울대출판부, 1992, 15면 참조. 이홍우 또한 단순히 사태를 파악하는 것을 목적으로 하는 이론적 사고가 간과된다는 점에서, 직접적인 문제 해결을 중시하는 듀이의 반성적 사고를 비판한 바 있다.(John Dewey; 이홍우 역, 앞의 책, 233면 각주 참조)
156) Richards S. Peters, eds., *John Dewey Reconsidered*; 박영환 역, 《존 듀이의 재고찰》, 성원사, 1986, 147면.
157) John Dewey, *How We Think*; 임한영 역, 《사고하는 방법》, 법문사, 1979, 20~22면 참조.

도 아니고, 과학적 방법이 사고력의 향상을 보장해 주는 것도 아니기 때문이다.[158] 또한 사고 자체는 동기, 즉 원망과 욕구, 흥미와 정서 등에 의해서도 발생하며, 모든 사고의 이면에는 정의적 의지적 경향이 자리 잡고 있다는 점도 고려되어야 할 것이다.[159]

문제 해결 능력이 사고의 전부가 아니라면, 학습자에게 어떤 사고가 필요한가에 대한 고민과 탐색이 이루어져야 한다. 교육을 통해 어떤 사고를 하게 할 것이며, 어떤 사고 능력을 키울 것인가라는 근원적인 문제를 제기하는 것이다.

우리는 '문제 해결 전략', '창의적 사고', 또는 '과학적 사고' 등과 같이 생각하는 것을 고정된 특수한 절차로 규정하고, 이 절차를 따르도록 훈련시키는 것으로서 생각의 교육을 대신해 온 것 같다. 그러나 이러한 종류의 생각이 인간, 사회, 그리고 세계에 대한 어떤 가정을 토대로 한 것이며, 그러한 가정들이 인간의 삶을, 그리고 인류의 미래를 어떤 방향으로 이끌 것인가에 대해서는 생각하지 않거나 생각하기를 거부해 온 것이 사실이다.[160]

사고는 분명 자료 속에 담긴 정보를 분석하고 증명하고 검증하는

---

158) Matthew Lipman; 박진환 외 역, 앞의 책, 60면.

159) Vygotsky, *Thought and Language*; 신현정 역, 《사고와 언어》, 성원사, 1985, 150면. 이처럼 사고라는 개념에는 인지적 요소와 함께 정의적 요소를 모두 포함하고 있다. 참고로 사고, 사유에 해당하는 불어 "pensée"에는 인지적 요소뿐만 아니라 느낌, 정서, 의지 등의 의미가 담겨 있다.(Elisabeth Clement et. al., *Pratique de la philosophie de a á z*; 이정우 역, 《철학사전》, 동녘, 1996, 146~147면 참조)

160) 오만석, 〈해석학의 관점에서 본 사고의 의미〉, 성일제 외, 앞의 책, 194~195면.

행위이지만, 자료의 처리와 해독을 넘어서서 주체가 사태에 개입하여 의미를 재구성하는 것도 포함한다. 이는 문제 해결 중심의 사고와는 구별되는 정신과학적 사고의 존재를 암시한다.[161] 정신과학의 사고에서 외부 현실은 있는 그대로 복사되거나 재현된 것이 아니라 주체에 의해 해석되고 의미가 부여되는 과정을 거친다. 이처럼 사고의 한편에는 실험적 담구와 조작의 차원을 넘어서서 주체와 대상이 상호 관련을 맺는 사유 양태도 존재하며,[162] 이는 대상에 대한 '객관적 관찰' 대신 대상이 갖는 '의미의 이해'를 중요한 과제로 한다.[163]

따라서 사고의 문제는 사실에 대한 탐구 이외에도 당위·가치 등

---

[161] 사고의 양상을 크게 "자연과학적 사고"와 "정신과학적 사고"로 구분하는 것에 대해서는 최홍원, 〈국어과 사고 영역 체계화 연구〉, 《새국어교육》 제85호, 한국국어교육학회, 2010, 330~332면을 참조할 수 있다.

[162] Paul Ricoeur; 박병수·남기영 편역, 앞의 책, 102면 참조. 딜타이(Dilthey), 후설(Husserl), 가다머(Gadamer) 등은 자연과학적 사고가 모든 학문의 철학적 토대가 되는 것을 반대하면서 정신과학(Human Science)의 방법론과 가치를 주장한 바 있다. 이것은 대상과 주체의 관계 형성에 주목하여, 대상의 의미가 대상 자체에 포함된 본유적인 것이기보다는 주체와의 만남에서 구성되는 것으로 본다. 주체 또한 대상과의 관계에서 자유로울 수 없고 이해의 과정에서 영향을 받음은 물론이다.

[163] 사고의 이러한 두 측면은 브루너(Bruner)에 의해 논리적 과학적 사고인 "패러다임적 사고(paradigmatic mode of thought)"와 서사적 사고인 "내러티브 사고(narrative mode of thought)"로 유형화되기도 한다. 이들 사고에 대해서는 Jerome S. Bruner, *The Culture of Education*; 강현석 외 역, 《교육의 문화》, 교육과학사, 2005와 한승희, 〈내러티브 사고 양식의 교육적 의미〉, 《교육과정연구》 15, 한국교육과정학회, 1997과 강현석, 《교과교육학의 새로운 패러다임》, 아카데미프레스, 2006, 268~270면을 참조할 수 있다.

과 같은 규범에 대한 탐구를 과제로 하며, 의미의 탐색과 구성을 통해 인간 삶을 통찰하는 능력을 요청한다.164) 이는 인과율적 관계, 분석을 통해 인간 환경을 개념적으로 통제하고 문제를 해결하는 '설명'과 '존재'의 사고가 아니라, 의미를 부여하고 내면화하는 능동적인 가치화의 사고, 즉 '이해'와 '당위'의 사고를 말한다. 진정한 사고교육은 경험적 증명과 형식적 절차를 통해 대상과 외부 세계를 지향하는 것뿐만 아니라, 있음직함 또는 그럴듯함을 만들어냄으로써 세계에 대한 주체의 관점과 견해를 추구하는 능력을 키우는 데 맞추어져야 할 것이다.

이런 점에서 본다면, 대상을 통해 자기를 이해하는 성찰적 사고야말로 학습자의 진정한 인간성 함양을 위해 요구되는 사고 능력이라 할 수 있다. 성찰적 사고는 문제 해결과는 구별되는 인간의 자기 이해를 추구하는 것으로, 지향할 가치를 스스로 탐색하고 거기에 자신을 정향(定向)하는 것을 목표로 한다. 학습자 자신이 추구해야 할 방향과 존재 자체에 대한 이해를 통해서 주체의 의미 있는 성장과 발전을 꾀하는 것이다.

한편, 사고교육의 목적과 지향점을 어디에 두어야 하는가와 관련하여 여러 새로운 관점들이 제시되는데, 여기서도 성찰적 사고의 교

---

164) 이석호, 《인간의 이해》, 철학과현실사, 2001, 15~16면 참조. 이와 관련하여, 사고를 "과학적 사고"와 "가치 사고"로 양분하기도 한다. 과학적 사고가 가치중립적인 문제에 대해 인과율이나 선형적인 판단을 통해 과학적 체계를 목표로 논리적 추론을 전개하는 것이라면, 가치 사고는 세계관의 차원에서 가치 체험과 삶의 문제를 다루는 것이라 할 수 있다.(송영진, 《인간과 아름다움》, 충남대출판부, 2006, 107~111면 참조)

육적 의의를 재차 확인할 수 있다. 가령, "문제를 해결하는 사고", "주어진 목표를 어떻게 달성할 것인가에 대한 사고", "가치체계 안에서의 사고", "안전을 꾀하는 사고"와 같은 기존의 관점을 비판하면서 "문제를 발견하는 사고", "어떤 목표를 가질 것인가에 대한 사고", "가치체계에 대한 사고", 그리고 "모험을 감행할 수 있는 사고"[165] 등이 새롭게 제안되는데, 이들은 성찰적 사고의 주된 특질에 해당하는 것이다. 이 밖에도 사고의 문제를 둘러싼 다음의 논쟁은 사고교육이 지향해야 할 바를 보여주는 것이지만, 한편으로는 성찰적 사고가 사고교육의 측면에서 갖는 의의와 위상을 살피게 한다.

- 사고는 근본적으로 문제 해결이다. ↔ 사고는 근본적으로 문제 찾기이다.
- 신념은 특별한 인지적 가치가 없는 심리적 종료 상태이므로 탐구의 과정을 강조한다. ↔ 신념의 형성을 사고의 주된 목적으로 본다.
- 학생들이 생각할 수 있도록 문제를 구성한다. ↔ 학생들은 이미 생각할 줄 안다는 전제 아래 더 잘 생각하도록 문제를 구성한다.[166]

이상과 같은 논쟁에서 보듯, 사고는 기존의 "문제 해결" 영역에 국한되는 것이 아니라 오히려 "편견의 극복", "지평의 확대", "인간성의 해방" 등 인간 성장의 다양한 측면에서 그 의미를 갖는다.[167]

---

165) Raymond S. Nickerson, 앞의 글, 32~36면 참조.
166) Matthew Lipman; 박진환 외 역, 앞의 책, 95~98면 참조.
167) 성일제 외, 앞의 책, 8면.

사고를 단순하고 기계적인 어떤 기능의 습득이 아니라, 인간 가치를
드높이는 것으로 보고 있다. 이는 '효과적으로' '정확하게' 사고하는
것뿐만 아니라, 무엇을 생각할 것인가와 같은 사고 내용과 방향의
문제를 제기하는 것이다. 따라서 사고력을 갖추도록 교육한다는 말
은 이제 사고의 일반적인 원리나 방법을 가르쳐야 한다는 말이기보
다는 사고의 질과 방향, 즉 '효과 있게', '올바르게' 사고하도록 교육
해야 한다는 의미로 조정되어야 한다.[168]

이런 관점에서 본다면, 사고를 잘한다는 것은 외부적 목적을 달성
하기 위한 수단으로서의 기능도 나타내지만, 한 사람의 진정한 인간
성을 실현하는 일이라는 점에서 새롭게 접근할 필요가 있다. 학습자
에게 필요한 사고는 인간의 성장을 가져오는 사고, 인간성의 함양을
위한 사고라고 할 때, 성찰적 사고는 이 같은 사고를 목표로 하는
것이라 할 수 있다.

2.3.5. 태도교육의 차원 ─ 대상 우위의 세계관과 자기 형성적 태도의 함양

성찰적 사고는 자연을 우월한 위치에 두고 자연에게서 가르침을
받는 대상 우위의 세계관을 바탕으로 한다. 이는 인간 존재의 의미
를 주체됨, 즉 사물을 장악하고 지배하여 이용하는 것에서 찾는 서
양의 주체 철학과는 차이가 있다. 철저하게 대상을 억압하고 스스로
토대가 됨으로써 자기를 세우려 한 주체 우위의 세계관과는 달리,

---

168) 곽병선, 〈사고와 교육〉, 성일제 외, 앞의 책, 24면.

성찰적 사고는 대상에게서 가르침을 받는 대상 우위의 세계관을 견지하고 있다. 여기에는 인간 존재가 스스로 완전한 앎을 이루지 못하고 오직 자연에 기댈 때 본연의 앎을 가질 수 있다는 인식이 자리 잡고 있다. 대상은 진리의 모습을 보여준다는 생각, 따라서 자연에서 배운다는 태도가 전제되어 있는 것이다.169)

이처럼 성찰적 사고가 상징하는 주체는 자기 스스로 의미의 주인이 되고자 하는 주체가 아니라, 대상에게서 가르침과 깨우침을 받는 존재, 다시 말해 지배자가 아닌 "수용적 자세의 제자로서의 주체"170)이다. 대상과 세계의 의미를 규정하는 주인으로서의 주체가 아니라, 대상으로부터 의미를 수용하여 자기를 깨닫게 되는 '제자로서의 자기'를 말한다. 이것은 대상으로부터 자기가 구성되고 이해된다는 뜻을 담고 있다.

그런데 주체는 우주의 생성과 변화의 원리에 지배받지만, 다른 존재와 같이 수동적이고 종속적이지 않다. 주체는 외부의 지식과 사실을 수동적으로 받아들이기만 하는 것이 아니라, 각자의 모습을 선택하고 만들어 나가는 존재이다. 대상의 의미 구성에 직접 참여함으로써 스스로 자기를 형성한다는 말이다. 인간 존재가 자연의 질서를 이해하고 그것을 내재화하려는 이유가 여기에 있다.

이처럼 자연의 질서를 자신의 삶의 지표로 삼고 자연과 자신을 합일하려는 노력이 곧 자기 형성적 태도로 나타나는 것이다. "우주의 질서 또는 근본원리를 체득함으로써 인간은 비로소 천지와 나란히

---

169) 김대행, 〈손가락과 달의 문학교육론〉, 《문학교육의 틀짜기》, 역락, 2000, 134면.
170) Paul Ricoeur; 박병수·남기영 편역, 앞의 책, 54면.

할 수 있는 중심적인 지위를 얻을 수 있다"는 《주역(周易)》의 생각
은 이 같은 태도를 설명해 주고 있다.

성찰적 사고가 대상 우위의 세계관에 기반한다면, 그 바탕에는 인
간 존재를 '고정된 것'이 아니라 '되어가는 존재'로 보는 것이 전제되
어 있다. 성찰적 사고가 바라보는 인간은 '자기를 구성하는 주체'이
다. 인간은 "형성 과정 속에 있는 존재(Being-in-Becoming)"로, 따라
서 "인간의 가능성에 대해 한계를 설정하거나 그의 존재가 무엇이
될 수 있다거나, 또는 될 수 없다는 식의 말을 할 수 없"[171]다. 인간
은 완성된 존재일 수 없고, 계속 만들어지는 과정에 있는 것이다. 무
엇인가를 향한 움직임만이 있으며, 이러한 과정과 움직임이 곧 인간
의 삶이며 존재의 본질이다.

인간은 먼저 세상에서 존재하고 세상에 태어난다. 그리고 그는 그 다
음에 정의된다. …… 인간이 정의될 수 없는 것은 그가 처음에는 아무것
도 아니기 때문이다. 그는 나중에야 비로소 무엇이 되며 그는 스스로가
만들어내는 것이다. …… 다시 말하면 결정된 것은 있을 수 없다. 인간
은 자유로우며 인간은 자유 그것인 것이다.[172]

---

[171] Gardner Murphy, *Human Potentialities*, Basic Books, 1958, 31면. 참고로 심리학자
알포트(Allport)는 인간을 보는 세 가지 개념으로, "자극에 대해서 반응하는 존
재", "심층에서 반응하는 존재", "형성 과정에 있는 존재(a being in the process of
becoming)"를 제시하였다. 세 번째 내용이 이 책에서 말하는 '자기 형성적 태도'
와 관련된다.

[172] Jean Paul Satre; 방곤 역, 앞의 책 참조.

인간은 스스로 자신의 존재를 만들어 가는데, 이는 대상의 가르침을 통해서 실현된다. 따라서 성찰적 사고는 인간에 대한 이해이면서, 인간이 자기를 구성하고 형성하는 하나의 과정과 방법으로서 의미를 갖는다. 대상과의 교호작용은 대상 세계와 주체의 만남과 충돌을 의미하고, 이러한 과정 속에서 형성된 하나의 경험은 주체를 이전과는 다른 모습으로 변모시킨다. 성찰적 사고는 바로 이런 대상과의 만남을 주체의 이해로 전환시키는 활동이다. 하나의 성찰적 사고가 주체의 변화를 가져오고, 이러한 변화가 또 다른 사고를 불러일으킴으로써 궁극적으로 주체의 의미 있는 변화와 발전, 곧 자기 구성과 자기 형성을 가져오는 것이다.

따라서 지금보다 나은 이해와 깨달음을 위해서는 자신의 의미를 지속적으로 정련해 가는 태도가 요구된다. 인간의 이해, 사고, 행동은 결코 완성된 것이 아니라 지속적으로 성취되는 것이며, 확정된 정형 속에 묻혀버리지 않고 계속적인 전진 속에 우리의 삶을 열어주는 것이다.173) 이는 구성주의가 전제로 하는 인간의 모습과 교육의 본질이기도 하다. 구성주의에 따르면 학습은 교사의 일방적인 교수에 의하여 일어나는 것이 아니라, 학습자가 새로운 지식과 경험을 받아들이면서 기존의 사고 틀을 변화시켜 나가는 과정에서 이루어진다고 본다. 자기 형성적 노력을 바탕으로 인간이 성장한다는 점에서, 구성주의와 성찰적 사고의 활동은 접점을 가진다.

인간 성장을 과제로 하는 교육에서 끝이 없는 목표를 향해 지속적

173) 진권장, 앞의 책, 455면.

으로 나아갈 수 있는 것도 주체의 자기 형성적 태도에 바탕을 두고 있기 때문이며, 성찰적 사고는 이 같은 태도의 형성을 가능하게 하는 하나의 방법으로 기능할 수 있다. 이처럼 성찰적 사고는 인간의 자기 형성, 성장과 관련하여 특별한 의미를 갖는다. 어떻게 하면 대상을 효과적으로 인지할 수 있는가의 문제보다는, 대상을 통해서 인간이 어떻게 성장할 수 있는가를 주된 과제로 설정하고 있기 때문이다. 윤리적 태도가 미래의 행동을 향한 방침이라는 속성을 가진다면, 성찰적 사고는 무엇을 추구해야 하는가의 차원과 함께, 그래서 어떻게 행동해야 하는가의 실천윤리를 모두 포함한다. 이와 같이 태도교육으로서 성찰적 사고의 의의는 자아보다 더 큰 세계의 존재를 깨닫고 그 속에서 삶의 원리와 본질을 터득함으로써 끊임없이 자기를 만들어가는 자기 형성적 태도의 함양에서 찾을 수 있다.

2장에서 나오며

고민 하나. '하이브리드(hybrid)', '크로스오버(cross-over)', '통섭(consilience)' vs '구이지학(口耳之學)', '다기망양(多岐亡羊)'

'성찰적 사고'라는 개념을 구성하기 위하여 수많은 연구 분야를 뒤적여야만 했다. 물론 이는 성찰적 사고라는 새로운 개념을 제안해야 했던 특별한 사정에서 비롯된 것이다. 그야말로 동서고금(東西古今)을 넘나들며 관련 분야의 연구 성과를 이것저것 들추어낼 수밖에 없었다. 사실 성찰적 사고는 여러 이질적인 요소가 서로 뒤섞인 이종(異種), 혼합, 혼성, 혼혈의 개념이다. 여러 학문의 이종을 결합시켜 부가가치를 높인, 새로운 무언가를 창조하는 통합 코드의 한 사례인 것이다. 요즘 각광받는 하이브리드, 크로스오버, 통섭이라 할 만하다.

그런데 다양한 학문을 불러들인 만큼, 그에 대한 철저한 검증이 이루어졌는지에 대해서는 주저하지 않을 수 없다. 박람강기(博覽强記)의 재주를 앞세워, 들은 것을 자기 생각 없이 그대로 남에게 전하고 마는 구이지학(口耳之學)은 아닌지 반성하게 된다. 또한 다양한 학문의 수많은 학설에 휩쓸린 나머지, 탐구해야 할 목표를 잃어버리는 다기망양(多岐亡羊)도 걱정된다. 세상에는 공부할 것도, 알아야 할 것도 참 많다.

고민 둘. 교육론의 난점, 연구 대상의 교육적 효용에 대한 해묵은 고민

대상의 교육적 의의를 규명하는 것은, 국어교육 연구의 주요 과제이자 난점에 해당한다. '있으니까 가르치고, 연구했으니 또한 가르쳐야 한다'는 식의 접근, 다시 말해 국문학적 연구와 국어교육적 의의가 다를 수 있음을 알면서도 실제로는 이를 동일한 것으로 간주하는 '불편한 진실'에서 벗어나기가 쉽지 않

기 때문이다. 분명한 것은 그것이 갖는 교육적 효용을 설득력 있게 밝혀내는 일이 생각보다 어렵다는 점이다. 이 책 2장에 교육적 의의가 전진 배치되는 것도, 교육 내용과 방법에 앞서 이에 대한 규명이 선행되어야 한다는 문제의식에 따른 것이다.

성찰적 사고가 왜 필요한가라는 물음에 대해, 이 글에서는 '인간교육, 국어교육, 문학교육, 사고교육, 태도교육' 각각의 차원에서 답을 마련하고자 하였다. 층위가 다른 다섯 측면에서 각기 다른 답을 마련한 것은, 이 문제가 그만큼 중요하고 가치 있음을 입증하는 것이기도 하나, 한편으로는 동의와 설득을 위해서 그만큼 많은 논의와 논거가 요구됨을 보여주는 것이기도 하다. '인간다움의 고양'이라는 한 마디의 말로 쉽게 마무리되지 못함이 아쉽기만 하다.

또한, 성찰적 사고를 가르치면 다섯 가지 측면에서 기대 효과가 있다는 점에 동의할 수 있지만, 거꾸로 다섯 측면에서의 목적과 효과를 위해서 성찰적 사고를 가르쳐야 하는가라는 물음에 대해서는 선뜻 수긍하기 어려울 수 있다. 교육적 의의를 갖고 있다는 것과 그래서 그것을 꼭 가르쳐야 한다는 주장은, 차원이 다른, 그래서 구별해야만 하는 것들이다. 성찰적 사고를 가르치면 안목의 성장을 가져올 수 있지만(물론 그 이외의 다른 효과도 기대할 수 있지만), 안목의 성장이라는 교육 목표에 성찰적 사고가 얼마만큼 기여하고 효과적일 수 있는지와 같은 필요충분조건에 대해서는 추가 검토가 필요하다. 단순히 '끼워 맞추기' 식의 효용론은 교육의 실행적 국면에서 제한적인 의의만을 가질 뿐이다. 누구나 쉽게 동의할 수 있는 교육적 의의와 당위성을 충분히 밝히지 못한 점, 또 하나의 한계로 지적된다.

3장

성찰적 사고의 교육 내용

인간이란 분명히 사고하기 위해 만들어진 것이다.
그것은 그의 존엄성의 전부이고, 그의 가치의 전부이다.
그의 의무의 전부는 올바르게 사고하는 데 있다.

- 파스칼(Pascal)

3장에 들어가며

문학론과 사고론의 경계와 교직

이 책에 숨겨진 고민은, 이 연구가 과연 문학론인지 사고론인지 귀속지가 모호하다는 데 있다. 다루는 대상이 시조이고, 시조를 읽어내는 하나의 방법을 탐색하는 만큼, 문학론임에 분명하다. 그러나 한편으로는 인간의 사유 구조를 밝힌다는 과제의 성격에 미루어 볼 때, 사고론의 성격 또한 지니고 있다. 이러한 고민과 갈등의 골은 연구의 수행적 성격을 강조하는 3장에 이르러 더욱 심화된다. 사고의 수행적 성격을 강조하려다 보니 정작 학습자의 어떤 능력을 신장시키려 하는지가 불분명하다는 점이다. 시조 감상 능력의 신장인지, 아니면 사고 수행 능력의 도모인지가 헷갈릴 수 있다.

이러한 문제에 대해 이 책에서는 '성찰적 사고의 수행'이라는 문제를, '시조 감상'과 '사고 실행'의 두 차원으로 구분하는 방법을 취했다. 언어가 갖는 상징적 연관(symbolic reference)에 주목하여 이해와 표현으로 나누었고, 학습자가 주체가 되어 사고를 수행하는 국면과 독자가 되어 시조를 감상하는 국면으로 이

원화하였다. 이같은 두 국면은 현상적인 차이가 있음에도 대상과 주체의 관계 및 그에 따른 이해에서는 차이가 없음을 본문에서 밝혔다. 이에 따라 사고의 수행 절차라는 큰 틀 속에서 시조 작품에 구현된 성찰적 사고의 구체적인 분석 작업을 진행할 수 있었다. 덧붙여 절마다 '보편성과 사고 구조의 일반화'를 마련 함으로써 시조 이외의 다양한 장르와 작품으로 확대하여 성찰적 사고를 일반화 하는 과정도 거쳤다.

구조적 상관성을 갖는 두 측면의 길항을 통해 성찰적 사고의 모든 국면을 아 우르려 했던 이 책의 시도가 얼마나 정당하고 타당했는지에 대해서는 여전히 검토가 필요한 지점이다.

범주화와 절차화, 그리고 수행적 이론과 연구

3장의 주요 과제는 교육 내용의 구성이며, 성찰적 사고의 범주화와 절차화를 통해 마련하고자 하였다. 하나의 현상을 몇 개의 하위 부류나 유형으로 세분화하는 작업은 대상 규명을 위해 반드시 거쳐야 하는 과정이다. 성찰적 사고의 경우 지향성, 반성, 자기 이해의 단계에서 '관물찰리(觀物察理)의 사고', '감물연정(感物緣情)의 사고', '인물기흥(因物起興)의 사고'가 서로 뚜렷이 구별되는 특징을 갖고 있다. 지향성의 측면에서 '관념적 이념성'의 지향, '주정적 구상성'의 지향, '감각적 심미성'의 지향으로 각각 구별되며, 그에 따라 '세계의 자아 견인', '세계와 자아의 대립', '세계와 자아의 합일'로 대표되는 자기 이해가 이루어진다. 나아가 이들은 각각 고유한 삶의 태도를 이끌어낸다는 점에서도 차이가 있다. 이처럼 성찰적 사고의 세 유형이 지향성, 반성, 자기 이해의 구조 면에서 서로 구별되는 특징을 갖는다는 점은 이 연구의 장점이다. 범주화의 고민은 생각보다 쉽게 해결되는 듯하다.

한편, 이 연구는 교육론인 만큼 대상에 대한 분석과 설명에 그치기보다는, 수행적 이론을 지향하고자 하였다. 알다시피 수행적 이론이란 어떤 목적을 달성하기 위해서 실천의 과정을 수립하거나[기획], 문제를 해결하기 위하여 실천하는 과정을 수립하는 것[처방]으로 구분된다. 흔히 문학교육론에서 범하는 오류는 대상이 되는 텍스트를 분석하는 데 치중한 나머지, 텍스트에 대한 분석 결과를 설명하는 데 그치는 것에서 나타난다. 수행적 연구의 필요성에는 누구나 공감하지만, 진정한 의미의 수행적 연구를 국어교육학의 학위논문에서 찾기 어려운 것 또한 사실이다. 수행적 연구란 내게 '당위'이면서 한편으로는 쉽게 닿을 수 없는 '이상(理想)'이기도 하다.

2장에서 성찰적 사고의 구조 분석에 공을 들인 것은, 이 같은 문제를 해결하기 위한 전략과 의도에 따른 것이다. 3장의 내용을 성찰적 사고의 수행으로 잡고 성찰적 사고의 유형과 구조에 따라 교육 내용을 구성하되, 실행을 위한 과정과 절차로 기술하려 하였다. 이처럼 2장의 내용은 성찰적 사고의 실체를 파악하는 데 결정적인 역할을 하지만, 3장의 유형과 수행 절차를 구성하는 토대로서도 중요한 기능을 담당한다.

이런 까닭에 3장 읽기는 2장과의 끊임없는 조회를 필요로 한다. 또한 각 절의 내용을 살필 때에는 다른 절과의 비교와 대조도 요구된다. 피곤한 독서는 오로지 필자의 무능함 탓이다.

교육 내용이란 '무엇을 가르칠 것인가'라는 물음에 해당한다. 성찰적 사고를 학습자에게 가르친다면 교육 내용은 학습자에게 제공되는 구체적인 내용에 해당하는 것으로, 실제 교육의 국면에서 핵심적 위치를 차지한다. 교육 내용 설정의 근원을 어디에 두느냐에 따라 '학문 중심 교육과정'과 '생활 중심 교육과정' 등으로 나누어지기도 하지만, 어느 입장에 서든 교육 내용은 왜 가르쳐야 하는가라는 교육 목적 속에서 구안되어야 한다. 달리 말하면, 성찰적 사고에 대한 학문적 연구 성과가 곧바로 교육 내용이 될 수 없음을 뜻한다.

교육이란 인간의 성장을 목적으로 하는 의도적 기획적 체계적 행위라는 점에서, 학습자의 어떤 측면을 어떻게 성장시키는가에 대한 입증 속에서 교육 내용이 구성될 수 있다. 무엇보다 이 책의 과제인 성찰적 사고교육은 '할 수 있게 하는 것'을 목표로 한다는 점에서, 교육 내용은 학습자의 사고 수행에 초점을 맞추어야 할 것이다.

3.1. 성찰적 사고의 수행적 성격

일반적으로 이론의 유형은 "서술적 이론", "수행적 이론", "표상적

이론"으로 구별되는데,1) 교육은 학습자를 대상으로 하는 실천의 문제라는 점에서 수행적 이론을 지향해야 함은 이미 여러 차례 논의된 바 있다.2) 수행적 이론은 지향하는 적극적인 가치의 실현을 위해 절차와 방법을 다루는 기획적 이론과 문제 사태를 개선하기 위한 처방적 연구로 나누어지는데, 실천을 전제로 한 교육의 문제에서는 수행적 처방적 이론이 요구된다는 브루너(Bruner)의 주장3)이 이를 대표한다.

이런 점에서 사고교육의 내용 또한 수행적 이론의 성격에 따라 학습자가 직접 사고를 수행할 수 있는 방향으로 기획되고 설계되어야 할 것이다. 특히 교육의 관점에서 바라보면, 성찰적 사고의 문제는 그것을 '수행(performance)'할 수 있는 능력을 길러주는 데 주안점이 놓인다. 물론 성찰적 사고교육은 성찰적 사고에 대한 '지식'을 아는 것, 성찰적 사고를 '수행'하는 것, 성찰적 사고를 통해 의미 있는 '경험'을 형성하는 것, 그리고 바람직한 '태도'를 내면화하는 것을 포괄한다.4) 그러나 이러한 영역과 내용은 모두 성찰적 사고 능력의 신장

---

1) 이돈희, 《교육적 경험의 이해》, 교육과학사, 1993, 85~93면.

2) 김대행, 〈수행적 이론의 연구를 위하여〉, 《국어교육학연구》 제22집, 국어교육학회, 2005; 최홍원, 〈고전시가 연구와 국어교육의 과제〉, 《한국 국어교육의 현황과 전망》(제9회한국어교육국제학술회의발표집), 서울대 국어교육연구소, 2007 참조.

3) J. S. Bruner, *Toward a Theories of Instruction*, W. W. Norton & Co., Inc, 1966; 김종량, 《교육공학 ― 수업 공학의 이론과 실제》, 문음사, 1995, 152~153면 참조.

4) 국어교육에서 내용 영역은 언어가 지닌 "사실(fact)", "과제(task)", "의미(meaning)", "정체성(identity)"에 바탕을 두고 각각 "지식(knowledge)", "수행(performance)", "경험(experience)", "태도(attitude)"로 제안된 바 있다.(김대행, 〈내용론을 위하여〉, 《국어교육연구》 10집, 서울대 국어교육연구소, 2002 참조) 성찰적 사고의 문제도 이와 마찬가지로 지식, 수행, 경험, 태도의 측면을 가지며,

이라는 목표로 집약되며, 학습자가 실제로 성찰적 사고 활동을 '할 수 있게 하는 것'으로 구체화된다. 성찰적 사고의 문제는 '대상을 통해 어떻게 자기를 이해할 수 있는가'라는 과제의 성격을 가지며, 이에 대한 학습자의 실행을 요구한다는 점에서 '수행'의 성격이 무엇보다 강조된다. 성찰적 사고 자체가 단순히 지식 차원의 앎이 아니라 구체적인 행위와 실천의 속성을 갖기 때문이다.

이러한 성격에 비추어 볼 때 성찰적 사고가 자기 이해와 자기 수정이라는 '변화'를 전제로 한 개념인 만큼, '사고란 무엇인가'라는 실체 규명적인 질문은 어디까지나 사고교육의 내용과 방법을 구안하기 위한 예비적 고찰의 성격을 갖는다.5) '무엇을 사고해야 하고, 어떻게 사고해야 하는가'의 문제가 성찰적 사고의 본질적인 교육 내용에 해당한다.

성찰적 사고가 수행의 성격을 갖는다면, 시조를 대상으로 한 성찰적 사고교육의 수행은 크게 이해와 표현 두 국면으로 구성된다. 시조 작품을 성찰적 사고로 읽어내는 것[이해], 그리고 시조의 사유 방식을 토대로 성찰적 사고를 직접 실행하는 것을 말한다. 성찰적 사고의 수행이라는 문제를 두고서 이처럼 시조 감상의 차원과 사고 실

특히 수행이 강조되는 특징이 있다.

5) 여기서 '사고의 내용'과 '사고교육의 내용'을 구별할 필요가 생긴다. 일반적으로 사고의 내용은 인간 사고가 어떤 요소나 구인(構因)으로 이루어졌는가와 같은 개념화에 해당한다. 반면 사고교육의 내용은 이러한 논의를 바탕으로, 학습자의 사고 능력을 신장시키기 위해 필요한 요건과 과제를 해명하고 교육적 실천과 수행을 체계적으로 기획하는 것을 말한다. 이 책에서 2장의 연구가 사고의 내용에 가깝다면, 3장은 사고교육의 내용이라 할 수 있다.

행의 두 차원으로 나누는 것은, 언어가 갖는 이중의 상징적 연관에서 비롯된다. "상징적 연관"이란 상징에서 의미로 이행하는 과정으로서, 어떤 대상을 두고 시각적으로 감지하는 이상으로 그 의미를 파악하는 방식을 뜻한다. 그런데 언어는 이중의 상징적 연관을 갖고 있다. 가령 작자에게는 시각적 경물, 정서적 경험들이 시어를 상징적으로 불러오는 데 반해, 독자에게는 작자가 불러일으키고자 하였던 것들을 시어가 대신 상징적으로 지시하는 것이다. 말하는 사람의 편에서 이루어지는 사물에서 낱말로의 연관과, 듣는 사람의 편에서 정반대로 이루어지는 낱말에서 사물로의 연관이 바로 그것이다.6) 성찰적 사고의 측면에서 본다면 이는 각각 학습자가 주체가 되어 사고를 실행하는 국면, 그리고 독자가 되어 시조를 감상하는 국면에 대응된다. 이러한 현상적 차이가 있다 하더라도, 대상과 주체의 관계와 그에 따른 이해를 다룬다는 점에서 본질적 차이는 없다.

작가는 어떤 대상에서 진실을 발견하고 형상화를 통해 그것을 구체적으로 표현해 낸다. 그리고 독자는 작품 속에서 그 대상과 의미를 발견하고 그것을 자기의 것으로 구체화하여 받아들이게 된다. 이 과정은 주체만 다를 뿐 동일한 사고작용을 거치게 된다. 즉 문학의 생산과 수용은 인간의 사고작용의 산물이므로 그 과정을 밀도 있게 추체험한다면 사고력의 신장을 도모할 수 있을 것이라 본다.7)(강조는 필자)

---

6) A. N. Whitehead, *Symbolism, its Meaning and Effect*; 문창옥 역, 《상징활동 그 의미와 효과》, 동과서, 2003, 25~26면.
7) 김대행 외, 《문학교육원론》, 서울대출판부, 2000, 95면.

텍스트에서 사고를 이해하는 방법과 직접 사고를 실행하는 방법
이 동일함은 이후 살펴볼 "인물기흥(因物起興)"에 대한 설명에서도
확인할 수 있다. 인물기흥은 작자가 대상을 어떻게 형상화하였는가
를 설명하는 것이면서 독자가 문학작품을 이해하는 감상의 방법이
기도 하다는 설명8)이 그것이다. 이를 통해 성찰적 사고가 실현되는
모습에는 차이가 있지만, 이해와 표현 양쪽에 모두 관여하면서 대상
과 주체를 관계 짓는 작용이라는 점에서 상동성을 확인할 수 있다.

따라서 성찰적 사고의 수행 교육은 이해와 표현, 실행의 교육으로
구성되는바, 독자로서 시조의 사고를 읽어내는 과정과 주체가 되어
사고를 실행하는 과정으로 구체화된다. 비록 외형의 차이는 있지만,
대상을 통해 자기를 이해하고 발견하는 사고 작용의 본질에서는 차
이가 없음을 거듭 밝힌다.

3.1.1. 시조 감상의 차원과 사유적 속성

먼저 시조 감상의 수행성이란 시조를 성찰적 사고의 과정으로 읽
어내는 것을 말한다. 각 작품은 수많은 내용을 담고 있으며, 그에 따
라 다양한 방법으로 읽어낼 수 있다. 그런데 성찰적 사고로 작품을
읽는다는 것은, 관찰자의 위치에서 텍스트를 메타적으로 바라보는
것이 아니라, 작자와 같은 위치에서 대상을 바라보고 자기의 문제로
되돌려서 생각해 보는 과정을 경험하는 것이다. 이는 시조 텍스트의

---

8) 정우락, 〈16세기 사림파 작가들의 사물관과 문학정신 연구〉,《퇴계학과 한국문
화》34집, 경북대 퇴계연구소, 2004, 139면.

이해와 수용의 국면에서 성찰적 사고교육을 설계하는 일이 된다. 이러한 감상의 수행성은 다음과 같은 두 가지 양상을 갖는다.

우선 성찰적 사고로 시조 작품을 감상하는 것은 작자의 성찰적 사고를 이해하는 것으로, 텍스트를 통해 그 사고 과정을 읽어내는 것을 말한다. 이는 시조 작품을 감상할 때 무엇을 읽어내야 하고, 어떻게 읽어야 하는지에 대한 구체적인 내용과 방법에 해당한다. 이같이 성찰적 사고의 구조로 시조 텍스트를 읽는 것의 정당성은, 문학이 성찰적 사고를 기반으로 생성되고, 이러한 사고를 목적으로 한다는 점에서 찾을 수 있다. 문학은 "근본적으로 그 대상이 있음으로 해서 가능한 것이며, 그 대상에서 자기를 발견하고 확인하는 것을 본질"9)로 한다. 작자는 대상과의 관계 형성을 통해 새로운 면을 발견하게 되고, 이를 자기 자신의 깨달음으로 형상화한 것이 문학이다.

그런데 텍스트 속에 구현된 성찰적 사고를 확인하고 검토하는 것에 머무르게 되면, 작자가 본래 의도한 의미를 정확히 재구하기 위한 해석 활동과 크게 다를 바 없다. 이때 유념할 것은, 대상을 인식하여 무엇인가를 깨닫는 것은 작자에게만 귀속되는 문제가 아니라는 점이다. 감상자는 단순히 완성된 형식에 있는 것을 수동적으로 받아들일 뿐이라고 생각하기 쉽지만, 무언가를 받아들이는 행위 역시 창작자에 견줄 만한 활동이 포함되어 있다.10) 텍스트를 읽고 감상하는 것 또한 창조적인 의미 생성의 과정이라는 점에 주목할 필요

---

9) 김대행, 《문학이란 무엇인가》, 문학사상사, 1992, 41~42면.

10) John Dewey, *Art as Experience*; 이재언 역, 《경험으로서의 예술》, 책세상, 2003, 98면.

가 있다. 이러한 입장에 서면, 시조 감상을 통해서 독자는 자신의 성
찰적 사고를 전개하는 것이 가능해진다.11) 문학이 성찰적 사고를
기반으로 생성되는 것과 같이, 학습자의 성찰적 사고 또한 시조를
감상하는 과정 속에서 이루어질 수 있음을 의미한다.

　성찰적 사고는 타자를 통한 자기 이해이며, 타자는 내가 어떤 존
재인지를 나에게 가르쳐주는 존재, 곧 나와 나 자신을 연결해 주는
필수불가결한 매개자라는 존재론적 지위를 갖는다.12) 그렇다면 시
조 텍스트는 나를 '바라보이게' 만드는 타자로서, 성찰적 사고의 질
료로서의 역할을 기대할 수 있다. 앞서 살핀 근대 반성철학이 갖는
한계에서 보듯, 자기 이해에서 '자기'는 "자기 동일적 정체성"을 갖
는 항존적 실체가 아니라, "공유된 자아로서의 정체성"이 되어야 하
며, 이를 위해서는 자기에 대한 직접적인 이해가 아니라 문화와 상
징의 매개가 이루어져야 한다는 설명13)도 이 같은 설계를 뒷받침한
다. 인간의 진정한 자기 이해는 '의식의 직접적인 체험'보다는 인간
의 불투명한 경험에 질서를 부여하고 세계-내-존재를 명료화하는
'텍스트'를 통해 가능하기 때문이다. 리쾨르(Ricoeur) 또한 자기 이해

---

11) 문학작품을 대상으로 한 이러한 사고를 특별히 "반영적(反映的) 사고"로 부르기
　　도 한다.(김대행 외, 앞의 책, 125면 참조) 문학 작품을 자기 삶에 조회시킴으로
　　써 작품의 세계와 자신의 세계를 관계 짓는 것을 가리킨다. 사고의 과정과 목적,
　　그리고 조건 면에서 성찰적 사고와 유사하지만, '반영'이라는 말이 함의하는 리얼
　　리즘적인 측면을 고려하여, 여기서는 '성찰적 사고'라는 용어로 이 모두를 포괄하
　　여 사용하기로 한다.
12) 변광배, 《장 폴 사르트르 시선과 타자》, 살림, 2004, 48~49면.
13) Paul Ricoeur; 김동윤 역, 〈서술적 정체성〉, 석경징 외 편, 《현대 서술 이론의 흐
　　름》, 솔, 1997.

의 질료로서 텍스트에 주목한 바 있다.

> 기호, 상징, 텍스트에 의해서 매개되지 않는 자기 이해는 없다; 자기
> 이해는 궁극적으로는 이러한 매개체들에 가해진 해석과 함께 일어난다.[14]

인간 경험이 표출한 외부적 상징을 해석함으로써 주체의 자기 이해가 실현될 수 있다는 설명이다. 이 같은 설명에 따라 성찰적 사고에서 자기 이해를 가져오는 대상은 텍스트, 더 구체적으로 성찰적 사고가 전개되고 있는 "텍스트 세계"[15]이다. 리쾨르는 자기가 텍스트 세계에 의해 구성됨을 다음과 같이 설명하고 있다.

> 자기화의 상대자는 가다머가 말하는 '텍스트 세계', 내가 말하는 '작품의 세계'이다. 결국 내가 내 자신의 것으로 만드는 것은 세계의 명제(제안된 세계)이다. 세계의 제안은, 텍스트가 은폐되어 있는 의도인 것과 같이 텍스트의 배후에 있는 것이 아니라, 작품이 전개하고, 발견하고, 나타내는 것과 같이 텍스트 '앞에 있다. 따라서 이해한다는 것은 '텍스트 앞에서 자기 자신을 이해하는 것'이다. 텍스트에 자기 자신의 유한한 이해 능력을 부과하는 것이 아니라, 텍스트에 자신을 드러내고 텍스트로부터 더 넓은 자기 자신, 세계의 명제(제안된 세계)에 가장 적합한 방식으

---

14) Paul Ricoeur, *Du texte à l'action*; 박병수 · 남기영 편역, 《텍스트에서 행동으로》, 아카넷, 2002, 24면.

15) "텍스트 세계"는 리쾨르(Ricoeur)가 주창한 것으로, 그 개념과 의미는 윤성우, 《폴 리쾨르의 철학》, 철학과현실사, 2004, 52면, 113~114면 등에 정리된 것을 참조할 수 있다.

로 응답하는 실존의 명제(제안된 실존)인 자기 자신을 받아들이는 것이
다. ······ 이런 관점에서 보면, '자기'는 '텍스트 세계'에 의해서 구성된다
고 말하는 것이 좀 더 정확할 것이다.16)(강조는 필자)

성찰적 사고교육으로서 시조 텍스트의 감상이 갖는 장점은, 일차
적으로 텍스트가 성찰적 사고로 구성되어 있을 뿐만 아니라, 텍스트
세계가 담고 있는 타자의 삶과 세계관이 자기를 객관화시키는 질료
와 자극제로 기능한다는 점에 있다. "적어도 평범한 가운데서는 물
(物)의 정체를 보지 못하며, 습관적 행위에서는 진리를 좀 더 발견
할 수 없는 것이 가장 어질다고 하는 우리 사람의 일"17)이라는 김소
월의 언급에서와 같이, 일상과 습관적 행위 속에서 진리를 발견하는
것은 쉽지 않다. 일상의 관습을 제거하고 은폐된 진리를 드러내기
위해서는 좀 더 특별한 장치가 요구되는데, 문학 텍스트가 이러한
역할과 기능을 담당하는 것이다. 문학은 주체를 둘러싼 물리적 세계
와는 달리, 표상된 의미를 바탕으로 새로운 세계가 구성되는 공간이
다. 일상적 담화에 부과되는 지시적 의미의 규제가 면제되면서, 새
로운 의미를 언어화하는 것이 허용되고 또한 요구되기 때문이다. 심
지어 시적 담화를 속박하는 것이 있다면, 그것은 바로 일상적인 시
각이 가리거나 심지어 억압하고 있는 존재양식을 언어화해야 하는
일뿐임을 리쾨르는 거듭 밝히고 있다.18)

---

16) Paul Ricoeur; 박병수·남기영 편역, 앞의 책, 132~133면.

17) 김소월, 〈시혼〉, 《개벽》 59호, 1925.

18) Paul Ricoeur, *Interpretation Theory-Discourse and the Surplus of Meaning*; 김윤

문학 작품은 습관적인 사유의 방식이 주는 환경이나 범주를 탐구하고, 그것들을 굴절시키고 변모시키려고 시도한다. 우리의 언어가 이전에는 예상치 못했던 어떤 것을 어떻게 하면 생각할 수 있는지를 보여주고, 따라서 무심하게 세계를 바라보던 그런 범주들에 관심을 갖도록 강요하면서 말이다.[19]

시조 텍스트를 대상으로 성찰적 사고를 전개하는 것은, 기존의 성찰이 갖는 한계, 즉 주체의 주관성과 우월성 속에서 자기 자신에 대한 기존의 앎을 반복하고 재확인하는 것에서 벗어나게 한다. 시조 텍스트를 매개로 자기를 이해하는 것은 텍스트 앞에서 자기를 이해한다는 것으로, 텍스트에 자신을 드러내고 텍스트로부터 더욱 폭넓은 자기를 경험하게 되는 것을 말한다. 주체는 텍스트를 통해서 기존과는 다른 관계와 존재방식을 인지하고 경험하며, 텍스트가 제시하는 삶의 존재방식과 가능성 등에 비추어 자기에 대한 이해를 새롭게 한다.[20] 이처럼 시조 감상의 차원에서 성찰적 사고는 "나르시스적인 자아로부터의 탈자기화"를 이끌어낸다.

성찰적 사고의 수행으로서 시조 텍스트를 감상하게 되면, '텍스트가 무엇을 의미하는가'의 질문은 이제 '텍스트를 통해서 나에게 무슨 일이 일어났는가'로 바뀐다. 텍스트를 통해 우리는 다른 인간이나 대상과 만나고 경험할 수 있다. 예술은 죽은 추상물이라기보다

성 · 조현범 역, 《해석이론》, 서광사, 1998, 109~110면.

[19] Jonathan Culler, *Literary Theory*; 이은경 외 역, 《문학이론》, 동문선, 1999, 99면.

[20] 윤성우, 앞의 책, 122~123면.

살아있는 감각을 전달해 주는 것으로, 헤겔의 말과 같이 "다른 사람에게서 자신을 깨닫게 해주는 존재"의 한 수단이다. 물(物)에 의한, 물에 대한, 물을 통한 사유인, 문학에 대한 연구가 곧 인간과 인간적 삶에 대한 성찰일 수 있는 이유가 여기에 있다.[21]

요컨대, 성찰적 사고로 시조를 감상한다는 것은, 일차적으로 작자가 작품을 장작한 과정과 같은 궤적을 밟아가는 것이다. 그러나 여기에 그치지 않고 독자는 시조 텍스트를 대상으로 작자와는 다른 주체적인 사고를 전개하게 된다. 이때 시조 텍스트는 의미 있는 세계의 경험을 제공하면서, 직접적인 자기 이해가 현재의 자기를 넘어서지 못하는 제한성을 극복하게 해준다. 이처럼 이 책이 시조 감상의 차원에서 사고 수행을 제안하는 것은, 성찰적 사고의 이해와 수용의 문제뿐만 아니라 궁극적으로 내면 의식의 탐구에서 비롯되는 이해의 배타성과 편협성을 극복하고 자기 이해의 폭을 넓히기 위함이다.

3.1.2. 사고 실행의 차원과 유형화

문학의 기능과 가치를 설명하는 효용설이나 교훈설에서 보듯 문학에는 교육적 의미와 가치가 그 속에 담겨 있고, 이는 문학의 중요한 자질 가운데 하나이다. 문학이 갖는 다양한 교육적 자질에 주목한다면, 단순히 문학 작품의 실체를 가르치는 것을 넘어서, 그것이

---

21) 조기영, 《한국 시가의 자연관》, 북스힐, 2005, 210면.

궁극적으로 인간의 성장에 어떻게 기여하는가를 고민해야 할 것이다. 문학 텍스트는 그 자체가 하나의 단일한 목적으로 원용될 수 있는 대상이 아니다. 문학은 수단이자 목적이며, 문학의 바람직한 수용은 과정이면서 결과이기도 한 다원적인 속성을 갖기 때문이다.

이런 점을 염두에 둔다면, 시조 작품을 통해서 체득한 성찰적 사고의 구조와 절차를 바탕으로 실제로 사고를 수행하고 표현하는 활동을 구안할 수 있다. 학습자가 시조의 사고방식으로 사물을 직접 바라보고 자기를 이해하는 것을 말한다. 시조에 대한 이러한 접근은 문학을 하나의 "사고방식"으로 보고, 그것에 "관하여 알아야 할 그 무엇"이 아니라 "할 줄 알아야 할 그 무엇"으로 보는 관점에 따른 것이다.[22] 여기서 문학은 사실 또는 지식의 더미가 아니라 지식을 다루는 장치가 된다. 이 같은 관점에서 성찰적 사고를 실행하고 표현하는 차원의 수행 교육을 설계할 수 있다.

성찰적 사고의 수행은 사고의 구조인 지향성, 반성, 자기 이해의 과정으로 나누어진다. 지향성이 대상에 대해 어떻게 접근하느냐의 문제로 주체와 대상의 관계 설정을 다루는 것이라면, 반성은 대상의 문제가 자신의 것으로 되돌아오게 하는 것이다. 이에 따라 주체는 세계와 자아의 관계에 대한 깨달음에 이르게 된다. 이처럼 지향성과 반성을 어떻게 수행하느냐에 따라 궁극적으로 이해되는 자기의 모습은 달라지게 마련이며, 그 내용에 따라 주체가 갖게 되는 태도와 성향에도 차이가 생긴다. 지향성과 반성, 자기 이해의 구조는 성찰

---

[22] 정재찬, 《문학교육의 현상과 인식》, 역락, 2004, 161면 참조.

적 사고의 수행 단계이면서 성찰적 사고의 내용을 결정하는 중요한
변인에 해당한다고 볼 수 있다. 따라서 지향성, 반성, 자기 이해를
어떻게 수행해야 하고, 어떠한 차이 속에서 수행되는가에 대해 자세
히 살펴볼 필요가 있다.

일반적으로 대상과 주체의 관계는 "주–객 대응구조"23)에 따라 객
관 요소인 경(景)과 주관 요소인 정(情)의 상호작용으로 설명된
다.24) 이러한 정경교융(情景交融)의 결과 감발(感發)되는 것은 크게
'이(理)'와 '정(情)'으로 구체화된다. 이른바 주정파와 주리파, 언지
(言志)와 연정(緣情) 사이의 오랜 논쟁의 역사가 보여주듯, 대상과
주체의 상호작용으로 무엇이 생성되는가에 대해서는 끊임없이 논쟁
을 거듭하지만 대체로 '이'와 '정'으로 귀결되며, 이는 곧 문학의 본
질과 효용으로까지 이어진다.25)

---

23) 서정시의 구조는 '주–객의 대응구조'로 볼 수 있는데, 이는 한국 서정시의 전통
에 해당한다.(김대행, 《한국시의 전통 연구》, 개문사, 1980, 93~111면 참조)
24) 장호(張晧)에 따르면, "경(景)"은 심미 객체의 여러 범주 가운데에서 가장 순수
한 미적 범주로, 여기에는 일체의 자연 풍경과 인생사라는 의미 이외에도 심미
주체인 "정(情)"과 함께 예술작품의 본질적인 요소라는 의미를 갖는다. 반면 "정"
은 주체의 내면의식 속에 구성되는 주관적인 총체를 의미한다.(張晧, 《中國美學
範疇與傳統文化》; 이진오, 〈전통 미학 범주 이론 분석〉, 김준오 외, 《동서시학
의 만남과 고전시론의 현대적 이해》, 새미, 2001, 231면 참조)
25) 문학이 감정을 표현하는 것인가[言情], 이치를 말하는 것인가[說理], 혹은 연정
설(緣情說)과 언지설(言志說) 등의 존재와 대립은 문학이 지향하는 바와 그 가
치에 대한 입장의 차이에서 비롯된다. 정(情)과 이(理)에 대한 일련의 논쟁에 대
해서는 張少康, 《中國古典文學創作論》; 이홍진 역, 《중국고전문학창작론》, 법
인문화사, 2000, 315~333면을, 연정설과 언지설의 역사에 대해서는 임종욱, 《중
국의 문예인식》, 이회, 2001, 444~457면을 참조할 수 있다.

그런데 시조에서 자연과 주체의 교호작용은 이들 이치나 정감과
는 구별되는 또 다른 감응을 낳는다는 점에 유의해야 한다. 자연이
갖는 미(美)에 의해서 주체의 '흥취'가 감발되는 특별한 감응 양태가
이루어지기도 한다. "산수시는 경치를 그려 '흥취'를 나타내고 '이치'
를 전한다"[26]는 이론적 틀이 설정되는 것도, 자연을 상(賞)하는 태
도로 "이(理)의 표상으로 보는 것"과 "흥(興)을 느끼는 것"으로 양분
하는 것도[27] '흥취'라는 특수한 감발에 주목한 결과이다. 자연시조
의 유형을 "도학적 자연시조"와 "한정적 자연시조"로 분류하는 것도
이 같은 흥취의 요소에 따른 것이다.[28]

이처럼 자연과 주체의 관계 맺음으로 감발되는 것을 이치, 정감,
흥취로 유형화한다면,[29] 성찰적 사고의 수행에서 관심은 이제 대상
에 대해 어떤 태도와 성향으로 바라볼 때 이들이 감발될 수 있으며,
어떠한 자기 이해가 이루어지는가에 있다. 즉 이치, 정감, 흥취로 시
조를 설명하고 유형화할 것이 아니라, 어떤 과정과 절차를 통해 이

---

26) 조동일, 〈산수시의 경치, 흥취, 이치〉, 《한국시가의 역사의식》, 문예출판사,
   1993.
27) 최진원, 〈국문학에 나타난 자연〉, 《도남학보》 제10집, 도남학회, 1987 참조.
28) 주제의 측면에서, 삶에서 마땅히 지켜야 할 "이치(理致)를 확인하는 시조"와 삶
   을 즐기게 하는 "흥취(興趣)를 넓혀가는 시조"로 유형화하는 것도 같은 맥락이
   다.(신연우, 〈조선기 사대부 시조의 이치 — 흥취 구현 양상과 의미 연구〉, 한국
   정신문화연구원 박사학위논문, 1994 참조)
29) 이색의 자연시를 대상으로 '묘사 중심', '이치 중심', '정취 중심'이라 명명한 연구
   도 관점과 시각 면에서는 이 연구와 동일하다.(여운필, 《이색의 시문학 연구》,
   태학사, 1995 참조) 현대시의 문장파를 대상으로 '객관 대상', '주관 정서', '형이상
   학'이라는 세 층위로 유형화하는 것 또한 유사성을 갖고 있다.(최승호, 《한국 현
   대시와 동양적 생명사상》, 다운샘, 1995 참조)

들이 발현되는지, 그리고 이를 바탕으로 자기 이해를 어떻게 경험하
고 깨닫게 되는지가 주된 탐구 과제이다. 다음 시조는 이치, 정감,
흥취를 중심으로 지향성, 반성, 자기 이해의 모습을 살펴볼 수 있는
효과적인 자료가 된다.30) 여기서 성찰적 사고의 유형을 설정할 수
있는 단서를 얻을 수 있다.

> 靑山은 萬古靑이오 流水난 晝夜流라
> 山靑靑 水流流 그지도 읍슬시고
> 우리도 긋치지 마라 山水 갓치 하오리라.
> ― 申埠, 《伴鷗翁遺事》

> 山은 녯 山이로더 물은 녯 물 아니로다
> 晝夜에 흐르거든 녯 물이 이실소냐
> 人傑도 물과 ᄀᆞ도다 가고 아니 오노미라.
> ― 黃眞伊, 《大東風雅》

> 綠水 靑山 기픈 골에 靑藜 緩步 드러가니
> 千峰에 白雲이오 萬壑에 煙霧로다
> 이 곳이 景槪 됴흐니 예와 늙자 ᄒᆞ노라.
> ― 李宜顯, 《樂學拾零》

---

30) 성찰적 사고의 유형과 수행 과정에 대한 논의는 최홍원, 〈시조의 성찰적 사고와
   사고교육의 한 방향〉, 국어교육학회 제37회 학술발표대회 자료집, 국어교육학회,
   2007을 참조할 수 있다.

이들 시조에서는 산과 물이라는 자연물이 공통으로 등장한다. 그
런데 동일한 자연물을 대상화하지만, 그 대상이 의미하는 바에는 큰
차이가 있다. 신지(申墀)의 시조에서 산과 물이 불변(不變)의 절개
와 학문에 대한 부단한 정진을 표상한다면, 황진이(黃眞伊)의 시조
에서는 서로 대립되는 의미를 가지면서 인생무상의 감정을 드러내
는 기능을 한다. 초장 안에서 구끼리 대구가 이루어지면서 "산과 물
이 대비되고 시간을 유수에 비의해서 옛 정인(情人)을 그리워하는
감정과, 흐르는 시간 속에서 무상한 인간 존재를 부각"31)시키고 있
다. 반면, 이의현(李宜顯)의 시조에서 "청산(靑山)"과 "녹수(綠水)"는
아름다운 경관에 해당한다. 이처럼 같은 대상을 두고서도 그 의미에
차이가 있는 것은 대상에 대한 주체의 시각, 즉 지향성의 차이에서
비롯된 결과이다.

신지의 경우, "청산"과 "유수"라는 대상에게서 불변과 부단의 의
미를 읽어내고, 이로써 추구해야 할 도학적 이치와 규범을 발견할
수 있었던 것은, 어디까지나 이들 대상을 관념적 이념성으로 바라보
았기 때문이다. 반면, 황진이의 경우 자신의 비애와 한의 감정을 대
상에 투영하여 바라봄으로써 물은 흘러서 다시 돌아오지 못한다는
부정적 의미를 구성하고 있다. 대상을 대상 그 자체로 바라보지 않
고 자신의 감정과의 상관성 속에서 바라봄으로써 임과 이별하고 좌
절을 겪을 수밖에 없는 자신의 처지를 구체적으로 형상화하고 있다.
이의현의 경우에는 대상이 지닌 심미적 자질에 주목하여 미적 아름

---

31) 서대석, 〈시조에 나타난 시간 의식〉, 《백영정병욱선생환갑기념논총》, 신구문화
사, 1982, 474면.

다움과 감동을 바탕으로 바라본 결과, 어떠한 갈등과 대립 없이 조화로운 관계 맺음과 그에 따른 흥취가 감발할 수 있었다. 이처럼 대상에 대해 어떠한 태도를 갖고 바라보느냐에 따라 이치를 발견할 수도 있고, 정감이나 흥취를 가져올 수도 있다. 이는 대상을 향한 지향성에 따라 대상과 주체의 관계 맺음과 감발에 차이가 있음을 보여준다.

대상과의 관계 맺음에 의해 이치·정감·흥취가 감발된다면, 여기에 세계와 자아의 관계가 내포되어 있다는 데 주목해야 한다. 대상으로부터 자기 자신에게로 되돌아오는 반성에 의해 자기 이해에 이르게 되기 때문이다. 가령, 신지의 경우 자연에게서 발견한 이치는 곧 자신이 추구해야 할 가치가 되면서, 절대적 세계에 도달하기 위한 끊임없는 자기 수양의 의지와 태도를 갖게 된다. "우리도 그치지 마라"는 대상의 의미가 추구해야 할 지표가 되어 자기 수양의 의지를 낳고 있음을 드러내는 언표이다. 이와 달리 황진이의 경우에는 산과 물의 대상을 통해서 정감을 형성하는데, 이는 세계의 질서 앞에서 한계를 가질 수밖에 없는 유한한 인간 존재를 깨닫게 만든다. 물을 통해 변화하는 것에 초점을 맞추게 되었다면, 종장에서는 인걸도 또한 그러하다고 하여 관심을 자연에서 인간으로 전환시키는데,[32] 이로써 임과 이별하고 좌절을 겪을 수밖에 없는 자신의 모습을 바라보게 된다. 신지의 경우, 변하는 것과 변하지 않는 것의 대립이 나타나지 않고 변하지 않는 것만이 주된 관심사였던 반면, 황진

---

32) 조세형, 〈〈동짓달 기나긴 밤〉의 시공인식〉, 백영정병욱선생 10주기추모논문집 간행위원회 편, 《한국고전시가작품론》 2, 집문당, 1992, 498면.

이의 경우에는 시간의 흐름에 민감하게 반응하여 그 흐름을 거부할 수 없는 인간의 유한성에 초점을 맞추고 있다. 그에 따라 유한성에서 비롯된 인간 존재의 숙명적 불안과 인생무상의 문제가 자기 이해의 내용을 구성한다.[33] 이들 모두 일상성 속에 매몰된 자아를 일깨우고 끊임없이 새롭게 인식하게 만드는 역할을 하고 있다. 이들과 달리, 이의현의 경우에는 대상의 아름다움에서 흥취를 감발하게 되었는데, 이는 물아일체의 성취를 낳아 세계와 자아의 합일을 경험하게 한다. 나를 둘러싼 물과의 조화로운 관계 맺음이 이루어지는 것이다. 산수의 아름다움 속에서 늙어가는 것은 조선시대 사대부 모두가 꿈꾸는 세계이다.[34]

이들 텍스트 세계의 차이는 결국 주체가 수행하는 성찰적 사고의 유형에서 비롯된 것이라 할 수 있다. 이들은 모두 대상 그 자체를 노래하는 것이 아니라 대상을 통해서 자기 자신을 살펴보고 깨닫는 구조상의 공통점을 갖는다. 그러나 '자기가 아닌 것', 즉 산과 물이라는 '대상'을 통해서 이해하게 된 자기의 모습에는 차이가 있다. 신지가 절대적 세계에 견인되는 자아를 이해하였다면, 황진이는 세계와 대립하는 자아를, 이의현은 세계와 합일을 이룬 자아를 이해한 것이다. 동일한 사물을 대상으로 성찰적 사고를 펴나갔음에도 이처럼 자기 이해의 내용에 차이가 생기는 것은 지향성과 반성의 수행 양상에

---

33) 김일렬, 〈시조에 나타난 시간의식 ― 황진이·이황·이현보의 작품을 대상으로〉, 《백영정병욱선생환갑기념논총》, 신구문화사, 1982 참조. 황진이의 작품 "靑山은 내 뜻이오 綠水는 님의 情이"에서도 자연은 자신의 정서적 형상화를 위한 내용물로 작용하고 있다.(김대행, 《시조유형론》, 이대출판부, 1986, 205면 참조)
34) 남정희, 《18세기 경화사족의 시조 창작과 향유》, 보고사, 2005, 121~122면 참조.

있다. 이를 바탕으로 성찰적 사고의 유형과 수행 절차는 다음과 같
이 구체화할 수 있다.

먼저, 지향성의 단계는 대상에 대해 어떻게 접근하고, 그 대상과
어떤 관계를 형성해야 하는가의 활동으로 대표된다. 외물에 대한 인
식은 주체가 대상을 지향하는 태도에 의해 결정된다. 이처럼 대상에
대해 주체가 갖는 태도와 성향은 '관념적 이념성의 지향', '주정적 구
상성의 지향', '감각적 심미성의 지향'으로 구체화된다. 주체의 관념
에 따라 대상에게서 이치를 발견하는 것이 관념적 이념성이라면, 주
체의 감정을 대상에 투영함으로써 구체적인 형상과 실체를 갖게 되
는 것은 주정적 구상성이다. 끝으로 감각적 심미성이란 대상을 접할
때 대상의 미적 자질에 초점을 맞추는 지향성을 의미한다.[35] 그런
데 지향성의 수행이란 대상과 주체의 관계를 형성하고 그에 따라
대상에게서 이치·정감·흥취를 가져오는 것까지를 포괄한다. 관
념적 이념성, 주정적 구상성, 감각적 심미성의 지향을 수행함으로써

---

35) 이러한 지향성의 양상은 대상 인식을 '관념적(觀念的) 인식', '즉물적(卽物的)
   인식', '주정적(主情的) 인식'으로 유형화한 것과도 유사하다.(염은열, 《고전문학
   과 표현교육론》, 역락, 2000 참조) 주광잠(朱光潛) 또한 자연에 대한 태도를 첫
   째, 자연이 드러내는 바의 감각을 읊은 감관주의(感官主義), 둘째, 정취의 묵계
   적인 결합에 따른 물아일체, 셋째, 대자연 전체를 신령의 표현으로 간주하여 지
   배적인 위치에 있는 자연의 힘에 주목한 경우로 유형화한 바 있다.(朱光潛, 《詩
   論》; 정상홍 역, 《시론》, 동문선, 1991, 113~114면 참조) 송강의 자연관을 규명
   하는 논의에서도 시적 소재로서 자연을 바라보는 시인의 태도를 '관조', '동화',
   '교감', '대립'으로 분류하고 있다.(정대림, 〈〈관동별곡〉에 나타난 송강의 자연관〉,
   《세종대 논문집》 8집, 세종대, 1981 참조) 이들 연구는 비록 성찰적 사고와는 연
   구의 출발점에서 차이가 있으나, 자연을 대하는 태도를 유형화하려 했다는 점에
   서 그 의의를 찾을 수 있다.

이치·정감·홍취의 감발이 이루어지는 것이다.

이들 이치·정감·홍취는 단순히 주체의 정서나 상태를 드러내는 데 그치지 않고 세계와 자아의 관계를 내포하고 있으며, 그에 따른 고유의 인식과 깨달음의 내용을 갖고 있다. 즉 대상에게서 이치, 정감, 홍취를 발견했다면, 이후 자기 자신에게로 되돌아오는 '반성'을 통해서 세계와 자아의 관계에 대해 각각 '세계의 자아 견인', '세계와 자아의 대립', '세계와 자아의 합일'의 내용을 깨닫게 됨을 말한다.36) 대상을 대상 그 자체로 인식하지 않고 자기 문제로 되돌려서 생각하는 가운데, 세계와 자아의 관계를 이해하게 되는 것이다.

이상에서 보건대, 성찰적 사고의 수행 내용은 다루고자 하는 문제에 따라 달라질 수밖에 없지만, 지향성, 반성, 자기 이해의 수행에 따라 세 가지로 유형화할 수 있다. 첫째, 관념적 이념성의 지향에 따라 대상에게서 이치를 발견 확인하고, 이로써 세계에 견인되는 자아를 이해하는 '관물찰리(觀物察理)의 사고', 둘째, 주정적 구상성의 지향에 따라 대상을 통해 정감을 표출하고, 이로써 세계와 대립하는 자아를 이해하는 '감물연정(感物緣情)의 사고', 셋째, 감각적 심미성의 지향에 따라 대상에게서 홍취를 얻게 되고, 이로써 세계와 합일

---

36) 세계와 주체의 관계, 대상과 주체의 관계에 대해서 천인합일의 경지인 '물아일체'의 양상, 주가 객체에 '동화'되는 양상, 객체에 대한 주체의 '감정이입'의 양상, 주체가 객체를 '관조'하는 양상, 끝으로 주체가 객체에 대해 느끼는 '친화적 교감'의 양상 등으로 분류하기도 한다.(신은경, 《풍류(風流) — 동아시아 미학의 근원》, 보고사, 1999, 118면 참조) 이 책에서는 '대상'과 '세계'를 구분하고 자기 이해의 내용 요소로 세계와 자아의 관계를 설정한 까닭에, 세계와 자아의 관계를 견인, 대립, 합일로 유형화하였다.

하는 자아를 이해하는 '인물기흥(因物起興)의 사고'가 바로 그것이
다.37)

주체와 대상의 만남과 교섭에 해당하는 '감응(感應)'에는 여러 용
어가 있지만, '관물(觀物)', '감물(感物)', '인물(因物)'로 개념화, 유형
화하는 것은 자기 이해를 목표로 하는 주체와 대상의 관계 맺음에
주목했기 때문이다. 관물(觀物)에서 '보디[觀]'는 '살다' 또는 '행동하
다'와 같이 밀착된 관계가 아니라, 대상과의 일정 거리를 가지면
서38) 그것이 갖는 가치의 탐색에 주력하는 것이다. 이에 비해 감물
(感物)에서 '감(感)'이란 주체의 마음이 움직이는 것으로,39) 대상과
만난 주체의 정서가 대상에 투사되고 전이되는 것을 가리킨다. 반면,
인물(因物)에서 '인(因)'이란 물에 인하여, 또는 물로 말미암아 촉발
되는 것을 나타낸다.

이들 관물찰리・감물연정・인물기흥의 사고는, 시조 감상의 측
면에서 본다면 시조 작품을 통해서 경험하고 이해해야 할 세계와 자
아의 관계라 할 수 있다. 또한 사고 실행의 국면에서는 대상에게서

---

37) '경치', '흥취', '이치'라는 요소를 바탕으로 경치와 흥취를 '인물기흥'으로, 경치와
   이치는 '관물찰리'로, 이치와 흥취는 '물아일리'로 엮어서 설정하기도 한다.(신연
   우, 〈이황 산수시의 양상과 물아일체의 논리〉, 《이황 시의 깊이와 아름다움》, 지
   식산업사, 2006 참조) 그러나 이는 자기 이해의 단계를 설명하지 못하고 대상 인
   식의 측면에만 머무른 한계가 있다.

38) 엄경희・유정선, 〈자연시의 전통과 세계관의 변모〉, 성기옥 외, 《한국시의 미학
   적 패러다임과 시학적 전통》, 소명출판, 2004, 522면 참조.

39) 張皓; 이진오, 앞의 글, 230면 재인용. 《설문해자(說文解字)》에 따르면 "감
   (感)"은 "사람의 마음을 움직이는 것[動人心也]"으로, 여기서 "감(咸)"은 발음을
   표시하고 "심(心)"은 뜻을 나타낸다.

발견한 이치·정감·흥취를 통해서 세계와 자아의 관계에 대한 이해를 가져다주는 사고의 양식에 해당한다. 즉 학습자가 실행하는 사고의 양상과 종류로, 인간이 대상을 통해서 무엇을 발견하고 이를 통해 무엇을 이해하게 되는가의 문제에 대한 세 가지 수행이라 할 수 있다.

따라서 성찰적 사고를 중심으로 시조를 감상하고, 사고를 실행하기 위해서는 지향성과 반성, 자기 이해의 각 단계에서 요구되는 절차와 방법에 대한 교육이 이루어져야 할 것이다. 성찰적 사고의 수행은 같은 대상을 두고서도 어떤 유형의 사고를 펴는가에 따라 자기 이해의 내용에 차이가 생기는 만큼, 각 유형에 따른 사고의 절차와 방법을 교육 내용으로 정치하게 구안할 필요가 있다. 이를 바탕으로 할 때 시조를 감상하고 직접 사고를 실행하는 것이 가능할 수 있다.

3.2. 관물찰리의 사고에 따른 자기 이해

3.2.1. 관물찰리 사고의 개념과 연원

'관물찰리(觀物察理)'란 경물을 통해 이치를 발견하는 것이다.[40] 인식의 주체인 '자아'가 인식의 객체인 '경물'을 보면서 인식의 내용

[40) 이종묵, 〈성리학적 사유의 형상화와 그 미적 특질〉, 《한국한시의 전통과 문예미》, 태학사, 2002, 115면.

인 '이념'을 살피는 것을 뜻한다.[41] 이처럼 관물찰리는 물을 본다는
'관물(觀物)'과 이치를 살핀다는 '찰리(察理)'로 구성된다. 여기서 본
다는 것은 현상과 실체에 대한 피상적 관찰과 조망을 넘어서서 그
이면에 작용하는 존재의 이치까지 탐구하는 것을 말한다. '이치'는
선험적인 규범적 틀에 의해 사회적으로 보편타당한 가치로 인정받
는 것이다. 예부터 절대적인 기준으로 제시된 전범을 바탕으로 올바
르다고 공인된 것으로, 구체적으로는 성리학에서 말하는 "성정지정"
에 해당한다.[42] 이처럼 각각의 경물 속에 이치가 담겨 있다는 전제
에서 정신적이고 형이상학적인 의미를 찾아내는 인식 태도가 관물
찰리이다. 여기에는 인간의 도덕규범이 자연에 근거하고, 인간의 바
람직한 삶은 자연의 이법에 바탕을 둔다는 인식이 자리하고 있다.

　이러한 관물찰리가 성찰적 사고의 유형이 되는 것은, 이치의 발견
이 세계와 자아의 관계에 대한 일정한 이해를 낳기 때문이다. 경물
을 통해서 이치를 발견하는 것은, 자신이 추구해야 할 가치를 깨닫
고 그것에 정향(定向)하는 삶의 태도를 갖게 됨을 의미한다. 즉 절대
적 세계에 견인되는 자아의 모습이 관물찰리의 사고에 따른 자기 이
해의 내용이다. 이처럼 관물찰리의 사고는 대상과의 만남을 통해 이
치를 발견하고, 이러한 이치를 실천함으로써 절대적 세계에 이르는
것을 목표로 한다. 〈도산십이곡(陶山十二曲)〉에서 이를 확인할 수
있다.

　41) 정우락, 〈덕계 오건의 문학 사상과 그 형상원리〉, 《동방한문학》 27, 동방한문학
　　　회, 2004, 154면.
　42) 박미영, 《한국 시가론과 시조론》, 박이정, 2006, 237면.

春風에 花萬山ᄒ고 秋夜애 月滿臺라

四時 佳興이 사롬과 ᄒᆞ 가지라

ᄒᆞ믈며 魚躍鳶飛 雲影天光이야 어늬 그지 이슬고

靑山ᄂᆞᆫ 엇뎨ᄒᆞ야 萬古애 프르르며

流水ᄂᆞᆫ 엇뎨ᄒᆞ야 晝夜애 긋디 아니ᄂᆞᆫ고

우리도 그치디 마라 萬古常靑 호리라.

—李滉, 《退溪集》

〈도산십이곡〉은 도학적 미의식의 정점을 이룬 작품으로, 작품 전
체가 경물 속에 담겨 있는 도체의 체현과 더불어 천인성명의 근원적
이치를 탐구하는 구도자적 삶의 형상을 노래한 것으로 평가된다.[43)]
성찰적 사고의 관점에서 바라보면 이러한 성격은 관물찰리의 사고
에서 연유한 것으로, 〈도산십이곡〉은 관물찰리의 사고 구조를 담고
있다.

첫째, 지향성의 측면에서 살펴보면, 자연의 외형적 아름다움이 부
각되지 않는다는 데 주목할 필요가 있다. 자연의 미(美)는 현상적
아름다움을 넘어서서 대자연의 이법 차원에서 관심의 대상이 된다.
그 자체의 현상적 미(美)가 아닌 물성(物性)을 지향함으로써 그것이

---

43) 이형대, 〈〈오대어부가〉와 처사적 삶의 내면 풍경〉, 신영명·우응순 외, 《조선
중기 시가와 자연》, 태학사, 2002, 218면 참조. 〈도산십이곡〉 가운데서 성찰적
사고가 가장 두드러지게 나타나는 부분을 중심으로 살펴보기로 한다. 이 책에서
제시하지 않은 나머지 부분들도 성찰적 사고의 특성과 자질을 포함하고 있음은
물론이다.

함의하는 추상적인 자질이 강조되는 것이다. 가령, 봄·가을이라는 시간과 꽃·달이라는 경물 그 자체는 다른 작품들의 소재와 큰 차이가 없다. 그럼에도 이들에게서 "어약연비(魚躍鳶飛)"와 "운영천광(雲影天光)"이라는 이치를 발견할 수 있는 것은, 주체가 이들 대상을 관념적 이념성으로 바라보기 때문이다. 이와 같이 대상 자체의 실재와 특징에 주목하는 것이 아니라, 주체의 관념에 따라 대상이 함의하는 상징과 내포 의미를 선택적으로 강화하고 추상화하는 지향성을 가리켜 '관념적 이념성의 지향'이라 할 수 있다.

이러한 지향성의 결과, 강호 자연의 품에 자리 잡은 모든 경물의 변화에서 천리의 유행(流行)과 도(道)의 구현을 보게 된다.[44] "청산(靑山)"과 "유수(流水)"의 경우, 표면적으로는 푸른 산과 흐르는 물이라는 자연 그 자체의 모습을 가리키지만, "프르르며"와 "긋디 아니"라는 특별한 속성이 선택 강화되어 상청(常靑)과 부단(不斷)이라는 가치로 의미화되는 것은 이러한 지향성의 결과로 설명할 수 있다. 이들 의미가 주체에 의해 새롭게 발견된 것이라기보다는, 당대 사회의 보편성을 지니는 것도 지향성이 갖는 관념성과 이념성의 영향에 따른 것이다.

관념적 이념성의 지향은 자연에서 보편적 '이(理)'를 발견하고 확인하는 것이다. 근원으로서의 시초를 '이일(理一)의 이'라고 하고, 이것이 나누어져서 삼라만상의 개체에 품부(稟賦)된 것을 '분수(分殊)의 이'라고 하는데, 물고기와 소리개, 청산과 유수라는 개별 대상은

---

44) 최신호, 〈〈도산십이곡〉에 있어서의 '언지'(言志)의 성격〉, 백영정병욱선생 10주기추모논문집간행위원회 편, 앞의 책, 515면.

사실 '근원으로서의 이'가 아닌 '분수의 이'를 지녔을 따름이다. 그러
나 관념적 이념성의 지향에는 '분수의 이'가 개별 대상에 국한되어
적용되는 제한된 이치가 아니라 '이일의 이'에 이르는 통로가 된다
는 점이 전제되어 있다.[45] '이일의 이'는 오직 개별적인 이치인 '분
수의 이'를 통해서 경험될 수 있기 때문에, 물고기와 소리개, 청산과
유수 등의 대상에서 그 너머에 있는 추상적인 우주의 이치와 근원,
진리를 읽어내는 것이 가능해진다. 이처럼 모든 경물의 변화와 움직
임에서 천리의 유행(流行)과 도의 구현(具現)을 볼 수 있는 것은, 관
념적 이념성의 지향에 따라 이들 대상이 '분수의 이'이면서 동시에
'이일의 이'에 이르는 통로가 되기 때문이다.

　이처럼 이황은 관념적 이념성의 지향으로 대상을 바라봄으로써
자연의 이법이나 도학적 의미를 발견하고 구성할 수 있었다. 〈도산
십이곡〉에 자연물과 관련된 일반 명사가 적고, 그 또한 지극히 보편
적인 소재에 그치는 것[46]도 이 같은 관념적 추상적인 접근에서 기
인한다. 시조라는 짧은 형식을 감안하더라도 대상에 대한 구체적인
묘사나 실제적인 포착이 드러나 있지 않은 사실 또한 이를 뒷받침한
다.[47]

---

45) 성리학적 사유에 따르면, '분수의 이'를 통해서만 '이일의 이'를 설명하고 추론할
　　수 있다고 한다.(손오규, 《산수미학탐구》, 제주대출판부, 2006, 248면 참조)
46) 권정은, 〈자연시조의 구성공간과 지향의식〉, 서울대 박사학위논문, 30면.
47) 이러한 해석과는 달리, 〈도산십이곡〉을 두고서 도산서당 주변의 실경을 배경으
　　로 그 아름다움에 대한 절제된 정서적 감격을 표현한 것으로 해석하기도 한다.
　　(성기옥, 〈도산십이곡의 재해석〉, 《진단학보》 91호, 진단학회, 2001; 성기옥,
　　〈도산십이곡의 구조와 의미〉, 《한국시가연구》 11집, 한국시가학회, 2002 참조)
　　그러나 대상의 실재 여부를 떠나서 이들 자연을 통해서 이르고자 하는 지점에

둘째, 관념적 이념성의 지향에 따라 자연이 절대적 이치를 담지한 세계로 설정된 결과, 주체의 반성은 '교화(敎化)에 따른 존재와 당위의 일체성 추구'로 나타난다. 대상의 가르침에 따라 인간으로서 '존재' 상황과 추구해야 할 자연의 이상적 '당위' 사이의 간격을 줍히고 이를 일체화시킬 것을 요구받는다. 지향성의 결과, 대상은 주체가 주관화하는 심미적 성감의 대상보다는, 본받고자 하는 존재의 가치와 원리를 구현하고 있는 선험적인 실재에 가깝다. 자연은 물리적인 대상으로서 지각의 차원을 넘어서서 사회, 우주와 연속된 질서를 이루는 '당위'의 세계로서 존재하고 기능한다.48) 그 결과 주체로의 반성은 이러한 대상의 의미를 자신의 삶 속에서 실천하고 수행해야 할 가치로 받아들이게 만든다. 반성에 의해 주체는 자연이 지닌 당위의 세계를 체화하려는 의지를 갖게 되는바, 이것이 교화에 따른 존재와 당위의 일체성 추구이다.

대상의 교화가 가능한 것은, 관념적 이념성에 따라 대상의 의미가 전범성과 상징성을 가지면서 추구해야 할 이치와 이념의 성격을 지니기 때문이다. 자연은 혼탁한 세속에 의해 더럽혀진 인간의 모습을 거울에 비추듯 보여줌으로써 추구해야 할 가치를 일깨우는데, 이러한 자연의 가르침에 따라 주체는 자신의 '존재'와 자연의 '당위' 사이의 거리를 인지하고 이를 일체화해야 하는 과제를 부여받게 된다.

주목할 필요가 있다. 자연과 합일을 이룩한 자아의 흥취를 드러내기보다는 이를 위한 자기 수양을 강조하고 있음을 확인할 수 있다. 즉 대상에게서 자신이 추구해야 할 가치를 깨닫는 데 주된 목적을 두고 있다.

48) 엄경희·유정선, 앞의 글, 308면.

가령, 청산과 유수에게서 불변(不變)과 부단(不斷)의 정신적 가치를 발견하고 확인하게 되었다면, 자기 자신에게로 되돌아오는 반성에 의해서 이것은 자신이 갖추어야 할 이상적인 가치가 되면서[49] 이를 체화하려는 의지와 노력을 갖게 된다.

마지막 과정으로 자기 이해의 단계에서는, 세계의 자아 견인에 관한 이해와 그에 따른 자기 수양의 태도 형성이 이루어진다. '청산'과 '유수'라는 대상을 통해 이치를 발견하고 절대적 세계를 인지하게 되는데, 이로써 주체는 자신보다 우월한 세계를 향해 끊임없이 합일을 추구하게 된다. 이처럼 대상을 통해서 이치를 발견하고 확인하며 그것을 체화하려는 노력은 곧 절대적 세계에 이끌리는 자아의 모습으로 대표된다.

절대적 세계가 상정되고 합일을 지향한다는 점에서는 이후에 살펴볼 인물기흥의 사고와 차이가 없다. 그러나 관물찰리 사고가 상정하는 주체는 이러한 절대적 세계와 아직 합일을 이루지 못한 불완전한 인간 존재이다. 인간의 존재론적 한계를 딛고서 세계와 합일하기 위해서는 수양과 학습을 통해서 자연의 본성을 획득해야 한다는 깨달음이 요구되는데, 이것이 바로 관물찰리의 사고를 통한 자기 이해의 내용이다. 가령 〈도산십이곡〉의 11연에서 초장과 중장은 자연이 담고 있는 이법에 대한 사실 기술로 진술되는 데 반해, 종장에서는 '~마라', '~하리라'와 같은 의지를 표현하는 당위 기술로 진술되는 것도, 자연과 인간이 합일되지 못한 상태에서 갖게 되는 주체의 태

---

49) 최재남, 〈국문시가와 한시의 존재 기반과 미의식 층위〉, 인권환 외,《고전문학연구의 쟁점적 과제와 전망(하)》, 월인, 2003, 147면.

도와 입장이 언표화된 것으로 볼 수 있다.[50] 초장과 중장에서 자연을 기술하고 종장에서 인간을 다루고 있으나, 결국 이들의 간격은 '우리도' 자연과 마찬가지로 만고상청(萬古常靑)할 것임을 표명하는 것으로 귀결된다는 점에 유의할 필요가 있다. 이런 점에서 본다면, 이황의 〈도산십이곡〉은 자연·하늘·길·법도와 '하나가 되기까지 노력하는' 자신에 내한 스스로의 확인 작업이다.[51]

이상과 같이, 〈도산십이곡〉은 자연의 이법과 도학적 의미를 탐구하고 이를 체화하는 자기 수양의 노력을 보여주는 대표적 작품이다. 따라서 이 작품을 제대로 감상한다는 것은, 곧 관물찰리 사고에 따라 대상을 바라보고 자기 이해에 이르는 과정을 체험해 보는 것이라 할 수 있다. 또한 이러한 사유 구조를 바탕으로 학습자가 실제로 사고를 실행하는 과정을 설계할 수도 있다.

그런데 사고의 주체는 문화공동체의 자장(磁場) 속에서 특정한 문화적 의미를 공유하는 존재이며,[52] 인간의 정체성은 이러한 자연과 문화와의 관계 속에서 형성된다.[53] 주체가 세계와 자아를 보는

---

50) 신연우, 앞의 글, 15면 참조.

51) 위의 글, 59면.

52) 주지하다시피, 문화는 인식의 틀로 작용한다. 개인 안에 내면화됨으로써 대상 인식의 방식을 제공한다. 문화를 고정된 실체로서의 현상을 넘어 대상에 대한 인식 틀이나 대상에 대한 인식방식으로 본다면, 사고는 이러한 문화와 직접적인 관련성을 맺고 있다.(Chris Jenks, *Culture*; 김운용 역, 《문화란 무엇인가》, 현대미학사, 1996 참조) 브라드(Bradd) 또한 마음 안에 문화가 존재한다고 보고 문화가 인식에 관여한다고 주장한다. 개인의 차원을 넘어선 인식의 문제를, 인식의 틀로 작용하는 문화를 통해 설명하고 있다.(Bradd Shore, *Culture in Mind: Cognition, Culture and the Problem of Meaning*, Oxford Univ Press, 1996 참조)

53) 이정우, 《인간의 얼굴 — 탈주와 회귀 사이에서》, 민음사, 1999, 26~27면 참조.

방식은 사회 문화 속에서 주조되는 것으로, 몰역사적인 보편 주체로
서가 아니라 역사적 주체로서 전통과 관습의 기반 위에서 의미를 발
견, 생성, 공유하는 것이다. 따라서 사고의 양태와 관계된 사회 문화
적 배경에 대한 이해는 사고의 교육 내용을 구성하는 이론적 기반으
로서 중요한 의미를 갖는다.

이런 점에서 관물찰리 사고는 성리학적 세계관, 그 가운데서도 성
정론(性情論)과의 관련지어 자세히 살펴볼 필요가 있다. 관물찰리
사고와 성리학 모두 자연의 질서와 도덕적 규범의 상응성에 주목하
여 자연적 질서를 도덕규범으로 정립하는 것을 주된 내용으로 한다.
자연을 도덕의 근원이자 실제적 구현으로 간주하고, 인간이 그와 일
체되는 경지에 이를 때 도덕이 성취될 수 있다고 보는 것이다.

특히 "시는 성정의 바름을 말하는 것이다"고 본 주희(朱熹)의 '성
정론'은 문학의 생산과 향유에 절대적인 준거로 자리 잡았고, 관물
찰리의 사고 또한 이를 바탕으로 한다. 여기서 '성정'이란 올바르다
고 생각하는 마음의 근거이며, 이상적인 마음의 상태로서 중세 보편
가치를 실현하는 준거로 기능한다.[54] 성정론은 '이(理)'와 '기(氣)'의

---

54) '성정'이 뜻하는 바가 무엇인가에 따라 문학론은 물론, 대상에 대한 인식과 주체의
태도까지 달라진다. 성정을 '타고난 천성'으로 보는가 하면(劉若愚, 《中國詩學》;
이장우 역, 《중국시학》, 범학도서, 1976, 97~105면), '인간의 철학적 윤리적 태도
로서 갖추어야 할 성품'으로 보기도 한다(정요일, 〈한국고전문학 이론으로서의 도
덕론 연구〉, 서울대 박사학위논문, 1985, 11~52면). 그러나 시를 포함해서 모든
행위에서 인간이 본래 가지고 있는 성정지정(性情之情)을 회복하기 위한 개인의
도덕적 수양으로 보는 것이 일반적이다.(안병학, 〈성리학적 사유와 시론의 전개
양상〉, 《민족문화연구》 제32집, 고려대 민족문화연구소, 1999, 172면)

본질과 기능을 구분하는 이기론에 바탕을 둔 까닭에, 사물과 반응하여 쉽게 움직일 수 있는 '기'의 발을 억제하고 '이'의 발을 추구하게 되는데, 이는 곧 '기'의 작용인 인간 '정(情)' 대신 '성(性)'을 추구하는 것으로 연결된다. '성'은 공명하고 본질이 선(善)인 반면, '정'은 편벽되고 악(惡)으로 흐르기 쉬운 것으로서, 사심(邪心), 사욕(私慾), 물욕(物慾) 등 이기적인 여러 욕구와 직결되어 있다고 보기 때문이다. 따라서 외물과의 만남에 의해 마음이 동요되어 인간 감정이 함부로 분출하는 것을 막는다는 점에서, 감물연정의 사고나 천기론(天機論) 등과는 상반된 입장을 보인다. 인간에게 요청되는 과제는 인간적 욕구의 '정'을 억제하고 본연의 '성'을 회복하는 일이 될 것이며, 이는 존재의 원리를 담고 있는 자연의 이치를 체득함으로써 가능해진다. 따라서 관물찰리의 사고란, 자연의 이치를 발견하여 이를 자기화함으로써 인간의 사욕이 개입되지 않은 본연의 '성'을 회복하려는 인간 수양의 과정이라 할 수 있다.

성정론에 기반한 이 같은 관물찰리의 사고는 경물에 대한 일상적 관찰이나 경험과는 다른, 주체의 특별한 의식작용과 자세를 요구한다. '관물'은 이러한 외물 인식의 전형적인 방법에 해당한다. 즉 감관(感官)으로 사물을 보는 것이 아니라 오직 '이'를 통해서 대상을 살피는 것으로, 사물 속에 담긴 이치를 읽어내고 이를 체현하는 대상 인식의 방법을 뜻한다. 이러한 관물에 대한 논의는 소옹(邵雍)이 《황극경세서(皇極經世書)》에 〈관물편〉을 마련해 둔 것을 기점으로,55) 성리학의 융성과 더불어 다양한 견해로 발전하였다. 아래 글은 권호문(權好文)의 〈관물당기(觀物堂記)〉로, '관물'이 의미하는 바와 그 지향점을 볼 수 있다.

    사물을 관찰하는 뜻은 크다. 하늘과 땅 사이에 가득 찬 것은 만물일
따름이다. 사물은 스스로 사물이 되지 못하고 하늘과 땅이 낳은 것이며,
하늘과 땅이 스스로 생기지 못하고 사물의 이치가 낳은 것이다. 이로써
이치가 하늘과 땅의 근본임을 알 수 있다. 하늘과 땅이 온갖 사물의 근본
이 되므로, 하늘과 땅으로 온갖 사물을 관찰하면 온갖 사물은 각각 하나
의 사물이 되고, 이치로 하늘과 땅을 관찰하면 하늘과 땅도 하나의 사물
이 된다. 사람이 하늘과 땅, 온갖 사물을 관찰하여 그 이치를 궁구하여
탐구하면 사람으로 하여금 부끄러움이 없는 것이다. 하늘과 땅, 온갖 사
물을 관찰하지 못하고 그 온 곳을 알지 못하면 박아(博雅)의 군자라고
이를 수 있겠는가? 그러므로 당에서 관찰함에 어찌 다만 외물을 멀리에
서 바라보기만 하고 궁구하는 실제가 없겠는가? 두루 보는 것은 곧 물이
흐르는 것, 산이 우뚝 솟은 것, 솔개가 나는 것, 물고기가 뛰는 것, 하늘에
해가 빛나고 구름이 그림자를 드리운 것, 비가 그친 뒤 해가 돋고 바람이
순조로우며 달이 뜨는 것이다. 날거나 잠기는 동물과 식물, 초목과 화훼
등이 형형색색으로 각각 그 하늘을 얻어, 하나의 사물을 관찰하면 한 사
물의 이치가 있고, 온갖 사물을 관찰하면 온갖 사물의 이치가 있어서 하

---

55) 다음의 진술에서 관물에 대한 소옹(邵雍)의 관점을 볼 수 있다. "무릇 관물이라
   고 말하는 것은 눈으로 보는 것이 아니다. 눈으로 보는 것이 아니라 마음으로 보
   는 것이다. 마음으로 보는 것이 아니라 이(理)로써 보는 것이다. 천하의 물은 이
   를 담지 않은 것이 없고, 성(性)이 있지 않은 것이 없으며, 명(命)이 없는 것이
   없다."(邵雍, 《皇極經世書》) 참고로 사물이나 대상에 대해 가졌던 전통적인 인
   식을 두고서 '물관(物觀)' 또는 '외물관(外物觀)'이라는 용어를 사용하기도 한
   다.(여운필, 〈신흥 사대부 한시의 세계관적 경향〉, 《국문학연구》 제5호, 국문학
   회, 2001, 54면 참조)

나의 근본에서 만 가지 다른 현상으로 흩어지고, 만 가지 다른 현상을 미루어 한 가지 근본에 이르니, 그 운행의 기묘함이 얼마나 지극한가. 이로써 사물을 관찰함에는 눈으로 관찰하는 것이 마음으로 관찰하는 것과 같지 못하고, 마음으로 관찰하는 것이 이치로 관찰하는 것과 같지 못하다. 만약 이치로 관찰할 수 있으면 곧 명백한 만물이 모두 나에게 갖추어진다. 소자(邵子)가 '사람은 하늘과 땅, 온갖 사물의 도가 사람에게서 다하게 되는 까닭을 알 수 있다'라고 말했고, 증자(曾子)가 '지식을 완전히 이룸은 사물을 궁구함에 있다'라고 하였다. 진실로 이 당에서 지내면서 격물치지(格物致知)의 공부에 힘을 쏟아, 대저 사람에게서 다하게 되는 도리를 얻어 관물(觀物)의 이름을 저버리지 않기를 바란다.56)

만물·천지·물리의 관계를 설정하고서, 사물의 이치를 발견하는 것이 핵심이라고 보고 있다. 우리가 실제로 보게 되는 것[流覽]은 물이 흐르는 것[水流], 산이 우뚝 솟은 것[山峙] 등과 같은 개별 현상들이지만, 이를 제대로 보기 위해서는 한 가지 근본[一本]에서 만 가

---

56) "觀物之義大矣 盈天地之間者 物類而已 物不能自物 天地之所生者也 天地不能自生 物理之所以生者也 是知理爲天地之本 天地爲萬物之本 以天地觀萬物 則萬物各一物 以理觀天地 則天地亦爲一物 人能觀天地萬物而窮格其理 則無愧乎最靈也 不能觀天地萬物 而昧其所從來 則可謂博雅君子乎 然則堂之所觀 豈但縱目於外物 而無研究之實哉 閑居流覽 則水流也 山峙也 鳶飛也 魚躍也 天光雲影也 光風霽月也 飛潛動植 草木花卉之類 形形色色 各得其天 觀一物則有一物之理 觀萬物則有萬物之理 自一本而散萬殊 推萬殊而至一本 其流行之妙 何其至矣 是以 觀物者觀之以目 不若觀之以心 觀之以心 不若觀之以理 若能觀之以理 則洞然萬物 皆備於我矣 邵子曰 人能知天地萬物之道 所以盡乎人 曾子曰 致知在格物 苟能處斯堂而着力於格物致知之功 而以得夫所以盡乎人之道 則庶不負觀物之名矣 辛未季夏旣望 松舍小隱記."(權好文,《松巖集》卷5.〈觀物堂記〉)

지 다른 현상[萬殊]으로 나아가되, 다시 만 가지 다른 현상을 미루어 한 가지 근본에 귀결되도록 해야 한다는 설명이다. 이처럼 사물을 관찰하는 것은 곧 사물의 이치를 파악하는 것이며, '관물'이란 생명 질서의 본질과 천지운행의 질서 등 근원적인 현상의 본질을 발견하는 것이다. 이런 관점에서는 경물의 외형적인 특색, 외재적 자질은 주목받지 못하고, 오직 '이'의 세계에만 주안점이 놓인다. 개체 속에 존재하는 '분수의 이'를 통하여 '이일의 이'를 터득하는 것을 주된 과제로 하기 때문이다.

그런데 사물을 철저하게 관찰하여 '이'를 발견하는 것으로 관물의 과정이 완료되지 않는다. 관물함으로써 그 속에 구현된 '이'를 읽어내고, 그 '이'를 체화하여 인간 삶과 연관 짓는 것은 유가 인식론의 근본적 바탕이다.[57] 즉 사물의 관찰 결과를 수양론의 시각에서 이해하고, 그 진리와 하나가 되기 위한 주체의 태도를 요구하는 것이다. 이처럼 절대적 세계에 합일되기 위한 자기 수양의 노력이 뒤따를 때, 진정한 의미의 관물이 이루어졌다고 볼 수 있다. 사물과 주체의 교섭이 단순한 이해의 차원에 그치지 않고 실천의 차원으로 나아가는 데에는 이러한 역사적 전통과 연원이 관여하고 있다.

이상에서 보듯, 인간 본연의 '이'의 회복을 문제 삼는 성정론과, 이치의 발견을 통해 대상의 근원과 본질을 터득하려는 관물론은 관물찰리의 사고를 형성하는 이론적 철학적 바탕이다. 성정론과 관물론의 영향으로 관물찰리의 사고는 단순히 대상을 인식하는 하나의 관

---

57) 정민, 〈관물정신의 미학 의의〉, 《한국학논집》 27, 한양대 한국학연구소, 1995, 227면 참조.

점 차원을 넘어서서 자기 수양론으로서, 또는 자기 이해로서의 성격을 가질 수 있다. 자연의 모든 사물과 현상을 단순히 유미적 쾌락적으로 즐기는 것이 아니라 '천(天)'의 법칙과 '이'의 세계를 인식하고 깨닫는 것, 이른바 격물치지의 과정을 통한 깨달음,58) 이것이 '관물찰리'의 과정에 해당하는 것이다. 이를 통해 절대적 세계에 견인되는 자기 이해에 이를 때 비로소 '관물찰리의 사고'가 이루어졌다고 할 수 있다.

3.2.2. 관물찰리 사고의 수행

관념적 이념성의 지향과 이치 발견하기

대상을 향한 지향성은 성찰적 사고 수행의 첫 번째 과정에 해당한다. 이에 따라 관물찰리 사고의 첫 단계는 '대상을 향한 관념적 이념성의 지향'으로 설정된다. 관념적 이념성의 지향에 따라 '본다[觀]'는 것은, 대상의 외양에서 드러나는 물질적 자질에 대한 시각적 지각 행위를 넘어서서 그 속에서 추상화된 물성을 발견하는 활동이 된다. 이를 위해서는 대상의 가시적이며 표면적인 요소보다는 대상을 둘러싼 추상적이며 정신적인 자질을 추출하는 것이 일차적인 과제가 된다. 따라서 관념적 이념성의 지향을 위한 첫 번째 교육 내용은 현상이나 외형에 사로잡힌 감각적 인식에서 벗어나, 대상의 내면에 자리 잡고 있는 '물성을 파악하는 것'으로 설정된다.

---

58) 김학성, 《한국 고시가의 거시적 탐구》, 집문당, 1997, 437면 참조.

뭇노라 太華山아 너는 어이 默重ᄒ나

世上 人事는 朝夕 變ᄒ거니와

암아도 容顔不改는 너 뿐인가 ᄒ노라.

— 金振泰, 《靑邱歌謠》

無情히 션는 바회 有情ᄒ야 보이ᄂ다

最靈 吾人도 直立不倚 어렵거늘

萬古애 곳게 션 얼고리 고칠 적이 업ᄂ다.

— 朴仁老, 《蘆溪集》

관념적 이념성으로 산과 바위를 바라본 결과, 항구성과 불변성, 그리고 절개와 지조 등의 의미를 발견하게 된다. 김진태와 박인로 모두 실제 산과 바위를 마주하고서 그에 대한 감응을 노래했음에도,[59] 외양의 아름다움 대신 그것이 갖는 물성, 즉 '묵중(默重)'과 '직립불의(直立不倚)'가 선택되어 부각될 수 있었던 것은 주체가 산과 바위에 대해 관념적 이념성으로 지향했기 때문이다. 이처럼 관념적 이념성에 따른 지향성의 수행이란 대상의 외양에서 드러나는 표면적인 형상에 구속되지 않고, 그 속에서 추상화된 이치를 발견하는 의식 활동을 말한다. 이를 위한 첫 번째 단계는 대상의 물성, 즉 '묵중'과 '직립불의'를 발견하는 것이다.

위의 두 시조에 대한 감상의 시작은 작자가 대상을 향해 어떠한

---

[59] 김진태(金振泰)의 시조에서 "태화산(太華山)"은 충북 단양과 강원 영월 사이에 있는 산을 가리킨다. 박인로(朴仁老)의 시조가 입암(立巖)의 빼어난 경치를 그리고 있음은 앞서 밝혔다.

시각과 태도로 바라보느냐를 확인하는 것이며, 그에 따라 대상의 어떤 물성이 선택되는가를 살펴보는 것이다. 이러한 활동에 따라 학습자도 산과 바위라는 대상에게서 물성을 발견하고 선택할 수 있다. 표면적으로 드러나는 외양뿐만 아니라 대상의 자질과 특성에 대한 관심이 이루어진다는 점에 주목하고, 실제 사고의 실행에서도 이런 조건에 따라 지향성을 수행하는 것을 교육 내용으로 한다.

> · 관물찰리 사고의 수행(지향성 단계) — 대상의 물성 파악하기

관념적 이념성 지향하기의 두 번째 교육 내용은 대상의 현상적 자질을 의미 있는 추상적 가치로 발전시키는 것으로, 이는 관념적 이념성의 지향을 위한 중요한 조건에 해당한다. 대상을 무조건 관념적으로 인식한다고 해서 성찰적 사고가 이루어지는 것은 아니며, 진정한 의미의 성찰을 위해서는 대상에게서 '이치'를 발견하는 과정이 추가되어야 한다. 이때의 이치란 교훈적 의미를 뜻하는 것으로, 사회적으로 공인된 윤리적 공리성의 조건을 충족시켜야 한다. 이를 위해서는 대상을 대상 그 자체로 보지 않고 어떤 궁극적인 인식에 이르기 위한 매개로서 접근하는 것이 필요하다. 공자(孔子)가 '물[水]'을 바라보는 다음의 시선에서 추상적 가치화의 한 사례를 살필 수 있다.

자공이 물었다. "선생님! 군자가 큰 강물을 보면 반드시 바라보는 것은 어째서입니까?" 공자께서 말씀하셨다. "대저 물을 군자는 덕(德)에

비유한다. 두루 베풀어 사사로움이 없으니 덕과 같고, 물이 닿으면 살아나니 인(仁)과 같다. 그 낮은 데로 흘러가고 굽이치는 것이 모두 순리에 따르니 의(義)와 같고, 얕은 것은 흘러가고 깊은 것은 헤아릴 수 없으니 지(智)와 같다. 백 길이나 되는 계곡에 다다라도 의심치 아니하니 용(勇)과 같고, 가늘게 흘러 보이지 않게 다다르니 찰(察)과 같으며, 더러운 것을 받아도 사양치 아니하니 정(貞)과 같다. 혼탁한 것을 받아들여 깨끗하게 하여 내보내니 선화(善化)와 같다. 그릇에 부으면 반드시 평평하니 정(正)과 같고, 넘쳐도 깎기를 기다리지 않으니 도(度)와 같고, 만 갈래로 굽이쳐도 반드시 동쪽으로 꺾이니 의(意)와 같다. 이런 까닭에 군자는 큰 물을 보면 반드시 바라보는 것일 뿐이니라.60)

물의 여러 속성을 인간이 지녀야 할 삶의 덕목에 견주어 보고 있다. 공자는 물에서 덕(德), 인(仁), 의(義), 지(智), 용(勇), 찰(察), 정(貞), 선화(善化), 정(正), 도(度), 의(意) 등 인간 삶의 여러 덕목을 이끌어낸다. 물을 물 자체가 아니라 인간 행위의 가치를 판단하는 준거로 본다는 점61)에서 추상적 정신적 가치화의 한 모습을 보여준다. 이러한 과정을 거치면서 물은 물질이 아니라 도체의 담지체로서

---

60) "子貢問曰 君子見大水必觀焉 何也? 孔子曰 夫水者君子比德焉 遍予而無私 似德 所及者生 似仁 其流卑下 句倨皆循其理 似義 淺者流行 深者不測 似智 其赴百仞之谷不疑 似勇 綽弱而微達 似察 受惡不讓 似貞 包蒙不淸以入 鮮潔以出 似善化 主量必平 似正 盈不求槪 似度 其萬折必東 似意 是以君子見大水觀焉 爾也."(劉向, 《說苑》 卷17 〈雜說〉)

61) 정민, 앞의 글, 225~226면. 이황(李滉)의 한시 〈관물(觀物)〉의 전·결구 "그대에게 청하나니 동쪽으로 흐르는 물을 보게나, 밤낮으로 이와 같이 잠시도 쉬지 않네"(請君來看東流水 晝夜如斯不暫停)도 이러한 인식 태도를 보여주는 하나의 예가 된다.

의미를 갖는다. 다음은 이이(李珥)가 홍인우(洪仁祐)의 《금강산유람기》에 쓴 발문으로, 여기서도 관념적 이념성의 지향과 추상적 가치화가 갖는 의미를 접할 수 있다.

나는 이로 인하여 느껴진 바가 있다. 천지의 사이에 모든 물체는 각기 이(理)가 있으니, 위로는 일, 월, 성, 신으로부터 아래로 초, 목, 산, 천에 이르고 미세한 것으로 술 찌꺼기와 불탄 재에 이르기까지 모두 도체(道體)가 기우(寄寓)한 것으로 지극한 가르침 아닌 것이 없다. 그러나 사람이 비록 조석으로 눈을 붙여 본다 하더라도 그 이치를 알지 못하면 보지 않는 것과 무엇이 다르겠는가. 금강산에 유람하는 선비가 또한 눈으로만 볼 따름이고 능히 산수의 진취를 깊이 알지 못한다면 바로 저 백성이 날로 사용하고 있으면서도 도를 알지 못하는 것과 별다를 것이 없다. 홍장(洪丈)과 같은 이는 산수의 취미를 깊이 알았다고 이를 수 있을 것이다. 그러나 다만 산수의 취미를 알 뿐이고, 도체를 알지 못하면 또한 산수를 아는 것이 귀중할 것이 없으니, 홍장의 앎이 어찌 여기에 그치겠는가.62)

위 글에서 자연을 보는 세 가지 격을 확인할 수 있다. 첫째가 눈으로 보는 것[目見而已]이고, 둘째가 산수의 취미를 아는 것[知山水之趣]이며, 셋째가 도체를 아는 것[知道體]이다. 산수의 진정한 의미를

---

62) "余因此有所感焉 天壤之間 物各有理 上自日月星辰 下至草木山川 微至糟粕煨燼 皆道體所寓 無非至教 而人雖朝夕寓目 不知厥理 則與不見何異哉. 士之遊金剛者亦目見而已 不能深知山水之趣 則與百姓日用而不知者無別矣. 若洪丈可謂深知山水之趣者乎. 雖然但知山水之趣 而不知道體 則亦無貴乎知山水矣. 洪丈之知 豈止於此乎."(《栗谷集》 卷13 〈洪恥齋遊楓嶽錄跋〉)

알려면 이치를 통해서 도체를 깨닫는 것으로 나아가야 한다는 주장이다.[63] 여기서 산수의 취미를 아는 것과 도체를 아는 것의 차이는 바로 현상적 자질의 추상적 가치화 여부에 있다. 즉 대상을 대상으로 바라보는 데 그치지 않고 그 속에서 자신이 추구할 교훈적 가치를 발견하고 깨닫는 과정이 뒤따를 때 비로소 도체를 아는 경지에 이를 수 있다.

관념적 이념성의 지향에 따라 물(物)을 바라본다는 것은, 경물의 구체적 현상과 외형적 자질 대신 관념적 의미를 찾아내는 것만으로 완결되지 않는다. 대상이 주체의 특정한 심리 상태를 환기하는 차원에서 벗어나, 정신적 가치를 내포하는 존재로서 그 의미가 구성되는 과정이 뒤따라야 한다. 이때 경물은 비로소 삶과의 연관 속에서 의미 존재로 부각될 수 있고, 주체와 경물이 만나 천지를 부앙(俯仰)하고 철리(哲理)를 이해하는 깨달음을 가져다 줄 수 있다.[64]

따라서 박인로나 김진태의 시조를 감상할 때, 산과 바위라는 대상에서 세상의 가변(可變), 변절(變節)과는 구별되는 항구성과 불변성, 그리고 절개와 지조를 읽어내는 것이 요구되는데, 이는 현상적 자질의 추상화 과정에 주목함으로써 가능하다. 또한 산과 바위를 그 자체로서 바라보는 데 그치지 않고 추상적 가치의 의미로 구성할 때 비로소 삶의 태도를 깨닫고 실천하는 것도 가능해진다는 점에 유념해야 한다. 자연이 가지고 있는 불변성이라는 질서를 내면화하여 나의 것으로 삼을 수 있는 것은,[65] 이처럼 대상에서 추상적 정신적 가

---

63) 김병국, 《고전시가의 미학 탐구》, 월인, 2000, 214면 참조.
64) 손오규, 앞의 책, 43면.

치를 구성해 내고 있기 때문이다. 이러한 감상에서 보듯, 교육 내용은 학습자가 관념적 이념성을 지향하면서 사물의 현상적 자질을 추상적 가치로 변환시키는 활동의 수행으로 구체화된다. 이를 교육 내용으로 유목화하면 다음과 같다.

> • 관물찰리 사고의 수행(지향성 단계) — 현상적 자질의 추상적 가치화

관념적 이념성 지향하기의 세 번째 교육 내용은 대상의 의미 구성에 관여하는 문화적 측면과의 조회 활동이다. 관물찰리의 사고에서 이러한 활동이 중시되는 것은, 대상을 향한 관념적 이념성의 지향에는 문화공동체가 '부여한' 개념과 의미가 필연적으로 개입하고 관여하기 때문이다.

문화적 배경과 전통을 고려하는 까닭은, 인간이 진공의 상태에서 개별자로서 존재하는 것이 아니라 일정한 전통과 관습을 공유한 문화공동체의 구성원으로서, 보편적 존재자로서 사고하기 때문이다. 인간은 공동체 속에 태어나 삶의 형식을 타자와 공유하면서 관심과 욕구를 형성해 나가는 존재이다. 따라서 주체를 둘러싼 총체적인 사회 문화적 환경은 개인이 무엇을 아는가를 결정할 뿐만 아니라, 심지어 어떻게 사고하는가에 영향을 주는 요인이다.[66] 따라서 인식의

---

65) 신연우, 〈일상성의 문학으로서의 시조〉, 《온지논총》 제2집, 온지학회, 1996, 127～128면.
66) 황해익, 〈Vygotsky의 사회 문화적 이론과 교육적 시사〉, 황정규 외, 《현대 교육 심리학의 쟁점과 전망》, 교육과학사, 2000, 27면 참조.

문제는 개인적 차원뿐만 아니라 다른 사람들과 공동으로 가지는 공적 간주관적 성격을 지닐 수밖에 없다.[67] 대상의 의미는 개인이 발견하고 만들어내는 것이지만, 사회적 관계 속에서 합의를 바탕으로 구성되는 것이기도 하다.

관념적 이념성 지향의 경우, 대상의 본유적 의미를 찾아내기보다는 주체의 관념에 의해서 확인되는 가치와 이념의 성격이 강하다. 주체가 '찾은' 자연이라기보다는, 오히려 성현이 제시한 기준을 자연에서 '재발견'하는 것이라 할 수 있다. 특히 서양보다 동양적 사유에서 개체의 의미가 전체성에 의해 규정되는 측면이 두드러지는 까닭은,[68] 나의 개체성보다는 공동의 관계를 중시했던 고전적 세계의 이념이 대상의 의미 규정에 지속적으로 영향을 끼친 데에 있다.

이런 점에서 본다면, 앞선 시조에서 산과 바위의 의미가 항구성과 불변성, 그리고 절개와 지조로 구성되는 것도 문화적 측면과의 조회 결과로 볼 수 있다. 공동체가 공유하는 문화적 자장 속에서 대상의 의미가 생성 구성되고 해석됨을 보여준다. 이처럼 문화적 측면과의 조회는 여러 차원에서 이루어지지만 대상 의미의 관습성에서 특히 두드러지는데, 예컨대 매화·국화·대나무 등이 고결한 절개를, 백로와 까마귀가 각각 선과 악을, 두견새와 외기러기가 비애와 고독을,

---

[67] Hamlyn D. W., *Experience and the Growth of Understanding*; 이홍우 역, 《경험과 이해의 성장》, 교육과학사, 1990, 108면 참조.

[68] 張法, 《中西美學與文化精神》; 유중하 외 역, 《동양과 서양 그리고 미학》, 푸른숲, 1999, 114~146면 참조. 이와 같이 사고의 측면에서 동서양이 갖는 문화적 차이는 Richard E. Nisbett, *The Geography of Thought*; 최인철 역, 《생각의 지도》, 김영사, 2004를 참조할 수 있다.

백구가 한가함과 물아일체를, 봉황이 상서로움을 나타내는 것[69]이 대표적이다.

따라서 대상의 의미에는 감각에 바탕을 둔 지각적 요소 말고도 문화적 요소가 작용한다는 점이 교육 내용으로 구성되어야 한다. 시조 작품에서 순수하게 감각적이라고 볼 수 없는 내용들, 심지어 대상과 직접적인 관련을 찾기 어려운 추상적인 이념과 관념들까지도 대상의 의미로 고정되어 있음을 쉽게 목격할 수 있다. 이처럼 선택되고 초점화되는 사물의 속성소는 실제로 내재된 것이 아니라 약정적인 것일 수도 있는데, 이러한 약정은 대체로 문화에 의해 주어지고 구성되는 것이다. 이처럼 사물을 있는 그대로 보고 인지하는 것은 사실상 불가능하기 때문에 인식틀, 범주 또는 참조 체계에 따라 인식할 수밖에 없다는 점[70]에 대한 이해가 요구된다. 지각작용에는 사물을 보고 파악하는 작용 말고도 개념적 사유의 판단작용이 함께 이루어지는데,[71] 이러한 개념적 사유야말로 문화의 직접적인 영향을 받는 것임을 알아야 할 것이다.

요컨대, '문화적 측면과 조회하기'는 관념적 이념성의 지향 과정에서 늘 염두에 두어야 할 내용이다. 대상에 접근하는 순간부터 그 의미를 추상화하고 추상화된 의미를 검증하는 모든 단계에 이르기까지 적용된다. 이는 다음과 같이 정리된다.

---

69) 김학성, 앞의 책, 334~335면 참조.

70) 이도흠, 〈현실 개념의 변화와 예술의 재현 문제〉, 《미학 예술학 연구》 20, 한국 미학예술학회, 2004, 245면.

71) M. J. Adler, *Ten Philosophical Mistakes*; 장건익 역, 《열 가지 철학적 오류》, 서광 사, 1990.

> • 관물찰리 사고의 수행(지향성 단계) — 문화적 측면과 조회하기

이상과 같이 관념적 이념성의 지향하기에 대한 교육 내용은 크게 '대상의 물성 파악하기', '현상적 자질의 추상적 가치화', '문화적 측면과 조회하기'로 구체화되며, 이는 시조에서 관념적 이념성의 지향을 읽어내기 위한 방법이면서, 이러한 사고를 실제로 실행하기 위한 구체적인 내용과 절차에 해당한다. 이러한 수행 활동을 〈오우가(五友歌)〉를 통해 확인하고 검토해 보기로 한다.

일반적으로 〈오우가〉는 자연 속에서 인간의 규범과 같은 사회적 관심사를 다룬 작품으로 평가받는데,72) 자연 발생적인 감흥을 드러내기보다는, 자연물에서 도덕적 의미를 발견하는 대상 인식의 태도가 강조되기 때문이다. 이 역시 주체가 대상을 향해 관념적 이념성의 지향을 수행한 데 따른 결과로 볼 수 있다.

내 버디 멋치나 ᄒ니 水石과 松竹이라
東山의 둘 오르니 긔 더옥 반갑고야
두어라, 이 다ᄉᆞᆺ밧긔 ᄯᅩ 더ᄒᆞ야 무엇ᄒᆞ리.

구름빗치 조타 ᄒ나 검기를 ᄌᆞ로 ᄒ다
ᄇᆞ람소리 ᄆᆞᆰ다 ᄒ나 그칠 적이 하노매라

---

72) 성기옥, 〈고산시가에 나타난 자연 인식의 기본 틀〉, 《고산연구》 창간호, 1987, 245면.

조코도 그츨 뉘 업기는 믈뿐인가 ᄒ노라.

고즌 므스 일로 퓌며서 쉬이 디고
플은 어이ᄒ야 프르ᄂ 듯 누르ᄂ니
아마도 변티 아닐손 바회뿐인가 ᄒ노라.

더우면 곳 픠고 치우면 닙 디거ᄂᆯ
솔아 너는 얻디 눈 서리ᄅᆯ 모르ᄂᆫ다
구쳔의 불희 고ᄃᆫ 줄을 글로 ᄒ야 아노라.

나모도 아닌 거시 플도 아닌 거시
곳기ᄂᆫ 뉘 시기며 속은 어이 뷔연ᄂᆫ다
뎌러코 스시예 프르니 그를 됴하 ᄒ노라.

쟈근 거시 노피 떠서 만믈을 다 비취니
밤듕의 광명이 너만ᄒ니 또 잇ᄂ냐
보고도 말 아니 ᄒ니 내 벋인가 ᄒ노라.

— 尹善道, 《孤山遺稿》

성찰적 사고가 이루어지기 위해서는 우선 사고의 질료가 되는 경물의 존재가 요구되며, 이것이 주체의 의식에 의해 대상화되는 과정을 거쳐야 한다. 1연에서 소개되는 물·바위·소나무·대나무·달이라는 사물은 사고 활동의 대상이면서, 주체와 특별한 관계를 형성한다. 그런데 이들은 표면적으로는 실제 대상을 가리키는 듯하지만, 경험으로서의 존재를 넘어선다는 데 주목할 필요가 있다. 이들 대상은 개인의 특별한 체험보다는 보편의 도(道)를 드러내기 위한 기능을 갖기 때문에, 개별적이거나 특정한 현상이 아니라 일반론적이며 관념적인 자연으로서 심성을 기르는 규범성으로 기능한다. 이처럼 자연이 어느 한 지역의 특정한 대상물로 나타나지 않고 어느 곳에서나 통용될 수 있는 보편성을 지닌다는 점은 이후 인물기흥(因物起興)의 대상이 갖는 경험성과는 구별되는 지점이다.

관념적 이념성의 지향을 위한 첫 단계로서 대상의 물성 파악이 요구되는데, 여기서 물의 그치지 않음, 바위의 변하지 않음, 소나무 뿌리의 곧음, 대나무의 푸름, 달의 말없음 등을 읽어낼 수 있다. 대상의 외양에 대한 현상적 관찰을 넘어서서 내재하는 물성의 발견이 이루어진 것이다. 다른 대상과 견주어보거나 대구의 형식을 취하는 것도, 모두 이런 물성을 강조하여 드러내기 위함이다.

관념적 이념성의 지향을 위한 두 번째 단계는, 현상적 자질을 추상화하는 과정이다. 〈오우가〉는 대상의 외양에 대한 섬세한 관찰보다는, 관념과 이념에 따라 대상을 바라보면서 대상의 물성이 정신적 가치로 추상화되는 모습을 보여주고 있다. 개별 대상이 갖는 질성을 지향하고 추구해야 할 이념적인 가치로 승화하는 단계가 여기에 해당한다. 자연이 지닌 속성에서 사회적 의미를 찾아 의미화시키는 것으로, 이는 서정적 인식이 이념적인 항목으로 재인식된 결과이다.[73] 이러한 과정에 의해 〈오우가〉에서 각 대상의 물성은 부단·불변·절개·과묵 등과 같은 추상적인 가치로 의미화될 수 있었다. 이처럼

---

73) 성기옥, 앞의 글, 15면; 최재남, 《서정 시가의 인식과 미학》, 보고사, 2003, 283면.

대상 속에서 도덕적인 요소를 찾아 이를 본받으려는 태도는, 자연을 단순 물질로 보지 않고 정신적인 인격체로 바라보는 데서 가능하다.74)

문화적 측면과 조회하기 또한 관념적 이념성의 지향을 위한 필수적 과정이다. 대상에 접근하는 순간부터 그 의미를 검토하고 수정하는 과정에 이르기까지, 문화적 측면과의 조회 과정은 다각도로 이루어진다. 특히 〈오우가〉는 문화적 측면과의 조회를 분명하게 보여주는 사례가 되는데, 대상의 의미들이 화자가 '조선의 사대부'로서 발견하고 구성한 것들이라는 사실이 이를 뒷받침한다.75) 〈오우가〉에서 물·바위·소나무·대나무·달이 갖는 의미는 당대 사대부들의 이념 속에 담긴 가치들이며, 이러한 가치로 대상을 읽어내는 것은 대상을 향하는 지향성에 당대 사회 문화가 상당 부분 관여하고 있음을 짐작하게 한다. 가령, 2연에서 물의 의미는 《논어(論語)》라는 다른 텍스트가 개입된 결과에 따른 것이다. 일찍이 공자는 냇물을 보고서 "흘러가는 것이 이와 같구나! 주야에 그치지 않는구나!"76)라고 말한 바 있으며, 이에 따라 물은 '불변', '부단'이라는 이념의 의미로서 규정되고 고정된다.77) 이처럼 대상의 의미는 주어진 문화에서

---

74) 조해숙, 〈〈오우가〉의 시적 구조와 의미 분석〉, 《한국시가연구》 1집, 한국시가학회, 1997, 432면.

75) 서명희, 〈시조 수용 태도 교육을 위한 〈오우가〉 읽기〉, 《고전문학과 교육》 11, 한국고전문학교육학회, 2006, 28면.

76) "子在川上 曰 逝者如斯夫! 不舍晝夜."(《論語》, 〈子罕〉) 주희 또한 여기에 대하여 "천지의 조화는 가는 것은 지나가고 오는 것이 이어져서 한 순간의 그침이 없으니, 바로 도체의 본연이다"(天地之化 往者過 來者續 無一息之停 乃道體之本然也)로 풀이한 바 있다.

의 개념 틀에 기반하여 생성되고 유효할 수 있다는 점에 유의해야 할 것이다.

이 같은 방법들을 수행하고 각각의 조건들을 충족시킬 때 관념적 이념성의 지향이 제대로 실현되었다고 볼 수 있다. 그런데 대상을 향한 지향성에 관념과 이념이 개입하고 영향을 끼치는 탓에, 대상에서 새로운 가치가 발견되기보다는 대체로 사회적으로 공유되고 공인된 가치가 확인되고 강화되는 결과로 나타난다. 이는 세계가 발견되는 것이 아니라 이미 거기에 존재하며, 이상은 개성을 추구하는 데서 실현되는 것이 아니라 규범에 이르는 데서 완성될 수 있다는 인식에 바탕을 둔다.[78]

교화(敎化)에 따른 존재와 당위의 일체성 추구하기

성찰적 사고 수행의 두 번째 단계는 '반성'에 해당하는 것으로, 대상의 문제와 자기의 문제를 '연결 짓는' 과정이다. 대상을 향했던 의식의 방향을 자기 자신에게로 되돌림으로써 그것이 자신에게 어떤 의미를 갖는가에 대해 생각해 보는 것을 말한다. 여기서 자연은 우주 만물의 근본 원리이면서 주체가 어떻게 살아가야 하는가의 기준

---

[77] 참고로 소나무의 의미 또한 "歲寒然後知松柏之後凋"라는 《논어》의 진술이 결정적인 역할을 한 것으로 판단된다. 대나무의 경우에도 이와 마찬가지로, "竹本固 固以樹德 竹性直 直以立身 竹心空 空以體道 竹節貞 貞而立志 故君子樹之"(백낙천, 〈양죽기(養竹記)〉)로 대표되는 사회 문화적 관념이 그 의미를 형성하고 있음을 볼 수 있다.

[78] 성기옥, 〈한국시의 미학적 패러다임과 시학적 전통〉, 성기옥 외, 《한국시의 미학적 패러다임과 시학적 전통》, 소명출판, 2004, 102면.

을 제시하는 기능을 담당한다. 대상이 이러한 의미와 기능을 가짐으로써 주체는 대상의 의미를 단순히 파악하는 데 그치지 않고 그 속에서 가르침과 교훈을 얻게 되는데, 이 과정이 '교화(敎化)에 따른 존재와 당위의 일체성 추구하기'이다. 대상의 의미가 추상적이고 정신적인 가치를 가짐으로써, 주체는 이러한 대상에 의해 교화되는 과정을 거치게 되는 것이다. 여기서 교화란 가르치고 이끌어서 좋은 방향으로 나아가게 한다는 의미를 갖는다.

교화에 따른 존재와 당위의 일체성 추구하기의 단계는 크게 두 과정으로 구성된다. 먼저, '교화에 따른 주체와 대상의 동일시하기'의 단계를 기획할 수 있다. 자연이 갖는 절대적 가치에 대한 인정과 수용이 주체와 대상의 동일화를 꾀하게 만드는 것이다. 자연과 주체가 교화로 연결되면서, 자연의 원리가 곧 주체의 당위적 가치가 되는 동일화가 이루어지는 것을 말한다. 여기서 '동일화'란 어떤 개인이 그가 선택한 모델의 양식을 본 떠 자아를 형성하려는 의식적인 노력[79]으로, 이로써 대상과 주체 사이의 거리는 상당 부분 무화된다. 따라서 이 단계의 교육은 자연이 갖는 절대적 가치에 대한 인정과 그에 따른 가르침의 수용으로 구체화되며, 이를 통해 '분수의 이'에 적극 동참하고 실천하는 데 초점이 맞추어진다.

窓前에 풀이 프르고 池上에 고기 쒸다
一般 生意를 아ᄂ 이 긔 뉘런고

---

79) James Gribble, *Literary Education*; 나병철 역, 《문학교육론》, 문예출판사, 1987 참조.

어즈버 光風霽月 坐上春風이 어졔로 온 듯 ᄒ여라.

—張經世,《沙村集》

仰觀ᄒ니 鳶飛戾天 俯察ᄒ니 魚躍于淵

이졔야 보아 하니 上下理도 分明하다

하믈며 光風霽月 雲影天光이야 어늬 그지 잇스리.80)

—申墀,《伴鷗翁遺事》

天地 成冬ᄒ니 萬物이 閉藏이라

草木이 脫落ᄒ고 蜂蝶이 모로ᄂ디 엇디ᄒ 봄 빗치 ᄒ 柯枝 梅花ㅣ런고

아마도 貞則復元ᄒᄂ 검은 조화를 져 꼿츠로 보리라.

—申獻朝,《蓬萊樂府》

이들 시조는 '철리탐구(哲理探究)'의 감흥을 형상화한 대표적인 작품이다. 대상의 현상적 모습과 그에 대한 구체적 관찰보다는, 관념적 지향성에 따라 대상이 갖는 궁극적인 의미에 초점을 맞추는 공통된 경향성을 보인다. 경물에서 출발하여 대자연의 자연지성(自然之性)을 탐구하고 궁구하는 것이다. 따라서 풀이 파랗고 물고기가 뛰놀고 솔개가 나는 물리적 모습 그 자체가 관심사라기보다는, 그 너머에 있는 존재의 원리와 법칙을 탐색하는 과정에 주안점이 놓이

---

80) 18세기 신지(申墀)의 작품은 퇴계의 〈도산십이곡〉을 의방하여 지은 시조로 알려져 있다.("右十二章 盖和陶山十二章之遺意") 퇴계 같은 선인의 삶을 이상으로 설정하여 문화적 정체성을 확보하려는 것으로, 이러한 사실에서도 관물찰리 사고가 갖는 문화적 측면을 확인할 수 있다.

고 있다. 가령, "솔개는 날아 하늘에 오르고"[鳶飛戾天]나 "고기는 연
못에서 뛰노는"[魚躍于淵] 것은 솔개와 물고기가 각각 하늘과 연못
에 사는 바와 같이 모든 존재는 타고난 기질에 따라 알맞고 다양한
삶을 살아가게 된다는 대자연의 질서와 원리로 의미화된다.[81] 삶의
양태가 다양하게 된 원인에 대한 규명을 통해서 궁극적으로 도의 작
용이 드러나고 흘러 움직이는 것에 대한 근원적인 이해를 꾀하는 것
이다.

> 대개 도의 체용이 진실로 부재한 것이 없지마는, 솔개는 반드시 하늘
> 에 날아오르고 고기는 반드시 못에 뛰논다. 이것이 임금이 임금답고 신
> 하는 신하답고 아비는 아비답고 자식은 자식다워서, 제각기 제자리에 머
> 물러 기강이 어지럽지 않게 된다는 뜻이 되는 것이다. …… 솔개가 날고
> 고기가 뛰노는 것은, 만물을 만들어 내어 기르는 작용이 유행하여 아래
> 위에 환히 나타나는 것을 형용한 것이니, 모두 이 이치의 작용이 아닌
> 것이 없다.[82]

이처럼 "연비려천(鳶飛戾天)", "어약우연(魚躍于淵)"은 그 자체에
이미 관념적 이념성의 지향이 내포되어 있다. 각각의 대상은 대자연

---

81) "연비어약"은 솔개와 물고기의 구체적 이미지를 통해 약동하면서, 동시에 질서
를 가진 우주라는 일원적이고 항상성 있는 개념을 나타낸다.(신연우, 〈이황의 연
비어약(鳶飛魚躍) 이해와 시적 구현〉, 《이황 시의 깊이와 아름다움》, 지식산업
사, 2006, 131~132면 참조)

82) "夫道之體用 固無不在 鳶飛而必戾于天 魚而必躍于淵 是君君臣臣父父子子 各
止其所而 不可亂也. …… 鳶飛魚躍 狀化育流行上下昭著 莫非此理之用."(《退
溪集》,〈言行錄〉)

의 이치와 원리에 부합하여 존재하는 것임을 함의하고 있다. 그리고 "광풍제월(光風霽月)", "운영천광(雲影天光)", "정칙복원(貞則復元)" 모두 대자연의 이치와 원리에 따른 조화와 질서의 세계를 뜻하는 것이다. 이처럼 관념적 이념성의 지향으로 각각의 자연물에 나름대로의 법칙과 원리가 있음을 알게 되고, 음양의 소장(消長)에 의한 자연의 변화에 '도(道)'라고 하는 보편적 원리가 작용한다는 점을 깨닫게 된다.

그런데 솔개·물고기·바람·달빛·구름그림자·해·매화 등의 대상과 주체 사이에 무조건적인 동일화가 이루어지는 것이 아니라, 대상의 내면에 자리 잡고 있는 당위와 필연의 가치에 의해서 교화가 이루어진다는 점에 유의해야 한다. 자연이라는 말의 문자적 의미가 "저절로 그러함"과 "스스로 그러함"이라는 두 가지를 내포하는 바, 전자가 필연적 자기 원인을 가리킨다면 후자는 당위를 자율로 행하는 의미를 갖고 있다.[83] 이처럼 자연은 존재와 당위가 일치되는 대상인 만큼, 주체가 자신에게로 시선을 되돌릴 때 이러한 자연에 교화되어 가르침을 받게 된다. 대자연의 절대적 가치와 그에 따른 교화의 결과가 주체와 대상의 동일화를 가져오는 것이다. 여기에는 자연의 이치가 인간에 의해 인위적으로 규정되거나 제정된 것이 아니라 대자연의 조화와 섭리라는 성격을 가지며, 인간 또한 이러한 삶의 양식 속에서 살아갈 수밖에 없는 존재라는 인식이 바탕에 깔려 있다.

---

[83] 윤사순, 〈유학의 자연철학〉, 한국사상연구회 편, 《조선 유학의 자연철학》, 예문서원, 1998, 70면.

동일화의 과정에서 감상의 내용과 수행의 과제는 다음과 같다. 우선 인간 또한 여타의 대상과 마찬가지로 대자연의 이치 속에서 살아가는 존재라는 점, 따라서 자연이 내포하는 이치가 인간의 것이기도 하다는 점을 읽어내야 한다. 이를 바탕으로 자연은 인간이 어떻게 살아가야 하는가의 기준을 제시해 주는 것이며, 인간은 자연의 일부라는 전제 아래에서 이러한 자연의 질서를 본받는 것이 마땅하다는 이해에 이를 수 있다. 즉 대상이 함의하는 추상적 가치를 분석하는 데 머무를 것이 아니라, 자연과 인간을 같은 범주에 놓고서 그 가치를 공유하려는 노력과 태도를 요구하는 것이다.

요약하건대, 관물찰리의 사고에서 대상에 대한 동일시가 중요한 것은 대상의 의미가 도학적 이치, 즉 사회적으로 공인된 윤리적 가치를 지니는 까닭에, 이러한 가치에 대한 교화가 강조되기 때문이다. 따라서 대상을 분석하고 가치를 파악하는 데에 머무르거나 일방적으로 수용하고 실천할 것이 아니라, 대상과의 동일화 과정을 통해 그 가치에 대한 깨달음과 적극적인 수용을 이끌어내는 것이 요청된다. 따라서 관물찰리의 사고에서 반성의 첫 단계는 교화에 따른 동일시하기로 구체화된다. 이 단계의 교육 내용은 다음과 같다.

> • 관물찰리 사고의 수행(반성 단계) —
> 교화에 따른 주체와 대상의 동일시하기

관물찰리의 사고에서 반성과 관련된 두 번째 교육 내용은, '대상의 이치를 인간사회의 윤리적 질서로 전환하기'이다. 이 과정을 위해서는 두 단계의 활동이 선행되어야 한다. 첫째, 관념적 이념성의 지향을 수행함으로써 대상의 의미가 사물의 존재 법칙을 보여주는 이른바 '분수의 이'로서 기능하게 된다는 점, 둘째, 반성의 단계에서 주체와 대상의 동일시하기를 통해서 대상이 내포하는 의미가 주체에게 의미 있는 가치가 된다는 점을 전제로 한다.

이러한 활동을 바탕으로, 이 단계의 목표는 대상의 이치가 개별 대상에만 유효한 것이 아니라, 궁극적으로는 만물의 변화 법칙과 만물을 생성시키는 근본[生物之本]으로서의 '이'를 지닌다는 사실에 있다.[84] 현상적인 이질성이 있더라도 개별 대상의 내적 본성은 모두 우주 전체의 본질을 부여받아 형성된 것임을 이해하는 게 일차적인 과제이다.

이를 위해서는 우선 '이'가 '그렇게 되는 까닭'이라는 의미의 '소이연(所以然)', '소이연지고(所以然之故)'와 더불어 또 다른 측면, 즉 인도(人道)로서의 도덕법칙인 '소당연(所當然)', '소당연지칙(所當然之則)'이라는 의미를 갖는다는 데 주목해야 한다. 대상이 함의하는 바가 '존재의 법칙'이면서 '당위의 준거'가 될 수 있는 근거는 '이'가 이처럼 두 가지 측면을 동시에 갖기 때문이다. 이렇게 본다면, 관물찰리의 사고는 대상의 법칙인 '소이연'을 인간의 규범인 '소당연'으로 연결 짓는 인간활동이다. '대상의 이치를 인간사회의 윤리적 질서로 전환하기'의 방법은 '이'의 이러한 두 가지 면을 연결하는 것이라 할 수 있다.

---

84) 이하 이(理)의 성격과 의미역에 대한 설명은 윤사순, 앞의 글, 38면; 금장태, 《유학 사상의 이해》, 집문당, 1996, 115면 참조.

가령, 앞서 신헌조(申獻朝)의 시조에서 매화라는 대상이 갖는 이치는 매화에게 국한된 특수한 문제가 아니라 궁극적으로 만물의 변화 법칙과 만물을 생성시키는 근본으로서의 의미를 가지며, 대자연의 현상이 그렇게 되는 까닭을 설명하는 소이연(所以然)이 된다. 그런데 반성에 의해 인간 또한 이러한 존재원리에서 자유로울 수 없다는 인식이 이루어지는 것이다. 따라서 이 단계에서 시조 감상의 내용은 인간 역시 자연의 법칙 속에서 삶을 영위한다는 점이고, 이때 인간에게 요구되는 것은 이러한 존재원리에 부합하는 삶이라는 깨달음이다.

이처럼 관물찰리의 사고에서 대상의 의미는 일차적으로 존재의 법칙을 나타내지만, 물리적 변화의 차원에서 과학적인 규명에 목적을 두는 것은 아니다. 그보다는, 발견된 대상의 이치를 통해서 인간 삶의 윤리적 문제를 살펴보는 것에 초점이 맞추어진다. 자연의 궁극적 원리와 법칙을 인간 행위와 태도의 규범으로 연결함으로써, 자연현상의 질서인 '소이연', '소이연지고'와 인간이 지향해야 할 가치와 준거, 당위성으로서 '소당연', '소당연지칙'을 일치시키는 것이다. 따라서 이 단계의 시조 감상 내용은 언표화된 존재의 법칙을 파악하는 차원을 넘어서서, 궁극적으로 인간 행위와 태도의 규범을 발견하는 데 있으며, 사고의 실행 또한 여기에 맞추어져야 할 것이다. 이는 성찰적 사고가 존재의 법칙을 설명하거나 특정한 도덕적 항목을 제시하는 데 그치는 것이 아니라, 행동의 근거가 되는 규범을 깨닫게 하는 활동이기 때문이다. 이것은 다음과 같은 교육 내용으로 구성된다.

> ▪ 관물찰리 사고의 수행(반성 단계) —
> 대상의 이치를 인간의 윤리적 질서로 전환하기

관물찰리의 사고에서 반성의 단계는 대상의 이치를 자신의 문제로 받아들이는 것에 주안점을 두고서 설계되어야 한다. 즉 대상의 문제를 주체의 것으로 연결 짓는 단계로서, 주체와 대상을 동일시하는 과정적 측면, 그리고 대상의 존재법칙을 인간의 윤리규범으로 바꾸는 내용적 측면을 주된 내용으로 한다. '동일시하기', '전환하기'는 이처럼 대상의 의미를 주체 자신의 문제로 옮기기 위한 구체적인 과정과 방법에 해당하는 것이라 할 수 있다. 따라서 시조 감상의 과정에서는 대상이 갖는 외연적 의미만을 파악할 것이 아니라, 이것이 주체에게 어떤 의미로 어떻게 옮겨지는지에 주목해야 할 것이다. 사고를 수행하는 과정에서도 대상에서 존재의 법칙을 발견하였다면, 이들 가치를 자신의 규범으로 전환시키는 것이 필요하다. 국화를 대상으로 관물찰리의 사고를 전개하고 있는 아래 두 편의 시조를 통해 이러한 반성의 실제 수행 과정을 살펴보기로 한다.

　　寒食 비긴 후에 菊花 움이 반가왜라
　　곳도 보려니와 日日新 더 죠해라
　　風霜이 섯거치면 君子節을 피온다.
　　　　　　　　　　　　　　　　　－金壽長, 《海東歌謠》(周氏本)

　　東籬에 심은 菊花 貴흔 줄를 뉘 아느니
　　春光을 번폐ᄒ고 嚴霜이 혼자 퓌니

아아 청고훈 내 버디 다만 넨가 ᄒ노라.
ㅡ李愼儀,《石灘先生文集補遺》

국화라는 대상을 향해 관념적 이념성의 지향을 수행함으로써, 국화가 홀로 피는 현상에서 대자연의 존재 법칙과 이치를 발견하게 된다. "풍상(風霜)", "엄상(嚴霜)" 등을 등장시키는 것도 가을에 홀로 피는 국화의 가치를 드높이는 데 목적이 있다. 국화에서 발견되는 의미가 각각 "군자절(君子節)", "청고(淸高)"라는 이치로 개념화되는 것은, 이처럼 작자의 관념적 이념성의 지향이 국화라는 대상의 의미를 '절(節)'이라는 추상적 가치로 전환시킨 데서 비롯된 결과이다.85)

성찰적 사고의 다음 단계로서 대상의 문제를 자신의 것으로 되돌리는 반성의 과정은, 먼저 교화에 따른 주체와 대상의 동일시하기로 구성된다. 위의 시조에서도 국화가 절이라는 가치로 의미화됨에 따라 주체 또한 이러한 가치를 본받고 체화할 것을 요구받는다. 이 시점에서 주의 깊게 읽어야 할 것은 국화가 절이라는 추상적 가치를 지닌다는 점, 국화의 이러한 가치에 대해 주체는 교화됨으로써 이를 체화하려는 노력을 하게 된다는 점이다.

둘째, 대상의 이치를 인간사회의 윤리적 질서로 전환하는 과정이 수행된다. 이 단계는 국화 존재의 의미를 인간이 실천하고 자기화해

---

85) 이와 관련하여, "국화나 송죽이나 매화는 화목(花木)이요 초목(草木)이 아니라 무엇을 위하여 사용된 하나의 시구적 술어로밖에는 아무 의미가 없다 하여도 가(可)하다"(조윤제,《국문학개설》, 탐구당, 1991, 400면)라고 한 것도, 대상이 실체로서의 의미보다는 어떤 특정한 추상적 가치를 상징하고 있음을 지적한 것이다.

야 할 당위로 변환시키는 것을 주된 과제로 한다. 관념적 이념성의 지향에 따라 꽃이라는 대상은 사물로서의 의미에서 '분수의 이'로 변모한다. 그런데 이러한 존재의 의미와 그 이치를 도덕규범으로 전환하는 활동을 통해서, 국화의 의미는 이제 인간이 실천하고 자기화해야 할 당위가 된다. 즉 국화라는 '존재'의 법칙과 주체의 '당위' 규범 사이의 일체화가 이루어지는 것이다. 이런 과정을 거침에 따라 가을에 홀로 피는 국화의 존재 원리는 지조를 지키라는 사회적 규범과 도리로서의 공적 담론을 형성한다. 사물의 존재법칙인 소이언이 성찰적 사고를 거치면서 주체의 행동과 태도의 규칙인 소당연이 되는 것이다.

이처럼 절대적 세계와 인간이 합일하는 방법은 존재하는 세계로서 자연과 당위로서의 도덕을 일치해서 바라보는 데서 마련될 수 있다. 즉 천리(天理)로 구현된 존재(存在)와 인사(人事)에 문제되는 당위(當爲)가 동일한 것이라는 자각[86]이 이루어져야 함을 뜻한다. 이러한 인식과 태도에서 대상의 의미가 나의 의미로 자연스럽게 전이될 수 있다. 나와 대상이 하나가 됨을 지향함으로써 대상이 지닌 가치와 의미는 내가 체득하고 내면화해야 할 것이 된다.

세계의 자아 견인에 대한 이해와 자기 수양의 태도 형성하기

성찰적 사고의 마지막 과정은 세계와 자아의 관계에 대한 이해와 그에 따른 태도의 형성이다. 앞서 언급한 바와 같이 자기 이해의 내

[86) 고정희, 〈윤선도와 정철 시가의 문체시학적 연구〉, 서울대 박사학위논문, 2001, 252면.

용은 지향성과 반성의 양태에 의해서 결정된다. 이런 점에서 관물찰리의 사고에서 자기 이해의 내용과 주체의 태도 형성은, 관념적 이념성의 지향하기와 교화에 따른 존재와 당위의 일체성 추구의 과정에 의해 이루어진다고 할 수 있다. 궁극적으로 자기의 모습을 이해하는 데에 목적이 있는 만큼, 지향성과 반성의 여러 활동들은 모두 자기 이해를 위한 과정과 방법으로서 의의를 갖는다.

관념적 이념성의 지향, 그리고 교화의 반성에 따라 자연은 도덕적 가르침을 가져다주는 대상으로서 기능한다. 자연을 조작 변형하거나 물질적 차원에서 분석하는 것이 아니라, 반성적 태도에 따라 심성 수양의 본질로 이해하게 되는 것을 말한다. 즉 자연을 통하여 심성의 청정을 추구하는 것이다. 이때의 자연은 신비한 힘을 내재한 초월적 존재가 아니라, 인간의 내면에 자리하여 '나'라는 인간 존재가 인간답게 살아갈 수 있는 근거를 마련해 주는 것임을 앞서 살핀 바 있다.

관물찰리의 사고를 수행하면 자연의 모습과 가르침을 통해서 궁극적으로 절대적 세계에 이르려는 태도와 의지를 갖게 된다. 세계와 자아의 합일은 절대적 세계를 향해 주체가 다가가는 것으로 구현되며, 이것은 절대적 세계에 주체가 이끌리는 것으로 설명된다. 따라서 이 단계에서 요구되는 세계와 자아의 관계에 대한 이해는 '절대적 세계에 의해 견인되는 자아의 모습'이다. 인간 또한 대자연의 일부로서 그 법칙과 원리 속에서 살아간다는 인식을 가지면서, 대자연이라는 절대적 세계에 귀속된다는 깨달음을 얻는 것이 이 단계의 주된 목표로 설정된다.

> • 관물찰리 사고의 수행(자기 이해 단계) —
> 절대적 세계에 견인되는 자아 이해하기

둘째, '절대적 세계에 도달하기 위한 자기 수양의 태도 갖추기'가 교육 내용으로 설정된다. 관물찰리 사고는 자연을 통하여 심성의 청정과 자기 수양을 목표로 하는데, 이러한 자기 정화와 자기 수양의 태도는 관물찰리 사고의 최종 도달점으로서의 성격을 갖는다.

개별 대상을 통해 그 근원에 자리 잡고 있는 대자연의 법칙과 원리를 이해하는 것은 관물찰리 사고의 핵심적 내용이다. 그러나 문제는 이러한 원리를 이해하는 것에 머무를 것이 아니라, 이를 바탕으로 자신의 심성을 수양하는 태도를 형성하고 삶 속에서 실천하는 차원으로 나아가야 한다는 점이다. 자연을 그 자체로 바라보지 않고 그 속에서 도덕적 함의를 찾아 추구해야 할 가치로 받아들이게 되었다면, 이제 이러한 가치에 대한 주체의 실천이 뒤따라야 함은 물론이다.

절대적 세계와 유한한 인간이 합일하는 길은, 자연의 존재 법칙을 자신이 지향해야 할 당위적 규범으로 설정하고 그것과의 일체성을 추구하는 일임을 확인한 바 있다. 자연 세계와 도덕 세계가 분리되지 않는다는 인식에 따라 대상에서 밝힌 소이연이 인간 세계의 소당연이 되고, 이에 대한 앎과 깨달음은 곧 그것을 실천으로 옮겨야 할 당위성과 필연성 및 사명 의식으로 연결되는 것이다.[87] 따라서 천

---

87) 손오규, 앞의 책, 29면.

리로 구현된 자연의 존재 법칙을 자신의 당위의 가치 규범으로 수용하는 것, 그리고 이에 따른 실천과 태도 갖추기가 교육 내용으로 구성되어야 한다. 이러한 과정이 수행될 때 도덕수양론으로서 성찰적 사고가 제대로 실현되었다고 볼 수 있다. 이 단계의 교육 내용은 다음과 같다.

> ▪ 관물찰리 사고의 수행(자기 이해 단계) —
> 절대적 세계에 도달하기 위한 자기 수양의 태도 갖추기

자기 이해 단계의 교육 내용을 다음의 두 시조에서 확인해 보기로 한다.

落落 長松드라 너는 어이 홀노 셔
ᄇ롬 비 눈 셔리예 어이 ᄒ여 프르럿ᄂ
우리도 蒼天과 혼 빗치라 變홀 줄이 이시랴.
　　　　　　　　　　　　　－작자미상, 《樂學拾零》

들언지 오래더니 보아지고 兄弟嚴아
兄友弟恭ᄒ야 미양 혼 ᄃ 잇다 홀ᄉ
우리도 너희 부러 兄弟 함ᄭ 왓노라.
　　　　　　　　　　　　　－李宗儉, 《李氏兩賢實記》

관물찰리의 사고에 따라 소나무, 형제암이라는 대상의 자질은 인간 세계의 도덕적 질서와 행위의 규범, 즉 지조와 절개, 우애 등의

가치로 전이되고 있다. 이는 대상 자체에 대한 관심보다는 인간의 자기 이해를 위한 목적에서 대상을 바라본 데 따른 것으로, 추구해야 할 정신적 가치가 제시됨으로써 자기 수양의 태도가 뒤따르게 된다. 여기서 종장의 '우리도'라는 표현에 주목할 필요가 있다. '역시'라는 의미를 내포하는 보조사 '도'의 사용은, 절대적 세계로 표상되는 이들 대상의 가치를 적극적으로 수용하고 자기화하고자 하는 주체의 태도가 표명된 것이라 할 수 있다. 소나무, 형제암이 지닌 절대적 가치를 체득하여 그 경지에 이르려는 의지가 이런 표현을 낳고 있다. 이는 〈도산십이곡〉에서 '우리도 그치지 마라'의 경우와 같다. 따라서 시조 감상의 핵심은 종장에서 나타나는 대상 가치의 자기화와 수양의 태도에 맞추어져야 할 것이다.

관물찰리의 사고에서 절대적 세계를 향해 이치를 체득하는 자아의 모습이 자기 이해의 내용이라면, 추구해야 할 가치를 탐색하고 그 가치를 실현하기 위해 끊임없이 노력하는 자기 수양은 주체가 가져야 할 태도에 해당한다. 대상을 바라보는 목적이 자신의 삶을 정향(定向)하기 위한 행동과 판단의 준거를 찾는 데 있다고 한다면, 자연의 의미는 주체의 실천 방향을 명확히 제시해주는 것이라 할 수 있다. 따라서 관물찰리 사고의 교육 내용은 객관적인 사물의 이치를 탐구하는 것으로 완료되지 않고, 삶의 이치를 깨닫게 된 인간이 이를 실천하고 체화하려는 태도를 갖는 것까지 포괄한다. 다른 사고의 유형과 달리 인간의 끊임없는 자기 수양의 노력이 특별히 강조되는 이유가 여기에 있다.

3.2.3. 관물찰리 사고의 보편성과 사고구조의 일반화

성찰적 사고의 초점은 대상에서 무엇을 발견하고 이를 어떻게 자기 문제로 전환시키는지, 그리고 이에 따라 어떠한 자기 이해를 가져오는지에 맞추어진다. 여기서 관물찰리의 사고는 크게 관념적 이념성의 지향에 따라 대상에서 이치를 발견하고 구성하는 단계, 가치의 교화를 통해서 존재와 당위의 일체성을 추구하는 단계, 그리고 세계와 자아의 합일에 대한 이해와 자기 수양의 태도를 형성하는 단계로 이루어진다.

그런데 성찰적 사고가 언제나 자연만을 대상으로 시조를 통해서만 구현되는 것은 아니다. 비록 이 책은 대상을 통한 자기 이해의 문제를 시조, 더 구체적으로는 자연과 주체의 관계 맺음에 나타나는 의식 작용을 분석함으로써 입론하고 있지만, 물(物)과 주체의 관계 속에서 자기에 대한 이해는 다양한 국면에서 광범위하게 이루어진다. 대상을 통한 자기 이해의 문제는 지향성, 반성, 자기 이해의 과정에 따라 자연이 아닌 대상을 통해서도 가능하며, 시조 이외의 문학작품에서도 중요한 본질로 자리 잡고 있다. 대상을 통해 자기를 이해하는 것은 인간의 보편적인 사유 구조이며, 많은 문학작품들이 이러한 사유에 기반하여 생성되고 향유된다. 관물찰리의 사고 또한 다양한 문학작품에서 그 모습을 광범위하게 확인할 수 있음은 물론이다.

이와 같이 자연과 주체의 관계 맺음에 대한 폭넓은 탐색은 두 가지 목표를 갖는다. 일차적으로 관물찰리 사고의 보편성을 입증하는

것이다. 그러나 이러한 보편성을 통해서 관물찰리의 사고가 시조 이
외의 문학작품을 읽고 감상하는 방법으로 일반화될 수 있다는 점,
그리고 자연 이외의 사물을 대상으로 관물찰리의 사고를 실행할 수
있다는 점을 입증하는 데 주안점을 둔다. 즉 성찰적 사고교육이 시
조의 감상이나 자연을 대상으로 한 사고의 실행에 국한된 것이 아니
라, 문학 감상과 사고 실행의 보편적 방법으로 기획되고 설계되어야
한다는 당위를 정당화하는 작업인 것이다.

　이를 위해 우선 시조와 동일한 시대에 향유된 가사와 한시 작품을
대상으로 관물찰리 사고의 모습을 확인하고 그 보편성을 검토하려
한다. 가사 장르의 경우, 대표적인 작품으로 〈관동별곡(關東別曲)〉
을 들 수 있다. 〈관동별곡〉은 대상을 통한 자기 이해가 작품 전반에
특히 두드러지는 작품이다.

　　놉흘시고 望高臺 외로올샤 穴望峰이 하놀의 추미러 무스 일을 스로리라
　　千萬劫 디나드록 구필 줄 모르는다. 어와 너여이고 너マ투니 또 잇눈가
　　　　　　　　　　　　　　　　　　　　─鄭澈, 〈關東別曲〉(《松江歌辭》 李選本)

　충(忠)이라는 관념과 이념에 따라 혈망봉(穴望峰)이라는 대상을
바라본 결과, 꼿꼿함의 물성을 발견한다. 여기서 대상을 향하는 관
념적 이념성의 지향을 확인할 수 있다. 그런데 이는 대상 인식의 한
양상에 그치지 않고 주체의 반성으로 이어진다. 혈망봉에서 발견된
꼿꼿함은 주체가 체득하고 내면화해야 할 정신적인 가치 덕목이 된
다. 대상의 물성이 함의하는 이러한 가치를 체화하려는 노력을 통해

서 절대적 세계와 합일하고자 하는 것, 이것이 바로 절대적 세계에 견인되는 자아의 모습이다. 따라서 감상의 초점은 주체가 어떤 시선으로 혈망봉이라는 대상을 바라보고 있으며, 그에 따라 어떤 가치를 발견하는지에 맞추어져야 한다. 나아가 이를 통해 절대적 세계에 견인되는 자아의 모습을 함께 체험할 수 있어야 한다.

한시는 관물찰리의 사고가 두드러지는 장르이다. 특히 이치라는 성리학적 사유의 경우, 문제 자체의 성격이 노래인 시조보다 한시로의 구현이 용이한 측면이 있다. 대표적인 한시 작품으로 다음을 예로 들 수 있다.

누런 물결 넘실대니 문득 형체 감추다가	黃濁滔滔便隱形
조용히 흐르니 비로소 분명하네	安流帖帖始分明
뛰고 부딪는 저 속에서도	可憐如許奔衝裏
천고의 반타석은 꿈쩍도 않네.	千古盤陀不轉傾

—李滉,〈盤陀石〉

실제로 "반타석"은 도산서원 앞을 흐르는 낙천(洛川) 한가운데 있는 바위를 가리킨다. 이황은 바위라는 미물을 상대로 굳건함을 읽어 내는데, 이는 단순히 바위의 실체적 외양적 모습에 그치지 않는다. 탁류가 도도하게 굽이치는 물결을 만나면 몸을 감추었다가, 물결이 잔잔해지면 형체를 드러내는 반석을 통하여 제 모습을 변함없이 지니고 있는 의면함과 그 본성의 '이'를 발견해 내는 것이다.[88] 이처럼

---

88) 신연우,〈이황의 사림 인식과 산수시의 구도〉, 앞의 책, 39면 참조.

육안(肉眼)이 아닌 심안(心眼)으로 대상을 바라봄으로써[89] 물성을 파악하고 정신적 가치를 발견하고 있다.

　한시 작품 가운데에서 관물찰리의 사고와 관련 깊은 것으로는 이황(李滉)의 것이 대표적이며, 〈관물(觀物)〉, 〈천연대(天淵臺)〉 또는 뜨락의 풀에서 자연의 이치를 읽어내는 〈정초(庭草)〉 등을 그 예로 들 수 있다.[90] 그 밖에도 사물을 통해 자신을 되돌아보고 자신이 나아가야 할 바에 대한 깨달음을 노래한 한시가 여럿 있는데, 무궁화를 통해서 지조와 절개의 가치를 깨닫게 됨을 노래한 윤선도의 〈목근(木槿)〉을 그 예로 들 수 있다. '관물'이라는 말이 들어간 여러 작품들도 대체로 여기에 포함된다.[91] 한 예를 제시하면 다음과 같다.

89) 이민홍, 《사림과 문학의 연구》, 형설출판사, 1985, 80~81면 참조.
90) 참고로 〈관물(觀物)〉과 〈천연대(天淵臺)〉의 시 전문은 다음과 같다.

많고 많은 뭇 사물이 어디로부터 좇아 있는가	芸芸庶物從何有
아득한 근원머리는 빈 것이 아니로다	漠漠源頭不是虛
옛 현인 느낀 경지를 알려면	欲識前賢感興處
청컨대 정초(庭草)와 분어(盆魚)를 살펴보시게.	請看庭草與盆魚
솔개 날고 고기 뛰어오름을 누가 시켰던가	縱翼揚鱗孰使然
유행과 활발이 하늘과 못에서 묘하구나	流行活潑妙天淵
강가 대에서 종일토록 마음의 눈 열어,	江臺盡日開心眼
명성을 말한 위대한 책을 세 번 거듭 읽는다네.	三復明誠一巨編

91) 이색의 〈관물〉, 서거정의 〈관물〉, 권필의 〈관물〉, 류방선의 〈관물〉, 황준량의 〈관물음(觀物吟)〉, 장현광의 〈관물부(觀物賦)〉, 이익의 〈관물편(觀物篇)〉 등 수많은 작품이 있다. 한 연구자의 조사에 따르면, 관물이 작품의 제목으로 들어간 경우만 해도 대략 70편이 넘는다. 아호(雅號)나 당호(堂號)에까지 관물이라는 이름이 등장한다는 사실에서 '관물'이 갖는 보편성을 짐작할 수 있다.(정우락, 앞의 글과 최재남, 앞의 책 참조)

212_

소는 윗니가 없고 범은 뿔이 없으니   牛無上齒虎無角

하늘 이치 공평하여 저마다 알맞구나   天道均齊付與宜

이것으로 벼슬길에 오르고 내림을 살펴보니   因觀宦路升沈事

승진했다 기뻐할 것 없고, 쫓겨났다 슬퍼할 것도 없다.   陟未皆歡黜未悲
                                                  ─高尙顔,〈觀物吟〉

비록 관물찰리의 사고가 성리학적 사유와 깊은 관련을 맺고 있지만, 과거에 국한된 사고양식은 아니다. 현재까지도 의식의 보편적 구조로 자리 잡고 있는바, 그 모습을 현대시 작품에서도 쉽게 찾아볼 수 있다.

瀑布는 곧은 絶壁을 무서운 기색도 없이 떨어진다

規定할 수 없는 물결이
무엇을 向하여 떨어진다는 意味도 없이
季節과 晝夜를 가리지 않고
高邁한 精神처럼 쉴사이없이 떨어진다

金盞花도 人家도 보이지 않는 밤이 되면
瀑布는 곧은 소리를 내며 떨어진다

곧은 소리는 소리이다
곧은 소리는 곧은
소리를 부른다

번개와 같이 떨어지는 물방울은
醉할 瞬間조차 마음에 주지 않고
懶惰와 安定을 뒤집어놓은 듯이
높이도 幅도 없이
떨어진다.

　　　　　　　　　　—김수영, 〈폭포〉(《김수영전집》 1 詩)

　절벽으로부터 두려움 없이 곧게 떨어지는 폭포를 통해서 타협과 망설임 없는 정신 자세를 일깨우고 있다. 여기서 폭포는 구체적인 경물로 관찰되거나 아름다운 경치로 묘사되는 대상이 아니라, 추구해야 할 삶의 자세, 준열한 의지의 전형이다. 폭포라는 무의미한 자연물의 운동성을 관념의 이미지로 변환하여 자신을 내던지는 고매한 정신이라는 의미를 발견해 내는 것이다.[92] 이것은 곧 주체가 가져야 할 자세, 지켜나가야 할 삶의 태도가 된다. 관념적 이념성의 지향에 따라 폭포에서 고매한 정신의 가치를 발견하고 자기 수양의 태도와 의지를 갖는다는 점이 이 시의 주된 내용이며, 감상 또한 여기에 맞추어져야 할 것이다.[93]

　그런데 성찰적 사고가 꼭 자연에 국한되어 이루어지는 것은 아니다. '물'이라는 대상을 통한 자기 이해라고 할 때, 여기서 '물'은 자연

───────────────

[92] 노철, 《한국 현대시 창작 방법 연구 — 김수영, 김춘수, 서정주》, 월인, 2001, 85~86면 참조.

[93] 관물찰리의 사고를 보여주는 현대시 작품의 예로, 조지훈의 〈코스모스〉, 유치환의 〈대〉, 서정주의 〈무등을 보며〉, 하종오의 〈질경이〉, 구상의 〈조화 속에서〉, 이성부의 〈벼〉, 강은교의 〈숲〉 등을 들 수 있다.

에 국한된 것이 아니라 객관세계의 가시적 사물이든, 정신적 개념이 든 모든 것이 '물'이 될 수 있다. 이러한 점에서 자연이 아닌 존재를 대상으로 관물찰리의 사고를 전개하는 다음의 시조를 살펴보기로 하자.

> 江上 老梢工도 월소리면 드라든다
> 大丈夫이 되여 나셔 一身만 엇디 셰료
> 진실로 건넬 힘 이시면 안니 가고 엇디 흐료.
> ─高應陟, 〈治國曲〉(《杜谷集》)

고응척(高應陟)의 시조에서 대상은 하나의 사물 차원을 넘어서서 늙은 사공의 행동 전체에 해당한다. 강나루의 늙은 사공도 '건너 주오'라는 요구가 있을 때면 언제든지 달려온다는 것에서 주체의 사고가 시작된다. 그런데 중장은 이러한 대상의 모습을 설명하고 상세화하는 것이 아니라, 사공의 모습에 비추어 자기 자신을 되돌아보고있다. 즉 대장부로서 자기 자신만을 생각할 수 없다는 판단과 의지를 갖게 되는 것이다. 이는 늙은 사공의 행위에 의해 교화되는 과정을 보여준다. 이처럼 이 시조도 성찰적 사고에 의해 대상으로부터가르침을 받고, 이로써 자기 수양의 태도를 갖는 구조를 보인다. 따라서 시조 감상 또한 이러한 사고 구조를 읽어내는 데 초점이 맞추어져야 한다.

자연이 아닌 사물을 대상으로 관물찰리의 사고를 펼치고 있는 대표적인 현대시 작품으로 다음을 들 수 있다. 성찰적 사고의 대상이

자연 이외의 것으로 확대하고, 또한 현대시 작품으로 장르와 영역을
넓혀가면서 그 보편성을 거듭 확인하게 된다.

> 높은 구름이 지나가는 쪽빛 하늘 아래
> 사뿐히 추켜세운 추녀를 보라 한다
> 뒷산의 너그러운 능선과 조화를 이룬
> 지붕의 부드러운 선을 보라 한다
> 어깨를 두드리며 그는 내게
> 이제 다시 부드러워지라 한다
> 몇발짝 물러서서 흐르듯 이어지는 처마를 보며
> 나도 웃음으로 답하며 고개를 끄덕인다
> 그러나 저 유려한 곡선의 집 한 채가
> 곧게 다듬은 나무들로 이루어진 것을 본다
> 휘어지지 않는 정신들이
> 있어야 할 곳마다 자리잡아
> 지붕을 받치고 있는 걸 본다
> 사철 푸른 홍송숲에 묻혀 모나지 않게
> 담백하게 뒷산 품에 들어있는 절집이
> 굽은 나무로 지여져 있지 않음을 본다
> 한 생애를 곧게 산 나무의 직선이 모여
> 가장 부드러운 자태로 앉아 있는
> —도종환, 〈부드러운 직선〉(《부드러운 직선》)

　"그"는 부드럽게 감싸 안은 절집 처마를 보면서 "나"에게 모나지
않게 살 것을 말한다. 그러나 나는 그 곡선을 이루고 있는 올곧은

기둥들을 바라보며 강인한 정신을 깨우친다. 여기서 절집 처마나 기둥은 미(美)의 대상으로서 자세히 묘사되지 않는다. 대신 부드러움과 곧음이라는 정신적 가치를 일깨우는 대상이 되는 것이다. 이처럼 사물을 대상으로 관물찰리의 사고를 전개하였기에, 그 속에서 추구해야 할 정신적 가치를 발견하고 그 의지를 다짐하게 된다. 절대적 세계에 견인되는 자기 이해가 이루어지는 것이다. 여기서도 대상을 통해 삶의 가치를 발견하는 관물찰리의 사고를 확인할 수 있다. 따라서 이 시의 감상 역시 처마와 기둥에게서 무엇을 발견하고, 그것이 나에게 무엇을 일깨워주는지를 생각하고 체험하는 데 초점을 맞추어야 할 것이다.

이러한 사유 구조의 모습을 이곡의 〈차마설〉, 이규보의 〈이옥설〉, 〈경설〉, 권근의 〈주옹설〉 등에서 확인하고, 이를 바탕으로 현대의 수필에 이르기까지 문화적 전통이 닿아 있음을 살펴본 바 있다.[94] 또한 이익의 〈관물편〉은 생활의 주변에서 사물을 보며 느낀 여러 가지 일들을 77항목에 걸쳐 기록해 둔 것으로, 주변 사물에 대한 관찰을 통해 이치를 발견하고, 이로써 자기를 되돌아보는 내용을 담고 있다. 다음은 그 한 예에 해당한다.

어떤 이가 야생 거위를 길렀다. 불에 익힌 음식을 많이 주니까 거위가 뚱뚱해져서 날 수가 없었다. 그 뒤 문득 먹지 않으므로, 사람이 병이 났

다고 생각하고, 더욱 먹을 것을 많이 주었다. 그런데도 먹지 않았다. 열흘이 지나자 몸이 가벼워져, 허공으로 날아가 버렸다. 옹(翁)이 이를 듣고 말하였다. 지혜롭구나. 스스로를 잘 지켰도다.[95]

거위라는 대상의 관찰을 통해 인간이 가져야 할 가치를 깨닫게 되었음을 보여준다. 이처럼 관물찰리의 사고는 다양한 대상의 모습이나 본질에서 자신을 깨닫는 인간의 보편적 사유 구조이다. 대상을 대상 자체로 인식하지 않고 그 대상이 던지는 의미를 자신의 것으로 되돌려 생각함으로써 자기에 대한 이해를 성취하는 것이다. 관물찰리 사고는 시조에 국한된 문학 감상 방법, 자연이라는 제한된 사물을 대상으로 한 특별한 사고 실행의 방법일 수 없다. 관물찰리의 사고교육 또한 문학 감상의 일반적 방법으로, 사고 실행의 보편적 구조로서 기획되고 설계되어야 한다는 주장의 근거가 여기에 있다.

---

[95] 李瀷, 〈觀物篇〉, 《星湖全書》七, 驪江出版社, 1987, 424면. 이 같은 예를 더 제시하면 다음과 같다. "맛진 음식이 목구멍을 내려가면 변하여 똥이 된다. 똥은 곡식을 길러 주니 깨끗하다 할 만하다. 미악(美惡)이 서로 바뀜이 이와 같다. 곡식과 채소를 먹는 자는 그것이 똥에 나왔음을 싫다 하여 이를 버리는 법은 없다. 또 마찬가지로 똥을 보는 자는 그것이 맛진 음식에서 나온 것이라 하여 이를 취하지도 않는다. 옹(翁)은 말한다. 사람이 진실로 선량하다면 그 지난날의 악함은 개의할 것이 못된다. 이와 마찬가지로, 사람이 진실로 악하다면 그 예전의 선함을 인하여 이를 취해서도 안 될 것이다."

3.3. 감물연정의 사고에 따른 자기 이해

3.3.1. 감물연정 사고의 개념과 연원

"감물연정(感物緣情)"이란 육기(陸機)의 《문부(文賦)》에서 외부 사물에 감동되어[感物] 주체의 감정이 일어나는 것[緣情]을 뜻하는 말에 연원을 두고 있다. 여기서 물(物)은 자연 현상을, 정(情)은 개인의 감정을 나타내며, 더 구체적으로는 자연에 대한 반응[感物]을 주체의 감정과 연결짓는 것[緣情]이라 할 수 있다.96) 이러한 감물연정의 의미는 《문심조룡(文心雕龍)》에서 말한 "도물흥정(睹物興情)", "정이물흥 물이정관"에 대응하는 것으로, 인간의 '정감(情感)'이 만물에서 흥기되고, 만물은 '정감'으로써 보인다는 것을 나타낸다. 《문심조룡》의 "응물흥정(應物興情)" 또는 "수물흥정(隨物移情)"97)이 의미하는 바와도 큰 차이가 없다.

감물연정의 사고 또한 물(物)과 주체의 교호작용을 전제로 한 성찰적 사고 양식의 하나에 해당한다. 대상이 매개가 되어 자기의 감정과 정서를 질서화함으로써 자신에 대한 이해의 계기를 마련하는 구조라는 점에서 그러하다. 감물연정은 일차적으로 자연물과 인간

---

96) 김원중, 《중국 문학 이론의 세계》, 을유문화사, 2000, 145면; 김민나, 《문심조룡, 동양 문예학의 집대성》, 살림, 2005, 54면 참조.
97) 임종욱, 《중국의 문예인식 — 그 이념의 역사적 전개》, 이회, 2001 참조.

주체의 상관성을 바탕으로 자연 경물에 조응하여 나타나는 미적 예술적 자기 체험을 의미한다. 그런데 자신에게 내재된 이러한 정서를 자연을 통해 표출함으로써 자기를 이해하고 세계와 자아의 관계에 대한 인식에 이르게 된다는 데 주목할 필요가 있다. 세계와 자아의 대립에 대한 이해와 그에 따른 순응적 삶의 태도라는 결과를 가져온다는 점이다.

대상과의 만남을 통해서 자기와 세계에 대한 이해가 이루어질 수 있는 것은, 어디까지나 감물연정의 사고가 갖는 고유의 지향성과 반성 작용에 있다. 대상과의 만남이 세계와 자아의 대립에 대한 이해를 가져오는 것을 두고서, 단순히 대상에서 기인한 결과로만 설명하는 것은 충분하지 못하다. 자연과의 만남이 곧바로 세계에 대한 대립으로 이어지는 것은 아니기 때문이다. 주체의 감정을 기반으로 대상을 바라봄으로써 그 감정이 대상으로 전이되는데, 이 과정에서 정서의 질서화와 형상화가 이루어진다. 이처럼 경물을 통해서 자신의 정서를 표출하는 것은, 주체의 갈등 상황을 불러일으킴으로써 절대적 세계 앞에서 인간 존재가 갖는 유한성을 깨닫고, 그에 따라 순응적 삶의 태도를 갖게 만든다. 따라서 감물연정의 사고는 경물과의 만남을 통해서 주체의 주관적인 정감(情感)이 감발하는 것으로, 성찰적 사고의 측면에서 바라본다면 사회적 관념이 아닌 '개인'과 '정서'가 강조된다는 점, 그에 따라 절대적 세계와 대립하는 자기 이해와 삶의 태도를 가져오는 결과를 특징으로 한다.

이처럼 감물연정은 '자연에서' 이치를 찾는 것과는 달리, 자신에게 내재된 정서를 '자연을 통해' 표출한다는 점에서 관물찰리의 사고와

차이를 보인다. 도학적이고 사변적인 이치의 구명보다는 대상이 자
신에게 불러일으키는 감정의 측면, 즉 '물'과 '주체'의 교융에서 발생
하는 '정(情)'에 대한 관심이라 할 수 있다. 성리학적 사유가 '완물상
지(玩物喪志)'를 경계하는 것과는 달리, 감물연정의 사고에서는 물
과 주체의 만남과 그에 따른 정서적 감응이 강조되면서 '지(志)' 대
신 '정'의 감발이라는 결과를 가져오는 특징이 있다. 앞서 관물찰리
의 사고에서 성정론을 검토하면서 '성'과 '정'이 대립적인 성격을 갖
고 있음을 살펴본 바 있다. 일반적으로 '성'이 천명(天命) 혹은 천리
(天理)라는 이름으로 세계 차원의 근원적인 '이'를 뜻하는 것과는 달
리,98) '정'은 일반적으로 개인 차원의 주관적 정서에 해당한다.99)

　그런데 감물연정의 사고가 대상에 대한 주체의 공감에 기반을 두
고서 정감을 매개로 자기 이해를 가져오는 것이라면, 이때의 정감이
반드시 부정적이어야 하는 것은 아니다. 그럼에도 시조에서는 기쁨
과 긍정의 감정이 대상에 투사되는 경우가 두드러지지 않는다는 점
을 생각해 보아야 한다. 이는 시조가 성찰적 사고의 모든 면을 다
포괄하지 못한다는 약점이기보다는, 오히려 가치 있는 자기 이해의
내용이 어떠한 것인가에 대한 판단을 보여준다. 즉 일시적 기쁨으로
충만한 자기 만족의 모습은 자아에 대한 진정한 성찰과 사고의 결과

---

98) 조동일, 〈시조의 이론 그 가능성과 방향 설정〉, 《한국학보》 1, 일지사, 1975, 159~
　　160면.
99) 신은경은 동아시아 미학의 근원으로 "풍류(風流)"를 설정하고, "홍(興)", "한
　　(恨)", "무심(無心)"을 설정한 바 있다.(신은경, 앞의 책 참조) 이후 살펴볼 인물
　　기홍의 '홍(興)'을 고려한다면, 이와는 극단에 서있는 한의 개념이 감물연정에서
　　의 '정(情)'에 가깝다고 볼 수 있다.

로 보기도 어렵고, 학습자의 성장을 위해 요구되는 인간 이해의 경
험이라 할 수도 없다.

　이런 점을 전제로, 관물찰리의 사고가 관념적 이념성의 지향, 교
화에 따른 존재와 당위의 일체성 추구라는 고유의 지향성과 반성의
작용에 힘입은 결과이듯이, 감물연정의 사고 역시 지향성과 반성,
자기 이해의 고유한 기제와 특징이 있으리라 짐작할 수 있다. 이를
위해 우선 이정보의 시조 두 편을 살펴보기로 한다.

　　落日은 西山에 져서 東海로 다시 나고
　　秋風에 이운 풀은 봄이면 프르거늘
　　엇더타 最貴혼 人生은 歸不歸를 ᄒᆞ느니.
　　　　　　　　　　　　　　　　　　　　　—李鼎輔, 《樂學拾零》

　　어화 造物이여 골오도 안이홀샤
　　접이 雙雙 나빗 雙雙 翡翠 鴛鴦이 다 雙雙이로되
　　엇덧타 에엿분 내 몸은 獨守空房 ᄒᆞ는이.
　　　　　　　　　　　　　　　　　—李鼎輔, 《海東歌謠》(一石本)

　사대부의 것임에도 앞서 살펴본 시조들과는 다른 모습을 보이는
바, 첫째 다양한 주제의 문제를 다루고 있으며, 둘째 성리학의 전통
적 사유와는 다른 시각에서 대상을 바라보고 세계를 노래하고 있다
는 특징을 찾을 수 있다. 사대부 시조의 고유한 영역을 허물어 놓았
다는 문학사적 평가는 바로 이러한 점에 주목한 것이다.100) 그런데
성찰적 사고의 관점에서 본다면 이는 관물찰리나 인물기흥과는 다

른, 감물연정의 사고에 기반하여 이루어진 데서 비롯된 결과라 할 수 있다. 이전 사대부의 시조가 대체로 인성의 순화를 도모하는 것과 달리, 세세 앞에서 좌절할 수밖에 없는 인간의 유한성이 그려지고 그에 대한 개인의 정감을 진솔하게 노출하고 있다. '이'나 '흥'과는 구별되는 개인 차원의 정서는 이 같은 차이를 드러내는 주된 표지가 된다. 이는 곧 감물연정의 사고에 기반한 세계와 자기 인식의 결과에 해당한다.

우선 두 작품 모두 한결같이 부정적인 정서가 토로되고 있다는 데 주목할 필요가 있다. 각 시조의 종장을 살펴보면, 인생은 한 번 가면 다시 오지 못하고, 불쌍한 내 몸이 독수공방하는 처지가 그려진다. 이른바 "전후좌우를 돌아보아도 온통 이미 준비되어 있는 비극적 애정의 채색"[101]뿐인 것이다. 자신을 둘러싼 세계와의 관계 속에서 자신과 인간 존재가 갖는 근원적인 한계를 깨닫게 되는 것이다. 그런데 이러한 주체의 근원적인 한계는 인간 존재가 갖는 유한성에서 기인한 것이지, 초·중장에서 제시되는 경물에게 직접적인 책임이 있는 것은 아니다. 오히려 낙일(落日), 추풍(秋風), 풀, 제비, 나비, 비취(翡翠), 원앙(鴛鴦) 등의 대상은 주체에 선재되어 있는 근원적 한계와 갈등을 불러일으켜서 밖으로 분출시키는 기능을 수행하는 것으로 보아야 할 것이다.

첫 번째 시조에서는 순환의 섭리에 따라 영원히 지속되는 자연 공

---

100) 조동일, 《한국문학통사》 3, 지식산업사, 1994, 304면; 진동혁, 〈이정보 연구〉, 국어국문학회 편, 《시조문학연구》, 정음사, 1980, 334∼343면 참조.

101) 신경숙, 〈조선 후기 여창가곡의 연구〉, 고려대 박사학위논문, 1995, 143면.

간과, 한 번 죽으면 돌아올 수 없는 유한한 인간 삶이 대칭된다. 즉 초·중장에서 변하는 듯하면서도 불변하는 순환의 질서로서 시간이 제시되는 데 반해, 종장에서는 인간 세계의 유한성으로서 시간이 나타나 있다.102) 두 번째 작품에서 쌍쌍인 동물들이 중장에서 복수로 제시되는 것도 화자의 외로운 심사와 대조를 이룬다.103) 이처럼, 주체의 정감은 경물과의 교유 이전에 이미 자신에게 내재된 것이며, 이러한 정감이 대상과의 대비에 의해서 형상화되는 계기를 얻게 된다. 대상에 비추어봄으로써 자신의 상황과 정서를 더욱 선명하게 깨닫게 됨을 말한다.

주체에 선재된 감정이 대상에 투영되는 지향성을 가리켜 '주정적 구상성의 지향'이라 할 수 있다. 주체의 감정이 대상에 투영됨으로써 대상의 의미가 구성된다는 점에서 '주정적'이고, 대상의 의미가 주체에 의해 구체성과 형상성을 갖게 된다는 점에서 '구상성'을 갖는다. 이는 곧 '내 눈으로 대상 바라보기'에 해당하는 것이다. 이러한 특질은 자연을 사회와 연속된 질서로서 이해하는 관물찰리나 이후 살펴볼 인물기흥의 사고와 구별 짓는 중요한 요소이다. 자연 경물을 인간 사회의 이념과 규제로부터 독립된 객체로 이해함으로써, 자연에 인간의 주관적 정감을 자유롭게 투사하는 것이 가능해지기 때문이다.

대상에 의해 '이치'나 '흥취'가 아닌, '정감'이 표출된다는 점에서, 감물연정의 사고는 다른 사고 양식들과 감발 양상에서 분명한 차이

---

102) 서대석, 앞의 글, 209면.
103) 김용찬, 《18세기의 시조문학과 예술사적 위상》, 월인, 1999, 244면.

가 있다. 또한 감발되는 정감이 대상에서 기인하는 것이기보다는, 오히려 자신의 내면에 담겨 있는 감정이 대상에 '투사'된다는 점도 특징적이다. 성리학적 사유에서는 유아(有我)를 배격하고 내아(內我)가 지닌 사욕과 물욕 같은 이기적인 욕구를 경계하였다면, 감물연정의 사고에서는 주체 내부의 욕망과 정서의 투사를 정면에 내세우는 점에서도 차이가 있다. 이러한 정감의 중심에는 인간, 인간적인 것이 자리하고 있으며, 대상을 인간 세계 안으로 끌어들이는 구조가 내포되어 있다. 이처럼 인식의 대상 속에 자신을 투입하는 힘을 가리켜 "감정이입적 지식"104)이라고도 하는데, 감물연정의 사고에서는 이 같은 감정이입력이 강조되는 특징이 있다. 주체에 의한 이러한 주관적 변용의 문제는 '세계의 자아화'라는 서정 장르의 본질에 맞닿아 있는 것이기도 하다. 세계를 주체의 주관에 의해 재가공하고 변용함으로써 내적 갈등을 드러내면서, 한편으로 심리적 위안을 얻고 갈등을 해소하고자 하는 발상인 것이다.

그런데 주정적 구상성의 지향성에 의해 구성된 대상의 의미가 반성에 의해서 주체에 되돌아올 때, 주체의 정감이 더욱 강화되는 결과를 초래한다는 데 주목할 필요가 있다. 경물은 주체와의 관계에서 절대적 가치를 지니지 못하고 주체의 감정에 의해 의미가 구성되지만, 주체의 정감에 구조화와 질서화를 가져다주는 기능을 한다. 경물과의 동일화나 대조적 인식에 의해서 주체의 정서가 더욱 가시적으로 형상화되는 것을 말한다. 주체의 감정이 투사되어 대상의 의미

---

104) 한명희, 《교육의 미학적 탐구》, 집문당, 2002, 99면.

가 규정되었다면, 대상에 대한 공감과 동화를 바탕으로 이것이 주체로 되돌아와서 정감을 더욱 강화시키는 결과가 바로 반성의 과정에 해당한다.

감물연정이 성찰적 사고의 하위유형이 될 수 있는 것은, 이 또한 단순히 대상 인식이나 대상과 주체의 교호작용을 설명하는 것에 그치지 않고, 세계와 자아의 관계에 대한 특정한 이해를 가져다주는 데 있다. 이치를 통해 세계에 견인되는 것과는 달리, 개인의 감정이 우선하고 자연이 대상화되는 감물연정의 사고에서는 세계와 자아간의 어긋남이 잠재되어 있다. 감물연정의 사고에서 자아는 이미 세계에 일방적으로 패배한 존재이며 현실적인 해결책이 마련될 수 없는 상황에 놓여 있다. 부정적 정감의 표출은 이처럼 절대적 세계와 조화를 이루지 못한 인간의 유한성과 가류성(可謬性)에서 비롯되는 것이다. 결국 감물연정에서 '자기'는 세계와 합일을 이루지 못하고 대립하는 자아가 되며, 감물연정의 사고에서 자기 이해란 절대적 세계와 자아의 대립을 깨닫고, 그러한 현실에 대한 순응적 태도를 갖는 것이라 할 수 있다. 개인 차원의 정감을 표출하고 그에 따라 세계와의 대립을 깨닫는다는 점에서, 관물찰리나 인물기흥의 사고와는 분명 세계관을 달리한다. 같은 대상을 두고서도 이치를 발견하여 절대적 세계에 견인되는 자기를 이해할 수도, 정감을 표출함으로써 절대적 세계와 대립하는 자기를 이해할 수도 있는 것이다.

앞서 이정보의 시조에서도 현실적 시공간 속에서 겪는 갈등에 의해, 주체는 절대적 세계로부터 분리되어 어떠한 합일과 조화도 이루어내지 못하고 패배하는 존재로 그려지고 있다. 늙음과 죽음, 버림

받음과 외로움 등의 문제에서 보듯, 인간 주체는 유한성을 지닌 존
재이며 그에 대한 인식이 종장에서 "엇더타"라는 감탄사로 표출되
는 것이다. 이러한 현실 앞에서 주체는 모든 것을 받아들이고 순응
하는 태도만을 갖게 된다. 따라서 감물연정의 사고란 인간의 정감과
대상의 의미가 만나는 접점에 관심을 갖고서, 이를 통해서 자기 자
신을 둘러싼 세계와 자아 사이의 갈등과 좌절을 깨닫는 것을 목표로
하는 것이다.

　그런데 감물연정의 사고에서 두드러진 특징은 자연에서 '이치'나
'흥취'를 발견하는 대신, 자연을 통해 개인의 '정감(情感)'이 감발된
다는 데 있다. 노래가 성정(性情)에서 나온다고 보는 것이 통념이었
고, 특히 성(性)이 중요하다는 것은 당대 성리학의 지배적 인식이었
음에도, 정의 요소가 이처럼 부각될 수 있었던 역사적 배경에 대해
자세히 고찰할 필요가 있다. 홍대용의 《대동풍요서(大東風謠序)》는
성리학의 관점을 전면 부정하고 정(情)에 대한 새로운 인식을 보여
주는 대표적인 자료이다.

　노래는 정(情)을 말로 한 것이다. 정(情)이 말에서 움직이고, 말이 글
을 이루면 노래라고 한다. 교졸(巧拙)을 버리고, 선악(善惡)을 잊으며,
자연(自然)에 의거하고 천기(天機)에서 나오는 것이 잘된 노래이다.105)

시나 노래를 정의할 때 언급되게 마련인 '성(性)'의 문제를 의도적

---

105) "歌者 言其情也 情動於言 言成於文 謂之歌舍巧拙忘善惡 依乎自然 發乎天機
　　歌之善也."(《大東風謠序》, 內集 3, 上 260면)

으로 제거하고, 오직 '정(情)'만 내세워 "노래는 정을 말로 한 것이
다"고 단언하고 있다. '성'을 선(善)으로 보고, '정'을 악(惡)으로 설
정하는 기존의 이분법106)을 부정하고, 마음이 움직인 상태인 '정'을
그 자체로 긍정하는 것이다. 이런 관점의 바탕에는 '이'와 '기'의 분
리를 전제로 '이'의 가치만 인정한 이기이원론 대신, '기' 자체의 움
직임이 천지와 만물의 근원이라고 보는 기일원론적 사유가 자리 잡
고 있다.107) '정'이란 기일원론적 관점에서 마음의 모든 움직임에 해
당하는 것으로, 성정론과 관물 정신에서 벗어나 주체의 개별 감정을
긍정하는 관점을 대표하는 핵심어이다. 객관의 세계에 개인의 주관
적 감정을 함부로 옮기는 것을 경계하고 억제한 기존 성리학적 사유
와는 분명 구별되는 것이라 할 수 있다.108)

106) 성(性)이란 이(理)일뿐만 아니라 도(道)로 이어져 있기 때문에 순선순미(純善
純美)하지만, 정(情)은 사물에 감촉된 대로 움직이는 속성을 가진 것이라는 설명
속에서도 이같은 이분법적 인식과 상반된 속성을 엿볼 수 있다.(최신호, 앞의 글,
512~513면 참조)

107) '일원론적 주기론'이란 도덕적 당위로서 이(理)를 부정하고, 이는 기(氣) 자체
의 원리에 지나지 않는다고 보는 관점을 뜻한다. 일찍이 서경덕(徐敬德)이 제기
하고 18세기에 이르러 임성주(任聖周)와 홍대용이 새롭게 발전시켰다. 아래 글
에서 홍대용의 기일원론(氣一元論)의 전체적인 내용과 지향점을 파악할 수 있
다. "천지를 가득 찬 것이 기일 따름이고, 이란 그 가운데 있다. 기의 근본은 논하
면 고요하고 하나이고, 조화롭고 비어 있어서 맑고 탁함은 없다고 할 만하다. 그
것이 오르고 내리며, 날로 들리어 서로 부딪고 서로 밀쳐 찌꺼기가 생기고 불타
는 지경에 이르러서 이에 가지런하지 않은 것이 있게 된다."(充塞于天地者 只是
氣而已 而理在其中 論氣之本 則澹一沖虛 無有淸濁之可言 及其升降飛揚 相激
相蕩糟粕煨燼 乃有不齊;〈答徐成之論心說〉, 內集) 일원론적 주기론에 대해서
는 조동일,《한국 문학사상사 시론》, 지식산업사, 1998, 299면 참조.

108) 관물찰리의 사고가 기반으로 하는 성정미학은 감성과 정감의 배제를 그 특징으

조선 후기에 새롭게 등장한 천기론(天機論) 또한 '정'의 문제를 본
격적으로 다루는 철학으로, 감물연정 사고의 주요 이론적 기반이 된
다.109) 여기서 '천기'란 하늘에서 내린 바 그대로, 즉 있는 그대로라
는 뜻으로, "理致雖正 而愈喪其天機"라 하여 '이치'에 대응하는 자연
스러움을 강조하는 의미를 지닌다. 자연 그대로의 마음의 체를 '천
기'라는 용어로 표현하여 당연지리인 '천리'와 구별 짓고, 당위로서
존재하는 절대적 준거를 부정함으로써 있는 그대로의 감정을 진실
되게 이해하고 깨닫는 문제를 제기한 것이다. 이로써 선악의 구분을
전제로 하는 '이'의 성격을 배제하고, 하늘로부터 품부 받은 상태에
서 발하는 '정'의 문제를 본격적으로 다룰 수 있는 근거가 마련된다.
자연과 하늘을 끌어대어 윤리 규범을 권위화한 기존 성정론의 허위
성을 비판하는 것도 이러한 관점에 기반을 둔다.110)

이처럼 감물연정에서 '정'이란 하늘로부터 품부 받은 인간의 진솔
한 감정을 뜻하는 것으로, 성찰적 사고에서 이것은 자기 이해의 내
용을 바름[正]에서 진실됨[眞]의 문제로 전환시킨다는 점에서 의의
를 갖는다. 주체의 마음속에 쌓인 감정이 사물에 촉발되어 진솔하게

로 하는데, 이들은 절도(節度)에 부합되지 않은(不中節) '정(情)'이기 때문이다.
(이민홍, 앞의 책, 49면 참조) 이러한 점에서 감물연정의 사고는 다른 사고와 확
연히 구별된다.

109) 장원철, 〈조선 후기 문학사상의 전개와 천기론〉, 한국정신문화연구원 석사학위
논문, 1982; 조동일, 《한국의 문학사와 철학사》, 지식산업사, 1996, 375면. 참고
로 천기론과 관련한 연구사는 김혜숙, 〈한국 한시론에 있어서 천기에 대한 고
찰〉(1·2), 《한국한시연구》 2·3, 한국한시학회, 1994·1995 등에 정리되어 있
으며, 그 밖에도 이승주, 임유경 등의 논의를 참조할 수 있다.

110) 임형택, 〈허균의 문예사상〉, 《한국 문학사의 시각》, 창작과비평사, 1984, 101면.

발산되는 것을 인정함으로써, 기성의 도덕, 관념, 인위적 규제로부터 벗어난 정서의 표출과 진솔한 감정의 드러냄을 사고의 내용으로 구성하는 것이 가능해진다. 자연 속에 내재한 '이'를 발견하여 천리를 깨닫고 인간의 마음을 순선의 경지로 돌리기 위해 자기 수양할 것이 아니라, 자연물을 통해서 자신의 감정을 있는 그대로 표출할 것을 요구받는다. 선악이나 시비를 따지는 이치를 부정하고, '있는 그대로'의 감정을 중시한 결과이다. 이로써 형이상학적인 원리나 법칙을 구현하는 것이 아니라 인간 내면의 정서를 언어적으로 표출하는 것에 대한 자각이 이루어질 수 있다.

정감의 문제를 다룰 수 있게 되면서, 이러한 정감이 낳는 세계 인식에 대한 본격적인 탐색 또한 가능해진다. 정감은 대체로 절대적 세계 앞에서 패배하고 좌절하는 것에서 기인한다. 세계와 자아의 합일은 이상적 설정에 지나지 않으며, 주체가 겪는 고난과 시련이 더 현실적일 수 있다. 이처럼 정감의 세계는 사랑의 성취보다는 이별 뒤의 슬픔에 초점이 맞추어진다. 이는 체념과 좌절의 모습을 그린다는 점에서 세계 인식의 한 양태로서 의미를 갖는다. 즉 대상을 통해서 정감이 감발한다는 것은 절대적 세계와 자아 사이의 대립을 깨닫는 계기가 된다.

요컨대, 감물연정의 사고란 대상에 대한 주정적 구상성의 지향과 그에 따른 정감의 발산을 기본 구조로 갖는다. 대상에 대해 자신의 감정을 일방적으로 투사하는 것으로 구체화된다. 그 결과 주체가 깨닫게 되는 것은 세계와 주체의 어긋남이며, 세계 앞에서 패배할 수밖에 없는 주체의 유한성과 가류성이다. 즉 세계와 대립하는 자아가 바로 감물연정 사고에서 도달하게 되는 자기 이해의 내용이다. 이처럼 감물연정의 사고는 인간의 '감정'을 중심에 두고서 자연을 대상으로서 인식한다. 이는 자연에 드리워진 규범과 이치를 제거하고, 자연과의 합일이 갖는 추상성과 관념성의 허상을 벗겨낸 결과이다. 변하지 않고 영속적인 자연의 가치에 동화됨으로써 우주의 질서와 합일을 모색하거나, 절대적 자연에 귀의하여 물아일체를 추구하는 것과는 분명 다른 양상의 사고이다.

3.3.2. 감물연정 사고의 수행

주정적 구상성의 지향과 정감 표출하기

감물연정 사고의 첫 단계는 다른 성찰적 사고와 마찬가지로 지향성에서 출발하며, 구체적으로 '주정적 구상성의 지향하기'와 '정감 표출하기'로 나누어져 설계된다. 이는 주체와 대상 사이의 감정교융을 중시한 데 따른 것으로, 구체적인 절차는 두 과정으로 세분된다. 자신의 감정에 대응하는 대상물을 찾고, 그것에 감정을 투사하는 행위가 그것이다.

관물찰리의 사고에서 자연은 도덕적 원리를 지니는 까닭에 그 자체가 추구해야 할 절대적이고 객관적인 당위법칙이다.[111] 반면 자연이 보편적인 이치를 품고 있는 규범으로서가 아니라, 특정한 시공간에서 살아가는 개인의 삶과 결부될 때는 주관적 성격을 지닌다.

---

111) 김낙진, 〈조선 유학자들의 격물치지론〉, 한국사상연구회 편, 《조선 유학의 자연철학》, 예문서원, 1998, 130면.

이처럼 자연이 비가시적인 자연일 때는 절대성을 갖지만, 가시적인 자연일 경우 상대성을 갖는 이중적인 성격을 지닌다는 점에 유의할 필요가 있다.112) 감물연정의 사고에서 자연은 가시적인 자연으로, 질서와 이치의 문제에서 벗어나 자신의 눈으로 바라볼 수 있는 대상에 해당한다. 주체의 정감과 어울리면서 새로운 의미로 형상화될 수 있는 가능성이 여기서 확보된다.

주정적 구상성의 지향은 자연이 주체의 정서와 관념, 현실적 상황 등에 의해서 얼마든지 실재와는 다른 모습을 가질 수 있고, 새로운 의미를 구성할 수 있다는 점을 전제로 한다. 따라서 자연을 대상화함으로써 자연에 얹혀진 철학적 담론과 관념을 제거하고, 주체의 정감에 바탕을 두고서 그 의미를 새롭게 구성하는 것이 필요하다. 이는 자연 속에서 인간 윤리의 규범을 찾으려 하거나, 자연과 조화롭게 합일하려는 활동과는 분명 구별되는 것이다.

먼저 자신의 감정에 대응하는 대상물을 찾는 활동이 기획된다. 자신의 의도와 정서를 표현하기 위하여 자연 대상을 끌어들여 관계를 새롭게 설정하는 것을 말한다.113) 이를 위해서는 대상의 의미가 내재하는 본유적 속성뿐만 아니라 주체와의 교호작용에 의해서도 구성될 수 있음이 고려되어야 한다. 주정적 구상성의 지향하기가 자신의 눈으로 대상을 바라보고 자신의 감정을 대상에 담는 것인 만큼, 시조 작품의 감상에서는 작자가 어떤 대상을 선택하여 관계를 맺고

---

112) 권정은, 앞의 글, 22면 참조.
113) 허왕욱, 〈고시조의 의미 형상화 방법〉, 《고전시가교육의 이해》, 보고사, 2004, 264면 참조.

있는지를 읽어낼 필요가 있다. 물론 사고 실행의 국면에서는 자신의
감정에 대응하는 경물을 찾아 대상화하는 활동이 될 것이다.

> 秋霜에 놀난 기러기 섬거온 소리 마라
> ᄀᆞᆺ득에 님 여희고 흐믈며 客裡로다
> 어듸셔 제 슬허 우러 니 스스로 슬허랴.
>
> — 李後白, 《樂學拾零》

> 淸溪쇼 둘 발근 밤의 슬피 우는 져 긔러가
> 雙雙이 놉피 ᄯᅥ셔 누를 그려 우는
> 우리는 半 짝기 되여 님만 그려 우노라.
>
> — 姜復中, 《淸溪歌詞》

　두 시조에서 "기러기"는 주체의 감정에 대응하는 대상물이다. 자
신의 슬픈 감정을 투사할 대상으로서 선택된 것이다. 기러기를 대상
으로 한 당대 사대부 시조들이 대부분 자연에 몰입하는 인물기흥의
사고를 보이는 데 반해, 이후백(李後白)의 시조는 "자연을 자기 세계
로 끌어들여 주관화"[114]하는 특징을 보이고 있다. 물론 기러기가 슬
피 우는 것으로 의미화되는 것은 사회 문화적 전통에 따른 관념적
인식의 영향을 받은 것이라 할 수 있지만, 그러한 인식이 이루어질
수 있었던 근본적인 이유는 주체가 처한 슬픔의 상황에 있다. 강복
중(姜復中)의 시조 또한 이와 마찬가지로, 이들 시조에서 기러기는

---

114) 김문현, 〈이후백론〉(李後白論), 한국시조학회 편, 《고시조작가론》, 백산출판
　　사, 1986, 146면.

자신의 정서를 드러내기 위해 선택된 대상이라 할 수 있다.

이러한 내용을 바탕으로, 교육 내용은 감정에 대응하는 대상물을 찾는 활동으로 설계된다. 비록 사회 문화적 영향에서 자유로울 수는 없으나, 자신의 눈으로 대상의 의미를 규정하고 선택할 수 있다는 점에 대한 이해를 목표로 하는 것이다. 대상물은 주체와 관계를 맺으면서 이후 주체의 정서와 자기 이해에 결정적인 역할을 한다는 점에서, 성찰적 사고의 감상과 실행의 첫 단계로서 의의를 갖는다.

- 감물연정 사고의 교육 내용(지향성 단계) ―
  자신의 감정에 대응하는 대상물 찾기

자신의 감정에 대응하는 대상물을 찾았다면, 다음 절차는 이러한 대상에 감정을 투사하여 바라보는 활동으로 기획된다. 대상에다 자신의 감정을 실어 넣음으로써 대상의 의미를 구성하는 것을 말한다. 이로써 희로애락(喜怒哀樂)의 감정을 가지지 않는 자연 현상이 주체에 의해서 주관적 감정의 색체로 물들여지는 것이다. "슬픔을 가지고 있는 사람은 노랫소리를 듣고 울고, 기쁨을 품고 있는 사람은 곡하는 것을 보고 웃는다. 기쁜 것을 슬프게 보고, 슬픈 것을 보고 웃는 것은 마음속의 감정이 그렇게 하도록 시키기 때문이다"[115]와 같이, 주체의 심리 상태에 따라 사물의 의미가 규정되는 것은 당연한

---

115) "夫載哀者聞歌聲而泣, 載樂者見哭者而笑, 哀可樂者, 笑可哀者, 載使然之."
(《淮南子》, 齊俗訓; 이동향, 〈중국 고전시론중의 감상론〉, 《중국어문논총》, 중국어문연구회, 2005, 294면 재인용)

결과이다. 이는 외물(外物)을 이(利)나 사(私)의 시각에서 인식하는 것을 경계하는 성리학적 사유와는 분명 다른 시각이다.

> 鳳凰山 松林中의 슬이 우는 저 杜鵑아
> 울 양이면 네나 울지 웃던 나를 울이너냐
> 아마도 웃는 곳 울이기는 너 뿐인 듯.
>
> ─ 작자미상, 《時調》(河氏本)

> 空山에 우는 접동 너는 어이 우지는다
> 너도 날과 갓치 무슴 離別 ᄒ얏ᄂ냐
> 아무리 피나게 운들 對答이나 ᄒ더냐.
>
> ─ 朴孝寬, 《歌曲源流》(國樂院本)

주정적 구상성으로 대상을 바라봄으로써 두견(杜鵑), 접동의 울음은 슬픔을 내포한 것으로 의미화된다. 이들이 슬피우는 새로 의미화되는 것은 사회 문화적 전통에 따른 관념적 인식의 결과로, 관련된 모티프의 원용을 통해 임에 대한 그리움과 그로 인한 아픔을 효과적으로 드러내고 있음을 볼 수 있다.116) 그러나 그러한 인식과 형상화

---

116) 두견 또는 소쩍새가 등장하는 고시조 작품은 대략 93수이며, 이들의 의미는 대체로 피 맺힌 한으로서, 사랑하는 이에 대한 그리움 및 이별의 정한을 나타내는 것이 일반적이다.(송원호, 〈두견 및 소쩍새 모티프의 특징과 고시조의 수용 양상〉, 《시조학논총》 제17집, 한국시조학회, 2001 참조) 두견이 맺고 있는 전설에 따라 '애명(哀鳴)', '명절(鳴節)', '토혈(吐血)', '망국(亡國)' 등의 의미를 가지며, 이는 각각 '향수(鄕愁)', '춘수(春愁)', '애원(哀怨)', '충한(忠恨)'의 정서로 연결된다.(박순철, 〈두견새 전설과 문학적 수용 및 의상 고찰〉, 《한국사상과 문화》

가 가능했던 근본적인 이유는 주체가 처한 슬픔의 상황과 그에 따른 정감의 투사에 있다. 여기서 두견은 이미 외물이 아니라 작자의 분신(分身)에 해당한다 할 수 있다.[117] 슬픔에 젖어 있는 주체가 자신의 정서를 대상에 투영하여 바라봄으로써 대상 또한 동일한 정서를 내포한 것이 되고 만다.

감상의 초점은 두견이 슬픔의 정서를 담아내는 것은 어디까지나 주체의 정서가 투영된 결과임을 이해하고 파악하는 데에 있다. 이는 대상의 의미가 어떻게 구성되고, 그것이 무엇을 드러내는지에 대해 답을 찾는 것이기도 하다. 또한 이들 대상이 시조 전체에서 배경의 차원을 넘어서서 어떠한 기능을 수행하는지에 대한 단서를 찾는 활동이기도 하다.

따라서 이 단계의 사고를 실행하기 위해서는 대상의 존재가 객관적으로 인식되는 것이 아니라, 주체의 감정에 따라 다양한 모습으로 나타날 수 있음에 대한 이해가 선행되어야 한다. 주체의 감정이 대상에 투사됨으로써 대상의 의미가 구성, 결정되는 인식의 기제가 강조될 필요가 있다. 주체에게 인지된 대상의 감각이 대상 자체의 성질을 그대로 재현한·것이라 보는 것은 고전적 인식론의 "소박한 실재론"일 뿐이다.[118] 사회적 의미가 제거된 대상과 현실적 인간의 욕망이 만나 형성하는 의미의 영역은 무한하며 그 한계를 설정하는 것

41, 한국사상문화학회, 2008, 398~399면)

[117] 염은열, 앞의 책, 117면 참조.

[118] A. N. Whitehead, *Symbolism, its Meaning and Effect*; 문창옥 역, 《상징활동 그 의미와 효과》, 동과서, 2003, 73면 각주 참조.

자체가 불가능한 일이다. 따라서 대상이 갖는 여러 자질과 인간이 처한 수많은 상황이 만들어내는 의미의 교직에 대한 이해가 이루어져야 한다. 이러한 이해가 뒷받침될 때, 주체에 의해 부여된 의미와 실제로 지각된 대상이 얼마나 일치하느냐의 문제는 중요하지 않다. 주정적 구상성의 지향은 대상에 개인의 정서가 투영되는 것으로, 대상의 의미는 주체의 정서를 드러내는 매개라는 점이 강조되어야 한다. 따라서 대상을 찾아 주체의 정서를 투사하는 것에 초점이 맞추어진다.

> ▪ 감물연정 사고의 교육 내용(지향성 단계) —
> 감정을 대상에 투사하기

공감에 따른 인간 유한성 · 가류성 인식하기

감물연정의 사고에서도 지향성에 이어서 반성의 단계가 설계되는데, 대상에 대한 주체의 '공감(共感) 작용'에 바탕을 두고 있다. 여기서 '공감'이란 타자와의 거리감을 전제로 한 이해와 태도의 성향으로, 주체가 타자의 정서나 의식과 유사하게 체험하는 심리작용을 뜻한다.119) 반성이 대상으로부터 자신에게로 되돌아오는 것을 나타낸

---

119) 공감의 의미에 대해서는 김미혜, 〈관계적 가치의 체험으로서 시 읽기와 시 교육〉, 김은전 외, 《현대시 교육의 쟁점과 전망》, 월인, 2001; 김효정, 〈문학 수용에서의 공감 교육 연구〉, 서울대 석사학위논문, 2007 등을 참고할 수 있다. 그러나 공감에도 "정서적 공명(대상과 같은 정서를 경험하는 것)"과 "공감적 관심(대상에 대한 동정, 관심의 정서를 경험하는 것)"이 변별되는 것처럼 여러 양상을 보이는바, 이에 대한 면밀한 검토는 나중으로 미룬다. 여기서는 자연이라는 대상

다면, 감물연정의 사고에서 반성은 대상에 대한 공감에 의해 대상의 정서와 주체의 정서를 일체화시키는 것으로 이루어진다. 그에 따라 반성의 단계는 '공감에 따른 인간 유한성 인식하기'로 설계된다.

그런데 이러한 공감은 대상에 자신의 감정을 이입함으로써 대리 경험을 하는 감정이입[120]의 작용에 힘입은 바가 크다. 대상의 문제가 어떻게 나의 문제로 전이되는가를 설명하는 것이 반성의 작용이라면, 대상에 대한 공감의 형성은 감정이입을 통해 대상과 주체를 동일한 문제 사태 속에 놓는 것에서 비롯된다. 이것은 유협(劉勰)이 말한 "수물이완전(隨物而宛轉)"에 해당하는 것으로, 시인이 자신의 감정을 외물에 옮겨놓고 그것에도 자신과 동일한 감정이 있다고 느껴 세계의 문제와 자아의 문제를 일치시키는 방법이다.[121] 이때 유의할 점은 반성의 작용면에서 다른 성찰적 사고와는 차이를 보인다는 점이다. 가령, 관물찰리의 사고에서 반성이 대상으로부터 주체가 교화되는 모습으로 이루어진다면, 감물연정의 사고에서는 일차적으로 주체가 자신의 정서를 대상에 투사하여 바라봄으로써 대상과 주

과 일치하고자 하는 주체의 성향과 태도 정도의 의미로 규정한다.

[120] 김준오, 《시론》, 삼지원, 1991과 James Gribble; 나병철 역, 앞의 책 참조. 감정이입이란 대상과 더불어 감정을 느끼는 것으로, 타자가 어떻게 느끼는지를 알고서 그와 똑같은 감정을 느끼는 것을 의미한다.(최미숙, 〈공감적 시 읽기와 비판적 시 읽기〉, 김은전 외, 앞의 책, 237면)

[121] 유협은 자아와 세계의 동일성을 추구하는 방법으로 "수물이완전(隨物而宛轉)"과 함께 "여심이배회(與心而徘徊)"를 제시하고 있다. 참고로 "여심이배회"는 시인이 세계를 내면으로 끌어들여 그것을 자신에게 적합한 세계로 만들어 동일성을 획득하는 것으로, 이출작용(移出作用)에 해당한다. "수물이완전"과 "여심이배회"는 각각 투사와 동화로 재개념화할 수 있다.(김원중, 앞의 책, 124면; 김준오, 앞의 책, 32~33면 참조)

체의 공감이 형성되고, 이러한 공감에 기반하여 자기에 대한 이해로 되돌아가는 구조적 차이를 갖고 있다.

이러한 감정이입에 기반을 둔 공감은 크게 두 가지로 유형화된다. 자신의 처지와 동일한 대상을 통해 일체감을 느끼거나, 아니면 대비되는 대상을 통해 처지와 상황을 부각시키는 것이다. 즉 동질적 대상을 통해서 자신의 감정을 드러내는 것, 이질적인 대상을 통해 감정을 부각시키는 것으로 유형화가 가능하다. 이처럼 대상이 주체의 정서를 구체화한다는 점은 감물연정의 사고가 갖는 특징적인 면이다. 어떤 문제에 대한 인간의 사고나 관념은 추상성을 지닐 수밖에 없고, 이는 자기 이해의 경우에도 마찬가지이다. 이때 구체적인 대상의 도입은 형상화와 구체화를 확보하는 중요한 장치가 될 수 있다.[122] 특히 감물연정의 사고에서 대상은 주체의 감정과 정서에 대해 명확성과 구체성을 가져오는 동시에 질서화를 가져오는 기능을 한다. 이에 따라 교육 내용 또한 대상을 통해서 자신의 감정을 드러내고 구체화하는 방법에 맞추어질 필요가 있다.

먼저, 동질적 대상을 통해서 자신의 감정을 드러내는 방법이다. 주체의 감정을 동질적인 대상에 투사하여 대상의 의미를 구성함으로써, 이러한 투사가 주체의 감정을 더욱 자극하고 강화시키는 효과를 가져오는 것이다. 대상과 주체 사이의 동화를 통해서 내적 감정을 외부로 표출하여 형상화하는 것을 주된 내용으로 한다.

---

122) 김대행, 〈구지가를 위한 이용후생적 질문〉, 《국어교과학의 지평》, 서울대출판부, 1995, 234~236면 참조.

압 못세 든 고기들아 네와 든다 뉘 너를 모라다가 너커늘 든다
北海 淸沼를 어듸두고 이 못세 와 든다
들고도 못 나는 情이야 네오 니오 다르랴.
                                                    —작자미상, 《樂學拾零》

　주체는 물고기를 대상으로 갇혀 지낸다는 사실만을 선택하여 의
미를 구성하고 있다. 이런 의미화는 주체의 일방적 판단에 따른 것
이며, 구체적으로는 갇혀 지내는 현실 속에서의 답답함과 벗어나고
싶은 욕망이 물고기에 투영된 결과이다. 여기서도 주체가 놓인 상황
과 비애의 감정으로 대상을 바라보는 주정적 구상성의 지향을 살필
수 있다. 대상이 의인화되는 것도 주체가 그 사물에 특정한 인격을
부여한 것이며, 이때의 인격은 주체의 감정과 정서가 투영된 결과임
을 주의 깊게 살펴보아야 한다.

　반성은 대상의 문제 사태에서 자신의 것으로 옮겨지는 단계를 뜻
한다. 그런데 대상의 의미 자체가 이미 주체의 감정에 의해서 규정
되고 초점화되었기 때문에, 대상과 주체는 동일한 상황과 정서를 공
유하게 된다. 이러한 공감 때문에 물고기라는 대상이 주체가 놓인
상황과 그에 따른 감정을 심화시키는 기능을 수행하게 되는 것이다.
대상에 의해서 주체의 문제 사태가 분명해지고, 잠재된 정서가 가시
적으로 형상화된다.

　따라서 이 단계의 감상은 물고기라는 대상에 의해 주체에게 어떠
한 변화가 생겼으며, 궁극적으로 어떤 문제를 제기하게 되는지를 읽
어내는 것이다. 또한 이 과정의 사고를 직접 실행하는 것은, 동질적

인 대상물을 찾고 이를 통해 자신의 감정을 적절히 드러내는 일이다. 핵심은 자신의 감정을 얼마나 대상에 담아내느냐에 달려 있다.

이와는 달리, 주체의 정서와 정반대의 성향을 가진 대상을 통해 감정을 부각시키는 반성의 활동을 설계할 수도 있다. 이는 주체의 정서와 상반된 대상을 제시하고, 그것과의 대조적 인식을 통해 감정의 깊이를 심화시켜 나가는 것이다. 이를 두고서, 자아와 대상의 대비에 주목하여 "반면충동"123) 또는 "배경의 반면화(反面化)"124)로 설명하기도 한다. 감물연정 사고에서 이루어지는 주체와 대상의 교호작용의 또 다른 유형에 해당한다.

> 寒食 비 온 밤의 봄 빗치 다 퍼졋다
> 無情흔 花柳도 째를 아라 픠엿거든
> 엇더타 우리의 님은 가고 아니 오는고.
>> ― 申欽, 《樂學拾零》

> 곳 보고 춤추는 나뷔와 나뷔 보고 당싯 웃는 곳과
> 져 둘의 ᄉ랑은 節節이 오건마는
> 엇더타 우리의 ᄉ랑은 가고 아니 오ᄂ니.
>> ― 작자미상, 《樂學拾零》

---

123) 김대행, 〈뎬동어미 화전가와 팔자의 원형〉, 박노준 편, 《고전시가 엮어읽기 (하)》, 태학사, 2003, 339면.
124) 류수열, 〈이별 시조의 배경 중화 현상에 대한 고찰〉, 《고전문학과 교육》 9집, 한국고전문학교육학회, 2005, 122면 참조.

봄빛·화류(花柳), 또는 나비·꽃과 같은 대상이 함의하는 의미와 주체의 정서는 도무지 어울리지 않는다. 봄빛이 퍼지고 꽃과 버들이 피며, 나비와 꽃이 춤추고 웃는 상황은, 임의 부재에 따른 주체의 외로움과 선명한 대비를 이루기 때문이다. 충족과 결핍, 연속성과 일회성의 대비가 중첩되어 나타난다. 주정적 구상성의 지향에 따라 주체의 정서가 대상에 일방적으로 투사된다는 앞의 설명과 맞지 않아 보이기도 한다.

그러나 이는 표면적인 관찰과 현상적인 인식에 지나지 않는다. 실제 대상의 모습이 조화롭게 그려지는 것도 자신이 놓인 상황과 감정으로 대상을 바라본 데 따른 것이다. 무정한 대상이 특정 정서를 드러내는 것도 대상에 주체의 정서가 투사되었기 때문이다. 예컨대, 슬픔의 감정 속에서 대상을 바라볼 때 나와 마찬가지로 대상 또한 슬픔을 겪는 존재가 되지만, 경우에 따라서는 나와는 달리 기쁨의 존재가 될 수도 있다. 이 작품에서와 같이, 대상에서 자신의 상황과는 정반대의 정서를 읽어낼 때, 자신이 놓인 상황과 정서는 그 대비로 인해 더욱 부각되고 심화될 수 있다. 대상과 자기의 대비 속에서 자신에 대한 이해가 이루어지는 것이다.

자연의 행복한 순환구조는 대비적으로 인간의 비가역성을 두드러지게 하는 장치로 작용한다.[125] 대상에서 주체의 문제로 시선이 옮겨지는 순간, 종장에서 "엇더타"라는 감탄사를 토로하게 되는 것도 대상의 조화로움이 임과 헤어져 지내는 주체의 상황과 대조를 이루

---

125) 조해숙, 〈시조에 나타난 시간의식과 시적 자아의 관련 양상 연구〉, 서울대 박사학위논문, 1999, 54면.

는 데서 비롯된다. "엇더타"는 초장·중장에서 언급된 대상의 모습과 종장에서 진술될 주체의 모습이 갖는 차이와 간격에서 발생하는 한탄의 표출이다. 이런 점에서 본다면, 주체의 정감은 현실적인 문제 해결의 부재에서 기인하면서 극복의 불가능성을 내포하는바, 부재와 불가능성이 대상과의 대조를 통해 더 큰 비극적 정한으로 형상화된다고 설명할 수 있다.126)

이 같은 교육 내용의 수행은 우선 대상과 주체의 간격을 읽어내고, 이를 통해 주체의 정서와 상황을 파악하는 일이 될 것이다. 대상의 매개를 통해 형상화된 주체의 정서를 읽어내는 것을 말한다. 이러한 방법으로 직접 사고를 실행한다면, 대상에 자신의 감정을 투사하되, 자신의 상황과는 정반대 성향을 지닌 대상을 선정해야 한다는 조건을 충족시켜야 할 것이다. 자신의 상황과 대상의 의미 사이의 간격이 크면 클수록 대비로 인해 정서가 심화되고 부각되는 효과를 가져올 수 있다. 이상과 같이, 동질적 또는 이질적 대상을 통해 감정을 드러내고 부각시키는 것이 이 단계의 주요 교육 내용이 된다.

> • 감물연정 사고의 교육 내용(반성 단계) ─
> 동질적 이질적 대상을 통해 감정 부각시키기

대상을 통해 자신의 감정을 부각시키는 활동이 수행되었다면, 이러한 활동이 가져다주는 인식의 내용에 주목하는 교육이 기획되어

---

126) 허왕욱, 〈고시조 작품의 대화적 관계〉, 《고전시가교육의 이해》, 보고사, 2004, 289면 참조.

야 한다. 이것은 감물연정을 통한 감정의 표출이 자연 형태의 감정을 그대로 발설하는 것과는 차이가 있다는 데 주목한 것이다. 감물연정의 사고에서 감정은 이에 대응하는 대상과의 조응을 통해서 질서화, 구조화된다.

그런데 대상과의 동일화, 또는 대조에 의해서 주체의 정감은 더욱 심화되지만, 이에 대한 근본적인 해결책이 마련되지 못한다는 특징이 있다. 임과의 이별로 대표되는 문제 사태는 재회라는 현실적인 방법을 통해서만 해결될 수 있다. 그러나 문제 사태에 대한 현실적 해결 방안이 마련될 수 없는 상태에서 이 같은 경험은 인간의 유한성과 가류성을 깨닫게 하는 계기가 된다는 점에 주목할 필요가 있다. 임이 가고 다시 오지 않는 것은 세계 앞에서 패배한 주체의 현실이다. 그리고 이것은 현실적으로 극복될 수 없다는 점에서 인간 존재가 갖는 근본적인 한계를 일깨운다.

> 春風의 봄쌔 울고 버들의 시 실 난다
> 無妹 獨子는 어드러로 갓돗썬고
> 世上의 徹天은 나 뿐인가 ㅎ노라.
>
> ─姜復中, 《清溪歌詞》

새와 버들이라는 대상과의 대조를 통해 주체의 상황이 부각되는 것은 앞서의 경우와 같다. 여기서는 이러한 정감의 부각이 어떠한 인식과 깨달음을 가져다주는지를 살펴보기로 하자. 강복중(姜復中)의 시조는 외아들을 잃은 심정을 토로한 것으로 알려져 있다.127) 이 같은 상황은 인간의 힘으로 되돌릴 수 없는 대표적인 장면으로, 인간 유한성의 정점에 해당한다. 따라서 이 시조를 통해 절대적 세계 앞에서 패배할 수밖에 없는 인간 존재의 모습을 인식, 경험할 수 있다. 이처럼 이 단계의 교육 내용은 인간 존재가 절대적 세계의 지배를 받는 유한한 존재라는 점을 인식하는 것으로 구체화된다.

> • 감물연정 사고의 교육 내용(반성 단계) —
> 인간 유한성 · 가류성 깨닫기

세계와 자아의 대립에 대한 이해와 순응적 삶의 태도 형성하기

주정적 구상성의 지향과 공감에 따른 인간 유한성과 가류성(可謬性)에 대한 인식은 모두 대상을 통해 자기를 이해하기 위한 과정이며 절차에 해당한다. 자기 이해의 단계는 여타의 성찰적 사고와 마찬가지로 감물연정 사고의 마지막 절차이면서 도달점으로, 세계와 자아의 관계에 대한 이해와 그에 따른 태도 형성을 주된 내용으로 한다.

이 단계의 교육 내용은 '절대적 세계와 대립하는 자아 이해하기'로 구안된다. 반성의 수행 결과 인간의 유한성을 인식하게 되었다면, 이러한 인식을 바탕으로 절대적 세계와 대립하는 자아를 깨닫는 것이 주된 내용이다. 감물연정의 사고를 통해서 드러나는 자아는 절대

---

127) 강복중은 병자호란, 계축옥사 등의 국가적 변란과 함께 외아들을 잃는 등 개인적인 생애에서 순탄치 못한 삶을 살았다. 〈청계통곡육조곡(淸溪慟哭六條曲)〉은 이를 배경으로 하는 연시조로 알려져 있다.

적 세계에 조화롭게 합일하지 못하고, 세계의 질서 앞에서 한계를 가질 수밖에 없는 존재이다. 세계와 자아의 관계에서 '대립'은 주체가 세계를 향해 합일과 조화의 방향으로 나아가지 못하고 갈등 속에서 일방적으로 패배한다는 뜻을 포함한다. 세계와 자아 사이의 인력보다는 세계가 자아를 밀어내는 척력이 더 강하게 작용한 까닭에, 세계의 절대성에 이르지 못하고 패배할 수밖에 없는 인간 존재의 근원적 본질과 한계를 나타낸다. 이 같은 자아에 대한 이해가 시조 읽기는 물론, 사고 실행의 주된 목표가 된다.

> 天地도 唐虞 쩍 天地 日月도 唐虞 쩍 日月
> 天地 日月이 古今에 唐虞로되
> 엇더타 世上 人事는 나날 달나 가는고.
> ─李濟臣, 《樂學拾零》

> 碧海 渴流後에 모리 모혀 섬이 되여
> 無情 芳草는 히마다 프르거든
> 엇더타 우리의 王孫은 歸不歸를 하느니.
> ─具容, 《樂學拾零》

대상과 주체의 대조 속에서 주체의 정서와 상황이 더욱 부각되고 있다. 이때 주의 깊게 살펴보아야 할 점은, 시조 종장에서 표명된 인간 세상 또는 인간 존재의 유한성에 대한 인식이다. 자연과 대조되는 인간의 이러한 모습 때문에 종장에서 "엇더타"라는 감탄사가 등장함은 이미 밝힌 바 있다. 특히 종장에서 차이의 의미를 나타내는

보조사 '은/는'이 사용되는 것도 자연에 합일되지 못하고 유한할 수
밖에 없는 인간 존재의 특수성과 차별성을 드러내기 위함이다. 종장
에서 '도'라는 보조사가 자주 사용되는 관물찰리의 사고와는 구별되
는 지점이다.

여기서 깨닫게 되는 인간의 모습은 관물찰리나 인물기흥의 주체
와 달리, 현실적인 욕망과 한계에 노출되어 있는 존재로, 감물연정
사고의 주된 특징이면서 또한 교육적 의의에 해당한다. 천리에 합일
하는 '도덕적 주체' 또는 자연에 몰입하여 물아일체에 도달한 '풍류
의 주체'와는 달리, 현실을 살아가며 여러 갈등과 좌절을 겪는 유한
한 존재인 것이다. 이는 성리학의 현실 긍정적 세계관을 바탕으로
하는 정신적 자긍심의 표출과는 분명 차이가 있다. 일상 속에서 살
아가는 주체에게 이들 이념이 가져다주는 정신적 평온은 이상일 뿐
이고, 현실적 갈등과 고민 속에서 끝없이 좌절하고 번민하는 처지에
놓일 수밖에 없기 때문이다. 언제나 자연을 통해 심성을 수양하고
내면적 완성을 추구하거나, 혹은 자연과 합일하여 조화로운 삶을 살
아갈 것을 강요할 수 없음은 물론이다. 오히려 세계와 합일하지 못
하고 현실 속에서 좌절을 겪는 유한한 존재로서의 인간 모습을 깨닫
는 것은 성장을 위해서 반드시 필요한 내용이라 할 수 있다. 이처럼
절대적 세계에 패배하고 좌절할 수밖에 없는 인간 존재에 대한 이
해, 이것이 이 과정의 주된 교육 내용이 된다.

> • 감물연정 사고의 교육 내용(자기 이해 단계) —
> 절대적 세계와 대립하는 자아 이해하기

절대적 세계와 자아의 대립을 깨닫게 되었다면, 이러한 관계 속에서 주체가 정향(定向)해야 할 태도의 문제를 교육에서 적극적으로 다룰 필요가 있다. 이러한 세계 인식을 통해서 인간은 사실을 사실로 받아들이는 자세와 태도를 가질 수 있다.[128] 현실의 논리를 넘어선 초월적인 시공간을 설정하는 대신, 주어진 인간의 유한성을 그대로 인정하고 이를 겸허하게 받아들이는 태도를 뜻하는 것으로, 이것이 바로 '순응적 삶의 태도'에 해당한다. 따라서 이 단계에서의 교육 내용은 '절대적 세계와의 대립 속에서 순응적 삶의 태도 갖추기'로 설정할 수 있다.

이 같은 내용은 인간 존재가 거대한 자연의 질서 앞에서 유한하고 왜소한 존재에 지나지 않으며, 개인의 의지와 노력에 의해서 자연의 질서가 극복될 수 없다는 점에 대한 인식을 바탕으로 한다. 자연이 절대적 세계로서 의미를 가질 때, 극복하거나 초극해야 할 대상으로서가 아니라 조화와 순응의 대상이 될 수밖에 없다. 그런데 자연과의 합일을 이루지 못하고 인간의 질서와 자연의 그것 사이에 대립이 발생하면, 인간은 자연의 순리에 따라갈 수밖에 없다는 인식을 갖게 된다.[129] 이것이 감물연정의 사고가 다루는 삶의 태도이다.

桃花 梨花 杏花 芳草들아 一年春光 恨치마라
너희는 그려도 與天地無窮이라

---

128) 김대행, 《시조유형론》, 이대출판부, 1986, 228면 참조.
129) 자연에 순응하는 사유방식에 대해서는 中村元, 《東洋人の思惟方式》; 김지견 역, 《중국인의 사유방법》, 까치, 1990 참조.

우리는 百歲 쑨이니 그를 슬허 ᄒᄂ노라.

　　　　　　　　　　　　—작자미상, 《樂學拾零》

오거다 도라간 봄을 다시보니 반갑도다

無情한 歲月은 白髮만 보니는고나

엇지타 나의 少年은 가고 아니 오ᄂ니.

　　　　　　　　　　　　—작자미상, 《歌曲源流》(國樂院本)

　자연의 변화는 주기적 반복을 통해서 다시 원상태로 되돌아오기 때문에 궁극적으로 불변성이 강조된다.130) 반면 인간은 백세의 삶을 살 수밖에 없는 유한성, 한 번 가고 나면 다시 돌아오지 않는 불회귀성을 존재론적 한계로 갖고 있다. 이처럼 자연의 시간이 일정한 주기를 가지고 순환하는 데 반해, 인간 존재는 시간의 지배에서 벗어날 수 없는 유한성을 갖는다는 점에서 선명한 대비를 이룬다.131)

　자연의 시간이 순환적이고 가역적(可逆的)인 데 반해, 인간의 시간은 되돌릴 수 없는 불가역적(不可逆的) 속성을 갖는다는 점은 자기 이해의 교육에서 중요한 가치를 지닌다. 교육의 관점에서 본다면,

---

130) 정혜원, 《시조문학과 그 내면의식》, 상명대출판부, 1992, 31면. 이는 표면적이고 일시적인 변화에 주목하는 것이 아니라, 자연과 우주 전체의 순환과 반복이라는 데 초점을 맞추는 것이다.

131) 시간의 불가역성에 대한 공통된 인식이 있기는 하지만 그에 대한 태도가 똑같지는 않다. 시조에 나타난 태도의 유형을 ①인간의 한계와 무상을 깨닫는 자세, ②인생의 한계를 인식하여 주어진 시간을 활용하자는 자세, ③삶의 유한성에 대한 원망·한탄·기원하는 자세, ④의지로 시간의 제약을 극복하려는 자세로 유형화하기도 한다.(서대석, 앞의 글, 468∼478면 참조) 감물연정의 사고에서 본다면 인간 이해와 관련하여 의미 있는 태도는 인간의 한계와 무상을 깨닫는 자세라 할 수 있다.

자연의 완전성・불변성과 대비되는 인간의 일회성・유한성에 대한
자각은 인간의 성장에 요구되는 중요한 인식이라 할 수 있다. 인간
은 이상을 추구하며 자기를 실현하는 삶을 살아가지만, 자연의 질서
앞에서는 여전히 한계를 지닌 유한한 존재이기 때문에 끊임없는 좌
절과 패배의 삶을 살 수밖에 없기 때문이다. "진정한 의미에서 경험
한다는 것은 인간 스스로가 시간과 미래의 주인이 아님을 깨닫는
것"[132]이라는 호이(Hoy)의 말은 인간 한계성에 대한 자각의 중요성
을 표현하고 있다. 따라서 시조 감상의 궁극적인 도달점은 인간 존
재에 대한 이해를 바탕으로 학습자 스스로 자연의 순리 앞에서 순응
하는 태도를 형성하는 것이며, 사고의 실행 국면에서도 다르지 않다.

> ・감물연정 사고의 교육 내용(자기 이해 단계) ─
> 절대적 세계와의 대립 속에서 순응적 삶의 태도 갖추기

3.3.3. 감물연정 사고의 보편성과 사고구조의 일반화

감물연정의 사고는 주정적 구상성으로 대상을 지향함에 따라 정
감을 감발하게 되는데, 이러한 정감의 감발이 주체의 기존 정서를
질서화하고 구조화함으로써 자신을 이해하는 계기를 마련한다. 자
신의 감정에 기반하여 대상을 바라보고 이들 대상에서 자신을 되비

---

[132] David Couzens Hoy, *The Critical Circle : Literature and History in Comtemporary Hermeneutics*; 이경순 역, 《해석학과 문학비평 ─ 비판적 순환의 고찰》, 문학과지성사, 1988, 83면.

추는 과정에서, 세계와 자아의 관계를 이해하게 되는 것이다. 감물연정의 사고 역시 감정을 기반으로 대상을 향하고[지향성], 대상에 대한 공감으로 대상과 자신을 견주어봄으로써[반성] 궁극적으로 세계와 대립하는 자아를 발견하고 이해하는 구조를 갖는다. 이 또한 '대상에서 자기 읽기'를 지향하는 것이다.

감물연정의 사고는 시조 작품에서 무엇보다 두드러지지만, 대상을 통해 자기를 이해하는 것은 인간의 보편적 사유 구조로 많은 문학 작품들이 이러한 사유에 기반하여 생성되고 향유되었음은 물론이다. 이처럼 감물연정의 사고가 성찰적 사고의 일환으로서 보편성을 갖는다면, 시조와 자연을 넘어서서 문학 감상과 사고 실행의 일반적 구조로서 기획되고 설계되어야 할 것이다. 따라서 다양한 작품 속에서 감물연정의 사고를 살핌으로써 그 보편성을 입증하고, 이를 바탕으로 문학 감상과 사고 실행의 방법으로 일반화를 시도해 보기로 한다.

감물연정 사고의 보편성은 공시적인 측면에서 가사와 같은 동시대 장르에서 살펴볼 수 있으며, 한시·고려가요·현대시의 작품 등으로 확장하여 통시성을 확인할 수도 있다. 먼저 감물연정의 사고가 구현된 가사 작품으로 다음을 살펴보기로 하자.

이리 싱각 져리 싱각 좀을 어이 일울소니 二三庚 明月下의 杜鵑이 啼血ᄒ니
슬프다 져 새소리 내 말 ᄀᆺ치 不如歸라 形骸ᄂᆫ 예이시나 精神은 집이로다
片時春夢中의 내집의 도라가셔 陪父兄率妻子ᄂᆫ 常時와 ᄀᆺ틀시고.[133]
― 李邦翊,〈鴻罹歌〉

주체의 감정에 기반한 지향성, 즉 주정적 구상성으로 대상을 지향한 결과, 두견(杜鵑)이라는 대상에 주체의 감정이 일방적으로 투영되고 있다. 현실적 갈등 상황에 처한 주체가 두견이라는 대상을 통해서 자신의 심리적 상태를 드러내고 질서화하는 것이다. 여기서 도달하게 되는 자기 이해는 세계와 대립하는 자아이며, 인간의 유한성과 현실적 한계에 따라 갈등하고 고민하는 모습이다. 이는 앞서 두견이 등장한 시조의 경우와 크게 다를 바 없다.

二月 淸明日에 나무마다 春氣들고 잔듸잔듸 속닙나니 萬物이 化樂한듸
우리님 어듸가고 春氣든줄 모르는고 三月 三日날에 江南서 나온 제비
왓노라 現身하고 瀟湘江 기러이는 가노라下直한다 梨花桃花 滿發하고 杏花
芳草 흣날린다 우리님은 어듸가고 花遊할줄 모르는고
                            ─ 작자미상, 〈觀燈歌〉(《靑丘永言》 大學本)

〈관등가(觀燈歌)〉에서 나무, 잔듸, 기러기, 온갖 꽃들이 모두 화락(化樂)하는 것도 주체의 감정에 기반한 대상 인식이다. 대상과 나의 대조적 인식 속에서 세계와 자아의 대립에 대한 이해를 보여준다는 점에서, 감물연정 사고의 전형적인 모습이라 할 수 있다.

이처럼 가사 작품 가운데 상당수는 성찰적 사고를 기반으로 대상을 인식하고 자기를 이해하는 문제를 다루고 있으며, 감물연정의 사고 또한 두드러지게 나타난다. 이들 가사 이외에 인간의 정감을 노래한 한시 작품 가운데서도, 서정의 세계를 핍진하게 그려내려는 의

133) 임기중, 《역대가사자료전집》 20권, 동서문화원, 1987, 222~223면.

도 때문에 감물연정의 사고를 보여주는 여러 작품을 찾을 수 있다.

산에는 꽃 피고 언덕엔 수양비들	岸有垂楊山有花
이별의 정 안타까워 홀로 한숨 내쉰다	離懷悄悄獨長嗟
지팡이 굳이 짚고 문 나서 봐도	强扶藜杖出門望
그대는 오지 않고 봄날 저문다	之子不來春日斜
	─宋希甲, 〈春日待人〉

생명이 약동하는 봄을 맞이하는 상황과 사랑하는 임과의 이별 상황이 대비를 이루고 있으며, 이 속에서는 세계와 자아의 대립이 함축되어 있다. 이 또한 감물연정의 사고에 기반한 것으로, 이러한 사유 구조에 바탕을 두고서 대상과 주체의 관계 맺음과 그에 따른 주체의 정감을 읽어내는 것이 요구된다.

그런데 감물연정의 사고는 특정 시기에 국한된 사고방식도, 고전에 국한된 과거의 낡은 사고 유형도 아니다. 감물연정의 사고가 고전의 사유방식, 특히 시조에서 두드러지게 나타나지만 이런 사고가 단절된 것은 아니며, 오늘날에도 의식의 밑바탕에 하나의 전통으로 자리 잡고 있다. 시조 이전의 장르부터 현대시에 이르기까지 대상과 주체 사이의 이러한 교융과 감응이 두드러지는 작품을 쉽게 찾아볼 수 있다. 이들 작품 또한 감물연정의 사유 구조에 초점을 맞추어 감상할 수 있음은 물론이다. 〈황조가(黃鳥歌)〉와 〈동동(動動)〉이 대표적인 예에 해당한다.

훨훨 나는 꾀꼬리는	翩翩黃鳥
암수 다정히 즐기는데	雌雄相依
외로울사 이 내 몸은	念我之獨
뉘와 함께 돌아갈꼬.	誰其與歸

―瑠璃王, 〈黃鳥歌〉(《三國史記》)

正月ㅅ 나릿므른 아으 어져 녹져 ㅎ논디

누릿 가온디 나곤 몸하 ㅎ올로 녈셔.

……

四月 아니 니저 아으 오실셔 곳고리새여

므슴다 錄事니믄 녯 나롤 닛고신뎌.

―작자미상, 〈動動〉(《樂學軌範》)

　이들 작품에서도 대상에 자신의 감정을 투영하여 바라보고, 이를 통해 자신의 정감을 표출하는 양상을 확인할 수 있다. 꾀꼬리에 자신의 정서를 투영하거나 냇물과 대비함으로써 정서를 부각시키는 것은, 앞서 살핀 감물연정 사고의 주된 특질에 해당한다. 주체가 세계와 대립하는 자신의 모습을 확인하고 깨닫게 되는 것도 마찬가지이다. 이처럼 반면충동적 발상이 〈황조가〉 이래 장르와 시대를 불문하고 보편적인 양상으로 나타날 수 있었던 것을, 인간이 본래 역설적인 존재이며 시적 상황이란 역설적 상황에서 출발한다는 점에서 그 이유를 설명하기도 한다.[134]

---

[134] 김대행, 《시조유형론》, 이대출판부, 1986, 203면, 각주 8; 류수열, 앞의 글, 123면 참조.

성찰적 사고가 보편적인 사유 구조임은 정지상(鄭知常)의 〈송인
(送人)〉[135]에서도 확인된다. 봄비를 맞아 파릇파릇 돋아난 풀과 주
체의 정감이 서로 대조를 이루면서 그 비애감을 더욱 부각시키고 있
다. 그에 따라 절대적 세계와 대립하는 자아에 대한 이해가 이루어
진다. 이러한 전통 속에서 현대시 작품 또한 다수 생성되었다. 다음
의 〈갈대〉라는 작품은 감물연정의 사고를 보여주는 대표적인 현대
시이다.

언제부턴가 갈대는 속으로
조용히 울고 있었다
그런 어느 밤이었을 것이다. 갈대는
그의 온몸이 흔들리고 있는 것을 알았다

바람도 달빛도 아닌 것
갈대는 저를 흔드는 것이 제 조용한 울음인 것을 까맣게 몰랐다
　—산다는 것은 속으로 이렇게
조용히 울고 있는 것이란 것을
그는 몰랐다.
　　　　　　　　　　　　　　　　　　—신경림, 〈갈대〉(《농무》)

---

135) 〈송인(送人)〉의 전문은 다음과 같다.
　　비 개인 긴 둑에 풀빛이 진한데,　　　　　　雨歇長堤草色多
　　남포에 임 보내니 노랫가락 구슬퍼라.　　　送君南浦動悲歌
　　대동강 물은 어느 때나 마를 건가　　　　　大同江水何時盡
　　해마다 이별의 눈물만 푸른 물결 더하거니　別淚年年添綠波

〈갈대〉는 정서적 동일시를 통해서 대상을 주관화하는 전통적인 서정시의 문법에 바탕을 둔 작품으로 평가된다.136) 대상을 자신의 주관적 정서 속으로 끌어들임으로써 대상과 주체 사이에 있는 거리를 무화시키고, 이를 통해 자기에 대한 이해에 도달하게 된다.137) 여기서 의인화된 갈대는 "울음이라는 행위 과정을 통해 자기 발견, 자기 의식의 단계를 경험"하고, 사는 것은 조용한 울음의 연속이라는 깨달음을 가져다준다.138) 따라서 이 시의 감상 또한 이러한 감물연정의 사고에 기반하여 갈대라는 바람에 흔들리는 자연 현상을 통해서 궁극적으로 인간이 슬픔을 간직한 나약한 존재라는 사실을 깨닫는 것으로 나아가야 할 것이다.139)

대상과의 동일시를 통해 자신의 모습을 반성적으로 고찰하는 모습을 더 찾아보기로 하자. 다음은 이러한 모습이 담긴 대표적인 현대시에 해당한다.

---

136) 박혜경, 〈토종의 미학, 그 서정적 감정이입의 세계〉, 구중서 외 편, 《신경림 문학의 세계》, 창작과비평사, 1995, 105~106면. 윤여탁 또한 전통시가의 서정미학이 현대시의 서정시에도 구현되어 있음을 이 작품을 통해 밝힌 바 있다.(윤여탁, 〈서정 단시의 갈래적 속성과 전통〉, 《시교육론 Ⅱ》, 서울대출판부, 1998 참조)

137) 다음 시에서도 감물연정의 사고를 볼 수 있다. "바람에 나부끼는 갈잎 / 여울에 희롱하는 갈잎 / 알만 모를만 숨쉬고 눈물맺은 / 내 청춘의 어느날 서러운 손짓이여"(김영랑, 〈바람에 나부끼는 갈잎〉, 《모란이 피기까지는》, 미래사, 1996) 전반부 1, 2행에서 갈잎의 나부낌과 흔들림이 사실적으로 묘사되는 데 반해, 후반부 3, 4행에서는 '내'라고 표현된 주체의 슬픔의 정서가 드러난다.(윤여탁, 앞의 글, 186면 참조) 이 또한 지향성, 반성, 자기 이해로 설명이 가능하다.

138) 이동순, 〈신경림론〉, 《국어국문학연구》 제19호, 영남대 국어국문학과, 1991, 65면; 김현, 〈울음과 통곡〉, 《분석과 해석 ― 보이는 심연과 안보이는 역사전망》, 문학과지성사, 1992, 78면.

139) 윤여탁 외, 《시와 함께 배우는 시론》, 태학사, 2001, 35~38면 참조.

밤의 식료품가게 / 케케묵은 먼지 속에 / 죽어서 하루 더 손때 묻고 / 터무니없이 하루 더 기다리는 / 북어들, 북어들의 일 개 분대가 / 나란히 꼬챙이에 꿰어져 있었다. / 나는 죽음이 꿰뚫은 대가리를 말한 셈이다. / 한 쾌의 혀가 / 자갈처럼 죄다 딱딱했다. / 나는 말의 변비증을 앓는 사람들과 / 무덤 속의 벙어리를 말한 셈이다. / 말라붙고 짜부라진 눈, / 북어들의 빳빳한 지느러미. / 막대기 같은 생각 / 빛나지 않는 막대기 같은 사람들이 / 가슴에 싱싱한 지느러미를 달고 / 헤엄쳐 갈 데 없는 사람들이 / 불쌍하다고 생각하는 순간, / 느닷없이 / 북어들이 커다랗게 입을 벌리고 / 거봐, 너도 북어지 너도 북어지 너도 북어지 / 귀가 먹먹하도록 부르짖고 있었다.
— 최승호, 〈북어〉(《고해문서》)

이 시는 식료품 가게에 진열된 북어라는 사물을 대상으로 현대인의 일상적인 모습을 성찰하고 있는 작품이다. 여기서 북어라는 대상은 어느 순간 화자 자신에게 인간 자신의 모습으로 비춰진다. 마지막 부분에서 "너도 북어지"라는 환청은 북어라는 대상과의 동일시와, 그에 따라 북어와 같은 삶을 살아가는 자기 자신에 대한 자각이다. 이처럼 대상을 통해 자기 자신에 대한 이해를 가져온다는 점에서 이 또한 성찰적 사고의 전형적인 모습이라 할 수 있다. 이상호의 〈빙어〉나 김광규의 〈도다리를 먹으며〉, 최승호의 〈아마존 수족관〉에서 이루어지는 자기 성찰의 모습도 이와 비슷하다.

도종환의 〈흔들리며 피는 꽃〉 또한 〈북어〉와 마찬가지이다. 이 시에서 꽃은 단순히 아름다움의 대상이 아니다. 대상에서 외면의 아름다움이 아니라, "흔들리면서", "젖으면서" 꽃을 피우는 시련과 역경의 과정을 발견하게 된다. 그런데 이러한 고난은 꽃이라는 대상에게만 국한된 특별한 것이 아니다. 대상을 통해서 자기 자신을 되돌아보는 반성이 이루어진 결과, 인간 삶 또한 그러한 것임을 깨닫게 한다. "맞아, 우리의 삶도 그런 거지"라는 작자의 말은 이 같은 대상에 대한 공감과 그에 따른 동일시의 결과이다. 이처럼 이 작품 또한 꽃이라는 대상을 통해서 인간 존재의 삶에 대한 근원적인 이해를 노래하고 있으며, 따라서 감상은 꽃이라는 대상에서 읽어낸 시련과 역경을 인간 삶과 결부시켜 궁극적으로 자기를 이해하는 것에 초점을 맞추어야 한다.

한편, 자기 성찰의 대표적 작품으로 널리 알려진 윤동주의 〈자화상〉은 성찰적 사고와는 거리가 있다는 점에 유의해야 한다. 우물을 홀로 찾아가서 가만히 들여다보는 행위는 자기 존재의 근원을 향하는 '내면' 성찰이며, '내부 지향적 시선'을 갖는다. 성찰적 사고가 타자라는 대상을 통해 자기를 발견하고 이해하는 것인 데 반해, 〈자화상〉은 대상을 통한 되비추기가 이루어지지 못하고, 이른바 나르시시즘적인 자기 이해를 보이기 때문이다.

이상에서 보듯, 감물연정의 사고는 대상을 통해 세계와 대립하는 자기 자신을 읽어내는 인간의 보편적 사유이다. 주체의 감정이 중심이 되어 대상을 지향함으로써 정감이 감발하게 되고, 이로써 세계와 대립하는 자아를 인식하고 경험할 수 있다. 대상에서 자신을 되비추어 세계와 자아의 대립을 이해하는 것은, 주정적 구상성의 지향에 기반한 대상 인식, 공감에 따른 반성, 세계와 자아의 대립에 대한 이해와 순응적 삶의 태도로 구조화될 수 있다.

3.4. 인물기흥의 사고에 따른 자기 이해

3.4.1. 인물기흥 사고의 개념과 연원

"인물기흥(因物起興)"이란 '인물(因物)'과 '기흥(起興)'으로 구성되며, 여기서 '물'은 앞의 경우와 마찬가지로 시적 대상을, '흥'은 주체의 정서적 측면을 가리킨다. '물'이라는 대상과 주체의 감응 결과가 '흥'에 해당한다. 이처럼 물(物)과 아(我)의 관계에서, 외물로 말미암아 흥취가 일어나는 것을 인물기흥이라 한다.[140] 여기에는 인간의 내면 의식이 사물에 의해 자극을 받는다는 점이 전제되어 있다. 자극의 울림이 외부로 표출될 때 흥의 발현이 이루어지는 것이다.

이러한 흥취는 우선 이치와 상당 부분 유사성을 갖는다. 대상으로부터 이치가 감발하기 위해서는 외물로서의 자연을 도체로 관념화하는 과정을 거쳐야 하고, 이는 성정미학을 바탕으로 한 자연의 이념화로 대표된다. 그런데 이 같은 성정미학은 이치뿐만 아니라 흥취의 감발에도 영향을 끼친다는 점에 유의할 필요가 있다. 이치와 흥취 모두 "외물[대상]과 내아[주체]의 일체를 추구"하는 공통점을 갖기 때문이다.[141]

---

140) 이민홍, 《사림파 문학의 연구》, 형설출판사, 1985 참조.

141) 위의 책, 129면. 이치와 흥취의 유사성은, 사림파의 형상 사유로 "탁물우의(托物寓意)"와 "인물기흥(因物起興)"을 제시하면서 이들이 모두 도심을 중심으로

그러나 흥취는 감각적 인상을 바탕으로 한 미적 체험이라는 점에서 관념의 성격이 강한 이치와는 구별된다. 주체와 대상의 감응에서 감발되는 흥취는 기본적으로 주체의 정서와 관련된 것이기 때문이다. 흥의 특징에 대한 다음의 설명이 이를 뒷받침한다.

> 흥의 미학은 눈에 보이지 않는 심원(深遠)한 그 무엇, 오묘한 진리의 세계, 속세를 초월한 공간 배경, 추상적이고 관념적인 논리 속에서 얻어지는 것이 아니라는 점이다. 요컨대, 흥은 눈앞에 펼쳐져 있는 것에 기초해 일어나는 미감이요, '현실원리'에 근거하여 '유'(有)의 세계에서 형성되는 미적 체험인 것이다.[142]

흥취는 정감과도 차이가 있다. 흥취는 주체의 정서 가운데 하나이지만, "형체가 있는 대상을 출발점으로 하여서는 그 대상의 형체를 넘어서서 형체를 포착할 수 없는 자아의 의취(意趣)를 지향하고 있다"[143]는 점에서, 개인의 내면에서 표출되는 순수한 감정과는 차원을 달리한다. 자연에서 단순히 미적 쾌락을 추구하는 것은 이른바 "완물상지(玩物喪志)"에 빠지는 것으로, 오히려 흥취와는 거리가 있

역물적 외물인식을 강조한다고 보는 이민홍의 견해에서 확인할 수 있다. 탁물우의와 인물기흥은 각각 대상에서 이치와 흥취를 감지하여 형상화하는 것으로, "서로 넘나들 소지가 있다"는 점을 밝히고 있다.

142) 신은경, 앞의 책, 110면.

143) 정운채, 〈윤선도의 한시와 시조에 나타난 '흥'의 성격〉, 《고시가연구》 1집, 한국고시가문학회, 1993, 280면 참조. 성찰적 사고에서 흥이란 대상과의 감응을 통해서 즐거운 방향으로 상승 작용하는 정서의 고양이며, 즐겁게 솟구치는 기분을 밖으로 표출하는 양상을 말하는 것으로 규정할 수 있다.

다. 일찍이 외물의 부림을 당하는 인식은 "이정탕심(移情蕩心)"을 낳
는다고 보고[144] 이를 경계한 이이(李珥)가 자연에서 흥취를 발산함
을 시로 표현한 것은, 흥취가 분명 개인의 사적 감정과는 차원을 달
리하는 문제임을 보여준다.

흥취가 갖는 이런 성격을 고려할 때, 인물기흥은 앞서 살펴본 관
물찰리(觀物察理) 또는 감물연정(感物緣情)과 일정 부분을 공유하면
서 한편으로는 이들과 구별되는 독자적인 영역을 갖는다. '물'에 의
해 촉발되어 주체의 감흥이 일어나지만, 이러한 감흥을 도학과 직접
적으로 관련짓지 않는 것을 인물기흥이라 한다는 점에서,[145] 이념
차원을 강조하는 관물찰리의 사고와는 분명 차이가 있다. 비록 성리
학을 바탕으로 한 사대부들의 보편적인 외물 인식이지만, 대상과의
교융에서 '흥취'를 감발하는 것은 관물찰리의 '이치'와는 구별되는
특징이다.

오히려 흥(興)이나 정(情) 모두 주체의 정서적인 측면과 관련된다
는 점에서 감물연정과 상당히 유사한 면을 갖는다. 그러나 성찰적
사고로서 인물기흥과 감물연정은 다음과 같은 세 가지 측면에서 차
이를 보이는바, 이것이 인물기흥의 사고를 하나의 독립된 유형으로

---

144) 이이(李珥)는 가슴속에 찌꺼기를 씻어내고 존성(存省)의 일조가 안 되는 마음
을 가리켜 "이정탕심(移情蕩心)"이라 하였다.(《栗谷全書》卷十三, 〈精言妙選
序〉)

145) 신연우, 〈이황 산수시의 양상과 물아일체의 논리〉, 앞의 책, 85면 참조. 기대승
이 주희의 〈무이도가(武夷櫂歌)〉를 이해하면서 "입도차제(入道次第)"와 구별되
는 "인물기흥"의 관점을 가진 것은 관물찰리와 구별되는 인물기흥의 영역을 보여
주는 하나의 사례라 할 수 있다.(이민홍, 앞의 책; 이민홍, 《(증보판) 조선조 시
가의 이념과 미의식》, 성균관대출판부, 2000 참조)

설정한 이유가 된다.

첫째, 감물연정에서 다루는 감정이나 정서가 개인 차원의 주관적 문제인 데 반해, 인물기흥의 사고에서 흥은 대상의 형체에서 시작되지만 이를 넘어서는 의취(意趣)를 지향하는 점에서 구별된다. 감물연정의 사고가 개인이 처한 고유의 갈등 상황에서 비롯되는 감정의 문제를 '개인적 차원'에서 표출하는 것인 데 반해, 인물기흥의 사고는 물아일체(物我一體)라는 정신적 가치를 지향하는 '사회적 담론의 차원'에서 공유되는 의미를 구현한다는 차이가 있다.146)

둘째, 자연을 대상으로 하면서도 감발되는 정서의 방향성과 성향 면에서 차이점이 발견된다. 인물기흥에서 흥의 정서가 대상 및 현실과 적극적 관계를 맺고 긍정적 시선에서 오는 밝은 느낌의 풍류심을 나타낸다면,147) 감물연정에서는 흥과는 반대 성향의 정서가 발생한다. 이러한 차이는 일차적으로 대상 인식의 결과 차이를 나타내는 것이지만, 곧 대상과 주체의 교호작용에서 구별되는 지점이 있음을 함의한다. 흥취가 대상에서 촉발되는 데 비해, 정감은 주체의 감정

146) 예컨대 노수신(盧守愼)이 말한 인욕(人欲)의 육훈(六訓) 가운데에서 감물연정의 사고가 "利, 惡, 私"의 성격에 가깝다면, 인물기흥은 "誼, 善, 公"의 성격에 가깝다고 볼 수 있다.(盧守愼, 《蘇齋集》, 內集 下篇 〈養正錄〉 참조)

147) 기본적으로 흥의 속성은 적은 것보다는 '많은 것', 정적인 것보다는 '동적'인 것, 쇠미한 것보다는 '무성'한 상태, 슬프고 어두운 것보다는 '즐겁고 밝은 상태', 하강하는 것보다는 '상승'하는 상태, 혼자보다는 '여럿', 수축되고 움츠러들기보다는 '발산과 '펴짐'을 특징으로 하는 상태, 음보다는 '양의 속성을 띠는 것과 더 깊게 밀착된 것으로 드러난다.(신은경, 앞의 책, 89~97면 참조) 최재남 또한 흥을 감동, 기쁨, 즐거움 등의 긍정적이고 적극적인 정서로 보고 있다.(최재남, 앞의 책, 236면)

이 대상에 옮겨져서 투사되는 과정을 거친다. 덧붙여 인물기흥 사고의 결과, 주체는 자연이라는 대상에 일방적으로 편입되지만, 감물연정의 사고에서는 인간의 감정이 자연에 전이됨에 따라 자연이 유정한 주체가 되어 인간의 분신으로 기능하는 모습을 보인다.

다음은 이정설(移情說)과 흥(興)을 비교한 글로, 정감과 흥취의 작용 기제에 차이가 있음을 확인시켜 준다.

이정설(移情說)은 정감(情感)의 주동외사(主動外射)를 강조한다. 곡노사(谷魯斯)는 "우리는 내심(內心)의 동정(同情)이 낳은 어떤 심정을 대상 위에 옮겨놓는다"라고 말하였는데, '흥(興)'은 도리어 감물, 즉 주체의 피동[承受]를 강조하였으니, "촉물기정(觸物起情)을 흥(興)이라 이르고, 물(物)은 정(情)을 움직인다"이니······.[148]

이처럼 주체의 내적 감정을 대상에 '옮기는' 것은, '물'에 의해서 주체의 감정이 '촉발되는' 흥과는 분명 다른 양상이다. 감물연정의 사고에서는 주체의 정감이 대상에 투사되는 구조라면, 인물기흥의 사고에서는 대상에 의해 흥취가 촉발되고 비롯되는 구조라는 점에서 사고의 구조와 기제 면에서 분명한 차이를 확인할 수 있다.

셋째, 성찰적 사고의 궁극적 도달점이 세계와 자기에 대한 이해라고 한다면, 인물기흥과 감물연정의 사고는 각각 세계와 자아의 합일과 세계와 자아의 대립이라는 상반되는 이해 내용을 가져온다. 이는 각각의 사고를 수행하는 과정에서 작용하는 고유의 지향성과 반성

---

148) 肖馳, 《中國詩歌美學》, 213면; 최진원, 앞의 글, 12면 재인용.

의 차이에 따른 결과로 설명할 수 있다. 인물기흥 고유의 지향성과 반성 작용에 의해 세계와 자아의 합일이라는 독특한 자기 이해가 이루어진다는 점에서, 성찰적 사고의 한 유형이 될 수 있다.

이처럼 대상으로부터 '흥취'가 발산된다는 점에서 '이치'의 발견이라는 관물찰리와 감응의 내용 면에서 구별되며, 주체의 흥취가 '대상에서 비롯된다는 점은 정서가 '대상에 투사되는' 감물연정과 구조와 기제 면에서 차이를 나타낸다. 또한 세계와 자아의 합일이라는 점에서 세계의 자아 견인, 세계와 자아의 대립과 같은 관물찰리, 감물연정 사고와는 구별되는 독립적인 자기 이해의 영역을 갖는다.

이런 점을 근거로, 인물기흥의 사고는 경물에 대한 미적 경험을 통해 세계와 자아의 합일이라는 인식과 깨달음에 이르는 것으로 정의될 수 있다. 이는 경물에 대한 감각적 심미성의 지향과 그에 따른 흥취의 감발, 그리고 공명(共鳴)에 의한 반성이라는 구조를 갖는다. 관물찰리나 감물연정의 사고와 구별되는 이러한 인물기흥 사고의 개념과 구조를 〈어부사시사(漁父四時詞)〉에서 살펴보기로 한다.

〈어부사시사〉는 자연과의 감응 속에서 주체가 흥취를 감발하고, 이를 통해 자아와 세계가 합일되는 경험의 과정을 풍부하게 담고 있는 작품으로 평가된다.149) 작품 전체의 구조가 성찰적 사고를 지

---

149) 윤선도의 〈어부사시사〉는 일반적으로 "흥의 미학이 가장 고조된 작품"으로 평가된다.(정혜원, 앞의 책, 114면) 신은경 또한 윤선도의 시조 전체가 '흥'의 미학에 기초해있다고 할 만큼 흥의 진수와 다양한 면모를 보여준다고 평가하였다.(신은경, 앞의 책, 116면 참조) 이상원, 이민홍 등도 흥의 측면, 인물기흥적 형상 사유의 측면에서 윤선도의 〈어부사시사〉를 살피고 있다.(이상원, 〈고산 윤선도의 생애와 시 세계〉, 《조선시대 시가사의 구도와 시각》, 보고사, 2004, 228~232면;

향하고 있으며, 구체적으로 각 연에서는 인물기흥의 사고에 입각한 대상 인식과 세계 이해가 두드러지게 나타난다. 〈어부사시사〉에 흥이라는 어휘가 아홉 번이나 등장한다는 사실이 이를 단적으로 보여준다.

〈어부사시사〉는 전체 구조가 1장부터 5장까지와 6장부터 10장까지의 완전한 대응으로 이루어져 있으며, 전반부가 나아감과 일렁임의 동적 이미지를 바탕으로 외부 세계를 지향하는 데 비해, 후반부는 물러남과 침잠의 정적 이미지를 통해서 "자신의 내면을 향한 조용한 성찰의 시선"으로 되어 있다.[150] 이는 전반부에서는 대상을 향하는 지향성, 후반부에서는 주체를 향하는 반성의 방향성에 기반하여 작품 전체가 구성되어 있음을 의미한다. 즉 작품 전체의 구조 측면에서 성찰적 사고의 두 요소, 지향성과 반성의 작용에 기반을 두고 있으며, 그에 따라 세계와 합일하는 자아를 노래하는 것이다. 〈어부사시사〉의 각 편에서도 성찰적 사고를 확인할 수 있는데, 춘사에 해당하는 작품 몇 편을 통해 이를 살펴보기로 한다.

> 고운 볕티 쬐얀는디 믈결이 기름ᄀᆞᆺ다
> 그물을 주어 두랴 낙시롤 노흘일까
> 濯纓歌의 興이 나니 고기도 니즐노다 〈春5〉

이민홍, 앞의 책, 129면 참조)
150) 김대행, 〈〈어부사시사〉의 외연과 내포〉, 《고산연구》 1집, 고산연구회, 1987, 15~16, 40~44면 참조. 〈어부사시사〉의 전체 구조가 자아에 대한 성찰과 안식의 의미를 지향한다는 점을 밝히고 있다.

醉ᄒ야 누얻다가 여흘 아리 ᄂ리려다
落紅이 흘너오니 桃源이 갓갑도다
人世 紅塵이 언메나 ᄀ렷ᄂ니   〈春8〉

낙시줄 거더 노코 篷窓의 ᄃᆞᆯ을 보쟈
ᄒ마 밤 들거냐 子規 소리 ᄆᆰ게 난다
나믄 興이 無窮ᄒ니 갈 길흘 니젓딷다 〈春9〉
                              ―尹善道, 《孤山遺稿》

〈춘5〉를 살펴보면 우선 대상이 되는 자연이 추상적인 존재로 그려지는 것이 아니라, "볕", "믈결", "그믈", "낙시", "고기" 등과 같은 구체적인 소재 차원으로 제시되고 있다. 무엇보다 나와 관계되는 자연의 구체적인 실상이 경험적으로 등장한다는 데 주목할 필요가 있다. 소재의 구체성은 "그물을 주어 두랴, 낚시를 놓으리까"와 같은 주체의 생동감 넘치는 직접적 행위로 이어진다. 주체의 이러한 구체적 행위와 태도 또한 관물찰리의 사고와는 사뭇 다른 양상이다. 게다가 자연 경관 및 사물의 묘사가 관용성을 넘어서서 즉물적인 참신함을 보인다는 점, 구체적인 심상으로 형상화하고 있다는 점151) 등도 특징적이다.

〈어부사시사〉에 나타나는 이러한 특징은 모두 주체가 대상을 '감각적 심미성'으로 바라본 데 따른 것이다. 감각적 심미성이란 대상을 접할 때 감각기관을 바탕으로 대상의 미적 자질에 초점을 맞추는 지

---

151) 김대행, 앞의 글, 33~34면.

향성을 의미한다. 그 결과 대상이 지닌 여러 자질 가운데에서 미(美)가 초점으로 부각되고, 이것이 주체의 자극으로 작용하는 것이다. 색채 배합과 대비의 선명함이 구사되는 것도, 어옹의 거동과 심리를 보여주는 다채로운 표현이 존재하는 것[152]도 모두 대상의 물리적 자질을 감각적으로 인식하는 지향성의 결과로 해석할 수 있다.

감각적 심미성의 지향이란 존재 너머에 있는 이치를 발견하는 것이 아니라, 자연 경물의 아름다움에 초점을 맞추고 이를 감각적으로 재현하려는 주체의 태도이다. 이러한 지향성에 따라 자연은 주체와 별개의 외부 환경으로 존재하는 것이 아니라, 주체와 하나 되는 적극적인 교융을 낳는다. 〈춘5〉, 〈춘9〉에서 등장하는 "흥"은 주체와 자연이 하나 되는 이러한 감흥을 드러내는 시어이다. 이와 같이 〈어부사시사〉의 각 편에서 주체의 관심은 강호에서 누리는 넉넉함과 아름다움에 있으며, 여기서 고양된 기쁨과 충족감이 흥의 발산을 가져오는 것이다. 〈어부사시사〉의 흥은 강호 자연의 아름다움과 그 안에서의 고아한 즐거움의 향유라는 측면이 강화되고 확대된 결과이다.[153]

따라서 이 책에서는 감각적 심미성의 지향 결과로 주체에게 감발(感發)되는 기쁘고 적극적인 정서를 흥취로 규정한다. 흥(興)이란 "기쁘고 즐거운 정서"[154]를 말하며, 취(趣)란 주체가 일정한 정경에

---

152) 김흥규, 〈어부사시사에서의 '흥'의 성격〉, 《욕망과 형식의 시학》, 태학사, 1999, 168면.
153) 위의 글, 167면.
154) 임종욱, 《동양문학비평용어사전》, 범우사, 1997, 988면.

서 자연적으로 얻는 특수한 미감이면서 심리적 지향으로서, 심미적
인 개성을 표현하고 완상하는 즐거움의 범주를 가리킨다.155) 이처
럼 "흥취"라는 용어는 기쁨과 즐거움[喜歡]의 성향이 담겨 있는 개
념이다.156)

흥취에 주목하는 근본적인 이유는 세계와 자아의 관계에 대한 일
정한 이해를 매개하기 때문이다. 관물찰리의 사고에서는 이치를 매
개로 대상과 주체가 연결되었다면, 인물기흥의 사고에서는 흥취가
이러한 기능을 담당한다. 물(物)과의 관계에서 감발되는 흥취는 처
음부터 대립을 전제하지 않은 것으로,157) 이러한 무갈등성에서 보
듯, 주체와 세계가 합일하는 데 어떠한 장애물, 방해도 존재하지 않
는다. 오직 대상과의 호의적인 관계 설정 속에서 현실 긍정과 현실
만족의 정서만이 자리 잡고 있다. 따라서 인물기흥의 사고를 통해
주체는 물아일체의 성취에 따라 자연과의 하나 됨을 경험하게 된다.
가령, 〈어부사시사〉에서 속세가 가려지고 이상향으로 일컬어지는
무릉도원이 가깝다는 인식의 표출도, 세계와 자아가 합일된 모습을

---

155) 張皓; 이진오, 앞의 글, 233면 재인용.

156) 원래 경치에서 생기는 것은 "흥"이라 하고, 마음에 깃든 것은 "취"라고 하여 구
별하지만("朱子於九曲十章 因物興起 以寫胸中之趣";《高峰全書》卷1〈別紙武
夷櫂歌和韻〉; 조동일, 〈산수시의 경치, 흥취, 이치〉,《한국 시가의 역사의식》,
문예출판사, 1993, 134~137면 참조), 주객교융의 결과를 나타낸다는 점에서, 흥
과 취를 결합하여 흥취라는 용어를 사용하고자 한다. 조동일의 경우에도 취가 흥
과 다르지 않다고 보고 "흥취"라는 개념을 사용하고 있으며, 국어사전에서는 "흥
취"를 흥과 취미를 함께 아우르는 말로 설명하였다.

157) 흥의 무갈등성은 처음부터 대립을 전제로 하지 않은 데서 비롯된 것으로, 즐거
운 자극이 주어졌을 때 그에 대해 일어나는 주체의 정서적 반응이 바로 흥이다.
(신은경, 앞의 책, 121면 참조)

표현해 내는 것이다.

요컨대, 인물기흥이 단순히 대상과 주체의 감응에 그치지 않고 하나의 성찰적 사고가 될 수 있는 것은, 대상을 통해서 주체가 자기를 이해하는 결과를 가져오기 때문이다. 성찰적 사고로서 인물기흥의 사고란 인물기흥에 기반한 자기 이해를 뜻하는 것으로, 대상에 대한 감각적 심미성의 지향과 그에 따른 흥취의 감발로 인해서 세계와 자아가 합일되는 모습을 이해하는 의식작용이다. 이 속에서 조화로운 삶에 대한 인식과 태도를 형성하는 계기가 마련된다.

인물기흥의 사고 역시 다른 성찰적 사고와 마찬가지로, 역사적 연원과 배경에 대해 자세히 고찰할 필요가 있다. 특히 인물기흥의 사고는 관물찰리와의 관계 속에서 비교 검토되어야 하는 특별한 과제를 갖고 있다. 성리학적 사유 속에서 성정론을 지향하는 사대부들이 관물찰리의 사고에서 인물기흥의 사고로 옮겨가는 역사적 전개 과정을 갖기 때문이다. 자연을 매개로 한 심성 수양을 통해 인간의 내면적 완성을 도모하는 관물찰리의 사고가 16세기 말 이후 점차 퇴색하는 역사적 사실이 이를 대표한다. 이는 '상자연(賞自然)'이 곧 '연학(硏學)'으로 연결되던[158] 16세기의 전형적인 강호시조의 세계관에 균열이 생기기 시작했음을 뜻한다. 자연을 바라보는 시선과 감발되는 것에 변화가 생긴 것이다.

16세기 전·중반의 상황에서 강호는 천인, 성명의 이치를 탐구하고

---

[158] '상자연'(賞自然)과 '연학'(硏學)에 관해서는 최진원, 〈강호가도 연구〉, 《국문학과 자연》, 성대출판부, 1977, 48면 참조.

지치의 이상을 키우는 '이념적 닦음[修]의 공간'이라는 의미를 주축으로 시화되는 것이 일반적이었다. 그러나 16세기 말 이후에는 현실 정치의 혼탁함으로부터 떠나 자연의 아름다움과 넉넉한 삶을 누릴 수 있는 '심미적 충족·해방과 드높은 흥취의 공간'이라는 의미가 좀 더 중요한 몫을 차지하게 된 것으로 믿어진다.159)

이황이 마련했던 자연과 도학의 일치, 즉 도가 자연이고 자연이 도가 되는 성리학적 문학 사상은 이이(李珥)에 이르러 변화의 조짐을 보이는 것으로 평가된다.160) 이이 이후의 시조문학에서 자연은 점차 도학에서 분리되면서 도학과 자연이 유리되기 시작하는 것이다.161) 자연과 도학의 분리라는 이러한 현상에 따라, 자연시조는 "도학적 자연시조"와 "한정적 자연시조"로, 혹은 "강호시조"와 "전원시조" 등으로 구분되기도 한다.162) 그런데 이는 성찰적 사고의 측면에서 본다면, 관물찰리 사고와 인물기흥 사고의 유형 차이에 해당하는 것이기도 하다. 인물기흥의 사고로 인해 자연은 어떤 궁극적 인식에 이르기 위한 매개로서가 아니라 그 자체가 추구하는 목적이 된다. 자연경관의 아름다움에 대한 감각적이고 즉물적인 인식을 확대

---

159) 김흥규, 앞의 책, 169~170면.

160) 조동일, 《한국 문학사상사 시론》, 지식산업사, 1998, 201면 참조.

161) 신연우, 앞의 글, 81면. 이러한 현상의 원인으로 16세기 중·후반을 기점으로 변화된 정치상황과 이에 따른 양반 사대부들의 의식 변화를 든다.(정흥모, 〈조선조 시조에 나타난 자연관의 변모 양상〉, 인권환 외, 앞의 책, 95면 참조) 성찰적 사고의 관점에서 본다면 인물기흥의 사고가 중요하게 부각되는 계기가 된다.

162) 신연우, 위의 글, 81면; 신영명, 〈16세기 강호시조의 연구 ─ 정치철학적 성격을 중심으로〉, 고려대 박사학위논문, 1991 참조.

하면서 호방한 흥취와 일락(逸樂)의 고양에 관심을 갖게 되는 것이다.163) 이것은 수기(修己) 행위와 도덕적 순수함의 관점에서 자연을 바라보고 존재의 본질을 파악하는 관물찰리의 사고와는 분명 다른 양상이다.

〈고산구곡가(高山九曲歌)〉의 세계관과 지향 의식을 두고서 여러 이견이 존재하는 것도, 이 같은 시가사적 흐름과 변화에 대한 인식과 관련이 깊다.164) 그 핵심은 자연을 이이의 철학이 잠재된 상관물로 볼 것인가[哲理詩], 또는 인간과 상대를 이루면서 시적 대상이 되는 자연물로 볼 것인가에 있다. 그러나 성찰적 사고의 관점에서 본다면 〈고산구곡가〉는 관물찰리와 인물기흥의 사고가 혼용되면서 점진적으로 인물기흥의 사고로 교체되는 역사적 상황을 실증적으로 보여주는 작품에 해당한다. 〈고산구곡가〉의 작품 세계를 인물기흥 사고의 관점에서 살펴보기로 하자.

〈고산구곡가〉의 특징은 전체 작품의 유기성으로 대표된다. 전편의 시조가 순차적 질서를 통해 완결성을 추구하고 있다. 우선 외형적으로 텍스트의 전체 구조는 1곡에서 9곡에 이르기까지 순차적으

---

163) 김홍규, 앞의 책, 186면. 남경희 또한 17세기 사대부 시조에서 있는 그대로의 사물의 외형을 인정하고 그것의 아름다움을 보고 주관적인 선택과정을 통한 시작화의 경향이 나타난다고 설명한다. 여기서 주관적 감각적 사물인식은 인물기흥 사고의 감각적 심미성의 지향과 유사성을 찾을 수 있다.(남정희, 앞의 책, 116~125면 참조)

164) 현재 국문학사에서는 〈고산구곡가〉의 생성 기반과 작자의 사유 구조를 두고서, 크게 향촌생활의 흥취에서 비롯된 한거적(閑居的) 취미의 일환으로 보는 견해와 은병정사에서 모범적 노래의 전형을 제시하여 시가 향유의 방향을 선도하고자 한 의도로 보는 견해가 서로 팽팽히 맞서고 있다.

로 구성되어 있다.165) 그리고 각 연에서 초장은 제시된 장소의 구체
적인 양태를 보이거나 , 또는 그 장소에서 주체의 행위에 대한 서술
등으로 이루어진 데 반해, 종장에서는 초·중장에서 말한 경관과 주
체의 행위를 통하여 흥취와 같은 내면 상황이 표출되는 통일성을 갖
고 있다.166) 즉 경물을 제시하고 거기서 유발되는 흥취를 노래하는
공통점을 갖는다.

그런데 이는 인물기흥 사고의 과정과 절차를 보여주는 것이기도
하다. 감각적 심미성의 지향에 따라 자연이라는 대상을 향하고 이로
써 흥취를 발산하는 구성을 갖기 때문이다.

三曲은 어디미오 翠屛에 닙 퍼졋다
綠樹에 山鳥는 下上其音 ᄒᆞᆫ 적의
盤松이 바룸을 바드니 녀름 景이 업세라

四曲은 어디미오 松崖에 ᄒᆡ 넘거다
潭心岩影은 온갓 빗치 ᄌᆞᆷ겨셰라
林泉이 깁도록 됴ᄒᆞ니 興을 계워 ᄒᆞ노라.

　　　　　　　　　　　　　　　　　　　　　　　　－李珥,《栗谷全書》

---

165) 〈고산구곡가〉가 갖는 전체적 유기성은 시간적 질서의 순차성에서도 찾을 수 있
　　다. 이는 아침(一曲)에서 낮을 거쳐 저녁(四曲), 그리고 황혼(六曲)에서 달밤(八
　　曲)에 이르는 하루 차원의 시간적 순환과 봄(二曲), 여름(三曲), 가을(七曲), 겨
　　울(九曲)에 이르는 한 해의 질서로 대표된다.(김대행, 〈이이론〉, 한국시조학회
　　편, 《고시조작가론》, 백산출판사, 1986 참조)
166) 김혜숙, 〈〈고산구곡가〉와 정신의 높이〉, 백영정병욱선생10주기추모논문집간행
　　위원회 편, 앞의 책, 525～526면 참조.

초장에 제시되는 각각의 장소, 푸른 절벽[翠屛]과 소나무 절벽[松崖] 등은 성찰적 사고에서 대상의 역할을 수행하며, 이러한 경물과의 관계 형성 속에서 성찰적 사고가 전개된다. 그런데 이러한 대상에 대한 주체의 일관된 태도는 아름다움을 자세하게 묘사하는 것, 즉 감각적 심미성의 지향을 나타낸다.

먼저, 대상의 구체적인 양태와 그 속에서의 주체 행위가 자세하게 묘사되고 있다.167) 구곡의 자연을 관념적으로 노래한 것이 아니라 구곡의 사시풍광을 세밀히 관찰하여, 사시 가운데 가장 아름다운 계절이나 하루 가운데 가장 아름다운 시간을 형상화하였다는 사실168) 등이 이를 뒷받침한다. 가령 5연에서, 해가 져서 날이 어둑어둑해지는 광경을 모든 빛이 못 속 바위 그림자에 잠겼다는 것으로 표현하는 것도, 대상의 미에 주목하는 감각적 심미성의 지향에서 비롯된다. 〈고산구곡가〉가 기(氣)의 양상을 중요시하는 관찰력을 보여주고 있다는 평가169) 역시 이러한 점에 주목한 것이다.

둘째, 〈고산구곡가〉에서 경물은 현장에서의 대면에 의해 시적 대

---

167) 〈고산구곡담기(高山九曲潭記)〉에 따르면 "제삼곡은 취병이니 화암으로부터 3·4리쯤 된다. 바위가 기이한 것이 많고 푸르게 두른 것이 마치 병풍의 모양과 같으므로 병이라 이름하였다. 그 앞에 조그만 들이 있어 동 중의 사람들이 농사를 짓는다. 들 가운데 반송이 한 그루 있는데 그 아래에 수백인이 앉을 수 있다" (第三曲爲翠屛 自花巖三四里許 巖逾多奇而翠圍如屛狀故名屛 前小野 洞中人 農焉 野中有盤松─盖 下可坐數百人; 崔岦, 《簡易集》 卷九, 〈高山九曲潭記〉) 고 한다. 여기서 고산구곡의 실경을 바탕으로 그곳의 형상을 사실적으로 묘사하였음을 확인할 수 있는바, 이는 감각적 심미성의 지향이라 할 수 있다.

168) 이상원, 〈고산구곡가의 이중 구조와 언어미〉, 앞의 책, 171면.

169) 조동일, 《한국문학통사》 2, 지식산업사, 1994, 350면.

상으로 포착된 것으로, 실경에 해당한다고 볼 수 있다. 순우리말의
어휘들, "닙", "바룸", "녀름", "희", "빗" 등이 그 현장의 환경을 생생
하게 전달하는 효과를 갖는다는 점을 눈여겨 볼 필요가 있다. 이들
은 청산(靑山), 유수(流水), 백운(白雲)과 같은 정형화된 관용적 한
자어와는 달리, 환경과 경험의 부분을 사실적으로 낱낱이 재현해 주
는 효과를 갖기 때문이다.170)

　이처럼 구체적 지명과 경물을 대상으로 주체는 그 미적 특질에 주
목하고 거기에 관심의 초점을 맞추고 있다. 대상에 내한 이러한 관
심과 태도가 바로 감각적 심미성에 해당하며, 이에 따라 주체는 대
상으로부터 '홍취'라는 정서를 감발하게 된다. 이때의 홍취는 자연
속에 내재한 천리를 발견하는 이적(理的) 감동이 아니라, 자연경물
에 즉하여 인욕을 배제하고 그 아름다움을 느끼는 미적(美的) 감동
에 가깝다.171) 즉 미의 체득에서 우러나오는 홍취인 것이다. 이러한
홍취는 자연과 나의 하나 됨을 이루어내는바, 궁극적으로 세계와 자
아의 합일을 불러일으킨다. 〈고산구곡가〉에서 '홍을 계워 ᄒ노라'(5
수)나 '즐거 ᄒ노라'와 같은 진술은 바로 이러한 자기 이해의 경지를
드러내는 것이다.

　이런 점에서 〈고산구곡가〉의 자연은 '순수한 자연' 그 자체로서의
이미지를 가지며, 그 자체로서 대상화되고 형상화되었다고 볼 수 있
다.172) 같은 산을 보되 이황이 산이 지니고 있는 이(理)에 주목했다

---

170) 권정은, 앞의 글, 36~37면 참조.

171) 김병국, 《고전시가의 미학 탐구》, 월인, 2000, 271면.

172) 김대행, 앞의 책, 322면. 여기서 '순수한 자연'이란 성취되지 못한 욕망이나 피세

면, 이이는 산의 기(氣)를 보았다고 할 수 있다.[173] 즉 〈도산십이곡〉
으로 대표되는 관물찰리의 사고에서는 대상의 실체가 사장된 채 상
징성과 전범성에 대한 인식이 두드러진다면, 〈고산구곡가〉에서는
대상 자체에 대한 관심과 인식이 텍스트 전면에 나타나는 차이를 보
인다. 자연에서 이치를 찾고 이러한 이치를 통해 천인합일의 경지에
이르고자 한 도학적 근본주의가 관물찰리의 사고와 관련된다면, 강
호의 드높은 감흥과 풍류적 즐거움의 표출은 인물기흥의 사고 형태
를 요구한 것이라 할 수 있다. 〈도산십이곡〉을 읽으면 내적 의지를
더욱 다지게 되는 데 비해, 〈고산구곡가〉의 경우 그 세계를 상상하
게 만들고 그 속에 들어와 있음을 느끼게 한다는 지적[174] 역시 성찰
적 사고의 결과 갖게 되는 각각의 태도, 즉 '자기 수양의 태도'와 '조
화로운 삶의 태도'를 단적으로 나타낸다.

　이처럼 〈고산구곡가〉는 성찰적 사고, 그 가운데서도 인물기흥의
사고가 두드러지는 작품임을 볼 수 있었다. 감각적 심미성의 지향,
흥취의 발산은 〈고산구곡가〉에서 인물기흥의 사고를 확인시켜주는
주요한 표지가 된다.[175] 이처럼 성리학의 철학적 이념을 구현한 이
이에게서 관물찰리의 사고와는 구별되는 인물기흥의 사고 양태가

　(避世)라는 관련항 속에서 그 대척적 공간으로 존재하는 강호자연과 구분된다.
[173] 김대행, 앞의 책, 324면. 이황과 이이의 정치적 철학적 입장에 대한 차이는 신영
　　명, 《사대부 시가의 연구》, 국학자료원, 1996을 참조할 수 있다.
[174] 이상원, 앞의 글 참조.
[175] 〈고산구곡가〉에서는 근본주의적 이념이 별로 눈에 띄지 않고, 대신 좀 더 다채
　　로운 경물, 형상, 색채를 보여주면서 낙관적인 정서가 고양되어 있다고 보는 해
　　석 또한 이를 뒷받침한다.(김흥규, 앞의 책, 185면)

나타난다는 점은, 성찰적 사고의 중심이 관물찰리의 사고에서 인물
기흥의 사고로 점진적으로 이동하는 역사적 추이를 보여주는 것이
라 할 수 있다.176) 형상 사유의 흐름을 "탁물우의(托物寓意)"에서
"인물기흥(因物起興)"으로, 다시 "촉물견회(觸物遺懷)"로 진행되었다
고 보는 견해177) 또한 이런 주장을 뒷받침한다. 여기서 말하는 "촉
물견회"는 "인물기흥"보다 더욱 정감적인 형상 사유로, 이 책에서
말하는 '감물연정'과 비슷한 것이라 할 수 있다.

요컨대, 인물기흥이란 "경치가 변하면 마음 역시 흔들린다"와 같
이, 외부의 경물에 의해 모종의 감정과 생각이 일어나는 상태와 과
정을 가리키면서, 동시에 그것이 흥취라는 적극적이고 긍정적인 성
향을 갖는 인간의 의식활동을 뜻한다. 대상으로서 자연이 갖는 경험
성, 그리고 주체의 감각적 심미성의 지향과 흥취의 생성, 나아가 자
아와 세계의 합일에 대한 이해 등이 인물기흥 사고의 주된 특질을
구성한다.

---

176) 세계관의 문제, 지향의식을 둘러싼 여러 이견은 17세기 문학의 의미와 위상을
둘러싼 논쟁으로 발전한 바 있다. 가령, 17세기 시인인 윤선도에 대해서도 16세
기 사대부와 똑같은 세계관을 지니고 자연에서 천인합일의 경지를 추구했다고
보는 견해(성기옥, 앞의 글)와, 16세기 사대부들과는 달리 탈주자학적 세계관을
드러내고 있다고 보는 견해(이민홍, 앞의 책; 김흥규, 앞의 책 등)가 서로 맞서고
있는 것이다. 그러나 성찰적 사고의 관점에서 본다면, 〈어부사시사〉는 인물기흥
사고의 전범에 해당한다. 이는 성찰적 사고의 논의가 문학사의 여러 논쟁에 새로
운 시각을 제공할 수 있음을 보여준다. 이 문제는 이후의 과제로 미루기로 한다.
177) 이민홍, 앞의 책, 132면 참조. 16세기를 지나 17, 18세기로 이행하면서 "탁의"의
"의"가 정감적으로 변모해 간다고 보는 것도 이와 같은 견해이다.

3.4.2. 인물기흥 사고의 수행

감각적 심미성의 지향과 흥취 발산하기

인물기흥의 사고교육 또한 사고 과정에 따라 시조를 감상하고, 이를 바탕으로 실제 사고를 수행하는 것으로 설계된다. 사고 과정과 절차에 대한 구체적인 교육 내용을 통해서 학습자의 실질적인 성찰적 사고 능력의 신장을 도모하는 것에 목표를 둔다. 따라서 교육 내용의 초점은 인물기흥 사고의 각 과정과 절차에 따라 작품을 읽고, 사고를 실행하는 수행 능력에 맞추어진다.

인물기흥의 사고를 위한 첫 단계는 '감각적 심미성의 지향하기와 흥취 발산하기'이다. 대상에 대한 관찰을 바탕으로 대상과 직접적으로 관계 맺는 지향성의 수행에 해당한다. 이러한 태도는 대상이 지닌 아름다움과 현상적 성질에 주목한다는 점에서 대상의 사실적 측면에 대한 기술과 묘사를 강조하는 것으로 보이지만, 궁극적으로는 대상이 지닌 아름다움에 주체가 합일하는 것을 목표로 한다.

따라서 감각적 심미성의 지향을 위한 첫 번째 교육 내용은 '대상의 미적 특성 파악하기'로 설계된다. 관물찰리의 사고에서 본다는 것이 대상 너머에 자리 잡고 있는 관념적 의미를 파악하는 것이라면, 인물기흥의 사고에서는 감각기관을 통해 접하게 되는 대상의 외양적 측면에 주목하여 미적 특징을 감지하는 것이다. 따라서 지향성의 단계에서는 아름다움을 내포한 심미적 공간인 자연에서 미적 감흥과 기쁨을 획득하여 이후 내면 심리의 변화를 가져오는 데 주안점이 놓인다. 심미적 주체로서 자연을 바라볼 때 이념적 울림이 아닌 미적 경험이 가능해진다.

> 山阿에 쏘치 피니 불근 내 찌여 잇고
> 江岸에 柳垂하니 푸른 발 치여 잇다
> 이 中에 愛春光하난 맘은 늘글 뉘를 몰라라.
> ― 池德鵬, 《商山集》

> 흰 구름 프른 닉는 골골이 줍겻는듸
> 秋霜에 눌든 丹楓 봄곳도곤 더 죠해라
> 天公이 날을 爲ㅎ야 뫼 빗츨 뭄여 닉도다.
> ― 金天澤, 《樂學拾零》

감각적 심미성으로 바라본다는 것은 대상의 미적 외양에 주목하는 것이다. 지덕붕(池德鵬)의 시조에서 꽃과 버들가지라는 구체적인 사물을 두고서 붉음과 푸름이라는 시각적 인상으로 그려내는 것은 이러한 지향성의 결과로 볼 수 있다. 지덕붕은 자연의 이법을 체득하기 위한 수양보다 낭만적인 은둔자의 삶에 무게 중심을 두었던 만큼,[178] 대상의 미적 특성에 주목하는 감각적 심미성의 지향을 전면에 내세우고 있다. 김천택(金天澤) 또한 미적 특성을 중심으로 대상을 바라봄으로써 흰색, 푸른색, 붉은색과 같은 감각적 인상을 만들어내고 있다. 이와 같이 자연이 시각화되는 것은 자연을 일상적인 공간으로 발견하는 것을 뜻하며, 여기에는 지각과 감각을 통해 자연

---

[178] 정홍모, 앞의 글, 103면.

을 하나의 대상으로 바라본다는 의미가 담겨 있다.179) 따라서 시조 감상이나 사고 실행 모두 지향성의 단계는 대상의 미적 특성을 관찰하고 파악하는 것에서 시작된다. 자연과 내가 별개로 존재하는 것이 아니라 그 속에 내가 있기 때문에, 자연이 사고의 대상이 될 수도 있고 미적 특성의 파악도 가능한 것이다.

> • 인물기흥 사고의 수행(지향성 단계) —
> 대상의 미적 특성 파악하기

감각적 심미성 지향의 두 번째 교육 내용은 '감각적 인상 재구성하기'로 기획된다. 일차적으로 지각이란 실제로 존재하는 사물을 파악하는 것으로, 인식 대상과 인식 주체는 분명 외적인 관계에 놓인다. 그러나 감각적 심미성의 지향에서 보는 것, 지각하는 것은 대상을 재현하는 것 이상의 작용이다. 본다는 것은 인상주의자들이 생각하는 것처럼 망막적 현상이 아니라, 인간이 외부 세계와 물리적 정신적으로 관련을 맺는 복합적 과정이기 때문이다.180) 따라서 대상은 주체의 감각을 통해 인지되지만, 주체의 의식과 연결되면서 어떤 특정한 의미로 '표상'된다는 점에 유의해야 한다. 인간이 지각을 하고 그 지각된 것에 대하여 생각의 과정이 뒤따른다는 점에서, 중요한 것은 사고에 있는 것이지 사고를 수반하지 않는 지각의 요소 그

---

179) 고정희, 〈알레고리 시학으로 본 어부사시사〉, 《고전문학연구》 제22집, 한국고전문학연구회, 2003, 79면.
180) 진중권, 《미학 오디세이》 2, 새길, 2001, 49면.

자체일 수 없다.181)

　감각적 인상 재구성하기 활동은, 주체가 개입하는 순간부터 순수한 의미의 객관적 재현이란 불가능하다는 인식에 바탕을 둔다. 주체가 즉물적으로 인식한 경우조차 그 인상은 대상 그 자체일 수 없고 끊임없는 재구성의 과정을 거치기 때문이다. 경(景)을 경 자체로 제시하더라도 그것은 이미 주관에 의해 선택된 것이기 때문에 그 경에는 이미 정(情)이 깃들어 있다는 것이 정경론(情景論)의 관점이며, 이러한 정경론의 관점에서 본다면 대상에 대한 인상과 주체의 정서는 서로 밀접한 관련을 지닐 수밖에 없다.182) 여기서 대상의 경치를 서술하는 데 그치는 서경적인 관점, 예컨대 영물시(詠物詩)와 성찰적 사고의 변별이 가능해진다.

　따라서 대상을 핍진하게 그려내기 위해서는 감각의 차원을 넘어서서 직관을 통해 대상이 표상하는 바를 포착해 내는 것이 요구된다. 여기서 직관이란 대상의 실재와 허구의 구분을 뛰어넘어 능동적으로 표상 또는 이미지를 산출하는 것을 뜻한다.183) 가령, '붉은 빛깔이다'는 주체의 인식 결과는 실제로 일차적인 지각일 수 없다. 무엇이건 고립해서 존재하지는 않기 때문이다.184) 붉은 빛깔이라는

---

181) A. N. Whitehead: 오영환 역, 《교육의 목적》, 궁리, 2004, 248~249면. 칸트 또한 감성적 인식이 대상에 의존하여 수동적, 피상적으로 관계한다는 점을 지적한 바 있다. 이러한 감성적 인식의 한계를 뛰어넘으려는 노력에서 생각의 활동이 뒤따르게 된다.(김상봉, 《자기 의식과 존재사유》, 한길사, 1998, 30~39면 참조)
182) 김대행, 앞의 책, 164~165면.
183) 진중권, 앞의 책, 64~65면 참조.
184) A. N. Whitehead: 오영환 역, 앞의 책, 249면 참조.

지각은 전체 내용과의 연관 속에서 주체가 재구성한 결과이며, 그에 따라 붉음이라는 감각어와 구체어가 선택된 것이다.

이런 점에서 본다면, 감각적 심미성의 지향을 수행하는 데 사물의 실재성 여부는 중요하지 않을 수 있다. 실제 존재하는 사물을 파악하는 지각 활동조차도 그 감각적 활동을 넘어서는 정신적 능력이 요구되기 때문이다. 오히려 대상이 지닌 속성을 상상에 의하여 지각할 줄 아는 사람이 올바른 지각적 사고를 하는 것이라면,[185] 감각기관에 의존한 인지 차원을 넘어서는 활동까지도 포괄해야 할 것이다.

> 臨湖에 비를 쯰워 赤壁으로 나려가니
> 限 업슨 風景이 눈 압픠 버려 잇다
> 우리도 東坡에 남은 興을 이여 놀여 ᄒ노라.
>   —金重說, 《樂學拾零》

> 이 몸이 홀 일 업서 西湖롤 츠자 가니
> 白沙 淸江에 ᄂᆞ니ᄂᆞ 니 白鷗ㅣ로다
> 어듸셔 漁歌 一曲이 내 興을 돕ᄂᆞ니.
>   —金聖器, 《靑丘永言》(珍本)

두 시조 모두 초장에서 "띄우다", "내려가다", "찾아가다"와 같은 주체의 구체적 행위가 제시된다는 점, 특히 중장에서 구체적인 풍경이 감각적으로 상세하게 묘사된다는 점에서 인물기흥의 사고와 감

---

185) 한명희, 앞의 책, 182면.

각적 심미성의 지향을 확인할 수 있다. 특히 두 번째 작품에서 구체적으로 "서호(西湖)"가 제시되고 "백사 청강(白沙淸江)"이라는 시어를 통해 청정한 이미지를 실감나게 드러내는 것186)도 인물기흥의 사고를 수행한 데 따른 결과로 볼 수 있다. 실제로 조선조 사대부들이 자연을 관념화하는 일에 급급한 데 반하여, 김성기(金聖器)의 경우는 자연에 인간 세계의 이념을 도색하지 않고 자연과의 일체화와 거기서 한 걸음 더 진전된 초월적인 차원의 경지를 새롭게 연 것으로 평가받는다. 그에게 강호는 관념적인 차원이 아니라 "생활 속의 자연"이다.187)

그런데 이러한 수행에서 주의해야 할 점은, 대상의 외양과 미적 속성에 초점을 맞추면서도, 표현의 양상이 상당 부분 관념적인 차원에서 상투적으로 이루어지고 있다는 점이다. "적벽(赤壁)", "백구(白鷗)" 등은 특정 의미를 표상하는 관념적이고 상투적인 소재의 성격을 갖기 때문이다. 이는 표면적으로 인물기흥의 사고가 갖는 즉물적 성격과는 모순되어 보인다.

감각적 인상 재구성하기라는 교육 내용을 설정한 근거가 여기에

---

186) 김용찬, 앞의 책, 80면. 당시 서호는 산과 물이 푸르고 경치가 아름다웠던 곳으로, 예로부터 시인 묵객들의 놀이터로 이름난 곳이었다. 강에서 자주 퉁소를 연주했음을 여러 기록이 전한다.(권두환, 〈김성기론(金聖器論)〉, 《백영정병욱선생 환갑기념논총》, 신구문화사, 1982, 277면 참조)

187) 조규익, 《가곡창사의 국문학적 본질》, 집문당, 1994, 263면; 박노준, 〈여항육인의 현실인식과 그 극복양상〉, 《조선후기 시가의 현실인식》, 고려대 민족문화연구원, 1998, 225~235면 참조. 이러한 점에서 "강호가도(江湖歌道)는 그에 이르러 다시 더 고취된 듯한 감이 있다"는 평가가 이루어지기도 하였다.(조윤제, 《조선시가사강》, 동광당서점, 1937 참조)

있다. 지향성이란 대상을 향한 주체의 관심과 태도를 의미하는 것으로, 대상의 '무엇을' '어떠한' 태도에서 바라보느냐의 문제이다. 따라서 감각적 심미성의 지향이란 경물의 외양에 관심을 두고서 자연과 합일되는 세계관을 그려내는 것을 주된 내용으로 한다. 일차적으로 대상의 외양이 주는 감각적 인상과 심미적 요소에 관심을 갖지만, 이를 어떻게 드러내고 표현하는가는 또 다른 단계의 활동, 즉 감각적 인상의 재구성이라는 별도의 과정이다. 대상을 사실적으로 재현해 내고자 할 때 특수어나 구체어를 사용하지만, 때에 따라서는 모두가 공유하는 관념을 이용하는 것이 효과적일 수도 있기 때문이다.188) 백구 등의 관념적 소재는 하나의 사물 차원을 넘어서 그 어휘와 관련된 수많은 문화적 외연과 내포를 함께 전달할 수 있다는 점에서, 드러내고자 하는 경물에 대한 가장 풍부한 '상세화'가 될 수 있다. 이것이 감각적 인상 재구성하기에 해당한다.

따라서 대상에 대한 감각적 지향, 그리고 관념을 이용한 표현 사이에는 모순이 생기지 않는다. 묘사가 눈으로 보이듯이 그려내는 것이라면, 참신하게 묘사할 수도 있고 기존 관념을 이용하여 묘사할 수도 있기 때문이다. 감각적 심미성의 지향에서 중요한 것은, 대상의 어디에 초점을 맞추어 바라보느냐의 문제이지, 이를 어떻게 표현하는가와 같은 전달과 기술의 차원은 이와는 다른 차원의 활동에 해당한다. 따라서 이 단계의 교육은 대상이 어떻게 표현되어 제시되는가를 읽고, 지각된 대상의 인상을 효과적으로 드러내기 위해서 재구

---

188) 염은열, 앞의 책, 67면.

성의 표현 과정을 수행하는 것으로 설계할 수 있다.

물론 대상의 미적 속성을 관찰하고 그 인상을 재구성하는 여러 행위의 목적이 객관적이고 서경적인 인식에 있는 것이 아님을 분명히 할 필요가 있다. 인물기흥의 사고라는 것은 대상의 심미적 자질에 대한 주체의 감수와 반응을 요구하며, 대상의 아름다움에 대한 감동이 뒤따라야 함은 물론이다. 두 시조의 종장에서 발견되는 흥(興)의 표현에서 이러한 모습을 확인할 수 있다.

요컨대, 성찰적 사고를 중심으로 시조를 감상한다는 것은, 대상을 향한 주체의 시선을 그대로 따라가는 것만을 의미하지 않고, 그 대상에서 어떤 감동을 느끼는지를 체험하고 재구성하는 것을 포함한다. 사고의 실행에서도 이와 마찬가지로 대상의 미적 측면을 바라보는 데 그칠 것이 아니라, 감각적 인상의 재구성을 통해 그 속에서 감동을 느끼는 것까지를 포괄한다.

> • 인물기흥 사고의 수행(지향성 단계) —
> 감각적 인상 재구성하기

감각적 심미성의 지향과 관련된 교육 내용은 대상의 미적 속성 파악하기, 감각적 인상 재구성하기로 구체화된다. 이러한 활동의 실현태를 〈어부사(漁父詞)〉에서 확인해 보기로 한다. 〈어부사〉는 강호의 어부 형상을 통해서 자연과 합일되는 이상적인 경지를 창출한 작품으로 평가된다. 물외한인(物外閒人)의 전형적인 형상을 통해 무심의 경지와 정제된 풍류를 이루어낸 것이다.[189] 그러나 무심의 경지와

정제된 풍류도 "자연이라는 객관물 속에서 인생을 비추어 보고 거기
서 자신을 발견하고 확인"190)하는 데서 비롯된 것이라 할 수 있다.

이듕에 시름업스니 漁父의 生涯이로다
一葉片舟를 萬頃波에 띄워 두고
人世를 다니젯거니 날가는주를 알랴.

구버는 千尋綠水 도라보니 萬疊靑山
十丈紅塵이 언매나 マ렷는고
江湖애 月白흐거든 더욱 無心 하얘라.

靑荷에 바볼싼고 綠柳에 고기뻬여
蘆荻花叢에 비미야두고
一般淸意味를 어늬부니 아ㄹ실고.

山頭에 閒雲이 起흐고 水中에 白鷺飛라
無心코 多情흐니 이두거시로다
一生에 시르믈 닛고 너를 조차 노로리라.

長安을 도라보니 北闕이 千里로다
漁舟에 누어신들 니즌스치 이시랴

189) 이형대, 〈어부형상의 시가사적 전개와 세계 인식〉, 고려대 박사학위논문, 1997,
    99면.
190) 김동준, 〈이현보론〉, 한국시조학회 편, 《고시조작가론》, 백산출판사, 1986, 29면.

　두어라 내시름 아니라 濟世賢이 업스랴.

一李賢輔,《聾巖集》

　먼저, 감각적 심미성의 지향은 대상의 미적 속성을 관찰하고 파악하는 과정으로 이루어지는데, 이에 따라 물과 산이라는 대상은 2연에서 '천길 푸른 물'[千尋綠水]과 '겹겹 푸른 산[萬疊靑山]과 같이 감각적으로 표현된다. 이황이 산과 물이라는 동일한 대상에서 상청(常靑)과 부단(不斷)을 읽어낸 것과 비교할 때 그 차이는 더욱 분명해진다. 산마루에 한가로운 구름이 일어나고 물에는 백로가 난다는 인식 또한 주체가 감각적 심미성으로 대상의 외양을 바라본 결과이다.

　둘째, 감각적 인상을 재구성하는 활동이 뒤따른다. 단순히 아름다움의 배경으로서 대상의 외양을 묘사하는 것만으로 감각적 심미성의 지향이 제대로 이루어졌다고 볼 수 없다. 한가로운 구름과 물 위를 날아다니는 백로의 모습을 통해 세속에서 벗어난 무심함의 경지를 표상하는 것[191]은, 어디까지나 자연에 대한 감각적 인상을 바탕으로 이를 재구성한 과정을 거친 결과이다. 이것은 대상을 대상 자체로 바라보는 데 그치지 않고, 주체가 적극적으로 참여하고 개입함으로써 정서상의 변화가 일어났음을 뜻하며, 이것이 곧 인물기흥 사고의 징표가 된다. 비록 〈어부사〉에서는 흥이 언표화되지 않으나, 강호생활로부터 얻은 감흥 덕분에 무심(無心)할 수 있고, 일반 청의미(一般淸意味)를 깨달을 수 있으며, 시름을 잊고 백구를 좇아 놀 수

---

191) 엄경희·유정선, 앞의 글, 326면.

있는 것이다. 성정의 순선(純善)을 표현하기보다는, 홍에서 비롯되는 생활의 여유와 풍류에 관심을 둔다는 점에서,[192) 감각적 인상의 재구성과 그에 따른 주체의 감수와 반응을 확인할 수 있다.

요컨대, 감각적 심미성의 지향을 수행한다는 것은 감각적 인상과 미적 특성의 파악을 의미한다. 이를 위해서는 대상에 대한 관찰이 요구된다. 그러나 관찰이 곧 의미의 객관성을 요구하는 것은 아니다. 대상을 향해 나아간 주체의 의식에서 주관성을 완전히 배제할 수 없다. 오히려 주관적인 시각과 감각적인 대상이 만남으로써 감응이 발생할 수 있고, 거기서 홍취가 발생할 수 있다. 다만, 주정적 구상성과는 달리, 의미가 대상에 의해서 비롯되는 측면이 강하다는 특징을 갖는다.

공명에 따른 물아일체 경험하기

인물기흥의 사고에서 반성의 수행 단계는 '공명(共鳴)에 따른 물아일체 경험하기'로 설계된다. 대상에 대한 감각적 인상의 추구가 세계와 자아의 합일이라는 이해를 가져올 수 있는 것은, 이 같은 반성의 수행에 의해서이다. 대상과 주체를 연결 짓는 것은 '공명'에 바탕을 두고 있으며, 이를 통해 물아일체의 경험에 이르는 것을 주된 내용으로 한다.

공명은 일반적으로 어떤 소리가 불러일으키는 파동에 다른 대상이 공조하여 울림을 불러일으키는 것을 가리키는 용어이다. 이처럼

---

192) 길진숙, 《조선 전기 시가예술론의 형성과 전개》, 소명출판, 2002, 263~264면.

공명은 물리학에서 사용되는 개념이지만, 문학 감상에서 텍스트 세계와 독서 주체가 상호작용하여 더 깊은 이해의 방향으로 융합되는 활동을 뜻하는 개념으로 원용되기도 한다.[193] 이는 공명이 갖는 개념역, 즉 한 대상에 대한 다른 대상의 공조, 그리고 울림이라는 상호작용에 주목한 것이다.

반성의 구체적인 방법으로 공명하기를 설정한 것은, 자연이라는 대상의 가치와 의미에 주체가 동감(同感)하여 하나 되는 '맞울림'의 수행을 강조하기 위함에 있다. 인물기흥의 사고에서 주체는 거리를 유지한 채 자연을 관조하는 관찰자에 머무를 수 없다. 오히려 자연이라는 대상 속에 자리 잡은 참여자로서의 의식과 태도가 요구된다. 자연 속의 구성원으로 자리하여, 자연과의 구별과 갈등을 부정하고 자연의 가치에 적극적으로 반응하는 활동과 태도가 바로 공명이다. 자연이 주는 미적 감동에 대한 주체의 반응과 교호작용을 뜻한다.

공명하기의 수행을 위해서는 자연과 인간의 관계에 대한 특별한 깨달음이 먼저 이루어져야 한다. 자연은 외부 환경으로서 존재하지만, 인간은 이러한 자연의 한 부분이기도 하다. 따라서 인간은 자신과 구별되는 사물로 자연을 인식하고 관계를 맺지만, 사실 자연 속에서 인간 삶이 영위된다는 자각이 중요하다. 공감이나 동화의 개념을 제쳐두고 공명을 제안하는 것도 자연과의 하나 됨을 이루기 위해서는 대상과 주체의 맞울림과 같은 적극적인 심리 작용이 요구되기 때문이다. 다음은 이중경(李重慶)의 〈오대어부가(梧臺漁父歌)〉의 일

---

193) 김성진, 〈비평 활동 교육의 내용 연구〉, 서울대 박사학위논문, 2004, 141～143 면 참조.

부로, 자연과의 공명을 보여주는 예가 된다.

> 三曲 一竿竹을 夕陽의 빗기 들고
> 淸江을 구어보니 白魚도 하고 할샤
> 이 만술 世上 人間의 제 뉘라셔 알리오.

> 四曲 貫柳魚룰 비예 담아 돌라 오니
> 白沙 汀洲의 櫓聲이 얼의엿다
> 아히야 酒一盃 브어라 漁父詞룰 브로리라.
> ─李重慶,《雜卉園集》

　　인물기흥의 사고는 대상을 감각적 심미성으로 바라보는 데서 시작한다. 황혼 무렵 낚싯대를 드리우고 맑은 강을 바라보는 주체의 행위에서 감각적 심미성의 전형적인 모습을 확인할 수 있다. 맑은 강을 들여다본 결과로 "백어(白魚)도 하고 할샤"라는 인식에 이르는데, 이는 천지에 유행하는 이법의 발현을 보았다기보다는, '물산(物産)'으로서의 백어(白魚)를 인지한 결과이다. 이념의 담지체로서 자연이 아니라, 물질적 차원의 자연을 바라보고 있는 것이다.194) 앞서 관물찰리의 사고에서 물고기가 '연비어약(鳶飛魚躍)'이라는 말로 대표되는 천지조화의 모습을 담지하고 있는 것과도 다르고, 갇혀 있는 물고기를 통해 자신의 감정을 표출하는 감물연정의 사고와도 분명 다른 양상이다. 이처럼 감각적 심미성의 지향으로 접근할 때, 자연

---

194) 이형대, 앞의 글, 224면 참조.

은 흥취를 불러일으키는 대상이 될 수 있다. 잡은 물고기를 안주 삼
아 술을 마시며 어부사(漁父詞)를 부르는 것은 윤선도의 〈어부사시
사〉와도 상통하는 풍류가 느껴지는데,[195] 이는 성찰적 사고의 유형
이 동일한 데 따른 결과로 볼 수 있다.

　성찰적 사고에서 반성의 단계는 대상에서 자기 자신에게로 되돌
아오는 것이며, 인물기흥의 사고에서는 자연에 조응하는 적극적인
태도, 즉 자연 속에서 자연과 함께 하는 적극적인 참여에 따라 자연
에 동화되는 것을 일차적 목표로 한다. 대상에 대한 감각적 지각, 수
동적 수용만으로는 대상을 통한 자기 이해가 이루어지지 않기 때문
이다. 가령, 위의 시조에서 조어 행위는 단순히 물고기를 낚기 위한
행위가 아니다. 청정한 일상적 삶의 차원에서 자연에 참여하고 자연
과 함께하는 주체의 적극적인 태도와 자세에 해당한다.[196] 이는 자
연에 대한 적극적인 조응과 공명이 주체의 행동으로 외현된 하나의

---

195) 이형대, 앞의 글, 225면 참조.

196) 조어(釣魚) 행위와 관련, 조선 초 권근(權近)은 어부 형상에다 세속적 욕망의
　　절제와 우주적 교감을 통한 합일의 성취라는 적극적인 의미를 부여하기도 하였
　　다. "그의 뜻이 어찌 물고기 낚는 데에만 있었겠는가? 태공망처럼 등용되기를 희
　　망해서도 아니었고 엄자릉처럼 초세속적 은일을 기약한 것도 아니었다. 비가 갠
　　아침과 달 밝은 저녁, 하늘에 가득한 맑은 공기 속에 낚시 줄을 드리우고 앉아
　　휘파람을 불면서 시원한 마음으로 긴 강물을 내려다보면, 넓고 깨끗한 것이 가슴
　　속의 천리(天理)와 함께 흘러가는 듯하다. 이 한 덩어리 천리가 마음과 더불어
　　일체로 되어 세속에 뛰어와 온갖 일을 잊어버리니, 마치 기수(沂水)가에서 읊고
　　돌아오겠다던 흥취와 똑같은 모습인 듯하다."(其志豈眞在魚也哉 卜獵之載非所
　　希也 物色之訪非所期也 晴朝月夕 灝氣滿天 垂綸坐口 胸次悠然 俯臨長江 浩
　　浩淸漣 與我胸中天理之流行者 混融一體而無間 超萬物而獨立 付萬事於忘筌
　　直與沂上詠歸之興 同一氣象; 權近, 《陽村集》 卷九, 〈贈送臨淸釣隱詩幷序〉)

예라 할 수 있다. 가령, 〈어부사시사〉에서 보이는 어부의 구체적인 행위 또한 자연을 관조의 대상이 아닌 동락(同樂)의 공간으로 바라보는 데 따른 것이다. 자연과의 거리감이 없어지면서 '자연 속의 나'가 가능해진다. 〈어부사〉에서도 마찬가지로, 밥을 싸고 고기를 꿰어 두며 배를 매어 놓는 여러 행위들은 자연과 분리되지 않은, 자연과 공존하는 나를 전제로 한 적극적인 행위이다.

이처럼 흥이란 주체의 실천을 통해서 발생하는 체험적인 정서라는 점에서,197) 자연과 함께하는 구체적인 행위와 경험 속에서 합일이 이루어질 수 있다. 흥이란 개념적 명제가 아니라 실제로 자신이 경험하는 가운데 생성되는 마음의 상태이며, 자연과 나의 하나 됨은 이러한 흥을 기반으로 자연에 적극적으로 공명할 때 성취되는 경지이다. 인물기흥의 사고에서 주체의 행위와 주변에 대한 묘사가 두드러지는 것도 자연과 나의 하나 됨을 가능하게 하는 주체의 구체적인 체험이 중요하기 때문이다. 따라서 시조의 감상 또한 자연과 함께하는 화자의 행위를 피상적으로 파악하는 것에서, 그것이 갖는 물아일체적 의미를 깨닫는 것으로 더 나아가야 한다. 사고의 수행에서는 대상에 대해 적극적으로 반응하고 상호작용하는 공명하기의 활동이 이루어져야 할 것이다.

> • 인물기흥 사고의 수행(반성 단계) —
>   대상에 대해 적극적으로 공명하기

---

197) 손오규, 앞의 책, 126면.

대상에 대한 적극적인 공명을 통해 물아일체(物我一體)의 경험을 기대할 수 있다. 여기서 물아일체란 외물과 자아가 어울려 완전히 하나가 되는 상태를 뜻한다. 이러한 상태에서는 더 이상 자연과 나의 구별은 무의미해지고, 자연이 곧 내가 되고, 자연의 문제와 의미는 모두 나의 것이 된다. 인물기흥의 사고에서 반성의 주된 목표는 이러한 물아일체를 이끌어내어 경험하는 데 있다.

> 江湖에 ᄇ린 몸이 白鷗와 벗이 되야
> 漁艇을 흘리 노코 玉簫를 노피 부니
> 아마도 世上 興味는 잇 분인가 ᄒ노라.
> ─金聖器,《靑丘永言》(珍本)

> 白鷗 白鷗들하 내 네오 네 내로다
> 내 버지 네어니 네 나롤 모롤소냐
> 此中의 閑暇ᄒ 溪山의 나와 너와 놀리라.
> ─李重慶,《雜卉園集》

이 단계에서 요구되는 것은 대상의 가치를 발견하거나 이치를 내면화하는 활동이 아니다. 오히려 "백구(白鷗)"라는 대상 그 자체와 하나가 되는 것이 요청된다. 이를 위해서는 인간과 새라는 표면적인 구분, 존재의 차이에 집착할 것이 아니라, 자연이라는 하나의 범주 속에 위치한 동일한 존재로 바라보는 인식이 필요하다. 그리고 이러한 인식은 대상에 대한 적극적 공명의 태도가 뒷받침될 때 가능할 수 있다. 즉 백구라는 대상에 대한 공명이 백구와 나의 구별을 무화시키고 하나 됨의 경지를 가져오는 것이다.198) 이는 자연에 귀의하여 무심(無心) 또는 망아(忘我)를 추구함으로써 인간으로서의 자기를 없애고 자연 속으로 들어감을 의미한다. 이처럼 인물기흥의 사고에서는 자연과 주체 사이의 합일을 바탕으로 '인간으로서의 자기를 지울 것'을 요구한다. 따라서 시조 감상은 물아일체를 명제가 된 지식으로 습득할 것이 아니라, 대상과 나의 완전한 하나 됨이 어떠한 과정과 태도에서 이루어질 수 있었는지를 이해하고 경험하는 데 맞추어져야 할 것이다.

> • 인물기흥 사고의 수행(반성 단계) —
> 대상과 나의 완전한 하나 됨 경험하기

세계와 자아의 합일에 대한 이해와 조화로운 삶의 태도 형성하기

인물기흥 사고의 마지막 절차는 다른 성찰적 사고와 마찬가지로 자기 이해와 그에 따른 태도 형성의 단계로 구성된다. 물(物)에 대한 감각적 심미성의 지향, 그리고 공명에 따른 물아일체의 경험을 거쳐 이르게 되는 지점인 것이다. 앞서 살펴본 바와 같이, 인물기흥의 사고가 지향성과 반성의 절차에 의해 자기와 세계의 관계를 깨닫는 것이라면, 이 단계의 과제는 이러한 자기 이해의 구체적인 모습을 파악하고 확인하는 것이다. 이와 관련된 첫 번째 교육 내용은 '절대적 세계와 합일하는 자아 이해하기'이다.

---

198) 참고로 고전시가 작품 속에서 주체와 백구의 거리를 주체의 자연 친화 정도를 나타내는 척도로 보기도 한다.(김용찬, 앞의 책, 88면 참조)

百年만 사다가셔 一朝의 神仙이 되야
朝雲 暮雨 투고 萬里 飛揚 ᄒ요리라
然後에 乾坤日月과 흠믜 늙즈 ᄒ노라.

　　　　　　　　　　　　　　　　　　　　　一姜復中, 《淸溪歌詞》

　여기서 주목해야 할 점은 종장의 '~과 함께 늙자 하노라'의 표현
이다. 속세와 절연하고 "건곤일월(乾坤日月)"로 대표되는 자연과 하
나 되는 삶을 살아갈 것임을 표방하고 있다. 이처럼 '함께'라는 말은
자연과 공명하며 살아가는 삶, 합일된 삶을 뜻하며,199) 특별히 "늙
다"라는 동사에서 여생을 자연과 함께 보내겠다는 소극적 차원이 아
니라, 이곳에서 벗어나는 일이 없으리라는 적극적인 의지마저도 엿
볼 수 있다. '하노라'라는 관용적 종결어의 사용도 두드러지는데, 이
는 주체의 자긍심에 기반하여 단정적 태도를 드러내는 기능을 한
다.200)

---

199) 이와 관련하여 아래 작품들은 종장에서 '함께 놀자 하노라', '함께 놀리라' 등의
　　일정한 형태의 표현을 공유하는데, 이 역시 자연과 하나되는 삶, 적극적인 공명
　　을 언표화한 것들이다.

　　　　青山이 둘너 잇고 碧水도 흘너 간다
　　　　風月이 버지 되야 白雲의 누어시니
　　　　白鷗야 百年을 함긔 노쟈 ᄒ노라.

　　　　　　　　　　　　　　　　　　　　(蔡瀣, 《石門亭尋眞同遊錄》)

　　　　白雲 깁흔 골에 青山 綠樹 둘넛는듸
　　　　神龜로 卜築ᄒ니 松竹 間에 집이로다
　　　　每日에 靈菌을 맛 드리며 鶴鹿 흠긔 놀니라.

　　　　　　　　　　　　　　　　　　(金默壽, 《青丘永言》六堂本)

200) 조하연, 〈시조에 나타난 청자지향적 표현의 문화적 의미 연구〉, 서울대 석사학
　　위논문, 2000, 36~41면 참조. 이처럼 'ᄒ노라'는 작중 화자의 윤리적 가치론적

인물기홍의 사고에서 자연은 인간 세상과 구별되는 공간으로 그 자체가 목적이 된다는 점에서, 궁극적인 인식을 위한 수단이나 매개로 바라보는 관물찰리의 사고와는 차이가 있다. 감각적 심미성의 지향과 자연에 대한 맞울림으로 공명하기를 수행할 때, 주체는 절대적 세계와 합일하는 자기를 이해하게 된다. 이처럼 자기 이해의 내용 또한 새로운 것을 발견하기보다는, 관점의 전환을 통해서 자연과 합일되는 새로운 삶의 모습을 깨닫는 것이라 할 수 있다. 따라서 절대적 세계와 합일하는 자아의 모습을 이해하는 것이 이 단계의 주요한 교육 내용으로 설계된다. 이는 자연을 효율적으로 지배하려는 목적에서 벗어나, 자연적 질서의 한 부분으로서 인간 스스로가 그 전체적 질서를 이해하고 그것에 봉사하고 헌신함으로써 조화를 이루는 것이라 할 수 있다.[201]

> ▪ 인물기홍 사고의 수행(자기 이해 단계) —
> 절대적 세계와 합일하는 자아 이해하기

이 단계에서 요구되는 또 다른 교육 내용은 '절대적 세계와 합일 속에서 조화로운 삶의 태도 갖추기'이다. 이것은 세계와 자아의 관계에 대한 이해가 단순히 앎의 차원에 머무르지 않고, 주체의 적극적인 태도 변화까지 포괄한다는 데 바탕을 둔다. 즉 세계 속에 놓인

판단을 주관적으로 드러내는 데 기여하는 표현이다.(김학성, 《한국 고시가의 거시적 탐구》, 집문당, 1997, 336면 참조)
[201] 이홍우 외, 앞의 책, 128면.

자기의 모습을 확인하면서 그 모습에 들어맞는 주체의 태도와 실천을 요구하는 것이다. 인물기흥의 사고를 수행함으로써 절대적 세계와 자아의 합일을 깨닫게 되었다면, 이제 이러한 세계와 자신의 관계 속에서 어떠한 삶을 살아야 하는가에 대한 문제 제기와 그에 따른 실천이 이어져야 할 것이다.

인물기흥의 사고에서 세계와 자아 사이의 관계는 다음과 같은 두 가지 특징을 갖는다. 첫째 흥이 낙관적 세계관의 반영이며, 나를 둘러싼 물과의 조화로운 관계 맺음이 이루어진다는 점, 둘째 세계는 완전한 존재로 상정되고 이러한 세계 속에 주체가 편입되는 데 어떠한 장애도 없다는 점이다. 이러한 관계 속에서 주체에게 요청되는 것은 세계에 조화롭게 살아가는 태도이다.

> 靑山도 절로절로 綠水도 절로절로
> 山절로 水절로 山水間에 나도 절로
> 그 中에 절로 ᄌ란 몸이 늙기도 절로 ᄒ리라.
> ─宋時烈,《樂學拾零》

> 말 업슨 靑山이오 態 업슨 流水ㅣ로다
> 갑 업슨 淸風과 임ᄌ 업슨 明月이로다
> 이 중에 病 업슨 이 몸이 分別 업시 늘그리라.
> ─成渾,《樂學拾零》

이들 시조에서 자연물과 나 사이에는 어떠한 갈등도 존재하지 않는다. 그렇다고 관물찰리의 사고에서 보듯 절대적 세계에 합일하기 위해 주체에게 어떤 '특별한 노력이 요구되는 것도 아니다. 자신이 살고 있는 자연, 곧 산수가 모두 "절로절로"202) 변해가듯이, 그 사이에 있는 자신 또한 "절로절로" 늙어갈 뿐이다. 인간은 자연을 통해 숭고한 존재의 생명적 의미를 깨우칠 수 있고, 자연은 인간의 생존을 순리대로 보장한다는 인식을 보여주고 있다.203) 즉 "청산(靑山)", "녹수(綠水)"와 내가 분리되지 않은 전체성에 포함되어 있기에, 동일한 차원에서 사유될 수 있는 것이다. 이는 절대적 세계와의 합일을 이루기 위하여 끊임없이 자기 수양을 요구받는 관물찰리의 사고와는 뚜렷이 구별되는 지점이다.

성혼(成渾)의 시조는 전형적인 인물기흥 사고의 한 모습을 보여준다. 초장과 중장에서 대상에 대한 관찰과 인식을 보인 다음, 종장에서 그에 대한 화자 자신의 바람과 소망을 제시하고 있다. 이것은 초장과 중장에서 이루어진 대상에 대한 인식을 바탕으로 자기 자신을 돌아보는 구조로 설명된다. 즉 대상을 통해 자기를 이해하는 전형적인 과정이다.

이들 시조에서 자기 성찰의 매개로서 산이 갖는 성격은, 서양에서 산이 18세기 이전까지 공포나 두려움의 대상이었을 뿐 미적 관심의 대상이 될 수 없었다는 사실204)과의 대비 속에서 더욱 분명해진다.

---

202) '절로절로'란 곧 무위자연을 뜻하는 것으로 장자의 개념에 가까우나, 실제로 "조화적 세계관을 드러내는 것"으로 볼 수 있다.(최진원, 앞의 책, 119면)

203) 조기영, 앞의 책, 303면 참조.

204) Melvin Rader et. al., *Art and Human Value*; 김광명 역, 《예술과 인간 가치》, 이론과실천, 1987, 240~241면. 서양에서 인간이 자연 속에 살고 있고, 때로는 자연의 아름다움에 찬탄하기도 하고, 자신의 슬픔을 담아내기도 하는 공간으로 자연

자연을 낯선 대상으로 보고 객관적 법칙을 발견하고 탐색하는 자연
과학의 관점 또한 마찬가지이다. 자연의 현상과 운행을 하나의 개념
적 체계로 바라보는 자연과학의 관점에서 자연은 인간적 의의가 없
는 단순한 물질 또는 에너지 현상에 지나지 않으며, 도덕적으로나
심미적으로나 완전히 중성적인 입장을 견지하게 된다.205) 대상이
주체를 돌아보게 하고 되비추어본다는 점에 대해서 철저히 무관심
할 뿐이다. 자연 현상이나 원리에 인간을 일체화시킴으로써 조화로
움, 공존의 의미를 생각하게 만드는 인물기흥 사고와는 사뭇 다른
양상이다.

이와 같이 절대적 세계가 상정되고 그와 합일된 자기 이해가 이루
어진다면, 다음 과정으로 요구되는 것은 이러한 질서에 편입되어 조
화롭게 살아가는 태도이다. 즉 자연과 인간은 고립된 개별 존재로서,
또는 인과관계로 맺어진 객관적 존재로서가 아니라, 하나의 공간 속
에서 서로 작용을 가하고 그 결과를 함께 갖는 연속적인 관계로서
공생한다는 사실을 깨닫는 것이다. 이상을 바탕으로 교육 내용은 다
음과 같이 구성된다.

> ▪ 인물기흥 사고의 수행(자기 이해 단계) —
> 절대적 세계와 합일 속에서 조화로운 삶의 태도 갖추기

을 인식한 것은 낭만주의 시기 이후의 일이다.(A. Preminger, ed., *Encyclopedia of Poetry and Poetics*, Princeton Univ. Press, 1974, 552~555면 참조)
205) 김영수, 〈시가에 수용된 자연의 의미 소고〉, 《국문학논집》 15, 단국대, 1997, 110면.

3.4.3. 인물기흥 사고의 보편성과 사고구조의 일반화

성찰적 사고는 대상을 통해 자기를 발견하고 이해하는 인간의 보편적 사고이며, 인물기흥의 사고는 이러한 사고의 특징적인 한 유형에 해당한다. 성찰적 사고가 지향성, 반성, 자기 이해의 구조로 이루어진다고 했을 때, 인물기흥의 사고 또한 대상을 향하는 지향성의 측면, 그리고 대상에서 자신으로 되돌아오는 반성의 측면에서 고유의 의식 작용을 가지며, 이를 바탕으로 다른 성찰적 사고와는 구별되는 세계와 합일하는 자아에 대한 이해를 가져다준다.

그런데 이 같은 인물기흥의 사고 또한 다른 성찰적 사고와 마찬가지로 자연이라는 대상과 시조라는 장르에 국한되지 않는다. 대상을 통해 세계와 합일하는 자아를 발견하고 이해하는 사고는 자연이라는 특정 대상에 한정되지 않으며, 시조 이외의 다양한 장르에서도 널리 활용되고 있다. 이는 인물기흥의 사고교육이 자연시조라는 제한된 영역을 넘어서서 다른 성찰적 사고의 경우와 같이 문학 감상과 사고 실행의 일반적 방법으로 다루어질 필요가 있음을 뜻한다.

우선, 가사나 현대시 등 다양한 장르에서 인물기흥 사고의 모습을 살펴봄으로써 그 보편성을 입증하기로 한다. 보편성이 입증될 때 인물기흥의 사고는 자기 이해의 일반적 구조로서 그 의미와 위상을 가질 수 있다. 이는 문학 감상과 사고 실행의 한 방법으로서 인물기흥 사고의 가능성을 검토하고 일반화를 도모하는 작업이기도 하다.

먼저, 시조와 같은 시대에 향유된 가사 장르를 살펴보기로 한다. 앞서 〈관동별곡〉은 관물찰리의 시각에서 다루어진 바 있다. 그런데

〈관동별곡〉에는 인물기흥의 사고 또한 담겨 있다.

> 行裝을 다썰티고 石逕의 막대디퍼 百川洞 겨틱두고 萬瀑洞 드러가니
> 銀가툰 무지개 玉ㄱ툰 龍의초리 섯돌며 쑴는소리 十里의 즈자시니 들을
> 제는 우레러니 보니는 눈이로다 …… 鳴沙길 니근물이 醉仙을 빗기시
> 러, 바다홀 겻틱두고 海棠花로 드러가니 白鷗야 느디마라 네버딘줄 엇
> 디아는
>
> ― 鄭澈, 〈關東別曲〉, 《松江歌辭》(李選本)

　앞서 혈망봉을 바라볼 때와는 달리, 만폭동 폭포에 이르러서는 대
면하게 된 경관에 시선을 고정시킨 채 이를 다채롭게 표현하는 데
주력한다. 비유의 참신성과 함께 "즈자시니", "우레러니", "눈이로다"
등의 서술어가 빚어내는 미묘한 시적 이미지 덕분에 하나의 구체적
인 형상이 창조되고 있다.[206] 이것은 대상을 감각적 심미성으로 바
라보는 데 따른 것이다. "명사길", "해당화", "백구" 등의 소재 또한
주체의 흥취를 불러일으키는 기능을 수행하고 있다. 이들 대상을 통
해서 주체는 흥취를 발산하여 자신을 취선(醉仙)으로까지 여기게
된다. 따라서 이 부분에서 읽어내야 할 것은, 감각적 심미성의 지향
에 따라 대상에서 흥취를 발산하게 된다는 점, 나아가 이러한 흥취
는 세계와 자아의 합일과 그에 따른 조화로운 삶의 태도 를 가져다
준다는 점이다.

---

206) 박영주, 〈관동별곡의 시적 형상성〉, 반교어문학회 편, 《조선조 시가의 존재 양
　　상과 미의식》, 보고사, 1999, 717면.

이처럼 〈관동별곡〉은 금강산과 동해안을 기행한 체험을 노래한 것이지만, 단순한 경관의 묘사에 그치지 않고 인간의 자기 이해 문제를 다루고 있다. 대상의 형상에 대한 인식과 묘사가 두드러지지만, 실은 그 속에서 목적(目的), 추구(追求), 방황(彷徨), 회귀(回歸)라는 인간 생명의 보편적 역정을 드러내고 있는 것이다.207) 〈관동별곡〉의 문학성과 교육적 가치는 이러한 자기 이해의 문제에서 찾을 수 있다.

이 밖에도 〈상춘곡(賞春曲)〉, 〈면앙정가(俛仰亭歌)〉, 〈성산별곡 (星山別曲)〉, 〈낙빈가(樂貧歌)〉, 〈강촌별곡(江村別曲)〉, 〈환산별곡 (還山別曲)〉, 〈처사가(處士歌)〉, 〈창랑곡(滄浪曲)〉 등의 강호가사 작품군은 자연과 더불어 공존하면서 물아일체를 노래하고 있다는 점에서 인물기흥의 사고와 관련성이 깊다. 특히 〈면앙정가〉의 전체 구조는 전반부에서 '경물의 조화로움'이 중심이 되고, 후반부는 자아의 흥취와 물아일체를 노래하는 것으로 설명된다.208) 전반부가 물(物)의 관점에, 후반부가 아(我)의 관점에 비중을 두는 2단 구조는 거시적인 구조 차원에서 지향성과 반성에 해당하는 것으로 볼 수 있다. 물과 주체의 관계 속에서 세계와 합일하는 자기 이해가 작품 전체의

---

207) 김병국, 《한국 고전문학의 비평적 이해》, 서울대출판부, 1995, 35~36면 참조. 이처럼 〈관동별곡〉은 산과 바다라는 이미지에 투사된 화자 심리의 양면성을 보여주고 있다. 이에 따라 제5차와 제6차 교육과정에서 〈관동별곡〉은 보편적인 인간 심리의 차원에서 감상하고 경험하는 것으로 교재화되기도 하였다.(류수열, 〈〈관동별곡〉의 교재사적 맥락〉, 《국어교육》 120, 한국어교육학회, 2006, 454면 참조)

208) 김학성, 《한국 고시가의 거시적 탐구》, 집문당, 1997, 437면 참조.

구조에서 이루어지고 있는 것이다.

인물기흥의 사고에 해당하는 한시 또한 쉽게 찾을 수 있다. 가령, 이황의 한시 가운데에서 인물기흥의 사고를 보여주는 대표적인 작품으로 〈약여제인유청량산마상작(約與諸人遊淸凉山馬上作)〉, 〈연림(煙林)〉, 〈계상우음(溪上偶吟)〉 등을 들 수 있다. 선경후정(先景後情)에 기반하여 자연과 내가 하나가 됨을 노래한 대부분의 한시 작품이 여기에 해당한다.

현대시 작품에서도 물아일체의 세계관을 기반으로 세계와 자아의 합일을 깨닫는 인물기흥의 사고는 쉽게 발견된다. 대표적인 작품으로 조지훈의 〈풀잎단장〉을 살펴보기로 한다.

> 무너진 성터 아래 오랜 세월을 風雪에 깎여온 바위가 있다.
> 아득히 손짓하며 구름이 떠가는 언덕에 말없이 올라서서
> 한 줄기 바람에 조찰히 씻기우는 풀잎을 바라보며
> 나의 몸가짐도 또한 실오리 같은 바람결에 흔들리노라.
> 아 우리들 태초의 생명의 아름다운 분신으로 여기 태어나
> 고달픈 얼굴을 마주 대고 나직이 웃으며 얘기하노니
> 때의 흐름이 조용히 물결치는 곳에 그윽히 피어오르는 한 떨기 영혼이여.
> ─조지훈, 〈풀잎단장〉(《승무》, 미래사)

주체가 바라보고 있는 대상은 거목이나 꽃이 아니라 미풍에도 흔들리는 일상의 풀잎이다. 그런데 이러한 풀잎을 자세히 응시하고 관찰하여 인간과 자연의 일치점을 발견하고 그 교감을 노래하고 있다는 점에 주목할 필요가 있다. 넓고 강대한 세계의 총체성 앞에 지극

히 비소한 존재일 수밖에 없는 풀잎과 나 사이에 "우리들"이라는 합일이 이루어지고, 이것이 다시 "태초의 생명"으로 이어짐으로써 무상성의 초극을 획득하고 있다.209) 이처럼 풀잎이라는 대상을 통해 인간 존재를 응시하는 것은 단순히 주제의식을 강조하기 위한 수사적 장치가 아니라, 자연의 질서 속에서 세계를 바라보는 생명의식에 따른 것이다.210) 풀잎이라는 반성적 타자를 통해 자기 자신의 모습을 새롭게 발견하고 생명에의 외경을 깨닫게 되었다는 점에서, 이 시 역시 인물기흥 사고의 한 예로 볼 수 있다.

특히 조지훈의 경우, "시 생명의 본질은 시를 사랑하고 인생 속에 내재하여 생성하는 자연"211)이라 하면서, 인간을 자연의 일부로 보는 세계관을 중시한 것으로 알려져 있다. 그에게 자연은 대상으로서의 객관적 자연이 아니라, 자아가 그 일부가 되는 주객일체의 자연이다.212) 따라서 자연의 사물을 깊이 있게 보고 그것을 자신의 내면에 다시 비추어보는 관조의 자세, 곧 격물치지(格物致知)의 자세를 보여준다.213) 조지훈의 시 세계를 두고서 전통적인 사유와 관점을 일관되게 보여준다는 평가는 이러한 모습에 바탕을 둔 것이다.

이와 같이 현대시에서도 자연이라는 대상을 통해 자기를 이해하

---

209) 김홍규, 〈조지훈의 시세계〉, 《심상》 41호, 심상사, 1977. 2, 59면.
210) 김문주, 《형상과 전통》, 월인, 2006, 227면 참조.
211) 조지훈, 〈시의 원리〉, 《조지훈 전집》 3, 일지사, 1973, 12면.
212) 박호영, 〈문장파의 전통주의〉, 한계전 외, 《한국 현대시론사 연구》, 문학과지성사, 1998, 231면. 이는 조지훈의 자연관이 '조화·영원·절로절로'의 조윤제 자연관과 연결됨을 볼 수 있다.
213) 이숭원, 앞의 글, 114면 참조.

고 성찰하는 문제는 중요하게 다루어진다. 자연이 개입하지 않은 작
품이 거의 없고, 자연만을 노래한 작품 또한 거의 없다. 그러나 감정
이입이 된 자연의 모습을 보여주고 이를 확인하는 데 그치는 것은
진정한 의미의 성찰적 사고라 하기 어렵다. 자연을 통해 자기 자신
에 대한 이해와 깨달음을 가질 수 있어야 한다. 이런 점에서 유치
환·서정주·구상·황동규 등의 자연시는 자연을 통해서 인간 존
재의 실존에 물음을 던지는 것으로, 여기서 자연과 우주는 인간 존
재의 본질을 비추어주는 거울의 기능을 수행하는 것으로 평가받는
다.214) 자연과 인간 사이에서 '관계성'의 문제를 다루고 있는 것이
다. 따라서 이들 작품 또한 성찰적 사고를 중심으로 읽고 감상하는
것이 가능하다.

이처럼 다양한 작품에서 인물기흥의 사고를 확인할 수 있는바, 문
학 감상과 사고 실행의 일반적 구조로서 인물기흥 사고의 교육은 세
계와 자아의 합일이라는 경험을 통해 대상과 주체의 관계에 대한 학
습자의 인식 변화를 가져오는 것을 목표로 한다. 이는 인물기흥의
사고를 통해서 자연과 인간에 대한 새로운 관계를 깨닫고 공통의 범
주를 구성하는 것을 말한다. 인물기흥의 사고에 따르면, 자연 속에
서 사는 인간이야말로 대생명의 과정에 참여하여 삶을 영위하는, 이
른바 공동의 창조자로, 이들은 둘이면서 하나이다.215)

이런 점에서 본다면, 인물기흥 사고교육의 궁극적인 목표는 자연
에 대한 수단적 도구적 시각에서 벗어나, 자연과 인간이 쌍방향으로

---

214) 엄경희·유정선, 앞의 글, 466~483면 참조.
215) 곽신환, 《주역의 이해》, 서광사, 1990, 301~302면.

표 3-1. 성찰적 사고의 구조 정리

단계		지향성			반성		자기 이해	
		지향성 유형	감응의 실태	감발의 결과	반성의 동인	반성의 유형	자기 이해 내용	태도의 형성
관물찰리의 사고	구조	관념적 이념성	관물(觀物)	이치의 발견	교화(敎化)	교화에 따른 존재와 당위의 일체성 추구	세계의 자아 견인	자기 수양의 태도
	교육내용	대상의 물성 파악하기			교화에 따른 주체와 대상의 동일시하기		절대적 세계에 견인되는 자아 이해하기	
		현상적 자질의 추상적 가치화			대상의 이치를 인간의 윤리적 질서로 전환하기		절대적 세계에 도달하기 위한 자기 수양의 태도 갖추기	
		문화적 측면과 조회하기						
감물연정의 사고	구조	주정적 구상성	감물(感物)	정감의 표출	공감(共感)	공감에 따른 인간 유한성·가류성 인식하기	세계와 자아의 대립	순응적 삶의 태도
	교육내용	자신의 감정에 대응하는 대상물 찾기			동질적 이질적 대상을 통해 감정 부각시키기		절대적 세계와 대립하는 자아 이해하기	
		감정을 대상에 투사하기			인간 유한성·가류성 깨닫기		절대적 세계와 대립 속에서 순응적 삶의 태도 갖추기	
인물기흥의 사고	구조	감각적 심미성	인물(因物)	흥취의 발산	공명(共鳴)	공명에 따른 물아일체 경험하기	세계와 자아의 합일	조화로운 삶의 태도
	교육내용	대상의 미적 특성 파악하기			대상에 대해 적극적으로 공명하기		절대적 세계와 합일하는 자아 이해하기	
		감각적 인상 재구성하기			대상과 나의 완전한 하나 됨 경험하기		절대적 세계와 합일 속에서 조화로운 삶의 태도 갖추기	

소통함으로써 세계와 자아가 공존하고 합일하는 세계를 깨닫고 추구하는 일이다. 욕망의 속박에서 벗어나 주객의 간격이 없는 경지 속에서 자연과 내가 합일하는 데에 있다.

　이상에서 살핀 성찰적 사고교육의 내용과 구조를, 이해의 편이를 위해 도식화의 위험을 무릅쓰고 간략히 유목화하여 정리한 것이 앞의 〈표 3-1〉이다.

3장에서 나오며

고민 하나. 관물찰리, 감물연정, 인물기흥의 아우라와 그 두려움

'성찰적 사고'만큼이나 이름 붙이기 어려웠던 것이 바로 '관물찰리', '감물연정', '인물기흥'이다. 성찰적 사고가 전통적 사유 방식이라는 점에서 하위 유형에 해당하는 용어를 여러 고문헌에서 찾으려 노력했다. 그 결과 채택된 것이 '관물찰리', '감물연정', '인물기흥'이다. 이들이 갖는 수많은 의미의 폭과 깊이를 모두 파악하지도 담아내지도 못하지만, 적어도 성찰적 사고의 세 유형을 드러내기에 적합한 용어라 생각했다. 이들은 '관물+찰리', '감물+연정', '인물+기흥'으로 조합되는데, 지향성과 반성에 대응하는 공통된 구조를 갖고 있다.

이들 용어는 서로 다른 문헌에서, 다양한 문맥과 배경에서 사용된 것들이다. 한마디로 출신 성분 자체가 다양하다. 그러다보니 이들을 성찰적 사고로 모두 포괄할 수 있는가부터 동일한 범주로 함께 다룰 수 있는지까지 수많은 문제를 제기하고 있다. 현학적인 욕심이 앞선 나머지, 사실을 왜곡하는 것은 아닌지 걱정이 앞선다. 논문을 완성한 지 여러 해가 지났건만, 아직도 관물찰리, 감물연정, 인물기흥이 갖고 있는 아우라(Aura)가 몹시 두렵기만 하다.

고민 둘. 보편성의 강조와 역사성의 퇴색

이 책은 성찰적 사고의 구명과 교육 내용 및 방법의 구안에 목적을 두는 까닭에, 시조의 역사적 전개에 대해서는 큰 관심을 두고 있지 않다. 조선 초기 강호가도 시조와 조선 후기 사설시조가 나란히 자리하는 것도 이 때문이다. 보편성을 강조하다보니 역사적 맥락과 배경을 거세한 채, 성찰적 사고의 구조와 절차만을 도출하려 한 것이다. 그 결과 전기사적 맥락이 배제된 데 따른 오류의

가능성이 열려 있다. 예컨대 인물기흥만 하더라도, 조선 전기 강호가도의 노래와 조선 후기 재지사족의 노래는 표면적으로는 동일한 구조를 가지고 있다. 그러나 그 의미와 세계관, 지향점에서는 큰 차이가 있을 수밖에 없다. 보편성을 얻은 대신 역사성을 잃었다.

고민 셋. 성찰적 사고의 확장과 아쉬움

성찰적 사고가 주변에 널리 존재하는, 그래서 쉽게 찾을 수 있는 일상의 것임을 밝히고 싶었다. 이를 증명해 보이고자 각 절마다 '~ 사고의 보편성과 사고구조의 일반화'를 덧붙였다. 시조 작품 이외의 다양한 문학 작품들을 제시하여 장르적 제약을 뛰어넘으려 했고, 자연 이외의 대상으로 넓혀 보기도 하였다.

그동안 눈여겨보았던 현대시 작품들을 들추어보니, 놀랍게도 이들은 하나같이 성찰적 사고의 구조를 지니고 있었다. 다만 아쉬운 것은 독서 경험이 미천한 탓에, 많은 산문들을 담지 못한 점이다. 수많은 한문 단편들도 대상에 대한 관찰에서 출발하지만, 궁극적으로 그 의미를 자신의 것으로 되돌려 생각하는 구조를 채택하여 활용하고 있다. 어디 그뿐이랴. 범박하게 말해, 기행문이나 여행견문록의 의의 역시 대상이나 광경을 통한 자기 발견과 이해에 있지 않을까. 산을 즐기는 나를 곰곰이 되돌아봐도, 결국 나를 이끄는 것은 산의 아름다운 풍광이 아니라 그 속에서 보게 되는 나의 참모습에 있다. 그렇지 않고서야 변함없는 모습의 산을 매번 힘들게 올라갈 이유가 따로 없지 않은가.

이후에 성찰적 사고가 담긴 좋은 글을 만나면, 이 책에 싣지 못한 아쉬움을 가질 듯하다. 책을 세상에 내보낼 때의 망설임 가운데 하나가 이런 것이 아닐까.

4장

성찰적 사고의 교육 방법

배우고 생각하지 아니하면 어둡고
생각하고 배우지 아니하면 위태로우니라.

- 공자, 《논어》

4장에 들어가며

　무엇보다 '교육 방법'이라는 용어부터 살필 필요가 있다. '교육 방법'이라는 말은 배경과 맥락에 따라 수많은 의미역을 갖고 있다. '교육활동을 효과적 능률적으로 수행하기 위한 일련의 방법'들을 그 외연으로 하면서도, 실제로는 '교수 학습 방법(teaching-learning methods)'으로 좁혀 이해하는 경우가 많다.

　본래 '방법(methods)'이란 용어는 어떤 인식에 이르는 '길'이라는 뜻을 가진 희랍어로, 'meta'와 'hodos'가 조합된 단어이다. 이 책에서 '교육 방법'이라는 용어는 수업에서 교사가 사용하는 방법이나 전략, 모형 등과 같은 '교수법'의 차원을 넘어서서, 교육 내용을 실제로 구현하는 과정에서 요구되는 목표, 교재, 교수·학습, 평가를 모두 포함하는 의미로 사용하기로 한다. 즉 3장의 '교육 내용'과 4장의 '교육 방법'은 대칭적 상보적 관계인 것이다. 이들은 상호간의 끊임없는 조회를 필요로 한다.

　이러한 점을 전제로, 4장에서는 '교육 방법'이라는 제목 속에서 교육의 실행적 국면을 다루었다. 이들을 효과적으로 읽어내기 위해서는 다음 두 차원의 연계성에 대한 특별한 고려가 요청된다.

첫째는 3장 내용과의 연계이다. 본문에서 밝힌 바와 같이, 교육학 일반의 것을 그대로 가져오는 것을 막기 위해서, 각 절은 성찰적 사고의 내용에 부합하는 것으로만 채우려 하였다. '목표', '교재', '교수·학습', '평가'의 일반론이 아니라, '성찰적 사고교육의 목표'와 같이, 각 절의 제목마다 '성찰적 사고교육의'라는 말을 덧붙인 이유가 여기에 있다.

둘째는 4장 각 절과의 연계이다. 목표-교재-교수·학습-평가는 일련의 과정과 절차로서의 의미도 갖고 있으며, 따라서 순환적인 과정으로 기획되어야 함은 당연한 논리이다. 각 절 내용들의 연계성에 초점을 맞춘 만큼, 상호 관련성 속에서 읽을 필요가 있다.

성찰적 사고교육의 방법인 만큼, 성찰적 사고의 특질을 제대로 반영하려 하였다. 구체적인 방법이 진술되지 못하고 원론적인 수준의 내용으로 채워진 것에 대한 변명을 이것으로 대신하려 한다.

'어떻게 가르치는가'를 과제로 하는 교육 방법은 일반적으로 교육 목적과 내용을 달성하기 위한 수단이나 방식으로 이해된다.[1] 교육 목적이나 내용의 측면은 대체로 각 교과가 다루는 고유한 문제에 기반하여 교육적 가치를 검토하고 평가하는 과정이 뒤따랐다. 특히 국어교육 분야는 국어국문학의 이론적 학문적 성과를 일방적으로 수용하는 것에서 벗어나 교육의 관점에서 언어 현상을 바라봄으로써, 국어교육 고유의 내용을 기획하고 설계하는 시도가 다양한 영역에 걸쳐 이루어졌다. 교과교육학으로서 국어교육학의 존재 근거와 정당성이 교육 목적과 내용의 측면에서 탐색되었고, '국어국문학'과 구별되는 '국어교과학[2]'이 이를 대표된다.

그러나 국어교육의 정체성에 대한 이러한 모색이 이루어졌음에도, 교육 방법의 국면에서는 여전히 교육학 일반의 논의가 그대로 수용되고 전용되는 것이 현실이다. 교육 방법론과 관련된 연구 영역

---

1) 일반적으로, "교육 방법"이란 교육 목표를 달성하기 위하여 온갖 수단들을 동원하고 조직하여 전개하는 원리와 기술을 총칭하는 개념으로 사용된다.(김호권 외, 《현대교육과정론》, 교육출판사, 1992, 31면 참조)
2) 국어교과학은 '가르칠 무엇'을 대상으로 연구하는 학문을 뜻한다. 국어라는 교과에 포함될 지식을 연구 개발하는 것을 목표로 한다.(김대행, 《국어교과학의 지평》, 서울대출판부, 1995 참조)

이 교사 양성의 현실적 문제에만 주력한 나머지, 기술·기법을 전수하는 차원에 머무른 결과, 학문적 이론의 체계를 제대로 갖추지 못한 것이다.

교육 방법론을 둘러싼 이 같은 상황은 다음과 같은 배경에서 비롯된 것으로 볼 수 있다. 먼저, 국어교육 내부의 측면에서 본다면, 여전히 국어교육을 교육 내용론적 연구와 교육학이 산술적으로 결합한 것이라고 보는 편협한 시각이 상존하고, 그에 따라 교육 방법의 문제를 교육학의 영역으로만 간주하는 데 있다. 둘째, 교육학의 입장에서 개별 교과의 특수성을 간과하고 이를 일방적으로 통제하려는 결과, 개별 교과의 구체적 교육 내용과는 거리가 먼 천편일률적인 일반론을 교과 교육의 교육 방법론으로 내세우는 데 있다. 이러한 상황에서 교육 방법론은 개별 교과의 구체적인 면을 담아내지 못하여 공소해질 수밖에 없고, 교육 내용과 방법 사이의 유기적 조화도 기대하기도 어렵다.

교육 방법의 측면은 분명 교육 목적과 내용의 자장에서 자유로울 수 없다. 이처럼 교육적 가치와 의의, 그리고 교육할 내용에 의해 교육 방법이 결정되는 것이지만, 한편으로는 방법에 의해서 교육의 목적과 내용이 구체화될 수 있고 실현될 수 있다. 교육은 본질상 수행과 실천의 성격을 지니는데, 교육 방법을 통해서 수행력과 실천력이 확보될 수 있기 때문이다. 교육 목적과 교육 내용, 그리고 교육 방법의 세 국면이 긴밀한 유기적 관계를 맺을 때 교육론은 학습자의 성장을 가져오는 실천적 수행적 이론으로 기능할 수 있다.

이런 점을 전제로, 이 책에서는 교육학의 일반적 방법론을 전개하는 대신 '성찰적 사고교육의 목표론', '성찰적 사고교육의 교재론', '성찰적 사고교육의 교수·학습론', '성찰적 사고교육의 평가론'을 설계하기로 한다. 이들은 '시조를 감상하는 교육'과 시조의 사유 구조를 바탕으로 '사고를 실행하는 교육'이라는 두 측면을 모두 포괄한다. 이 책에서 말하는 성찰적 사고교육은 시조에 나타난 사유 구조를 읽고 이를 이해하고 감상하는 국면과 더불어, 이러한 사고를 직접 실행하는 것까지를 포괄한다. 이러한 측면을 고려할 때, 교육 방법론은 기존의 시조교육, 사고교육과 차이를 가질 수밖에 없다. 따라서 성찰적 사고교육은 이 같은 통합적 성격을 염두에 두고 그 본질에 부합하는 구체적인 방법을 탐색하기로 한다.

덧붙여 교육 방법론과 관련된 여러 논의는 교육 내용론과 더불어 학습자인 인간 주체, 그리고 교수·학습 과정 및 평가의 문제, 나아가 교육과 관련된 현실적인 모든 요소 등에 이르기까지 여러 변인들을 모두 고려하면서 그 원리를 모색해야 한다는 어려움이 있다. 이처럼 성찰적 사고교육과 관련하여, 어떤 목표에서 누가 누구에게 어떠한 원리를 바탕으로 어떻게 가르치고 평가하는가와 같은 실천의 문제를 자세히 살펴볼 것이 요청된다.3)

---

3) 이러한 문제 영역 설정의 근거는 교수 설계자의 임무를 다음과 같은 세 질문에 대한 답변으로 보는 것에서도 찾을 수 있다. "가려는 곳은 어디인가?"(목표), "그곳에 어떻게 도달할 것인가?"(교수 전략 및 교수 매체), "언제 그곳에 도착했는지 어떻게 알 수 있는가?"(검사와 평가) Patricia L. Smith & Tillman J. Ragan, *Instructional Design* ; 김동식 외 역, 《교수설계이론의 탐구》, 원미사, 2002, 23~24면 참조.

4.1. 성찰적 사고교육의 목표

타일러(Tyler)에 따르면 교육과정은 교육 목표의 선정, 학습 경험의 선정, 학습 경험의 조직, 평가로 구성되며, 교육 목표에서 평가에 이르는 선조적 과정과 평가의 결과가 다시 교육 목표로 이어지는 순환과정으로 이루어진다.4) 여기서 교육 목표5)는 교육이 지향하는 방향이면서, 제시된 방향에 따라 전개되는 교육활동의 주요 지침으로 작용한다. 이런 까닭에 어떤 인간으로의 변화를 추구하는가라는

---

4) Ralph W. Tyler, *Basic Principles of Curriculum and Instruction*; 이해명 역, 《교육과정과 수업의 기본 원리》, 교육과학사, 1987 참조. 교육 목표는 교육과정의 순환과정에서 가장 먼저 결정되어야 할 것이면서 그 이후의 절차를 밟는데 기준이 된다는 점에서 가장 중요한 요소로 보고 있다.(이홍우, 《(증보) 교육과정탐구》, 박영사, 1992, 45면 참조)

5) '목표' 개념은 '목적'과의 비교·변별의 과정을 통해 구체화될 수 있다. 일반적으로 교육 목적이 '교육을 왜 하느냐?'라는 질문에 대한 대답과 같은 것이라면, 교육 목표는 어떤 단위활동이 끝났을 때 최종적으로 형성되어야 할 것이 무엇이냐의 질문에 대한 대답으로 이해할 수 있다.(이돈희, 《교육철학개론》, 교육과학사, 1987, 112면 참조) 목표에 대한 아래의 개념 규정 또한 이와 다르지 않다.

"A(aim)와 G(goal)을 하나로 묶어서 '목적'이라 하고, O(objective)를 '목표'로 부르는 방법이 일반화되어 있다. 아이스너에 따르면 문학교육을 수행하는 근거나 이유 또는 중요성이 목적이고, 문학수업을 통해 학습자가 이르러야 할 상태나 이른 상태가 목표이다. 목적이 '왜 문학교육을 해야 하는가?'라는 본질적 질문에 대한 답이라면 목표는 '문학교육을 통해서 무엇을 얼마나 달성해야 하는가'라는 구체적 질문에 대한 답이 되고, 전자가 행위를 정당화하는 근거라면 후자는 행위가 지향하는 대상이 되는 것이다."(김창원, 〈문학교육과정 설계의 절차와 원리〉, 《국어교육》 77·78, 한국국어교육연구회, 1993, 183면)

교육 목표의 문제가 해결되지 않고서는 교육의 계획과 운영 자체가 불가능하다. 이처럼 목표는 교육의 기획과 설계의 바탕을 이루면서 교육적 선택의 국면에서 중요한 준거로서 기능한다. 교육의 실제, 즉 교재의 구성, 교수·학습 방법 및 평가 도구의 개발 등의 방향을 결정하고 그 적절성을 가늠하는 척도인 것이다.

이러한 교육 목표에는 철학적 측면과 과학적 측면이 담겨 있다. 어떤 인간, 어떤 사회, 어떤 이념을 겨누는 것이 바람직한가의 문제가 철학적 측면이라면, 교육 목표가 실제로 어떻게 기술되고 표현되어야 하는가의 차원과 관계되는 것이 과학적 측면이다.[6] 진정한 교육 목표를 위해서는 내용의 가치와 관계되는 철학적 국면과 학습 결과로 나타나는 행동과 관련된 과학적 국면이 조화를 이루어야 함은 물론이다. 이런 점에서 본다면, 교육학의 목표론이 대체로 행동의 변화에 초점을 맞춘 채 측정의 기술적 측면만을 다루는 것은 분명 '무엇'이라는 내용이 생략되어 있는, 제한된 의의를 가질 뿐이다.[7]

따라서 이 책에서 교육 목표론은 철학적 측면과 과학적 측면의 요구를 충족시키는 방향으로 설계한다. 이를 위해 우선 성찰적 사고 능력을 세분하여 각 단계의 도달점을 구체화하는 작업을 진행하고

---

[6] B. S. Bloom et. al., *Taxonomy of Educational Objectives : The Classification of Educational Goals*, *Handbook Ⅰ : Cognitive Domain*; 임의도 외 공역, 《교육목표분류학 (Ⅰ) 지적 영역》, 교육과학사, 1983, 머리말 참조.

[7] 타일러(Tyler)의 교육 목표 모형이 갖는 한계로, 교육 목표가 내용과 행동의 결합으로 이루어지지만 그 내용이 단순히 교육 목표를 달성하기 위한 수단으로만 간주될 뿐, 그것이 어떤 점에서 가치 있는 것인가에 대한 의문을 해결하지 못하는 점을 지적할 수 있다.(이홍우, 앞의 책, 154쪽 참조) 이는 내용을 다룰 수 없는 교육학 일반이 갖는 근원적인 한계와도 관련 깊다.

[과학적 측면], 이를 바탕으로, 성찰적 사고 능력이 지향하는 인간관과 그 의미를 국어교육의 목표와 관련하여 살펴보기로 한다[철학적 측면].

4.1.1. 성찰적 사고의 수행 단계별 목표

교육에서 성찰적 사고의 문제는 단순히 성찰적 사고를 이해하는 데 그치지 않는다. 성찰적 사고가 구현된 언어 텍스트를 성찰적 사고로 읽어낼 수 있어야 하고, 이를 바탕으로 실제 사물을 대상으로 성찰적 사고를 실행할 수 있어야 한다. 즉 성찰적 사고 능력이란 '시조 감상의 능력'이면서 동시에 '사고 수행의 능력'이다. 그런데 이러한 사고 능력은 각각의 국면에서 독립적으로 신장되는 것이 아니다. 시조 속의 사고를 파악하고 감상하는 과정 속에서 성찰적 사고를 직접 체험하고 이해할 수 있으며, 이는 학습자가 실제 삶에서 사고를 실천하고 적용할 수 있는 토대가 된다. 대부분의 국어교육의 목표와 내용이 그러하듯, 성찰적 사고 또한 시조 감상을 통해 성찰적 사고를 '이해'할 수 있어야 하고, 이를 바탕으로 성찰적 사고를 직접 '표현'하고 실천할 수 있어야 한다.

그러나 앞서 수행의 교육 내용을 구성하면서, 감상과 실행의 두 능력이 별개의 것이 아니라 구조적 상동성을 갖고 있음을 살펴보았다. 시조 감상의 국면이든, 사고 실천의 국면이든 지향성, 반성, 자기이해의 구조와 과정에서는 본질상 차이가 없다. 각각의 단계에서 요구되는 절차와 도달점은 동일하다. 다만, 시조 감상의 차원에서는 이해하고 파악하는 것을, 사고의 실행 차원에서는 이를 직접 적용하고 실천하는 것을 목표로 한다는 현상적 차이만이 존재할 뿐이다. 시조 감상의 차원에서는 텍스트에 구현된 성찰적 사고의 이해를 목표로 하는 만큼 당대 사회 문화적 맥락이 주된 변인이 된다면, 사고의 실행 차원에서는 학습자가 처한 현재의 사회 문화적 맥락이 주요 변인이 된다는 점이 고려되어야 할 것이다.

이런 점을 전제로, 여기서는 성찰적 사고의 목표를 단계에 따라 구체화하는 작업을 진행하기로 한다. 교육 목표라는 것이 기르고자 하는 인간 특성이며, 교육 받은 사람이 갖추어야 할 인성과 행동 특성이라고 한다면,8) 성찰적 사고교육의 목표는 성찰적 사고 능력의 신장을 통해 인간다움을 고양하는 것으로 설정할 수 있다. 그러나 이러한 이념 차원의 목표는 실제 활동과 수행을 위해서 더 구체화할 필요가 있다. 성찰적 사고 능력을 포괄적 추상적 차원에서 접근하기보다는, 수행 단계와 절차에서 요구되는 목표로 상세화할 때 구체성과 실천력을 가질 수 있다. 이는 목표라는 개념이 "교육과정상의 층위, 교과목의 층위, 교실 수업의 층위" 등으로 구분되며, 각각 "이념, 목표, 내용"의 성격을 가진다는 설명9)과도 부합한다. 이러한 관점에서 본다면, 성찰적 사고 능력을 키움으로써 인간다움을 고양하는 것은 이념 차원의 문제이며, 시조의 감상활동과 사고의 실행 활동을 위해서는 '목표'와 '내용' 차원으로 좀 더 구체화할 필요가 있다.

먼저, 지향성의 단계에서는 주체가 대상을 향해 의식작용을 전개

---

8) 김종복 외, 《학교교육목표에 대한 사회적 요구 분석》, 한국교육개발원, 1979, 15면.
9) 김상욱, 《문학교육의 길찾기》, 나라말, 2003, 33~40면 참조.

하는 것으로, 이는 대상과의 관계 형성과 그에 따른 주체의 사고 전
개로 구체화된다. 우선 대상과 관계 맺기의 경우, 주어진 사물 또는
직접 사물을 찾아 이를 사고의 대상으로 설정하고 관계를 형성하는
일이다. 따라서 이 단계는 사물을 사고의 대상으로 삼아 관계를 형
성하는 것을 구체적인 목표로 한다.

이러한 관계 설정을 토대로 각각의 지향성, 즉 관념적 이념성의
지향, 주정적 구상성의 지향, 감각적 심미성의 지향을 수행함으로써
각각 이치, 정감, 흥취를 감발할 수 있어야 한다. 이는 대상을 어떻
게 바라보고, 그에 따라 무엇을 발견하는가의 과제로 요약된다. 따
라서 사고의 유형에 따라 대상과의 감응이 제대로 이루어졌는가를
살펴볼 필요가 있다. 이 단계에서는 각각의 지향성을 수행하는 것과,
이를 통해 이치, 정감, 흥취 등을 감발하는 것을 목표로 한다. 이상
을 토대로 지향성 단계의 교육 목표를 정리하면 다음과 같다.

지향성 수행 단계에서의 교육 목표

- 사물을 대상으로 삼아 관계를 형성할 수 있다.
- 관념적 이념성, 주정적 구상성, 감각적 심미성의 지향에 따라 대상을 바라볼
  수 있다.
- 각각의 지향성에 따라 이치, 정감, 흥취를 감발할 수 있다.

둘째, 반성의 단계는 대상의 문제를 자기에게 되돌리는 것을 핵심
으로 한다. 이는 대상을 통한 자기 이해의 과정에서 반드시 요청되는
활동이다. 지향성의 영향을 받으면서, 이후 자기 이해의 내용을 결정

짓는다는 점에서 그 중요성을 확인할 수 있다.

반성의 수행 단계는 대상의 문제 사태를 자기의 것으로 전환시키는 것을 목표로 한다. 즉 대상에서 자기의 것으로 '가져오기'와 '자기화하기'를 말한다. 이때 대상과 자기 자신을 어떻게 연결 짓는가에 따라 '교화(敎化)', '공감(共感)', '공명(共鳴)'의 방법이 선택될 수 있는데, 이는 주체가 선택한 성찰적 사고와 지향성의 유형에 의해 결정된다. 이런 점에서 이 단계의 교육 목표는 교화, 공감, 공명에 의해 대상의 문제를 자기의 것으로 전환하는 것으로 설정된다.

그런데 이 단계에서 요구되는 또 하나의 활동은 반성의 작용에 따라 특정한 경험을 형성하는 것이다. 교화에 따라 존재와 당위의 일체성을 추구하는 것, 공감을 통해 인간 유한성을 인식하는 것, 그리고 공명에 의해 물아일체를 경험하는 것을 주된 내용으로 한다. 반성의 수행이 제대로 이루어졌다는 것은, 반성의 방법적 측면뿐만 아니라 대상을 통한 특정한 경험의 형성까지 포괄하는 것이다. 사고의 유형에 따라 존재와 당위의 일체성 추구, 인간의 유한성과 가류성, 물아일체(物我一體) 등을 경험의 주된 내용으로 하며, 이를 직접 체험하는 것이 이 단계의 주된 목표이다.

반성 수행 단계에서의 교육 목표

- 교화(敎化), 공감(共感), 공명(共鳴)에 따라 대상의 문제를 자기의 것으로 전환할 수 있다.
- 대상을 통해 존재와 당위의 일체성 추구, 인간의 유한성과 가류성, 물아일체 등을 경험할 수 있다.

끝으로, 지향성과 반성의 수행을 통해 자기 이해에 도달하는데, 이 단계는 세계와 자아의 관계에 대한 이해와 그에 따른 태도의 형성을 주된 과제로 한다. 물론, 성찰적 사고가 인간에 대한 존재론적 이해를 추구한다는 점에서 그 내용은 개인 차원의 개별성보다는 세계와의 관계 속에서 인간의 보편적 이해이다. 따라서 이 단계에서 교육 목표는 사고의 유형에 따라 세계와 자아의 관계를 이해하는 것으로 규정된다. 세계의 자아 견인, 세계와 자아의 대립, 세계와 자아의 합일을 구체적인 내용으로 한다.

그런데 성찰적 사고는 지식 차원의 앎에 그치는 것이 아니라 주체의 가치관과 세계관 차원의 문제를 제기하는 것으로, 이러한 깨달음을 바탕으로 주체의 태도와 성향에 대한 변화와 성장을 가져오는 것이다.[10] 개인이 어떤 방식으로 행동하려는 습관적 경향성을 사고라고 한다면,[11] 성찰적 사고는 방법적 측면, 즉 기능과 전략뿐만 아니라 주체의 내면화, 대습관 등과 같이 태도와 실천의 문제가 특히 강조되는 사고라고 볼 수 있다.

따라서 성찰적 사고를 통해 획득된 자기 이해는 그에 부합하는 태도와 실천을 요구한다. 즉 세계의 자아 견인, 세계와 자아의 대립, 세계와 자아의 합일에 대한 이해가 학습자의 자기 수양의 태도, 순응적 삶의 태도, 조화로운 삶의 태도 로 이어질 때, 성찰적 사고의

---

10) 참고로 아는 것이 주객이 분리된 가운데 일어나는 인식이라면 깨달음은 주객의 융합 속에 일어나는 미적인 느낌이다.(이성희, 《무의 미학》, 새미, 2003, 91면 참조) 성찰적 사고는 궁극적으로 깨달음을 목표로 한다.

11) 김영채, 《사고력 이론 수업 개발》, 교육과학사, 1998, 3면.

교육이 제대로 달성되었다고 할 수 있다. 이처럼 자기 이해 단계의 두 번째 교육 목표는 세계와 자아의 관계 속에서 자기 수양의 태도, 순응적 삶의 태도, 조화로운 삶의 태도 등을 가지는 것으로 설정된다. 이는 성찰적 사고의 궁극적 도달점에 해당한다.

자기 이해의 수행 단계에서의 교육 목표

- 세계와 자아의 관계, 즉 세계의 자아 견인, 세계와 자아의 대립, 세계와 자아의 합일 등을 이해할 수 있다.
- 세계와 자아의 관계 속에서 자기 수양의 태도, 순응적 삶의 태도, 조화로운 삶의 태도 등을 가질 수 있다.

각각의 단계에서 요구되는 목표에 부합하면서 성찰적 사고가 전개될 때 의미 있는 결과에 이를 수 있음은 물론이다. 그런데 성찰적 사고교육의 목표를 세분화한 이러한 결과는 3장의 교육 내용과 밀접한 관련성을 갖고 있다. 사실 성찰적 사고의 수행 교육 내용을 지향성, 반성, 자기 이해의 과정으로 절차화하고, 그 각각의 교육 내용을 구안할 수 있었던 것은, 성찰적 사고교육의 목표가 이러한 단계에 따라 설정되는 데 토대를 두고 있다. 여기서 교육 목표와 교육 내용의 유기적 관계를 다시금 확인하게 된다.

4.1.2. 성찰적 사고 능력과 국어교육 목표 지평의 확장

성찰적 사고교육의 목표는 성찰적 사고 능력을 키우는 데 있다.

성찰적 사고 능력이란 대상을 통해서 세계와 자신의 관계를 깨닫고, 이를 통해 삶과 세계의 문제에 대해 자신의 태도를 정향하는 것으로 구체화된다. 이러한 능력이 국어교육의 목표와 내용이 되기 위해서는, 언어 문제를 바라보는 기존의 관점을 수정하고 전환하는 것이 요청된다. 이는 곧 성찰적 사고의 문제를 통해 국어교육에서 언어, 인간의 문제를 어떻게 바라보아야 하며, 그에 따라 국어교육의 목표가 어떻게 설정되어야 하는지를 다시 고민하게 만든다. 따라서 성찰적 사고의 도입과 제안이 국어교육의 목표론에 시사하는 바를 살펴보는 일이기도 하면서, 한편으로는 성찰적 사고교육의 목표가 지닌 철학적 측면을 언어의 차원에서 규명하는 일이기도 하다.

일반적으로 다른 교과와 구별되는 국어교육의 본질이 '언어활동'에 있으며, 국어교육은 언어활동을 대상으로 학습자의 언어능력을 키우는 것을 주된 목표로 한다. 그런데 언어를 기능의 관점에서 바라보게 되면, 국어활동은 듣고 말하고 읽고 쓰는 '사용'의 국면으로 여겨지고, 그에 따라 이해하고 표현하는 능력 그 자체를 국어교육의 주된 과제와 목표로 설정하게 된다. 이러한 관점을 견지할 경우, 성찰적 사고와 같은 문제는 국어교육의 목표와 내용으로 자리 잡기 어렵다.

그러나 국어교육의 목표는 텍스트의 이해와 표현 능력만이 아니라, 국어 능력과 국어 현상의 여러 국면, 곧 언어적 사고력, 언어 활용 능력, 문화적 소통 능력, 나아가 언어활동에 적극적으로 참여하는 태도까지 포괄하는 것이어야 한다. 즉 의미를 언어기호로, 언어기호를 의미로 치환하는 차원을 넘어서서, 국어와 관련된 모든 맥락을 포괄하는 것을 말한다. 성찰적 사고 능력의 신장이 국어교육의 목표로 설정되고 국어교육의 중요한 과제가 될 수 있는 것도, 이처럼 국어교육이 주어진 내용을 이해하고 표현하는 차원을 넘어서서 좀 더 고차원의 능력을 다룬다는 점에 있다. 국어교육의 본질이 '의사소통'에 그치지 않고, '사고력의 증진'에 있다고 보는 견해[12] 또한 이러한 관점을 뒷받침하는 하나의 사례이다. 언어가 사고와 본질적인 관련을 맺고 있다는 인식에 바탕을 두고, 구체적으로 언어를 표현하고 이해하는 과정과 절차에서부터, 그 언어가 담고 있는 세계의 문제에 이르기까지 광범위하게 작용하는 사고의 여러 문제를 국어교육의 목표로 포괄하는 것이다.[13]

성찰적 사고 능력은 언어를 바라보는 관점에 두 가지 측면을 새삼 강조한다. 먼저, 인간의 이해가 언어와 분리하여 생각할 수 없다는 점을 분명히 한다. 인간이 이해한다는 것은 단지 '표시된 것', '소리로 들리는 것'을 단순히 안다는 의미가 아니라, 마음 속 깊은 곳에서 의미한 것, 생각한 것을 깨닫는 것이다.[14] 가다머(Gadamer)로 대표되는 철학적 해석학의 핵심은 이러한 이해의 언어성에 있다. 이해될 수 있는 존재는 언어이며, 언어는 이해 자체가 수행될 수 있는 보편

---

12) 이삼형 외, 《국어교육학과 사고》, 역락, 2007 참조.

13) 예컨대, 평범하고 일상적인 사물이나 행위를 새로운 각도로 관찰하고 그 속에서 새로운 의미를 찾아내려는 자세나 사고방식을 뜻하는 창의적 사고가 국어교육의 주요한 내용이 될 수 있는 것도 이 같은 관점에 따른 것이다. 최홍원, 〈창의성에 대한 이해 지평의 확대와 국어교육적 재조명〉, 《새국어교육》 제89호, 한국국어교육학회, 2011 참조.

14) Hans Georg Gadamer, *Erziehung ist sich erziehen*; 손승남 역, 《교육은 자기 교육이다》, 동문선, 2004, 55~56면.

매개이다.15) 즉 인간 삶의 경험은 항상 언어를 매개로 이루어진다
는 것이다. 언어는 바로 우리 앞에 놓인 세계를 향한 길이며, 타인들
을 만나서 교류하면서 마침내 나를 발견하는 "놀이의 광장"이다.16)
이때의 언어는 타인과 '소통'하거나 자신의 생각을 '전달'하는 데 사
용되는 것이 아니다. 언어를 통해 자신을 알게 되고, 세계와 자신의
관계를 형성하는 것을 가리킨다. 이처럼 언어는 단순히 의사전달의
기호이거나 인간의 사유를 외현화하는 도구가 아니라, 인간 앎의 존
재론적 기반이 된다. 한마디로 인간의 이해는 언어가 열어주는 물길
을 따라 일어나는 것이라 할 수 있다.17)

둘째, 이러한 언어관을 바탕으로 성찰적 사고 능력은 언어가 객관
적 사실을 재현하는 데 그치는 것이 아니라, 어떤 존재가 무엇인가
를 '의미'하는 것이며, 모든 언어 속에는 현상들을 바라보는 각도와
그것들을 사상적으로 파악하는 방법과 정신적으로 지배하는 방법이
이미 주어져 있음에 주목한다.18) 언어가 담고 있는 의미는 그 문제
에 대한 주체의 참여와 판단을 요구하며 성향과 인식의 변화를 전제
하고 있다. 따라서 국어교육에서 목표로 하는 사고란 언어가 담고
있는 이러한 '의미'를 경험하고 구성하는 주체의 활동으로 볼 수 있
다. 언어를 통해 세계를 이해하고 표현하며, 현실을 반성하고 삶의
목적과 방향을 모색한다는 설명 등은 이를 구체화한 것들이다.

---

15) Hans Georg Gadamer, *Truth and method*, 이길우 외 역, 진리와 방법 Ⅰ, 문학동
네, 2000 참조.
16) 박해용, 《철학용어용례사전》, 돌기둥출판사, 2004 참조.
17) 이지중, 《교육과 언어의 성격》, 문음사, 2004, 19면 참조.
18) 김원중, 《중국 문학 이론의 세계》, 을유문화사, 2000, 24면.

이러한 관점을 견지할 경우, 언어의 문제는 단순히 소통과 인식의 차원에 그치는 것이 아니라, 그 내용이 담고 있는 의미와 가치의 문제를 다루어야 하고 이를 통해 궁극적으로 주체의 성장과 변화를 도모할 수 있어야 한다. 언어를 표현하고 이해하는 차원을 넘어서 언어적 세계를 통해서 무엇을 경험하고 사고할 것인가, 그리고 어떤 가치를 추구할 것인가의 문제에 대한 고민을 포함한다. 국어교육이 언어를 주고받는 방법이나 기술에만 관심을 두는 것에서 벗어나, 무엇을 주고받을 것인가의 문제, 다시 말해 말에 담긴 삶, 삶을 담은 말의 문제를 다루어야 한다는 주장19)도 바로 이러한 문제를 일깨우는 것이라 할 수 있다.

이상의 논의를 바탕으로, 성찰적 사고 능력을 통해 국어교육의 목표와 그것이 전제하는 인간관에 대한 새로운 접근이 가능해진다. 단순히 특정한 기술의 방법적 습득 차원에서 벗어나 인간의 가치와 성장의 문제에 초점을 맞추는 교육이 성찰적 사고와 국어교육이 만나는 지점이다. 국어교육이 목표로 하는 인간 또한 대상의 의미를 발견하는 주체, 그리고 자기화하는 과정에서 자신을 구성하고 새롭게 이해하는 주체, 나아가 자신의 사고에 대해 언제나 열린 마음으로 수정하면서 더 나은 것을 향해 끊임없이 노력하는 주체로 상정할 수 있다. 자신과 세계를 이해하는 가운데 삶의 바람직한 태도와 가치를 정향(定向)하는 것은 성찰적 사고의 주된 과제이면서 국어교육이 추구해야 할 중요한 목표이기도 하다.

---

19) 김수업, 《국어교육의 바탕과 속살》, 나라말, 2005, 18~19면 참조.

국어교육의 대상은 분명 언어이지만, 언어 활용의 기능과 전략 차원의 습득만을 목표로 하는 것은 아니다. "교육을 통해 언어를 경험한다는 것은 객관적으로 존재하는 의미의 구조에 적응하는 것만이 아니라, 그것을 수용하여 성장의 내용으로 삼으며, 또한 그것으로 인하여 스스로 성장할 수 있게 하는 힘을 생산하는 것"[20]이다. 이처럼 언어는 의미를 담고 있으며 인간은 이러한 의미의 경험을 통해 인간다움을 인지하고 깨닫는다면, 국어교육이 추구해야 할 목표는 언어를 통한 주체의 성장으로 명확해진다. 문학교육의 목표를 개인의 정신적 성장, 주체의 형성 등으로 설정하는 것에서 언어와 인간을 바라보는 이러한 관점의 보편성과 타당성을 찾을 수 있다.

4.2. 성찰적 사고교육의 교재

교재는 일반적으로 교수·학습 과정을 위하여 사용되는 일체의 물리적 표상적 실체를 가리킨다.[21] 교육의 국면에서 교재는 수많은 역할을 담당한다. 관점 반영의 기능, 내용 제공 및 재해석의 기능,

---

[20] 이돈희, 《교육적 경험의 이해》, 교육과학사, 1993, 143~144면.

[21] M. D. Gall, *Handbook for Evaluating and Selecting Curriculum Materials*, Allyn and Bacon Inc., 1981 참조. 여기서 교재는 세 가지의 조건과 의미를 갖는다. 먼저 교육의 목표를 효과적으로 달성하기 위한 수단이면서, 교사와 학습자의 소통을 위한 물리적 실체와 형상(physical entities)이고, 교육 내용을 담아내는 표상적(representational) 존재이다.

교수·학습 자료의 제공 기능, 교수·학습 방법의 제시 기능, 학습 동기 유발의 기능, 연습을 통한 기능의 정착 기능, 평가 자료의 제공 기능 등이 대표적이다.[22] 그러나 교재의 중요성은 무엇보다도 교육 내용과 교육활동의 실제를 매개하는 기능을 수행한다는 데에서 찾을 수 있다. 교육 목표 및 내용의 추상성과 교육활동의 구체성 사이의 간격을 메우는 역할을 하는 것이다. 뿐만 아니라 구체적인 교육 활동의 국면에서도 교재는 또 다른 차원의 매개 기능을 수행한다. 교재를 매개로 교사와 학습자 사이의 소통이 이루어지는 것이다. 따라서 이 책에서는 교재가 갖는 이러한 매개의 성격에 주목한다. 특히 "거미집 모형"[23]이라 불리는 교육과정을 전제로, 학습자의 성찰적 사고 활동을 유도하고 매개할 수 있는 교재론을 전개해 나가기로 한다.

4.2.1. 성찰적 사고의 교재 선정과 확장

일반적으로 교재가 "교육 목표를 달성하기 위하여 사용되는 모든 자료"[24]를 뜻하지만, 국어교육에서는 대체로 제재의 의미를 갖는

---

22) H. A. Green & W. Petty, *Developing Language Skills in the Elementary Schools*, Allyn and Bacon Inc., 1975, 482~486면; 노명완 외, 《국어과교육론》, 갑을출판사, 1991, 93~96면 재인용.

23) "계단식(staircase) 모형"과는 달리 "거미집(spiderweb) 모형"은 교육과정의 설계자가 교사에게 여러 종류의 교재와 학습 활동을 제공하는 것을 뜻한다.(Elliot W. Eisner; 이해명 역, 앞의 책, 179~181면 참조)

24) 서울대 국어교육연구소 편, 앞의 책, 90면.

다.25) 그런데 특정 문학 텍스트가 성찰적 사고의 교재가 되기 위해서는 해당 텍스트에 성찰적 사고의 자질이 담겨 있어야 한다. 즉 텍스트 자체가 대상을 통해 자기를 이해하는 구조를 갖고 있으며, 그 내용 또한 가치 있는 자기 이해의 경험을 다루어야 한다. 이는 각각 성찰적 사고에 기반하여 대상을 인식하고 자기를 이해하는 '구조적 조건', 그리고 가치 있는 자기 이해의 경험이라는 '내용적 조건'에 해당한다. 따라서 성찰적 사고의 교재로서 문학 텍스트는 어디까지나 각 유형에 적합한 대표성을 지닌 것을 선별하는 것이라고 할 때, 대표성은 이러한 구조적 조건과 내용적 조건을 모두 충족시키는 것을 말한다. 특히 세계와 자아의 관계에 대한 보편적이고 전형적인 인식을 담고 있는 것을 교재로 삼을 필요가 있다.

이런 점에서 본다면, 시조는 장르 자체가 성찰적 사고의 구조를 반영하고 있는 까닭에 구조적 조건 측면에서 장점을 갖는다. 시조의 3장이라는 형식 자체가 이미 대상을 대상으로 바라보지 않고 나와의 관계 속에서 진리를 깨닫는 과정으로 구조화된 것이기 때문이다. 내용적 조건, 즉 세계와 자아의 관계에 대한 이해를 다루는 작품들을 성찰적 사고의 유형에 따라 교재화 정리한 것이 다음 표들이다.

먼저 관물찰리 사고 유형의 제재에 대해 살펴보기로 하자.(표 4-1 참조)

---

25) 일반적으로 교재를 "자료로서의 교재"와 "제재로서의 교재"로 구분하기도 한다. 자료로서의 교재가 생산 의도와 관계없이 교수·학습 과정에 끌어들여 활용되는 모든 것을 뜻한다면, 제재로서의 교재는 장르적 차원에서 형상화되어 하나의 통일적 구조를 이루는 작품을 의미한다. (최현섭 외, 《(제2증보판) 국어교육학개론》, 삼지원, 2005, 99~101면 참조)

표 4-1. 관물찰리 사고의 제재

작품명	작자	작품명	작자
〈陶山十二曲〉	李滉	〈五友歌〉	尹善道
〈四友歌〉	李愼儀	天地 成冬ᄒ니	申獻朝
夫子의 起予者ᄂ	朴仁老	봄은 엇더ᄒ야	李鼎輔
無情히 션ᄂ 바회		菊花야 너는 어이	
江頭에 屹立ᄒ니		窓前에 풀이 프ᄅ고	張經世
合流臺 ᄂ린 무리		곳 지고 속닙 나니	申欽
仰觀ᄒ니 鳶飛戾天	申墀	草木이 다 埋沒ᄒ 제	
靑山은 萬古靑이오		龍 ᄀᄐ 져 盤松아	金振泰
蒼松은 엇지ᄒ여	金壽長	못노라 太華山아	
寒食 비긴 후에		들언지 오래더니	李宗儉
눈 마자 휘어진 대를	元天錫	落落 長松드라	작자미상

　　이 유형의 제재가 갖는 두드러진 특징은 무엇보다도 작품 수가 다른 유형에 비해 훨씬 적다는 점이다. 강호 자연의 이치를 그려내어 인성을 고무하거나, 유교적 이념의 순수를 지향하는 작품의 수는 많지 않다.26) 시조 전체에서 본다면 이황(李滉)의 시조와 같은 것이 오히려 예외적이고, 그렇지 않은 작품의 수가 훨씬 더 많다.27) 이것은 세 가지 원인에서 기인한 것으로 판단된다.

26) 길진숙, 《조선 전기 시가예술론의 형성과 전개》, 소명출판, 2002, 316면.
27) 조동일, 〈시조의 이론 그 가능성과 방향 설정〉, 《한국학보》 1, 일지사, 1975 참조.

첫째, 관물찰리의 사고가 다른 사고와 구분되는 특별한 정신적 안목과 수준을 요구하는 데서 비롯된 결과이다. 대상에서 그 이면에 자리 잡고 있는 이치를 발견하기 위해서는 높은 수준의 문화적 이해가 요구된다.[28] 둘째, 사림들의 경우 관물찰리의 사고가 보편적인 사유였음에도 이를 바탕으로 한 시조 텍스트의 수가 적었던 까닭은, 국문시가가 갖는 당대의 위상과도 관련된다. 관물찰리의 사고가 다루는 '이(理)'의 문제는 성리학적 사유와 밀접한 관련을 맺는 만큼, 경학과의 관련성과 그에 따른 개입이 클 수밖에 없다. 그런데 국문시가의 문학을 "한사(閑事)"로 보고서 "아(雅)"하지 않고 "속(俗)"하다는 규정하는 사림의 시각은 관물찰리의 사고를 바탕으로 국문시가를 창작하고 향유하는 데 장애로 작용하였음을 쉽게 짐작할 수 있다.[29] 관물찰리의 사고를 바탕으로 한 한시가 다수 창작된 역사적

---

28) 성리학에 바탕을 둔 외물인식과 문제의식이 아무나 쉽게 터득하지 못할 어려운 경지임을 퇴계와 율곡 또한 말한 바 있다. "觀古之有樂於山林者 亦有二焉 有慕玄虛 事高尙而樂者, 有悅道義 頤心性而樂者. …… 由後之說 則所嗜者糟粕耳 至其不可傳之妙 則愈求而愈不得."(李滉,《退溪全書》卷三〈陶山雜詠幷記〉); "雖然天理之妙 非學者所可易言也. 欲見天理之妙 當自愼獨 如愼乎獨 則吾心無閒 吾心無閒 則天理流行矣 不愼乎獨 則吾心有閒 吾心有閒 則天理阻閡矣 吾黨之士 其勉乎此"(李珥,《栗谷全書》卷十三〈松崖記〉)

29) 관물찰리의 사고에 기반한 국문시가의 창작과 향유는 당시 국문시가가 경학과 이항대립적 구도를 갖던 상황에서 상당히 조심스러울 수밖에 없었다. 가령,〈도산십이곡〉조차 주자의 시들과 함께 엮어 편집할 때,〈도산십이곡〉에는 방언이 섞여 있어 속(俗)하고 아(雅)하지 않으니 여기에 함께 편집하지 말라고 반대한 사람이 있었음을 보여주는 자료가 전한다.("或謂陶山十二曲 佳則佳矣 然而雜以方言 俗而不雅 不必幷取於此"; 申益愰,《克齋集》卷之一,〈次來鄕讀陶山徽音有感詩韻幷序〉)〈도산십이곡〉까지도 속(俗)한 국문시가라는 관점에서 자유로울 수 없었다는 점(길진숙, 앞의 책, 215면 참조)은 관물찰리의 사고가 시조로

사실과 비교하면 더욱 분명해진다. 셋째, 이황의 〈도산십이곡〉은 관물찰리의 사고를 기반으로 성정미학의 전범을 보여준다. 그러나 이같이 도학적 성정을 지향한 작품이 많지 않은 것은, 비록 성정 함양을 이념적 좌표로 설정하더라도, 흥취의 구현이 갖는 매력을 포기할 수 없었던 것으로 해석할 수 있다. 자연의 규범성이 강조될수록 관념의 표징(表徵)이 되어 서정의 영역은 좁아지고, 그에 따라 개인의 감정과 정서가 개입할 공간이 없어지기 때문이다.

그러나 관물찰리의 유형이 갖는 이러한 정신적 안목과 수준, 도덕적 가치는 일찍부터 교육적 관심의 대상이 되어 왔다. 예컨대, 윤선도의 〈오우가〉나 이황의 〈도산십이곡〉 등은 그동안 중등 국어교과서에 수록된 시조 작품 가운데 빈도수가 가장 높은 작품군에 해당한다.[30]

다음으로 감물연정 사고의 유형과 관련된 제재를 살펴보기로 한다.(표 4-2 참조)

감물연정 사고의 제재는 두 가지 특징을 갖는다. 관물찰리, 인물기흥의 사고 유형과 달리, 연시조 형식이 거의 발견되지 않는다는 점이다. 연시조는 세계에 대한 인식의 문제를 탐색하는 것을 본질적인 성격으로 하는데,[31] 아마도 개인의 진솔한 감정을 다루는 감물연정 사고의 경우, 이처럼 연을 거듭하여 장황하게 늘어놓는 것에

구현되기 어려운 사정을 단적으로 보여준다.

30) 조희정, 〈교과서 수록 고전 제재 변천 연구 — 건국 과도기부터 제7차 교육과정까지 중등 국어 교과서를 중심으로〉, 《문학교육학》 제17호, 한국문학교육학회, 2005 참조.
31) 임주탁, 〈연시조의 발생과 특성에 관한 연구〉, 서울대 석사학위논문, 1990 참조.

표 4-2. 감물연정 사고의 제재

작품명	작자	작품명	작자
山은 녯 山이로디	黃眞伊	落日은 西山에 져서	李鼎輔
靑山은 내 뜻이오		어화 造物이여	
淸溪쇼 둘 발근 밤의	姜復中	寒食 비 온 밤의	申欽
春風의 봄째 울고		어젯밤 비온 後에	
東君이 도라 오니	朴孝寬	압 못세 든 고기들아	궁녀
空山에 우는 접동		天地도 唐虞 쩍 天地	李濟臣
碧海 渴流後에	具容	空山이 寂寞ᄒ디	鄭忠信
楸城 鎭胡樓 밧긔	尹善道	西山에 日暮ᄒ니	李明漢
봄은 오고 쏘 오고	李聃命	秋霜에 놀난 기러기	李後白
鳳凰山 松林中의	작자미상	蜀天 불근 둘의	작자미상
둘 붉고 브람은 춘디	작자미상	곳 보고 춤추는 나뷔와	작자미상
日月星辰도 천황씨 쩍	작자미상	空山 夜月 달 발근 밤의	작자미상
桃花 梨花 杏花 芳草들아	작자미상	져 건너 져 뫼흘 보니	작자미상
곳츤 블긋블긋	작자미상	오거다 도라간 봄을	작자미상

주저할 수밖에 없었음을 짐작할 수 있다.

　다른 하나는, 다른 유형에 비하여 작자 미상의 작품이 많다는 점이다. 관물찰리의 사고가 구현된 작품이 대부분 사대부의 것인 데 반해, 감물연정 사고의 경우 대체로 조선 후기 작자 미상의 작품이 상당수에 이른다. 이는 역사적으로, 정감의 표출을 억제하고 성정을 추구한 성리학의 이념과, 이를 극복하려 한 천기론의 대두와 밀접한 관련이 있다. 앞에서 살펴본 바와 같이, 이기이원론은 이(理)에 대한 긍정과 기(氣)에 대한 부정적인 인식을 바탕으로, 기의 작용인 인간 감정 대신 성(性)을 추구한다. 이러한 성정론에 반하여, 조선 후기의 천기론은 있는 그대로의 개인 감정을 긍정하는 입장을 대표한다.

근대 전환기 문학사에서 두드러지는 감물연정의 사유 구조와 자연관을 두고서, 중세적 질서와의 단절을 지향하고 중세적 보편주의에서 주관적 감성과 합리적 이성을 지닌 개인의 발견이라는, 근대로 나아가는 과정으로서의 의미를 부여하기도 한다.32) 불변하고 영속적인 가치와의 합일을 통해서 우주의 질서와 조화를 도모하거나, 절대적 자연에 귀의하여 물아일체의 경지를 경험하는 중세적 사고와는 구별되는 양상이라는 점에 주목한 것이다. 그러나 개인의 정감과 그에 따른 세계와 자아의 대립에 대한 이해는 성리학적 사유 때문에 일시적으로 억압되었다가 천기론의 대두로 다시 그 가치를 회복하게 되었다고 보아야 한다. 확고했던 중세 사회의 지배 가치 체계들이 서서히 무너지면서, 성리학적 사유 구조 속에서 억압된 정감이

---

32) 엄경희·유정선, 〈자연시의 전통과 세계관의 변모〉, 성기옥 외, 《한국시의 미학적 패러다임과 시학적 전통》, 소명출판, 2004, 311면; 고미숙, 《18세기에서 20세기 초 한국시가사의 구도》, 소명출판, 1998, 242~249면 참조. 천기론은 시의 도덕적 효용성과 형식적 규범을 중시하는 중세의 시관을 극복하고 인식의 근대적 전환을 꾀하려 한 것으로 평가되기도 한다.(박경수, 〈조선 후기 천기론과 낭만주의 시학〉, 김준오 외, 《동서시학의 만남과 고전시론의 현대적 이해》, 새미, 2001, 86면 참조)

조선 후기에 이르러 다시 분출될 수 있는 환경과 공감대를 획득한 것으로 볼 수 있다.33) 어떤 선험적 전범에도 예속되지 않고 개별적 사상의 진실에 부응해야 하는데, 그러기 위해서는 다채로운 모습의 천지만물, 즉 '인정물태'를 생생하게 드러내야 한다는 인식34)이 이 시기에 이르러 설득력을 되찾은 것이다.

이러한 감물연정 사고의 유형은 서정의 측면이 두드러진다는 점에서, 그동안 교육적 관심은 작품이 다루는 개인의 서정에 초점이 맞추어졌다. 이것은 성찰적 사고교육에서 세계와 자아의 대립에 대한 이해의 과정, 그리고 그것이 함의하는 세계관의 차원을 경험하는 것과는 분명 차이가 있다. 감물연정의 사고로서 시조를 감상한다는 것은 단순히 개인의 정서를 파악하고 확인하는 일이 아니라, 대상과의 관계와 그에 따른 자기 이해를 경험하는 것을 주된 과제로 하기 때문이다.

끝으로, 인물기흥 사고의 유형에 대한 제재론적 분석이다.(표 4-3 참조) 이들 작품의 수는 다른 유형에 비해 압도적으로 많다는 특징을 갖는다.35) 인물기흥 사고 자체가 사대부의 표상으로서 문화를 공유

---

33) 이 같은 양상을 확인할 수 있는 대표적인 자료로 마악노초의 〈청구영언 후발(青丘永言 後跋)〉을 들 수 있다. "길거리의 노래들에 이르러서는 비록 강조가 다듬어지지 못하였으나 무릇 그 유일, 원탄, 창광, 조망하는 정상과 태색은 각기 자연의 진기로부터 나온 것이다."(至於里巷謳歈之音 腔調雖不雅馴 凡其愉佚怨歎猖狂粗莽之情狀態色 各出於自然之眞機; 磨嶽老樵,〈青丘永言 後跋〉) 여기서 "유일", "원탄", "창광", "조망" 등은 인간의 대표적 정감에 해당하는 것으로, 이들은 자연의 진기(眞機)에 바탕을 둔 것으로 보고 있다.

34) 김흥규,〈조선후기와 애국계몽기 비평의 인정물태론〉,《한국문학연구》31, 동국대 한국문학연구소, 1990, 29면.

표 4-3. 인물기흥 사고의 제재

작품명	작자	작품명	작자
〈漁父四時詞〉	尹善道	〈高山九曲歌〉	李珥
〈漁父歌〉	李賢輔	〈梧臺漁父歌〉	李重慶
〈閑居十八曲〉	權好文	〈歸山吟〉	申瀁
〈山中雜曲〉	金得研	臨湖에 비를 씌워	金重說
〈山亭獨詠曲〉		九龍沼 말근 물에	
山阿에 쏘치 피니	池德鵬	이 몸이 홀 일 업서	金聖器
초당에 늦잠 쎄여		蓼花에 줌 든 白鷗	
둘 붉고 ᄇ람 자니	羅緯素	홍진을 다 썰치고	
보리밥 픗ᄂ믈을	尹善道	江湖에 ᄇ린 몸이	
嶺山의 白雲起ᄒ니	安瑞羽	구버는 千尋綠水	申墀
술을 醉케 먹고	金湜	흰 구름 프른 너는	金天澤
아희야 되롱 삿갓 출화	趙存性	대 심거 울을 삼고	金長生
술 씨야 니러 안자	金聲最	是非 업슨 後ㅣ라	申欽
功名을 모르노라	金友奎	秋江 불근 둘에	金光煜
江湖에 비 갠 後니		三公이 貴타 흔들	
幽僻을 츳자가니	趙뇌	百年만 사다가셔	姜復中
靑山이 둘너 잇고	蔡濰	白雲 깁흔 골에	金默壽
靑山도 절로절로	宋時烈	말 업슨 靑山이오	成渾
紅葉은 翠壁에 날고	安玟英	산창의 맑은 줌을	權燮

하는 행위로 기능했음을 보여준다. 단순히 대상을 인식하는 차원, 또는 수사적 차원에 그치는 것이 아니라, 어떻게 보아야 하고 무엇을 보아야 하는가에 대한 특정한 외물관의 공유가 곧 사대부의 신분적 정체성으로 작용한 것이다.

이들 작품은 대체로 물아일체와 풍류의 세계를 담고 있으며, 교육 내용 또한 현재와는 다른 자연 친화적인 모습을 전달하는 것으로 강조되어 왔다. 그러나 성찰적 사고의 교재로서 이들 작품은 물아일체의 깨달음에 이르기까지의 의식 과정, 그리고 자기 이해의 문제가 중요하게 다루어져야 할 것이다. 이는 물아일체를 텍스트에 대한 지식의 차원에서 아는 것과 물아일체를 경험하고 그 의미를 생각해 보는 활동의 차이로 설명된다.

그런데 성찰적 사고가 시조에 국한되지 않음은 앞에서 살펴보았다. 성찰적 사고의 보편성에 따라 교재 또한 가사와 한시는 물론, 현대시에 이르기까지 확장될 수 있다. 물론 이 경우에도 성찰적 사고의 과정과 절차를 담고 있어야 한다는 구조적 조건, 그리고 세계와 자아의 관계에 대한 가치 있는 경험을 담고 있어야 한다는 내용적 조건을 충족시켜야만 한다. 각각의 장르에서 이러한 조건을 충족시키는 대표적인 작품들을 예로 들어서 정리한 것이 다음의 〈표 4-4〉이다.

---

35) 인물기흥의 사고 제재는 '흥'과 관련을 맺는 경우가 많다. 그런데 시조에서 흥(興), 흥미(興味), 흥취(興趣)등의 어휘가 등장하는 경우만 대략 80여 수 정도이고, 비록 흥의 어휘는 드러나지 않았지만 그 내용이나 상황이 제시된 경우는 이보다 훨씬 더 많다. 시조에서 흥의 용례를 분석한 연구로 최재남, 앞의 책, 236~242면을 참조할 수 있다.

표 4-4. 성찰적 사고의 각 유형에 속하는 여러 장르의 작품

유형 장르	대표 작품		
	관물찰리의 사고	감물연정의 사고	인물기흥의 사고
가사	〈관동별곡〉, 〈관서별곡〉, 〈관동속별곡〉, 〈영삼별곡〉, 〈금강별곡〉, 〈탐라별곡〉 등	〈홍리가〉, 〈관등가〉, 〈규원가〉 등	〈관동별곡〉, 〈상춘곡〉, 〈면앙정가〉, 〈성산별곡〉, 〈낙빈가〉, 〈강촌별곡〉, 〈환산별곡〉, 〈처사가〉, 〈창랑곡〉 등
한시	이황의 〈盤陀石〉, 〈觀物〉, 〈天淵臺〉, 〈節友社〉, 〈庭 草〉, 〈對雨次客舍聽雨韻〉 고상안 〈觀物吟〉 이 색 〈觀物〉 서거정 〈觀物〉 권 필 〈觀物〉 류방선 〈觀物〉 등	정지상 〈送人〉 송희갑 〈春日待人〉 이 현 〈過江川舊莊〉 송한필 〈偶吟〉 등	이황의 〈煙林〉, 〈溪上偶 吟〉, 〈約與諸人遊淸凉山 馬上作〉 등
현 대 시	김수영 〈폭포〉 조지훈 〈코스모스〉 유치환 〈대〉 하종오 〈질경이〉 서정주 〈무등을 보며〉 구 상 〈조화 속에서〉 이성부 〈벼〉 강은교 〈숲〉 도종환 〈부드러운 직선〉 등	신경림 〈갈대〉 한용운 〈두견새〉 김춘수 〈분수〉 조지훈 〈낙화〉 이호우 〈균열〉 김영랑 〈바람에 나부끼 는 갈잎〉 김광규 〈서울꿩〉 등	장만영 〈풀밭 위에 잠들 고 싶어라〉 정지용 〈백록담〉 조지훈 〈풀잎단장〉 등

4.2.2. 성찰적 사고의 교재 구성 원리

교재론의 핵심은 대상 작품을 선정하는 것과 더불어 이를 조직하고 편성하는 데에 있다. 계열성·입체성·위계성은 이러한 교재 구성과 조직의 주요 준거이자 원리가 된다. 따라서 이들 세 원리를 중심으로 성찰적 사고의 교재 구성의 작업을 진행하기로 한다. 물론, 성찰적 사고교육이 감상의 차원과 실행의 차원 모두를 포괄하는 만큼, 교재 또한 이 두 차원을 아우르는 구성의 형태를 갖추어야 한다.

계열성에 따른 성찰적 사고의 교재 구성

"계열성"이란 선행학습 내용과 후행학습 내용이 하나의 일관된 계선(sequence)을 이루어 체계적으로 제시되어야 함을 뜻한다.[36] 이러한 계열성은 성찰적 사고의 교재 구성과 관련하여 각 유형을 조직하고 편성하는 주요 원리로 기능한다. 즉 관물찰리, 감물연정, 인물기흥 사고의 교재를 구성하고 배치하는 데에 어떠한 점들을 고려해야 하는가에 대한 답을 마련하는 것이라 할 수 있다. 여기서는 각 유형의 사고 교재를 구성하고 편성하는 데에 중요하게 고려되어야 할 요소로 다음 세 측면을 살펴보기로 한다.

먼저, 각각의 사고 유형을 이해하고 직접 실행하기 위해서는 이를 둘러싼 사회 문화적 전통과 배경에 대한 깊은 이해가 요구된다는 점이다. 그 가운데서도 관물찰리나 인물기흥의 사고 유형은 개별 주체

---

36) 김창원, 《국어교육론— 관점과 체계》, 삼지원, 2007, 120면.

의 개성적 인식보다는 대상을 둘러싼 사회 문화적 전통과 관습의 영향이 두드러진다. 따라서 사회 문화에 대한 이해, 공동체가 추구하는 가치와 이념에 대한 인식이 뒷받침될 때 이들 사고의 수행이 원활하게 이루어질 수 있다.

특히 인물기흥의 사고는 세계와 자아의 완전한 합일이라는 물아일체의 특별한 경험을 다룬다. 물아일체는 당대 특정한 세계관을 바탕으로 한 문화적 관습과 전통이었다는 점, 현실의 삶을 부정하고 자연의 가치에 대한 절대적 긍정을 전제로 한다는 점에서, 자연과 어느 정도 유리된 삶을 살아가는 현대 학습자에게 상당히 이질적인 경험일 수밖에 없다. 오늘날 자연이 인간의 욕망을 위한 개발과 조작의 대상이며, 경제적 효과의 잣대로 평가되는 것과는 분명 구별되는 시각이다. 이처럼 교재 구성의 계열성과 관련하여 각 유형이 갖는 문화적 배경과 성격, 태도의 이질성과 수용 가능성 등이 충분히 고려될 필요가 있다.

둘째, 각각의 사고가 다루는 세계관의 차이에도 유의해야 한다. 감물연정의 사고에서 자기 이해는 어디까지나 '나'에 초점이 맞추어진다. 이처럼 개인 차원의 위안으로서 대상을 경험하고 의미를 깨닫는 세계관을 추구한다. 반면, 관물찰리의 사고에서 자기 이해는 주체 자신의 수기(修己) 차원을 넘어서서 인간 전체의 내면 질서의 정립을 목표로 하고 있다. 인간의 기질에 의한 장애를 극복하고 모두 자연 본연의 이치를 획득함으로써 천인합일을 이루자는 제안이다. 인물기흥 사고의 경우에도 표면적으로는 개인 차원의 흥취를 추구하지만, 그 가치가 사회적으로 인정되고 공유된 물아일체라는 점에서, 개인 중심의 세계관과 전체 중심의 세계관이 함께 혼합된 형태로 볼 수 있다.

이런 점에서 본다면, 감물연정의 사고에서 자신의 개인적 정서만 문제 삼을 뿐 사회적 목소리가 전혀 나타나지 않는 것도, 관물찰리 사고가 중심이 된 시조 종장에서 '우리도'라는 말을 하게 되는 것도, 모두 추구하는 세계관과 그 범위의 차이에 따른 결과로 볼 수 있다. 인물기흥의 사고가 두드러지는 〈어부사시사〉에서는 자기 자신의 즐거움을 위한 공간으로 자연이 설정되고 자신의 세계를 노래하게 되지만, 이는 당대 공동체가 지향하고 추구하는 가치를 실현하는 의미도 갖고 있다. 이처럼 다루는 문제의 범위와 지향하는 바에서 개인과 전체라는 차이가 발생하는데, 이는 사고 유형의 계열성과 관련하여 중요한 하나의 준거가 된다.

계열성에 따른 교재 구성에서 무엇보다도 중요하게 고려되어야 할 점은, 각 유형의 사고 절차가 갖는 특징과 함께 그 수행을 위해 요구되는 자질들이다. 가령, 감물연정의 사고는 자기 눈으로 대상을 바라보고 개인의 감정을 대상에 옮기는 주관적인 활동으로, 이를 위해서는 '투사'와 '공감'의 기제에 대한 이해가 요구됨은 물론이다. 또한 관물찰리나 인물기흥의 사고는 대상의 질성 차원을 넘어서서 존재의 근원에 대한 탐색, 그리고 세계와 자아의 조화로운 관계에 대한 철학적 물음을 제기한다는 특징을 갖는다. 이들은 자연과 인간의 근원, 유래와 같은 철학적 문제에서 자연과의 합일된 경지라는 가치의 문제에 이르기까지 본질적인 물음과 그에 대한 탐구를 요구하는 것이다. 이런 점에서 본다면, 각각의 사고 유형 안에서도 그 특징과 자질을 준거로 수준에 따른 교재 구성이 가능할 수 있다.

계열성은 각각의 사고 유형에 따른 효과적인 감상과 수행을 위한 선정과 조직의 원리로 작용한다. 따라서 실제 교육의 국면에서는 계열성의 원리에 따라 선정, 조직된 제재를 바탕으로 사고 과정을 읽어내고, 사고를 직접 실행하는 교육으로 실행된다. 그렇다면 계열성에 따른 교재 구성은 각각의 사고가 갖는 특징과 자질이 두드러지는 작품을 중심으로 교재화할 것을 요청하는데, 여기에는 사회 문화적 전통과 배경, 세계관의 문제, 그리고 각 사고 유형의 특징과 자질 등이 중요하게 검토되어야 할 것이다.

입체성에 따른 성찰적 사고의 교재 구성

성찰적 사고의 교재 구성에서 입체성은 각각의 사고 유형을 독립적으로 배열하는 것이 아니라 함께 조직하는 데 관여하는 주요 구성 원리에 해당한다. 계열성의 원리가 개별 유형에 대한 이해와 학습을 강조한다면, 입체성의 원리는 관물찰리, 감물연정, 인물기흥의 사고를 통합적으로 배열하여 세계와 자아에 대한 이해를 서로 비교하고 심화하는 것으로 설계된다.

입체성이 강조되는 것은 개별 유형에 대한 독립적 접근이 갖는 분절적 인식의 한계와 그에 따른 총체적 경험의 필요성 때문이다. 각각의 유형은 일차적으로 성찰적 사고의 양태에 해당하지만, 어떠한 유형으로 성찰적 사고를 전개하느냐에 따라 세계와 자아의 관계에 대한 이해가 달라진다. 이런 점에서 본다면 각각의 유형을 독립적으로 배치하여 별개의 과정으로 학습하는 것보다, 다양한 사고의 모습

을 비교하고 견주어보는 과정을 통해 세계와 자아의 관계에 대한 총
체적인 이해를 도모하는 것이 교육적 의의를 더욱 극대화하는 구성
이 될 수 있다. 대상의 정체나 특질, 그에 따른 자기 이해의 내용은
다른 것과의 비교 또는 대조를 통해 발전될 수 있기 때문이다.

따라서 입체성에 따라 교재를 구성한다는 것은, 동일한 대상을 두
고서 자기 이해의 다양한 경험이 드러나는 것으로 교육 내용을 선정
하여 조직하는 것으로 구체화될 수 있다. 자기 이해를 좀 더 풍요롭
게 하기 위하여 서로 다른 인식 결과를 비교하는 활동을 제안하는
것이다. 제재 또한 특정 유형의 사고를 담고 있는 것에 국한하는 것
은 입체성의 취지에 맞지 않다. 각각의 사고 유형을 대표하는 작품
을 함께 편성하여 조직하는 것이 필요하다. 가령, 매화라는 사물을
대상으로 서로 다른 사고를 보이는 다음의 작품들은 입체성을 위한
교재 구성의 한 예가 될 수 있다.

> 東閣에 숨은 곳치 躑躅인가 杜鵑花 L가
> 乾坤이 눈여겨늘 제 엇지 감히 퓌리
> 알괘라 白雪 陽春은 梅花 밧게 뉘 이시리.
>   —安玟英, 《金玉叢部》

> 님이 너를 보고 반기실가 아니실가
> 긔년 화류의 취흥 좀 못 씌얏는고
> 두어라 다 각각 졍이니 날과 늙쟈 ᄒ노라.
>   —權燮, 《玉所稿》

ㅎ 지고 돗는 달이 너와 期約 두엇던가

閨裏에 쟈든 곳이 香氣 노아 맛는고야

닌 엇지 梅月이 벗 되는 쥴 몰낫던가 ㅎ노라.

－安玟英,《金玉叢部》

이들은 성찰적 사고의 유형에서 차이를 갖는바, 지향성이나 반성의 차이는 물론, 세계와 자아의 관계에서도 서로 다른 이해를 드러낸다. 첫 번째 시조에서는 관물찰리의 사고에 따라 매화에서 절개를 발견한다. 나아가 이러한 대상의 가치는 가르침이 되어 주체의 자기 수양을 이끌어낸다. 반면, 두 번째 시조에서는 대상에 주체의 정서가 투영됨으로써 비애와 슬픔의 정서가 강조된다. 자신의 삶과 처지에 대한 인식과 함께 그에 대한 순응의 태도가 나타나는 것이다. 세 번째 시조에서는 인물기흥의 사고에 따라 매화와 벗이 되는 경지에 이른다. 이처럼 매화라는 똑같은 소재를 대상으로 하고 있음에도, 발견하는 의미와 그에 따른 세계 인식에는 차이가 있다.[37] 따라서 다양한 성찰적 사고의 모습을 경험하게 함으로써 세계와 자아의 관

---

37) 이와 관련하여, 매화를 보는 방식의 다양함을 지적한 김창흡(金昌翕)의 글을 보조 자료로 이용할 수도 있다. "매화를 보는 방식은 여러 가지가 있다. 천기(天機)가 밖으로 드러나는 것을 완상하여 가지마다 태극(太極)이라 여기면서 즐기는 자는 주렴계나 소강절과 같은 현인들이다. 그 외로운 표상과 차가운 운치를 취하여 지기(知己)로 의탁하면서 즐기는 자는 임포와 같은 무리가 그것이다. 매화의 참다운 색태를 감상하고 깨끗한 향기를 거두어서 시의 흥취를 펴도록 돕으며 즐기는 자는 사인(詞人), 묵객(墨客)이 이들이다. 어여쁜 궁인들이 가까이 두고서 풍류를 이기지 못해 금장막을 걷고 술을 익혀 먹으면서 즐기는 자들은 공자(公子)·왕손(王孫)들이다. 눈 속에도 봄이 온 것 같다고 여기고 잎도 없이 꽃이 핀 것을 기이하다고 생각하는 자들은 속인들의 안목이니 보통의 경우가 대개 이러하다."(金昌翕,《三淵全集》,〈漫錄〉)

계가 갖는 다면성과 포괄성을 깨닫게 하는 것으로 교육의 방향을 설
계할 필요가 있다. 또 다른 예로서, 동일한 산과 물을 대상으로 이황
의 〈도산십이곡〉 11연과 황진이의 〈산은 녯 산이로되〉, 그리고 송
시열의 〈청산도 절로절로〉 등의 작품을 함께 배열, 조직하는 것도
가능하다.

이처럼 입체성은 사고의 다양성과 그에 따른 학습자의 역동적 사
고 활동에 목표를 두는 교재 구성의 원리이다. 이에 따라 각 작품에
구현된 성찰적 사고를 비교하여 감상하는 것은 물론, 사고를 직접
실행할 때도 학습자가 스스로 사고의 유형을 선택하고 그에 따른 사
고를 전개하는 것으로 구체화될 수 있다.

위계성에 따른 성찰적 사고의 교재 구성

성찰적 사고 교재의 구성과 관련하여 또 하나의 주요한 원리는 위
계성이다. 교재 구성이 내용상의 변인과 더불어 학습자 변인의 조합
에 의해 이루어진다고 할 때, 위계성은 특히 후자의 측면과 관련이
깊다. 앞서 계열성과 입체성 등이 성찰적 사고라는 교육 내용의 특
질 속에서 도출된 교재 구성의 원리인 데 반해, 위계성은 교육의 중
요한 한 축인 학습자의 측면에서 배태된 원리에 해당한다. 교육 내
용의 조직과 편성은 학습자의 발달단계에 따른 수직적인 관련성을
가져야 하고, 학습의 기회는 학습자의 사고 구조와 연결될 수 있게
설계되어야 한다.38) 그러나 학습자의 발달을 설명하는 일반적인 발

---

38) 곽병선, 〈교과 내용 선정과 조직 원리〉,《교과교육원리》, 갑을출판사, 1988 참조.

달이론은 지나치게 모형 중심적이어서, 이를 구체적인 개별 교과나 영역에 기계적으로 적용하는 데에는 여러 문제점이 있다.39)

위계성과 관련해서 발달과 교육의 관계를 어떻게 볼 것인가의 문제에서 출발하기로 한다. 교육과 발달은 상호 독립적인 것으로 간주되기도 하고 동일한 것으로 여겨지기도 한다. 또한 발달과 학습의 상호 의존성을 강조하는 절충주의도 존재한다. 그런데 특정 단계의 발달이 이루어졌을 때 교육이 시작될 수 있지만, 교육이 항상 발달을 뒤따르거나 발달과 병행해야 하는 것만은 아니다. 오히려 교육을 통해 발달을 촉진시킬 수도 있다는 점에 주목해야 할 것이다. 의미 있는 교육이란 발달에 앞서 그 발달을 유도하는 것일 수도 있다. 교육은 어디까지나 '성숙된' 기능이 아니라 '성숙하고 있는' 기능의 문제를 다루는 점에서 그러하다.40) 무엇보다 발달의 문제를 학습자 개인의 "실제적 발달수준"뿐만 아니라 교사나 동료와 같은 타자에 의해 성취될 수 있는 "잠재적 발달수준"까지 포함하여 생각한다면, 특정한 발달단계가 교육 실행의 필수조건일 수는 없다. 이른바 "근접 발달영역"41)의 존재는 학습자의 발달 문제에 대해 입체적인 시각을 가질 것을 요구한다.

---

39) 김상욱, 앞의 책, 160~161면 참조. 위계화에는 학습자의 학업성취도 외에 흥미, 적성, 진로 등이 관여하지만, 이에 대한 구체적인 연구가 충분히 이루어지지 못해, 여전히 상식의 영역, 주관성의 영역에 머무르고 있는 것이 현실이다.(염은열, 〈문학교육과 학습자의 발달 단계〉, 《고전문학의 교육적 발견》, 역락, 2007 참조)

40) L. S. Vygotsky; 신현정 역, 《사고와 언어》, 성원사, 1985, 105~106면 참조.

41) L. S. Vygotsky; 조희숙 역, 《사회 속의 정신 — 고등심리과정의 발달》, 양서원, 2000, 135~146면 참조.

또한 성찰적 사고의 문제, 즉 인간이 자기를 이해하고자 하는 행위는 수준과 정도의 차이가 있을지언정, 다른 존재와 구별되는 인간의 고유한 특성과 본질이라는 점에도 유의할 필요가 있다. 초등학생이나 성인 모두 자기 나름대로 자신을 이해하고자 노력하며 그 속에서 삶과 세계에 대한 태도와 정체성을 끊임없이 형성해 간다. 이런 점에서 본다면, 성찰적 사고는 학습자가 반드시 특정 단계에 이르렀을 때에만 시행될 수 있는 것은 아니다. 인간에게 중요하고 필요한 문제는 발달에 앞서 교육에 의해서 촉진되어야 하기 때문이다.

화이트헤드(Whitehead)가 말한 "교육의 리듬"은 이와 관련하여 하나의 유용한 시사점을 마련해 준다. 특별히 "리듬"이라는 용어를 사용하는 것에서 짐작할 수 있듯이, "로맨스의 단계", "정밀화의 단계", "종합화"라는 각 단계가 주기마다 반복된다고 보고 있다.42) 즉 초보적인 이해의 단계에서 지식이 증가함에 따라 분석과 체계화의 단계로 나아가 일반화의 단계로 발전하지만, 유아기이든 청소년기이든 성인기이든 이러한 단계가 주기적으로 반복 설정되어야 한다는 주장이다. 비록 수준에 차이가 있을지라도 성찰적 사고의 교육이 모든 발달단계에서 설계될 수 있는 하나의 근거가 된다. 다만 전 학년에 걸쳐 성찰적 사고교육이 가능하다면, 학습자의 수준에 따라 성찰적 사고교육의 내용이 구성되고 조정되어야 할 것이다. 즉 교육 내용의 선후 관계를 따져서 구체적인 내용 항목을 배열하는 것이 요구된

---

42) A. N. Whitehead; 오영환 역, 《교육의 목적》, 궁리, 2004, 65~89면 참조. "교육의 리듬"이란 학습자의 정신적 발달단계에 적합한 교과 내용과 연구방법을 제공해야 함을 뜻하는 개념이다.

다.43)

그런데 교육은 의도성과 기획성의 성격을 갖는 까닭에, 특정 교육 내용이 절실하게 요구되는 시점과 그 효과가 크게 나타나는 단계를 살펴볼 필요가 있다. 위계성에 따른 교재 구성이란 교육 내용에 가장 부합하는 "민감기"44)를 찾고, 그에 따라 교육 내용을 조직하는 것을 포함한다. 따라서 성찰적 사고교육이 가장 필요한 시기, 교육적 효과가 극대화될 수 있는 시기를 밝혀야 할 것이다.

이와 관련하여 청소년기는 피아제(Piaget)의 구분에 따르면 "형식적 조작기"이며, 콜버그(Kohlberg) 이론에서는 "인습(conventional)" 단계에 해당한다는 점에 주목한다. 이 시기에 이르러 주체로서의 자아와 객체로서의 자아 사이의 관계에 대한 이해가 가능해진다. 특히 셀만(Selman)은 "관찰하는 자아"라는 개념을 제시한 바 있는데, 이는

---

43) 이 같은 논리적 단계 설정의 문제와 과제에 대해서는 염은열, 앞의 글, 198~201 면을 참조할 수 있다. 국어교육 전반의 교육 내용을 "수행 중심→분석 중심→평가 중심"으로 위계화한 것(김대행, 〈국어교육의 위계화〉, 《국어교육연구》 제19집, 서울대 국어교육연구소, 2007, 33면)이나 교육 일반의 차원에서 밝힌 다음의 '일정한 위계체제'들 역시 논리적 단계 설정을 시도한 것들이다.(이경섭, 《교육과정 쟁점 연구》, 교육과학사, 1999, 275~277면 참조)

- 사실적인 지식→개념→법칙 또는 유사 법칙→규칙→가치→태도→기능
- 지식→개념→기능→태도
- 특수 사실 및 과정→기본 아이디어→개념→사상 체계
- 관련성 있는 사실적 지식→개념→개념군→주제→통칙
- 사실적 지식→기술적 개념, 가치 개념→원리→규범 및 규칙

44) L. S. Vygotsky; 신현정 역, 앞의 책, 106면 참조.

제3자인 관찰자의 입장에서 자신을 대상으로 설정하여, 자신과 타자 사이의 상호작용을 조망할 수 있다는 것을 뜻한다.45) 이들은 청소년 기가 학습자 자신의 자아에 대한 탐구와 타자에 대한 인식이 활발하 게 이루어지는 단계라는 공통된 인식을 보인다. 청소년기에서는 정 체성의 문제가 중요한 과제가 되면서 자기를 이해하고 발견하려는 끊임없는 노력이 전 방향에 걸쳐서 일어난다고 볼 수 있다.

따라서 자기를 이해하는 것을 목표로 하는 성찰적 사고의 교육은, 청소년기 자아 정체성의 욕구와 맞물릴 때 의도한 교육 목표를 효과 적으로 달성할 수 있을 것이라 생각된다. 무엇보다 관물찰리를 비롯 한 여러 유형의 성찰적 사고가 개인의 차원을 넘어서서 사회 문화적 요소를 포함하고 있다는 점에서, 타자와의 적극적인 상호작용과 사 회적 의식이 강화되는 이 시기야말로 교육적 민감기에 해당한다고 볼 수 있다. 성찰적 사고를 통해 주체는 사회적인 존재로 재탄생하 면서 자신의 정체성을 형성하는 기회를 가질 수 있다.

4.3. 성찰적 사고교육의 교수·학습

교육에 가르친다는 의미가 내포되어 있다는 사실에 비추어볼 때, 교육 내용을 선정하고 구성하는 것 못지않게 어떻게 전달할 것인가

---

45) Robert L. Selman, *The Promotion of Social Awareness*, Russell Sage Foundation, 2003 참조.

의 문제는 매우 중요한 의미를 갖는다. 이러한 과제와 관련하여 교수·학습론은 교육 내용이 교사와 학습자가 만나는 여러 접점에 대한 실질적인 차원의 문제를 다루는 분야이다. 교수·학습 과정은 교육의 중심적 과정으로 교육과정 운영의 절정을 이루는 장면46)으로 간주되기도 한다. 따라서 성찰적 사고의 교육적 실천력을 위해 실제 교수·학습의 국면을 면밀히 살펴볼 필요가 있다.

4.3.1. 사고교육과 국어수업의 통합적 접근

사고교육이 실제 교육의 국면에서 실현되는 양상은 크게 두 가지로 유형화된다. 일반적으로 기존 교과 내용과 어떤 관련을 갖느냐에 따라 사고교육은 "사고의 수업"과 "사고를 위한 수업"으로 구별될 수 있다. "사고의 수업"이 기존의 교과 내용과는 다른 국면에서 사고력을 직접 교수하는 것이라면, "사고를 위한 수업"은 교과 내용의 맥락 속에서 사고력 교육을 실천하는 것을 뜻한다.47) 이는 또한 "탈교과적인 사고력 신장 교육", "교과학습을 통한 사고력 신장 교육"의 차이와도 연결되는데, 일반적으로 전자를 "일반 모형", 후자를 "교과 모형"으로 통칭하기도 한다. 일반 모형은 교과의 차원을 떠나서 보편적이고 일반적인 사고 기능, 작용, 과정 등이 존재한다는 전제에서 사고를 위한 별도의 수업과 교육 내용을 제안하는 것이다. 교과 내용과는 관계없이 비교, 분류, 순서 짓기, 추리 등의 사고 기능을

---

46) 심진구, 《교육과정 및 수업 이론》, 학문사, 1988, 211면.
47) 김영채, 앞의 책, 356면 참조.

가르치는 것으로, 이른바 "독립적 접근법"에 해당한다. 이에 반해 교
과 모형은 교과마다 고유한 지식과 학문의 구조를 갖는 만큼 각 교
과에서 필요로 하는 사고력 또한 다르다는 가정 아래, 기존의 교과
차원에서 사고교육이 진행되어야 한다는 입장을 취한다. 사고력 수
업과 교과 내용의 수업을 통합하는 것으로, "통합적 접근법"이라 불
리는 까닭이 여기에 있다.[48]

　이 책에서는 사고교육과 교과교육의 상호 보완을 전제로, '과정'으
로서 사고와 '내용'으로서 교과지식의 조화를 꾀한다.[49] 교과 내용
의 수업 속에서 성찰적 사고교육이 이루어질 수 있다는 점을 전제
로, 시조 감상 교육과 성찰적 사고 수업의 통합을 기획하는 것이
다.[50] 시조 작품이 성찰적 사고에 의해 생성되었다는 점에 착안하

---

48) 김홍원, 〈사고력 교육에 대한 접근 방법〉, 서울시교육연구원 편, 《사고력 교육의
　　이론과 실제》, 1993, 69면. "통합적 접근법", "독립적 접근법"에 대해서는 김영채,
　　앞의 책 참조. 맥펙(McPeck)과 폴(Paul)의 논쟁은 사고교육이 교육과정에서 어떻
　　게 운영되어야 하는가의 문제를 두고서 벌어진 대표적인 논쟁이다. 맥펙이 '교과
　　모형', '통합적 접근법'을, 폴이 '일반 모형', '독립적 접근법'을 대표한다. 이에 대
　　해서는 Matthew Lipman; 박진환 외 역, 앞의 책을 참조할 수 있다.

49) 프리세이슨(Presseisen)은 '사고력 대 교과교육'이라는 교육과정의 협곡에서의 싸
　　움을 그만둘 것을 주장하면서, '과정'으로서의 사고력과 '내용'으로서의 교과 지식
　　을 조화롭게 취할 것을 제안하였다.(Barbara Z. Presseisen, "Avoiding Battle at
　　Curriculum Gulch: Teaching Thinking And Content", Educational Leadership 45,
　　1988, 7면)

50) 일반적으로 "통합성"은 교과간의 통합, 일상생활과 학교교육의 통합, 학년간의
　　통합 등 다양한 국면에서 사용된다. 국어교육에서 통합성이란 대체로 언어활동
　　의 각 영역(말하기, 듣기, 쓰기, 읽기)의 통합(신헌재・이재승, 《학습자 중심의
　　국어교육》, 박이정, 2001, 15〜16면)이나 교육 내용(지식, 기능, 태도)간의 통합
　　등을 가리키나, 여기서는 통합적 접근법에 따른 사고교육(성찰적 사고교육)과 문

여, 성찰적 사고를 중심으로 시조 작품을 감상하고, 이를 바탕으로 사고를 직접 실행하는 것이다. 이는 성찰적 사고가 시조교육의 내용 차원으로 다루어질 수 있는 이론적 바탕이 된다.

4.3.2. 성찰적 사고의 교수 · 학습 설계

성찰적 사고의 교수 · 학습은 시조교육과 성찰적 사고교육의 통합을 전제로 다음과 같은 세 단계로 구성된다. 첫째, '시조 감상의 단계'에서는 성찰적 사고로 시조를 읽어내고 텍스트 세계를 대상으로 성찰적 사고 활동을 전개하는 것으로 기획된다. 둘째, '사고 실행의 단계'에서는 성찰적 사고의 절차에 대한 이해를 바탕으로, 직접 사고를 실행하는 과정으로 설계된다. 이들은 각각 성찰적 사고의 '이해', 성찰적 사고의 '표현'에 해당한다고 볼 수 있다. 셋째, '사고 소통의 단계'는 성찰적 사고의 과정과 결과에 대해 타자와 소통하는 것을 주된 내용으로 한다. 이는 성찰적 사고가 자기 이해를 목표로 하는 만큼, 기존의 자기 이해를 확인하거나 강화하는 차원에 그치는 것을 막고 질적 고양을 가져오기 위함이다. 이처럼 성찰적 사고의 교수 · 학습은 시조 감상의 단계, 사고 실행의 단계, 사고 소통의 단계로 단계화 구체화된다. 이 같은 단계 설정은 교수 · 학습론 이외에 평가론의 내용 구성에도 적용된다.

학교육(국어교육)의 결합을 뜻한다.

시조 감상의 단계[51]

성찰적 사고교육의 교수·학습에서 시조 감상의 단계는 두 가지 목표를 갖는다. 첫째, 작자의 성찰적 사고에 의해 시조가 생성되고 시조에 이러한 성찰적 사고가 담겨 있다는 점에서, 성찰적 사고의 수행에 필요한 절차적 지식의 습득을 목표로 할 수 있다. 시조에 구현된 성찰적 사고를 체험함으로써 사고 유형과 수행 절차에 대한 이해를 얻는 것이다. 그러나 시조에서 성찰적 사고를 읽는 것은 분명 사고의 절차와 유형에 대한 이해를 가져다주지만, 사고 수행의 전 (前) 단계로서의 의미에 그치는 것은 아니다.

둘째, 성찰적 사고를 중심으로 시조 텍스트를 읽는 것은 세계와 자아의 관계에 대한 이해를 가능하게 한다는 점에서, 인간 성장에 주안점을 둔 문학 감상의 한 방법이 된다. 학습자의 시조 감상은 텍스트 세계를 대상으로 자신을 되돌아보고 나아갈 방향을 모색하게 만드는 경험을 가져다주기 때문이다. 문학 경험은 문학 텍스트에 대한 해석과 학습자의 삶에 대한 이해를 매개함으로써 자신과 세계에 대한 이해로 나아가는 것을 가능하게 하는데, 이와 같이 문학은 그 자체가 성찰적 성격을 지니고 있다.[52] 진정한 자기 이해는 인간 경험이 만들어낸 외부적 상징, 즉 인간의 삶을 의미 있게 집약한 문학을 통해서 가능하다는 주장 또한 문학과 문학 감상이 갖는 이러한

---

51) 이는 경험교육의 측면에서 일인칭의 체험이 갖는 의미를 밝힌 연구를 토대로 한다.(최홍원, 〈문학교육에서 경험의 재개념화와 교육적 수행을 위한 연구〉,《국어교육학》제29집, 국어교육학회, 2007 참조)

52) 김혜영, 〈문학독서 교육의 평가〉, 우한용 외, 《문학독서 교육, 어떻게 할 것인가》, 푸른사상, 2005, 141면.

특성에 바탕을 둔 것이다.

이런 점에서, 인간 경험을 다루는 시조 텍스트를 감상하는 것은 학습자의 성찰적 사고를 자극하고 불러일으키는 과정이 된다.53) 시조는 작자의 성찰적 사고 과정을 거쳐서 형성된 결과물로서, 삶에 대한 인식이자 가치 평가를 담고 있다. 시조 텍스트는 작자의 성찰적 사고에 기반하여 의미 있는 문제를 집약적으로 다룸으로써 독자에게 끊임없이 생각할 거리를 던진다. 이처럼 문학은 삶의 선택 가능성들을 대조하고, 우리 자신의 삶을 깊이 생각하는 법을 가르치는 것이다.54) 성찰적 사고의 관점에서 바라보면, 하나의 텍스트는 이제 문학 '작품'이기보다는 학습자가 경험하는 세계가 되고, 텍스트를 읽는다는 것은 텍스트 자체에 대한 이해에 그치는 것이 아니라 그 속에 담긴 우리 자신의 삶과 이 세상에 관련된 우리 자신의 관계를 경험하는 것이 된다.55) 이런 점에서 시조는 사물이 '실제로 이러한 방법으로 있다'고 말하는 것이라기보다, 오히려 '또한 이렇다'라고 말하는 것이며, '이러해야 한다'는 가치와 당위의 문제를 주체에게 제기하는 것이라 할 수 있다.

---

53) 이는 문학 텍스트가 지향성의 대상이 됨을 뜻한다. 잉가르덴(Ingarden)과 이저(Iser)는 현상학의 기반에서 문학 텍스트는 독자들이 그 틈을 채워야 하는 지향성의 대상으로 파악하였다. 문학 텍스트는 수많은 빈틈과 불확정의 공간을 내포하고 있으며, 능동적으로 읽고 해석하는 주체에 의해 의미화된다는 점에서 그러하다.(P. V. Zima, *Fischer lexikon literatur & Erkenntnis der literatur*; 김태환 편역, 《비판적 문학 이론과 미학》, 문학과지성사, 2000, 20면 참조)

54) Danièle Sallenave; 김교신 역, 앞의 책, 13~14면.

55) Daniel Bergez, *Introduction aux methodes critiques pour l'analyse litteraire*; 민혜숙 역, 《문학비평방법론》, 동문선, 1997, 221면 참조.

시조 감상을 통해 자기 자신을 이해하고 세계와의 관계를 경험하기 위해서는 텍스트에 대한 특별한 접근 태도가 교수·학습 활동으로 구안되어야 한다. 텍스트 세계의 문제가 '그'의 것이 아니라 바로 '나'의 것이 되어야 하고, 이는 곧 관찰자의 위치에서 텍스트를 바라볼 것이 아니라 작자와 같은 위치에서 문제 사태를 체험해 볼 것을 요구한다. 따라서 시조 감상의 단계에서 교수·학습은 "일인칭의 체험",56) "텍스트 내적 세계에 대한 감정이입적 해석의 과정"57) 등의 과정을 필요로 한다. 텍스트의 문제 사태 속으로 들어가 직접 참여함으로써 문제를 발견하고 구성할 것을 제안하는 감상 방법들이다.58) 이들은 텍스트의 숨겨진 의미를 찾거나 작자의 심리적 의도를 탐구하는 것이 아니라, 텍스트가 개시하고 발견한 세계를 자신의 입장에서 겪어보고 체험하는 활동을 말한다. 한마디로 텍스트 세계로 뛰어들어 '나라면 어떠했을까'를 생각해 보는 것으로 요약된다.

이상과 같이 성찰적 사고의 차원에서 학습자와 텍스트가 만난다는 것은, 텍스트가 학습자에게 의미 있는 문제를 던지고 학습자는

---

56) 김정우, 〈시교육과 언어 능력의 향상〉, 김은전 외, 《현대시 교육의 쟁점과 전망》, 월인, 2001, 58~60면 참조.

57) 박인기, 《(개정판) 문학교육과정의 구조와 이론》, 서울대출판부, 2001, 257~258면 참조. 이는 연구자에 따라 "몰입과 참여를 통한 이해"(황혜진, 〈가치경험을 위한 소설교육 내용 연구〉, 서울대 박사학위논문, 2006)나, "인격적 참여"(김남희, 〈현대시의 서정적 체험 교육 연구〉, 서울대 박사학위논문, 2007) 등으로 개념화되기도 한다.

58) 이와 관련하여 문학교육에서도 학습자는 문학의 '관찰자'가 아니라 '참여자'여야 한다는 주장이 제기되었다.(정재찬, 《문학교육의 현상과 인식》, 역락, 2004, 162면 참조) 이 주장에 따른다면, '사고에 관하여' 가르치는 것이 아니라 '사고를' 가르쳐야 하며, '사고를 하도록' 가르쳐야 할 것이다.

그 문제 사태 속으로 들어가서 이를 자기의 것으로 체험하는 것이라 할 수 있다. 텍스트 세계의 체험을 통해서 학습자는 새로운 눈으로 세계를 바라볼 수 있고, 새로운 시각에서 세계와 관계 맺을 수 있는 기회를 갖게 된다. 문학을 감상하는 과정에서 일어나는 텍스트 세계와 학습자 사이의 이러한 교호작용이 바로 문학을 통한 자기 이해이면서 자기 성장인 것이다. 따라서 시조 감상의 단계는 성찰적 사고로 시조를 읽음으로써 세계와 자기의 관계에 대한 총체적인 이해에 이르는 것을 주된 내용으로 한다. 시를 가르치는 수업의 핵심이 시적 경험에 참여하는 것, 즉 학습자에게 시인이 되게 하고 시를 쓰게 하고 시적으로 생각하게 하는 것이라면,59) 이는 곧 학습자의 성찰적 사고 활동에 대응하는 것이며, 이를 위해서는 무엇보다도 텍스트 참여를 위한 교수·학습 방법이 마련되어야 한다.

사고 실행의 단계

성찰적 사고교육은 궁극적으로 학습자가 세계와 자아의 관계를 새롭게 이해하고 깨닫는 것을 목표로 하며, 이를 위해서는 사고의 수행 절차를 알고 직접 실행하는 것이 요구된다. 따라서 사고 실행의 단계는 성찰적 사고의 유형과 절차에 대한 이해를 바탕으로 학습자가 주체가 되어 사고를 직접 실행하고 실천하는 것을 주된 내용으로 한다. 이 단계의 교수·학습은 사고를 수행할 수 있는 능력의 신장을 통해 학습자가 자기를 이해하고 그 내용을 경험할 수 있도록

---

59) Raymond J. Rodrigues, *A Guidebook for teaching literature*; 박인기 외 역, 《문학작품을 어떻게 가르칠 것인가》, 박이정, 2001, 203~210면 참조.

하는 데에 주안점을 둔다. 실제 사물을 대상으로 학습자가 주체가 되어 지향성과 반성의 과정을 수행함으로써 세계와 자기에 대한 이해에 이를 수 있게 하는 것이다. 이런 점에서 사고 실행의 교수·학습은 대상에서 의미를 '발견하기', 그 의미를 자기의 것으로 '가져오기', 이를 통해 세계와 자아의 관계를 '이해하기'로 구성되며, 각각의 방법은 3장에서 살핀 지향성, 반성, 자기 이해의 양태와 절차로 구체화된다.

그런데 실제 사물을 대상으로 성찰적 사고를 수행할 때, 대상의 의미가 어디에서 연유하는가라는 근본적인 문제가 제기된다. 세계는 객관적 대상들로 구성되고 이들이 언제나 본유적 속성을 가지고 고정된 관계로 존재한다고 보는 것은, 이른바 객관주의의 신화일 따름이다.60) 앞서 산과 물이라는 동일한 대상을 두고서 이황이 추구해야 할 이치를 깨우친 데 반해, 황진이는 정감을 통해서 인간의 유한성을, 이의현은 흥취를 통해 물아일체를 경험하는 것에서 보듯, 대상의 의미는 주체의 태도와 그에 따른 만남의 양태에 의해 구성된다. 대상에 대해 주체가 특정한 태도로 향한다는 것은, 그 대상에 담긴 본유적 자질 대신 관념이나 정서, 또는 심미적 질성 등이 선택되고 강조되면서 의미로 구성되는 결과를 낳는다. 그렇다면 교육적 관심은 주체의 관심이 닿음으로써 대상이 의미화될 수 있고, 주체와의 교호작용 속에서 대상의 의미가 '구성'된다는 데에 맞추어져야 한다.

따라서 이 단계의 교수·학습에서도 대상은 어디까지나 각 주체

---

60) George Lakoff et. al., *Metaphors We live by*; 노양진 외 역, 《삶으로서의 은유》, 박이정, 2006, 258면.

와의 만남에 의해서 개별적으로 의미화되는 존재로 상정된다. 엄밀히 말해 실제 '객관적으로 현존하는 존재'라는 것도 사실상 인식틀이 만든 허상이거나 근대성의 환상일 뿐이다. '순수한 지각은 존재하지 않는다'는 명제가 이를 단적으로 나타낸다. 사실이라고 믿는 실재들도 '관찰자의 신념 배경'과 '세계의 존재 방식', 이 둘에 의존한 것이라는 점에서,61) 주체의 태도에 따라 대상의 의미를 다양하게 구성하는 활동으로 교수・학습이 설계되어야 할 것이다.

이러한 사고 실행의 구체적인 방법으로 자기 성찰의 글쓰기를 활용할 수 있다. 사물을 대상으로 한 성찰적 사고 과정과 결과를 자기 성찰의 글쓰기로 표현하는 것이다. 자기 성찰의 글쓰기는 표현의 과정에서 자기 이해의 내용에 대한 자기 점검과 자기 교정이 반복하여 일어난다는 특징을 갖는다. 자기 이해의 내용과 결과를 두고서 성찰적 사고가 이루어진다는 것으로, 자신이 타자가 되어 자기 이해의 내용을 되짚어보는 과정을 통해 내용의 심화와 질적 고양을 가져오는 장점이 있다. 이처럼 글쓰기의 활동은 비판적 거리 두기의 효과, 즉 자신의 성찰적 사고 과정에 대한 메타적 시각을 가능하게 한다는 점에서 그 의의를 찾을 수 있다. 다만, 기존의 자기 성찰의 글쓰기가 체계적인 교육 내용의 제공 없이 개인 차원의 수행과 그에 따른 깨달음만을 강조하였다면, 성찰적 사고의 교수・학습에서는 성찰적 사고의 절차에 대한 이해를 바탕으로 이를 실제로 실천하고 적용하는 차원에서 이루어지는 방법이라는 점에서 차이가 있다.

---

61) R. Werner, "Ethical Realism", *Ethics*; 길병휘, 《가치와 사실》, 서광사, 1996, 142면 재인용.

또한, 성찰적 사고의 특정 유형에 따라 생성된 텍스트를 바탕으로 이와 동일한 유형의 사고를 전개하여 또 다른 텍스트를 생산하는 활동도 효과적인 교수·학습 방법이 될 수 있다. 예컨대, 신경림의 〈갈대〉라는 작품을 교재로 구성하여 성찰적 사고를 중심으로 감상하는 활동을 기획하였다면, 이 단계에서는 이 텍스트에 나타난 감물연정의 사고를 바탕으로 학습자가 직접 텍스트를 창작해 보는 활동을 시행할 수 있다.62)

사고 소통의 단계

성찰적 사고는 분명 주체의 자율적인 활동이지만, 이것이 개인의 차원에만 머무를 경우 고립되고 왜곡된 결과에 이르거나 개인의 의미 있는 성장과 발전으로 이어지지 못할 우려가 있다. 학습자는 자신의 이해를 드러내고 타자의 경험을 수용하는 과정에서 공동의 이해를 가질 수 있고, 이 속에서 자기 이해와 자기 정체성을 재구성할 수 있다. 따라서 성찰적 사고에 완결점이 없다는 것은 곧 타자와의 교류 속에서 지속적으로 수정되고 발전되어야 함을 암시한다.

성찰적 사고를 통해 깨닫게 된 자기 이해의 내용을 두고서 소통의 과정을 덧붙이는 것은, 인간 이해가 갖는 불완전성과 오류 가능성을 극복하기 위해서이다. 특히 자기 형성은 세계와 만나는 여러 다른

---

62) 다음은 학생의 작품으로 여기서 이러한 활동의 가능성을 엿볼 수 있다. "바람에 흩날리는 / 네 하이얀 머리털이 / 너의 세월을 이야기하고 // 세상 앞에 고개 숙인 / 외로운 네 모습에 / 너의 고난이 엿보인다. // 세상을 등진 / 외로운 네 모습에 / 초라한 나의 모습을 더해 / 슬픔을 달래본다."(황경미(해남 북평중 3), 〈억새꽃 피면〉, 배창환, 《이 좋은 시공부》, 나라말, 2002, 290면)

가능성과 삶의 선택 방안을 알고 자신의 삶이나 관심사를 더 넓은 지평에 위치시킴으로써 가능할 수 있다.63) 이처럼 성찰적 사고는 타자와의 소통 과정을 거칠 때 자기 자신에 대한 앎을 재확인하고 강화하는 차원을 넘어서서 변화, 수정, 발전을 가져올 수 있다. 자기화(appropriation)되는 자기 이해의 한계가 타자를 통한 탈자기화(désappropriation)로 극복되는 것이다. 따라서 타자의 성찰적 사고 내용과 비교하고 대조하는 활동을 통해 학습자의 제한된 이해 지평에 확장을 가져오는 것이 이 단계의 교수·학습의 주요한 내용이 된다.

그런데 사고 실행의 국면에서 타자는 일반적으로 타학습자가 되지만, 시조 감상의 국면에서는 여러 차원에서 다양하게 설정될 수 있다. 타학습자나 교사뿐만 아니라 텍스트 또는 작자도 타자로서 기능할 수 있다.64) 타자의 존재에 따른 소통의 양상과 교수·학습의 방법을 살펴보면 다음과 같다.

우선, 학습자 자신이 타자가 되어 소통하는 경우이다. 성찰적 사고를 전개하는 과정에서 주체는 내면 속의 다양한 사고와 수많은 대화를 하게 된다. 의미를 구성하고 결정하는 가운데 여러 관점들을 비교하고 선택하는 과정을 거친다. 나아가 자신의 성찰적 사고 과정

---

63) 최명선, 《해석학과 교육》, 교육과학사, 2005, 33면.
64) 현대시 교수·학습의 관점에서, 대화의 국면을 독자 내면에서 이루어지는 "내적 대화," 현실적 독자 사이에서 이루어지는 "횡적 대화", 이상적 독자와 현실적 독자 사이에서 이루어지는 "종적 대화"로 밝힌 연구가 있다.(최미숙, 〈대화 중심의 현대시 교수·학습 방법〉, 《국어교육학연구》 제26집, 국어교육학회, 2006 참조) 이 책에서 살펴보는 소통의 양상은 이러한 연구 성과를 성찰적 사고의 교수·학습에 맞게 재구성한 것이다.

을 비판적으로 바라보는 거리두기와 그에 따른 타자화도 이루어진다. 학습자가 자신의 성찰적 사고에 대해 끊임없이 검증하고 판단하는 것이다. 이는 자신의 사고 과정에 대한 메타적 시각, 즉 성찰적 사고에 대한 성찰적 사고작용이라 말할 수 있다. 이처럼 사고 과정, 결과, 그리고 선택한 관점에 대한 정당화를 모색하는 가운데 이루어지는 내적 소통은 사고의 질적 고양을 가져오는 데 기여한다.

둘째, 텍스트 작자와 소통하는 경우이다. 시조 감상의 국면에서 학습자의 성찰적 사고는 작자 및 텍스트의 영향 속에서 이루어질 수밖에 없다.

> 나는 내가 독서하는 책에서 끌어낸 사고, 즉 작가의 사유를 사유의 대상으로 삼는다. 그것은 다른 사람의 사고임에 틀림이 없지만, 내가 그것의 주체인 것이다. 나는 다른 사람의 사고를 사고하는 것이다.[65]

문학 감상의 과정에서 학습자는 필연적으로 작자의 사고와 자신의 것을 서로 비교하는 과정을 거치게 된다. 이처럼 학습자 자신의 사고와 텍스트 세계로 구현된 작자의 사고를 나란히 세우는 과정에서 이들 상호간의 대화가 발생한다. 그런데 작자의 성찰적 사고와 학습자의 사고 사이의 간극은 더 나은 사고를 가져오는 동력으로 작용한다는 점에 유의해야 한다. 자기 이해는 텍스트 세계와 자기의 이해 지평간의 길항이며, "타자성과 자신성 사이의 투쟁"[66]에서 이

---

65) Georges Poulet, *La conscience critique*; 조한경 역, 《비평과 의식》, 탐구당, 1990, 287면.

66) Paul Ricoeur, *Interpretation Theory–Discourse and the Surplus of Meaning*; 김윤

루어질 수 있다. 이 과정에서 가치의 다양성을 이해하고 관점의 상대성과 개별성이 가능하기 때문이다. 따라서 작자와의 소통은 성찰적 사고의 심화와 그에 따른 학습자의 정신적 성장을 가져오는 중요한 교수·학습 활동이 된다.

셋째, 교사나 타학습자와 소통이 이루어지는 경우이다. 이들과의 상호작용을 통해 사고 내용과 결과를 수정, 교정할 수 있고, 이에 따라 자기 이해와 삶의 태도마저 달라질 수 있다. 이러한 외적 소통이 효과적으로 이루어지기 위해서는 무엇보다도 학습자가 자신의 오류 가능성에 대해 인정하고 이해하는 태도가 전제되어야 한다. 세계-내-존재로서 유한한 존재인 인간은 절대지(絶對知)를 가질 수 없음은 물론이다. 인간의 가류성(可謬性)에 대한 이해와 수용이 전제될 때, 나와 다른 견해들도 진리에 가까울 수 있음을 받아들일 수 있고, 그에 따라 자기 이해를 수정하고 심화시키는 것도 가능해진다.

사고 소통의 교수·학습에서는 무엇보다 구성원끼리의 언어적인 교환이 원활하게 이루어질 수 있는 방법이 기획되어야 한다. 이러한 의도에서 소집단 활동, 특히 협동학습과 집단학습을 제안할 수 있다. 구성원끼리의 의견 교환을 원활하게 하기 위한 방법적 차원에서, 조직적이고 구조화된 소집단 활동을 설계하는 것이다. 특히 사고의 발달에는 사회적 교환이 중요한 역할을 한다는 점67)에서 더욱 그러하다. 이들은 자기 이해의 심화를 위해 타학습자의 개입과 참여를 체계화하고 조직화한 활동으로서 의의를 갖고 있다.

성·조현범 역, 《해석이론》, 서광사, 1998, 83면.
67) 김영채, 앞의 책, 36면.

협동학습의 경우, 집단에게 공통의 과제를 제시하고 성찰적 사고를 함께 전개하는 것으로 구체화된다. 이 경우 다른 사람의 생각은 자신의 생각을 더 발전시키는 계기가 된다. 집단학습의 경우는 학습자가 자유롭게 발표하고 토의하는 학습 활동으로, 이 또한 학습자의 사고 깊이와 폭을 증대시킬 수 있다. 이들은 개인의 내적 대화뿐만 아니라 학습자와 학습자 사이의 소통 활동과 상호작용을 염두에 둔 교수·학습 방법이다. 이것이 더 효과를 거두기 위해서는 사고 활동과 관련하여 관점과 의견의 충돌과 대립이 있는 구성원을 적절하게 구성하는 것이 필요하다. 또한 학습자의 측면에서는 집단 구성원들에 대한 긍정적인 상호 의존성을 바탕으로, 자신이 갖고 있는 생각을 다른 사람과 교류하는 적극성과 자발성이 요구된다. 진정한 의미의 이해란 사물에 담긴 객관적 의미를 발견하는 것이 아니라, 인식 주체들이 구성한 의미를 소통과 교섭의 과정 속에서 공유함으로써 확보될 수 있기 때문이다.

4.4. 성찰적 사고교육의 평가

교육 활동이 투입과 산출을 통해 생산성을 꾀하는 일종의 체제(system)라고 한다면, 교육 이념, 목표, 내용 등은 그 체제를 체제답게 해주는 투입(input) 기제로, 평가는 산출(output) 기제로 작용한다.[68] 평가의 결과가 다시 교육 목표로 피드백 되는 교육과정의 순

환이 나타내듯, 평가는 교육 활동 전반에 대한 변화와 수정을 가져
오는 중요한 기능을 한다. 이처럼 학습자가 교육 목표를 얼마나 성
취했는지를 확인하는 기능뿐만 아니라, 교육 활동 전반에 대한 점검
으로서 중요한 기능을 담당하고 있음에도,[68] 실제 교육의 국면에서
이러한 평가의 기능은 제대로 수행되지 못하고 있다. 특히 언어나
문학을 대상으로 한 평가의 경우, 특정 자극에 대하여 동일한 반응
을 기대하기 어렵다는 점, 교수과정에서 전달된 가시적 내용 이외의
반응도 가능하다는 점, 독자의 반응에 대한 위계화가 어렵다는 점,
성취기준에 대한 도달 정도를 정확히 측정하기 어렵다는 점 등의 어
려움이 존재한다.[70] 이러한 조건과 제약은 성찰적 사고의 경우에도
마찬가지이다.

  그러나 이러한 상황은 오히려 성찰적 사고교육의 평가가 무엇을
지향해야 하는가에 대한 방향을 제시해 준다. 먼저 성찰적 사고의
본질에 부합하는 평가가 설계되고 시행되어야 한다는 점이다. 또한
"평가 활동과 교수·학습 활동은 별개의 활동이 아니라 통합된 형

---

68) 박인기, 〈국어교육평가의 패러다임 변화와 실천〉, 《국어교육》 102, 한국어교육
   학회, 2000, 88면.

69) 아이스너(Eisner)는 평가의 기능으로 "진단(to diagnose)", "교육과정의 수정(to
   revise curricula)", "비교(to compare)", "교육적인 필요에 대한 예측(to anticipate
   educational needs)", "목표가 달성되었는지의 평가(to determine of objectives have
   been achieved)"를 들고 있다.(Elliot W. Eisner; 이해명 역, 앞의 책, 237면 참조)

70) 최미숙, 〈문학교육에서의 평가 연구〉, 《국어교육학연구》 11, 2000, 265~267면
   참조. 그럼에도 "문학 독서가 우리와 다른 사람의 삶을 조망하는 데 중요하리라는
   생각이 무너져 가는 큰 이유 중의 하나로, 문학이 전세계의 수백만 학생들이 선택하
   는 시험 볼 수 있는 교과 과목이 되었다는 사실"이라고 말한 바 있다.(James Gribble,
   Literary Education; 나병철 역, 《문학교육론》, 문예출판사, 1987, 9면)

태로서 한 가지 활동의 서로 다른 두 모습"71)이듯이, 평가가 단순히 측정의 기능을 넘어서 교수·학습 활동과도 밀접한 관련성을 가져야 한다. 교수·학습과 연계된 평가는 일정 시점에 단발적으로 학생들이 무엇을(what) 학습하였는가를 측정하는 것과 달리, 어떻게(how) 학습하고 있으며 어느 정도 향상(progress)되고 있는지에 대한 적극적인 정보를 제공하기 때문이다.72) 이는 학습의 결과만을 사정(査定)해 주는 소극적 평가에서 벗어나, 학생들의 학습을 유도하고 교수·학습의 방향을 제시할 수 있는 좀 더 적극적인 평가로 자리매김하는 것을 말한다. 따라서 평가론은 성찰적 사고의 '본질'에 부합하면서, 성찰적 사고의 '교수·학습' 단계에 요구되는 조건을 충족시키는 방향으로 구성될 필요가 있다.

성찰적 사고의 평가와 관련, 그 본질로 통합성, 수행성, 주관성을 설정하는 것은, 이들이 각각의 교수·학습단계, 즉 시조 감상의 단계, 사고 실행의 단계, 사고 소통의 단계에서 두드러지는 특성이기

---

71) 백순근, 〈수행평가의 이론적 기초〉, 《초등교과교육연구》 3, 한국교원대 초등교육연구소, 1999.

72) 남명호 외, 《수행평가 — 이해와 적용》, 문음사, 2000, 49면 참조. 평가에 대한 이 같은 접근은 평가의 주된 기능을 서열과 합격 여부 등으로 대표되는 선발적 기능보다는, 교수·학습 과정의 피드백과 그에 따른 수정을 통해 학습자의 성장을 이끌어내는 발달적 측면에 둔다. 이처럼 교육학에서도 다양한 평가관이 등장하고 있다. 패러다임의 변화에 따라 기존의 측정 중심, 관리 중심의 평가관과는 구별되는 인간 중심의 평가관, 구성주의 학습이론에 부응하는 평가관 등이 새롭게 제안되고 있다. 이러한 관점에서 평가는 학습자를 더 잘 이해하기 위한 정보를 수집하고 그것을 교육적으로 송환하는 개념으로 확장된다. "다가가고 살피고 이해하고 발견하고 확인하고 북돋아주는 활동"으로서의 교육 평가(assessment)가 다뤄지고 있다.(박인기, 앞의 글, 91~92면 참조)

때문이다. 이러한 특성에 따라 성찰적 사고교육의 평가는 각각의 단계에서 구성적 반응의 평가, 활동 중심의 평가, 자기 평가 및 상호평가로 설계된다.73) 물론 이들 평가 방법은 같은 층위에서 명확히 구분될 수 있는 것도 아니며, 반드시 특정 교수·학습 단계와 일대일로 대응되는 것도 아니다. 가령, 자기 평가는 구성적 반응의 평가, 활동 중심 평가의 하위 방법이 될 수도 있다. 그럼에도 이렇게 설정하는 까닭은, 성찰적 사고의 교수·학습이 단계와 특성에 따라 이루어지는 만큼, 평가 또한 그에 부합하는 방향으로 진행되어야 한다는 당위에 있다.

4.4.1. 성찰적 사고의 통합성과 구성적 반응의 평가

'성찰적 사고의 통합성'이란 성찰적 사고교육이 시조 감상과의 관련성 속에서 통합되어 이루어지는 것을 뜻한다. 이는 교과교육과 사고교육의 결합을 강조하는 통합적 접근에 따른 것이다. 이처럼 시조 감상이 성찰적 사고를 중심으로 이루어지는 만큼, 평가의 방법 또한 이러한 통합적 성격을 고려하여 구안되어야 할 것이다.

---

73) 이 같은 방향 설정은, 문학 영역의 평가모형을 탐색하면서 그 지향점으로 과정평가, 학습자 중심 평가, 인지와 정의의 균형적 평가, 태도평가, 평가척도의 다양화를 제시한 연구에 바탕을 둔다.(김종철 외, 〈문학 영역 평가의 이론과 실제 — 제7차 교육과정을 중심으로〉, 서울대 국어교육연구소, 1998) 평가는 사회 문화적 압력과 현실적 요구의 영향을 가장 강하게 받는 분야이다. 그러나 교육 외적인 요소에 대한 지나친 고려가 현실을 따라가는 데 급급한 논의로 귀착되어서는 안 될 것이다. 현실적 차원은 분명 성찰적 사고의 평가 문제에서 중요한 변인 가운데 하나이기는 하지만, 장래성(vision) 또한 평가가 추구해야 할 가치와 지향점이다.

　성찰적 사고에 따라 시조를 감상한다는 것은 텍스트에 대한 실체적 접근이나 텍스트의 본래 의미를 찾아 해석하는 것과는 분명 차이가 있다. 성찰적 사고의 측면에서 접근하게 되면, 시조 텍스트는 단순히 주체의 이해를 기다리는 고정된 기록물이 아니라 주체에게 세계를 바라보는 하나의 방식을 제안하는 타자이면서 이에 대한 사고를 불러일으키는 대상이 된다. 텍스트는 저기 바깥에 위치하면서 발견되기를 기다리고 있는 외부적인 실재로서 존재하는 것이 아니라, 주체에게 끊임없이 말을 걸어오는 역동적인 상대이다.

　그런데 텍스트는 분명 대상을 바라보는 하나의 특정한 시각이 개입된 결과이며, 여기에는 문제 사태에 대한 작자의 관점과 태도가 담겨 있다. 텍스트의 의미라는 것은 텍스트가 던지는 하나의 명령으로,[74] 작자가 바라본 세계의 의미와 해석을 제시하면서 그 방식대로 생각할 것을 강요한다고 볼 수 있다. 그러나 성찰적 사고로 시조를 감상한다는 것은, 텍스트가 제공하는 방식으로 문제 사태를 바라보는 데 그치는 것이 아니라, 감상의 과정에서 새로운 사고를 전개하는 것을 말한다. 텍스트의 의미는 고정된 명제가 아니라 그것이 행하는 것, 독자들에게 영향을 미치는 텍스트의 잠재력에 있음[75]은 알려진 사실이다. 텍스트는 잠재적인 의미 지평을 갖고 있으며, 그 지평은 텍스트 세계에 참여하는 주체에 의해서 다양한 방식으로 재구성되어 실현된다. 일상에 존재하는 한 그루의 나무에 대한 지각은 의식의 직접적 행위인 반면, 텍스트의 의미를 이해하는 것은 반사적

---

74) Paul Ricoeur; 김윤성 · 조현범 역, 앞의 책, 148면.
75) Jonathan D. Culler; 이은경 외 역, 앞의 책, 94면.

(reflective)이며 매개된(mediated) 과정을 거치기 때문이다.76)

일찍이 이황은 〈도산십이곡〉에서 "고인도 날 몯보고 나도 고인 못뵈 고인을 몯봐도 녀던길 알픠잇니 녀던 길 알픠 잇거든 아니 녀고 엇덜고"라고 노래하였다. 성찰적 사고를 중심으로 이 텍스트를 감상한다면, 일차적으로 텍스트 속에 담긴 작자 이황의 사고를 찾아 세계와 자아의 관계를 파악하는 일이 될 것이다. 고인의 학문에 대한 추숭과 그에 따른 자기 수양을 확인하게 된다. 그러나 시조를 감상하는 가운데 학습자의 성찰적 사고가 이루어진다는 것은, 단순히 텍스트에 담긴 작자의 사고를 뒤쫓는 것이 아니라, 텍스트의 문제와 작자의 성찰적 사고를 대상으로 스스로의 사고를 전개하는 것을 뜻한다. 한 예로, 17세기 정두경은 이황의 이 시조를 두고서 "인생 백년에 이 즐거움이 어떠한가? 내가 고인을 못 뵈는 것이 한이 아니라 고인이 나를 못 보는 것이 한스럽네"77)라는 정반대의 반응을 내놓았다. 현재의 향락적 즐거움을 노래하는 파격적인 내용이기는 하지만, 시조 텍스트의 감상에서 이루어지는 독자의 사고의 한 모습을 보여준다. 정두경은 〈도산십이곡〉의 감상 과정에서 이황과는 전혀 다른 내용의 사고를 펼친 것이다.

시조 감상의 차원에서 이루어지는 이러한 특질을 고려하여, 이 책에서는 '구성적 반응의 평가'를 제안한다. 일반적으로 평가에서 "반

---

76) David Couzens Hoy; 이경순 역, 앞의 책, 46~47면.
77) "人生百年 此樂如何 不恨我不見古人 恨古人之不見我也."(洪萬宗, 〈鄭東溟短歌二首後記〉,《靑丘永言(珍本)》; 임형택, 〈17세기 전후 육가 형식의 발전과 시조 문학〉,《민족문학사연구》 제6호, 민족문학사학회, 1994 재인용)

응"이란 어떤 질문에 대한 답을 쓰거나 말하는 학습자의 행동 차원의 응답을 가리킨다.[78] 그런데 구성적 반응에서 반응이란 이해, 발견, 분석, 평가, 태도에 이르기까지 여러 요소를 함축하면서 필요한 절차를 거쳐서 이루어지는[79] 주체의 의식적 활동을 뜻한다. 단순히 답을 선택하는 것이 아니라, 학습자 스스로 답을 구성하거나 산출물이나 작품을 만들어내는 것과 같은 행동과 태도 등에서 나타나는 적극성을 포함한다.

따라서 구성적 반응이란 텍스트를 이해하고 파악하는 차원을 넘어서서, 시조 텍스트로 제시되는 문제에 대해 학습자가 적극적으로 반응하고 교호작용하는 것을 말한다. 특별히 '구성적 반응'으로 명명하면서 이를 제안하는 것은, 텍스트라는 문제에 대한 주체의 '대응'이라는 점, 그리고 획일적으로 규정된 하나의 정답만을 '선택'하는 것과는 구별되는 '구성'의 측면을 강조하기 위함이다. 텍스트가 독서의 과정을 통해 독자의 '응답'을 요구한다는 점에 주목한 평가 방법이다. 또한 이미 정해진 하나의 것을 고르는 게 아니라, 문제 사태 속에 주어진 조건에 맞는 반응을 스스로 만들어내는 것을 강조한다. '반응'이라는 용어가 갖는 수동성, 즉 텍스트가 주는 자극에 대한 단선적인 반응으로 오해되는 것을 막기 위해 '구성'의 측면을 특히 강

---

[78] T. L. Harris & R. E. Hodges, *The Literary Dictionary*, Intentional Reading Association, 1995, 219면; 최미숙, 〈국어교육 평가의 원리와 실제〉, 《국어교육과 평가》, 서울대 국어교육연구소, 1999, 44면 재인용. 여기서 '반응'이라는 말은 행동주의에서 말하는 '자극-반응-강화' 차원에서의 '반응'과는 구별되는 것이다.

[79] 김대행, 〈영국의 문학교육〉, 《국어교육연구》 4집, 서울대 국어교육연구소, 1997, 55면.

조하는 것이다.

　구성적 반응의 관점에서 텍스트 감상은 곧 학습자의 사고 과정이 되며, 따라서 주체에 따라 얼마든지 다양하게 의미화될 수 있다. 이 단계에서 유의할 점은 텍스트가 제시하는 세계와 문제 해결 방식에 대한 학습자의 자유로운 반응이 보장되어야 한다는 점이다. 텍스트가 제안하고 기획하는 세계에 견주어 자신의 가치를 수정하고 보완해 가는 활동, 자신의 성찰적 사고를 준거로 텍스트 세계의 한계를 지적하고 비판하는 활동 등이 이루어질 수 있다.

　이런 점에서 본다면, 정답을 전제로 한 기존의 선택형 평가는 성찰적 사고의 평가 방법으로 적합하지 않다. 잭슨에 의하면 학교 학습의 결과는 1차적 결과와 2차적 결과로 구분되는바, 1차적 결과는 학교 교육의 직접적인 효과로 당장 기억에 남는 것, 가령, 수업시간에 학습한 사실이나 기술 등이 여기에 포함된다. 반면 2차적 결과는 비교적 장기간에 걸쳐 획득되는 능력으로 인지작용, 자기 자신과 세계에 관한 평가, 태도, 가치관 등의 정의적 특성을 포함한다.[80] 그런데 선택형 문항의 경우 대체로 텍스트에 대한 정확한 의미 파악을 목적으로 1차적 결과만 측정하게 된다는 점에서 한계가 있다. 정답이 전제됨에 따라 텍스트에 대한 실체적 지식이나 정확한 해석과 관련된 내용이 평가 문항으로 구성되고, 이에 따라 학습자는 자신의 성찰적 사고를 전개하지 못하고, 암기한 학습 내용을 활용하는 차원에 그칠 우려가 크다는 점이다. 선택형 문항에서 독자는 주어진 것

---

80) 김호권 외, 앞의 책, 242~243면 참조.

을 그대로 받아들이는 수동적인 존재로 전락하면서 능동적 역할을 잃게 된다.

또한 선택형 문항은 하나의 정답만 전제하는 것에서 보듯, 개별적이면서 다양한 반응을 인정하지 않는다. 선택형 문항은 전통적인 진리관, 즉 외부의 세계나 지식은 개별 인간과는 독립된 채 존재한다고 보는 절대주의적 진리관에 근거하고 있기 때문이다. 이러한 관점에서 본다면, 교육은 객관적인 지식이나 정보를 단계적으로 축적해 가는 과정이며, 가장 높은 수준의 학습자란 지식이나 정보, 상식 등을 가장 많이 기억하고 재생산할 수 있는 사람으로 상정된다.[81] 따라서 반응의 폭을 좁혀서 응답의 자유를 구속하는 것은 텍스트가 갖는 의미의 다양성에도 맞지 않고, 성찰적 사고의 자발성과 의미 구성의 주관성에도 어긋난다.

요컨대, 구성적 반응의 평가에서는 텍스트의 문제를 정확하게 이해하고 있는가의 차원뿐만 아니라, 텍스트의 문제를 자신의 시각에서 바라보고 자신의 입장에서 사고하는 것까지를 평가의 내용으로 한다. 이처럼 정해진 내용을 확인하고 답습하는 것에서 벗어나 학습자의 반응을 평가하려는 것은, 개인마다 사고의 모습과 내용이 다를 수밖에 없다는 점 때문이다. 따라서 성찰적 사고의 통합성을 고려한 시조 감상의 평가는 다음과 같은 내용에 맞추어진다.

---

[81] 백순근, 〈인지 심리학에 의한 학습 및 학습자관이 교육평가에 주는 시사〉, 《교육학연구》 제33권 3호, 1995, 131~150면 참조. 선택형 문항이 갖는 문제점에 대해서는 백순근, 《수행평가의 원리》, 교육과학사, 2000, 40~45면을 참조할 수 있다.

- 텍스트의 성찰적 사고를 제대로 이해하는가?
- 텍스트가 제기하는 문제에 대해 의미 있게 반응하는가?
- 텍스트의 문제 사태를 대상으로 자신의 성찰적 사고를 제대로 전개하는가?

4.4.2. 성찰적 사고의 수행성과 활동 중심의 평가

수행성은 구체적인 상황에서 행동을 하는 과정이나 결과를 의미하며, 성찰적 사고의 본질이 수행에 있음은 이미 3장에서 살펴보았다. 성찰적 사고에 대한 지식을 개념적으로 아는 것이 중요한 게 아니라, 학습자가 실제 상황에서 사고를 수행할 수 있는 능력이 요구된다. 이처럼 수행성은 성찰적 사고교육 전반에서 중요한 자질이지만, '시조 감상의 단계'에 이어 진행되는 '사고 실행의 단계'에서 특히 강조된다. 여기서는 학습자가 실제로 사고를 '실행'하는 것을 주된 과제로 하기 때문이다.

성찰적 사고의 본질이 수행에 있는 만큼, 그 능력을 키우기 위한 교수·학습은 학습자의 실행과 실천 차원에서 이루어져야 하며, 평가 또한 여기에 초점이 맞추어져야 한다. 이른바 절차적 지식에 해당하는 사고력이나 추리력 등은 그것에 관한 지식을 선택형 평가를 통해 안다고 해서 그것이 곧바로 실제 수행 능력으로 이어지는 것은 아니다.82) 따라서 사고 실행의 단계에서 이루어지는 평가의 방법으로 수행성에 맞추어 '활동 중심의 평가'를 제안한다. 이때 활동이란

---

82) 천경록, 《국어과 수행 평가와 포트폴리오》, 교육과학사, 2001, 39면 참조.

움직임, 즉 행위를 뜻하지만, 단순한 움직임을 가리키는 데서 나아가 어떤 의도를 가지고 적극적으로 벌이는 행위라는 뜻을 함의한다. 이런 점에서 활동 중심의 평가란 학습자가 성찰적 사고를 직접 실행하고 적용하는 가운데 이루어지는 평가로서의 성격을 갖는다.

활동 중심의 평가는 답지를 선택하는 것이 아니라 학습자가 말하고 쓰는 실질적인 활동의 차원에서 이루어진다. 성찰적 사고의 평가가 쓰기와 같은 학습자의 활동에 초점을 맞추는 것은, 지식과 기능, 태도 등이 언어 수행을 통해 구체화된다는 사실, 특히 평가자는 피평가자의 언어 수행 양상을 살핌으로써 학습자의 성취 수준을 짐작할 수 있다는 사실에 바탕을 둔다. 이는 평가 시행의 원리 가운데 하나인 "수행성"[83])에 해당하는 것으로, 언어적으로 표현될 때 타당성과 적절성을 비롯한 일련의 가치 평가와 검증이 가능해진다는 데 주목한 것이다.

또한 성찰적 사고와 같은 영역은 정의적 성격에서 기인하는 잠재성을 갖는다는 점도 고려해야 한다.[84]) 성찰적 사고는 수행으로서의 성격과 더불어 내면화된 습관과 태도의 성격 또한 지니며, 수행조차도 장기간에 걸쳐 잠재적으로 나타나기도 한다. 이러한 잠재성은 학

---

83) 김창원, 〈국어교육 평가의 구조와 원리〉, 《국어교육과 평가》, 서울대 국어교육연구소, 1999, 33면.
84) 정의적 목표의 평가는 "만질 수도 볼 수도 없다는 점, 목표 달성을 위해 장기간이 요구된다는 점, 공적인 것이기보다는 사적인 것이라고 믿는 일반적 신념, 정의적 특성의 평가를 위한 정보 수집의 어려움" 등의 특성을 갖고 있다.(이도영, 〈국어과 정의적 영역의 평가 방법〉, 《국어교육학연구》 11, 국어교육학회, 2000, 48면 참조)

습자가 무엇을 할 수 있게 되었는가에 관해서 구체적이고 실제적인 정보를 드러내지 않기 때문에, 선택형 또는 간접형 평가 항목으로 그 능력을 측정하는 것은 불가능하다. 따라서 수행성과 활동 중심의 평가는 단순히 외현화된 행동의 차원이 아니라, 성찰적 사고를 수행하는 과정에 대한 질적 평가를 추구해야 할 것이다.

활동 중심의 평가 방법으로 자기 성찰의 글쓰기를 활용할 수 있다. 사고 실행의 교수·학습 차원에서 이루어진 자기 성찰의 글쓰기는 평가의 방법으로도 기능한다. 실제 사물을 대상으로 학습자가 성찰적 사고를 수행하고 그 과정과 결과를 표현하는 것으로, 학습한 내용에 대한 암기나 지식 차원이 아니라 학습자의 사고를 직접 평가할 수 있다는 장점을 가지고 있다. 즉 성찰적 사고를 실행하는 과정이나 결과를 대상으로 학습자의 자기 이해 정도와 수준을 살펴보는 것이 가능해진다.

이처럼 활동 중심의 평가 방법은 기존의 양적 평가에서 배제하는 주관적 측면, 그리고 수량화하기 어려운 정의적 영역에 대한 평가를 중요하게 여긴다. 기존의 평가가 학습한 결과 학생들이 얼마나 알고 있는가, 또는 얼마나 성취하였는가에 관심을 갖는다면, 활동 중심의 평가는 최종 결과보다는 사고를 수행하는 과정을 통해서 자기 이해의 과정, 정도, 수준 등을 대상으로 한다는 점에서 수행평가나 과정 평가로서의 성격도 갖는다.85) 이러한 점을 바탕으로 사고 실행의

---

85) 남명호 외, 앞의 책, 26면. 평가하고자 하는 내용을 실제로 행하게 함으로써 하는 평가라는 의미로 "수행평가" 대신 "실행평가"라는 개념을 제안하는 것(조용기, 〈참평가〉, 석문주 외, 《학습을 위한 수행 평가》, 교육과학사, 1999)에서 보듯, 수

교수·학습 단계에서 수행성을 고려한 평가는 다음과 같은 내용으로 구성된다.

> - 성찰적 사고의 절차와 과정을 제대로 수행하고 있는가?
> - 성찰적 사고의 유형과 단계가 요구하는 특성과 조건을 충족시키고 있는가?
> - 성찰적 사고의 과정을 통해서 어떠한 자기 이해의 결과에 도달했는가?
> - 성찰적 사고를 통해서 어떠한 경험을 하게 되었는가?

4.4.3. 성찰적 사고의 주관성과 자기평가 및 상호평가

성찰적 사고의 주관성에 대한 교육적 이해

성찰적 사고와 자기 이해의 내용이 여러 양상으로 존재하는 것에서 보듯, 다양성과 주관성은 성찰적 사고의 중요한 본질이다. 동일한 대상을 두고서 수많은 문학작품이 생산되는 것도 주체마다 다양하게 실현되는 성찰적 사고에서 기인한 것이라 할 수 있다. 가령, 돌이라는 사물을 대상으로 윤선도가 〈오우가〉에서 불변을 발견했다면, 유치환의 〈바위〉처럼 의지를 생각할 수도 있고, 조지훈의 〈돌의 미학〉에서와 같이 그 돌이 지닌 풍상의 역사를 읽어낼 수도 있다. "인자(仁者)는 이것을 보고 인(仁)이라 말하고, 지자(知者)는 이것을 보고 지(知)라고 말한다"[人者見之謂之仁 知者見之謂之知]는 《주역(周易)》의 언급은 이러한 대상 인식의 상대성을 단적으로 보여준다. 성찰적 사고의 교수·학습에서 소통 단계가 구성되는 것도 이 점에

행평가는 학습자의 행위와 실천을 강조하는 평가 방법으로 알려져 있다.

바탕을 두고 있다.

　문제는 의미 구성의 이러한 편차를 어떻게 볼 것인가에 있다. 단순화와 획일성으로 말미암아 자신으로부터도 소외되는 현대인의 삶을 생각해 본다면, 이러한 다양성은 확정된 정형 속에 묻혀버리지 않고 자신의 삶을 열어주는 적극성을 가져다 줄 수 있다는 데 주목할 필요가 있다.86) 주체에 따른 이해의 차이는 억제되고 규제되어야 할 요소가 아니라, 구성원끼리의 상호작용을 가져오는 자질로 보아야 한다. 자신의 경험이 갖는 의미에 관해 생각하고 수정하고 느끼는 일련의 과정은 비슷한 일에 관여하고 있는 타인과 상호작용하는 과정에서 이루어지기 마련이며,87) 이들과의 관계 속에서 성장하고 발전할 수 있다.

　따라서 성찰적 사고교육은 이러한 다양성과 주관성을 지향하는 방향으로 진행되어야 한다. 이는 구성주의 인식론, 다시 말하면, 지식은 객관적으로 존재하는 것이기보다는, 상황에 비추어 해석하고 구성해낸 것이라는 입장을 전제로 한다.88) 세계에 대한 인간의 이해는 언제나 역사적 사회적 상황의 특정한 지평 속에 갇혀 있기 때문에 완전할 수도, 절대적일 수도 없다. 인간은 결코 절대적이고도

---

86) 진권장, 앞의 책, 455면 참조.

87) 손민호, 《구성주의와 학습의 사회 이론》, 문음사, 2005, 70~71면.

88) 구성주의의 관점에 따르면, 진리 자체가 역사적, 사회적 산물이기 때문에 세계를 파악하는 인간의 주체적이고 능동적인 역할이 중시된다. 주어진 것을 파악하는 수동성에서 벗어나 자신의 관심과 선택, 동기와 목적, 신념과 가치관, 지식과 경험, 해석과 판단에 따라 세계에 대한 이해를 형성해가는 능동성을 강조한다.(조화태, 〈포스트모던 철학과 교육의 새로운 비전〉, 《현대사회와 교육의 이해 — 교육철학의 최근 동향》, 교육과학사, 1996 참조)

객관적인 실재에 이를 수 없으며, 단지 다양한 의미와 이해를 가질 따름이다.

이러한 점을 염두에 둔다면, 성찰적 사고교육에서 특히 요구되는 것은 실재에 관한 하나의 해석을 다른 관점과 비교하는 일이다. 그 과정에서 기존의 앎을 재확인하고 강화하는 "지속", 기존의 것을 발전시킨 "확장", 그리고 기존의 앎에서 새로운 앎으로 옮겨지는 "전이"나 "대체"를 도모하는 것이 의미 구성의 주관성 문제에 대한 교육적 처방이다.[89] 이처럼 기존의 앎을 확인하고 발전시키며 혁신하는 과정을 통해 학습자의 이해 지평의 확장이 가능해진다. 인간은 타자와의 접촉을 통해 자신의 인식 한계를 뛰어넘을 수도 있고, 자신이 아닌 공동체의 문제의식으로 들어갈 수도 있다.

성찰적 사고의 유형이 보여주듯, 대상에서 무엇을 발견하고 깨닫는가는 주체에 따라 다양할 수밖에 없다. 동일한 대상을 두고서도 세계의 자아 견인, 세계와 자아의 대립, 세계와 자아의 합일 등으로 자기 이해의 내용에 차이가 있을 수 있고, 자기 수양의 태도, 순응적 삶의 태도, 조화로운 삶의 태도 등과 같이 다양한 태도 또한 가질 수 있다. 문제는 의미의 다양성이 상호작용을 낳는 원천이 되며, 이

---

89) "지속", "확장", "전이", "대체"의 용어는 소설에서 이데올로기적 가치 함축의 양상을 가리키는 것으로(김상욱, 《소설 교육의 방법 연구》, 서울대출판부, 1996, 164~171면 참조), 이 책에서는 이를 '인간의 이해 지평' 측면으로 원용하기로 한다. 구성주의 관점에서도 교수·학습 활동 자체가 학습자가 새로운 정보를 내면화·재형성·변형하는 것을 돕는다고 보고 있다(Jacqueline G. Brooks & Martin G. Brooks, *In Search of Understanding: The Case for Constructivist Classrooms*; 추병완 외 역, 《구성주의 교수·학습론》, 백의, 1999, 29면 참조).

러한 상호작용과 타협의 과정을 통해 의미가 발전된다는 점이다. 따라서 성찰적 사고가 갖는 주관성과 다양성의 문제는 세계와 만나는 여러 가능성과 경험을 통해 이해 지평의 확장을 가져오는 방향으로 접근해야 할 것이다.

자기평가 및 상호평가의 방법과 준거

성찰적 사고에서 주관성이 특히 문제되는 것은, 가치와 의미의 문제를 다루는 까닭에 주체의 주관적 판단이 불가피한데다가, 내면에서 이루어지는 개인적인 속성마저 지닌다는 점에 있다. 자기 이해가 갖는 주관성과 내면성은 기존의 자기 자신을 재확인하거나 왜곡된 이해를 불러올 위험을 내포한다. 이러한 이유에서 사고 내용과 결과의 가치에 대한 검증과 평가의 절차가 특히 요구되는 것이다. 사고는 개인의 내면에서 일어나는 의식 작용이지만, 의미 있는 결과를 갖기 위해서는 개인의 내부에서 완결될 것이 아니라 타자와의 관계 속에서 타당성이 입증되는 과정을 거쳐야 한다. 타자를 통해 진리에 좀 더 다가갈 수 있으며, 다른 이해 구조의 인정과 존중 속에서 자기 이해가 발전할 수 있다. 특히 정체성은 관계를 통해 형성되는바,90) 다른 주체와의 관계 속에서 자기 이해의 질적 고양은 물론, 사회 구성원으로서의 자아 형성을 기대할 수 있다.

이와 같이 성찰적 사고의 주관성과 다양성의 문제는 타자를 필요로 한다는 점에서, 이러한 타자의 역할에 주목하는 교육 평가를 제

---

90) 정재찬, 앞의 책, 185면.

안한다. 평가 과정 자체를 하나의 의사소통 과정으로 보고, 평가과정에서 피평가자를 축으로 다양한 상호작용을 끌어들이는 방식을 말한다.91) 여기서 자기평가와 상호평가는 학습자의 성찰적 사고 결과를 타자의 시각에서 바라보고 점검하는 평가 활동의 구체적 방법이다. 기존의 평가가 주로 교사가 주체가 되어 교수·학습 활동의 과정과 결과를 평가하는 방식으로 진행되었다면, 자기평가나 상호평가는 학습자가 주체가 되어 스스로를 평가한다는 점에서 차이가 있다. 자기평가와 상호평가는 성찰적 사고를 수행하고 그 내용과 결과를 표현하게 함으로써 스스로를 점검하고 구성원들과 의견을 나누는 것으로 진행된다. 그 과정에서 끊임없는 수정과 교정이 이루어질 수 있다. 이처럼 성찰적 사고가 자기 이해의 지평을 만들어가는 과정이라면, 자기평가와 상호평가는 주체에 따른 지평의 차이를 조절하고 이를 심화하고 발전시키는 과정에 해당한다.

특히 자기평가는 자신의 사고를 스스로 판단하고 자신의 부족한 점을 점검하여 바람직한 방향으로 조정하는 효과를 갖는다. 이를 위해서는 먼저 자신의 사고 활동을 메타적인 차원에서 검토하는 것이 요구된다. 자신의 사고 과정과 결과에 대해 또 다른 성찰적 사고를 전개하는 것을 말한다. 성찰적 사고 활동 자체가 메타적 속성을 가지는 까닭에,92) 사고에 대한 평가는 또 다른 사고를 낳는 동력이 된

---

91) 김창원, 앞의 책, 249면.
92) 앞서 반성은 메타적으로 바라보는 것을 가능하게 하는 것으로, 비판적 사고의 관점에서 다루어지기도 한다는 점을 밝혔다. 이렇게 본다면, 성찰적 사고 활동 자체가 끊임없는 자기 평가의 과정이라 할 수 있다.

다. 달리 말하면 성찰적 사고의 자기 회귀이자 자기 발전이라고 할 수 있다.

그런데 자기평가의 시행만으로 성찰적 사고의 평가가 완결되거나 종료될 수는 없다. 이것 역시 여전히 제한된 개인적 차원의 반응에 불과하다. 자기 자신에 매몰된 것이 기존의 '성찰'과 '반성'이 갖는 한계였으며 그에 따라 타자성이 요구되었다면, 사고 내용의 검증 차원에서도 타자의 개입과 참여는 필수적이다. 따라서 평가 활동은 동료집단과의 상호작용 속에서 사고의 내용을 수정할 수 있게 설계되어야 한다. 예컨대 각각의 의견을 존중하되, 그것이 갖는 한계와 문제점을 조언하고 개선의 방향을 제안하는 것이다. '학생의 사고는 A라는 점에서 의미 있으나, B라는 점에 대해서도 더 생각할 필요가 있다'와 같은 의견을 통해 수정과 교정의 계기를 제공하는 데 초점이 맞추어져야 할 것이다. 공동체 구성원끼리의 이러한 상호평가는 다양한 관점과 반응을 통해 이해 지평의 확장을 가져온다는 점에서 의의가 있다.

이러한 관점에서는 교사도 상호평가의 타자가 될 수 있다. 최근 교사의 위상과 관련하여 "온갖 정보의 보급자"라는 위치에서 "학습 과정의 관리자"의 한 사람으로 옮겨지고 있다.[93] 특히 문학 토의를

---

93) P. J. Hills, *Teaching Learning and Communication* ; 장상호 역, 《교수 학습 그리고 의사소통》, 교육과학사, 1987, 23면 참조. 또한 교사가 교육에서 "주변부의 안내자(guide on the side)"이지 "중심부의 만능 박사(sage on the stage)"가 아니라는 지적 또한 마찬가지이다.(N. L. Cecil, *The Art of Inquiry*, Penguis, 1995, 25면) 프레이리(Freire)도 온갖 정보의 보급자로서 이루어진 교육을 두고서 "은행저금식 교육"으로 비판하였다.(Paulo Freire, *Pedagogy of the Oppressed*; 남경태 역, 《페다

하는 동안 교사가 "보조자", "참가자", "안내자", "관찰자"의 역할을 수행한다는 점은 이러한 관점을 뒷받침하는 구체적 사례에 해당한다.[94] 이러한 교사의 위상에 비추어 볼 때, 교사는 사실적 확인보다는, 의문을 위한 질문을 통해 학습자의 문제의식을 키워나가고 발전시켜 나갈 것이 요구된다.[95] 학습자와 대화하면서 일상인 사고 방식, 관습적인 사유 방식으로부터 벗어나 지속적인 성찰적 사고의 태도를 가질 수 있게 하는 데 초점을 맞추는 것이다. 이로써 학습자는 기존의 안목에서 나아가 사물과 세계를 새롭게 성찰할 수 있는 시각을 갖게 된다. 타자의 역할로서 교사가 가져야 할 질문은 다음과 같은 것들이다.

> • 문제 제기 차원의 질문: 문제가 학습자의 문제가 될 수 있도록 상황을 모색하고 확인하는 차원의 질문
> • 의미 구성 차원의 질문: 대상과 자기 이해의 의미를 형성하는 방향과 내용에 대한 조언 차원의 질문
> • 의미 검증 차원의 질문: 구성된 의미의 타당성, 적절성 등을 점검하는 차원의 질문

  자기 편향성, 자기 중심성을 줄여나가는 것은 자기평가와 상호평

고지 ― 억눌린 자를 위한 교육》, 그린비, 2002, 89~110면 참조)

[94] Irene C. Fountas & Gay Su Pinnell, *Guiding Readers and Writers, Grades 3-6: Teaching Comprehension, Genre, and Content Literacy*, Heinemann, 2001 참조.

[95] 조용기, 《의문을 위한 질문, 교육적 질문하기》, 교육과학사, 2006, 11~26면 참조. 교육에서 질문이 갖는 의미, 질문의 기능과 전략에 대한 논의를 참조할 수 있다.

가가 목표로 하는 공통된 방향성이다. 성장한다는 것은 곧 자기 중심성을 줄여나간다는 것으로, 나와 다른 생각을 비교하고 확인하는 과정 속에서 가능할 수 있다. 타자와의 만남은 단순히 고립된 자아가 아니라, 넓은 광장에서 진정한 의미의 자아를 찾는 일이 된다.96) 따라서 타자의 지평뿐만 아니라 자신의 지평을 살펴보고 점검함으로써 독단으로부터 벗어나게 함은 물론, 자신과 세계에 대한 가치 있는 이해를 가져오는 데 평가의 주안점을 둘 필요가 있다.

그런데 의미 구성의 다양성을 존중한다는 것이 곧 모든 의미 구성을 동등하게 다룬다는 뜻은 아니다. 학습자의 성장을 위해서는 좀 더 타당하고 가치 있는 의미 구성을 이끌어내야 하기 때문이다. 적절한 기준을 통해서 그 가치를 평가하고 수정하는 것은 학습자의 성장을 위해서 반드시 요구되는 과정이며, 내적 타당성과 외적 적합성은 이러한 과정에서 평가의 준거로 작용한다. 내적 타당성은 사고 전개와 의미 구성 과정이 논리적인가를 판단하는 것으로, 주로 근거와 이유의 적절성과 설득력을 문제 삼는다. 이러한 내적 타당성과 함께 사회적으로 용인 가능함을 검토하는 외적 적합성도 충족해야 한다. 공동체의 문화적 전통과 사회적 이념에 적합한 것이 될 때, 비로소 그 가치를 인정받을 수 있고 설득력을 가질 수 있기 때문이다. 이처럼 의미 구성의 다양성에 대한 규제는 내적 타당성과 외적 적합성을 주요 준거로 한다. 이러한 내용을 바탕으로 평가의 초점은 다음과 같은 내용에 맞추어진다.

---

96) 신헌재·이재승, 앞의 책, 93면 참조.

- 자기 이해의 내용이 사회적 문화적으로 받아들여질 수 있는 것인가?
- 자기 이해의 내용을 더욱 발전시키고자 한다면, 어떠한 점이 더 고려되어야 하는가?
- 다른 학생들과 자기 이해의 내용에 차이가 있다면, 어떠한 점에서 그러한가?
- 다른 학생과의 비교를 통해서 자신의 사고에서 어떤 점들이 수정되고 보완되어야 하는가?

이상의 논의를 바탕으로, 성찰적 사고의 교수·학습과 평가를 유기적으로 연결시키고자 한 이 책의 의도와 관점을 요약하여 모형으로 제시하면 다음 〈표 4-5〉와 같다. 각 단계에서 두드러지는 자질과 속성을 중시한 결과, 서로 명확히 구분되지도 않고, 층위가 동일하지 않을 수도 있음을 거듭 밝힌다.

표 4-5. 성찰적 사고교육의 교수·학습과 평가의 모형

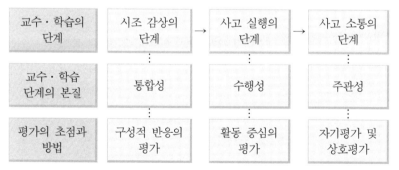

교수·학습의 단계	시조 감상의 단계	→	사고 실행의 단계	→	사고 소통의 단계
교수·학습 단계의 본질	통합성		수행성		주관성
평가의 초점과 방법	구성적 반응의 평가		활동 중심의 평가		자기평가 및 상호평가

4장에서 나오며

고민 하나. 교과교육학의 현재와 과제

교과교육학의 현재 성과와 한계를 판단하고 재단할 능력도 없을 뿐만 아니라, 이는 앞으로도 계속 고민해야 할 문제이다. 다만 여기서는 학위논문 4장과 관련하여 필자가 겪었던 고민과 한계를 들추어내려 한다.

기존 국어교육학 학위논문 4장의 내용은 크게 두 가지로 유형화할 수 있다. 먼저, 연구의 결과로 밝혀진 새로운 사실을 '교육 내용'의 구안으로 기술하는 방식이다. 이 경우 교과 내용학을 기반으로 연구의 성과를 분명하고 명확하게 제시할 수 있다는 장점을 갖지만, 교육의 실제적 국면을 충분히 다루지 못한 데 따른 '반쪽짜리 교육론'이라는 비판에서 자유롭지 못하다. 다른 하나는, 교육대학원 학위논문에서 흔히 발견되는 경향으로, 실제 수업의 결과 분석으로 대표되는 실험과 검증의 방식이다. 이는 연구한 결과를 수업에 적용함으로써 교육론다운 모습을 갖게 만드는 장점이 있지만, 수업 몇 개의 사례를 덧붙이는 것이 얼마만큼 보편성을 보장하는지는 의문이다.

교육 내용을 새롭게 구안하고 기획하고자 한다면, 그것을 수행하는 데 요구되는 일련의 과제들, 목표, 교재, 교수·학습, 평가의 차원도 체계적으로 제시되어야 한다. 교육 내용의 구안에 그치는 것은 교육론의 본질과 맞지 않고, 실제 수업의 적용과 실행에 그치는 것 또한 학문의 구조를 탐색하는 학위논문의 체제에 부합하는 것이라 보기 어렵다.

이 책의 4장—목표론, 교재론, 교수·학습론, 평가론—은 국어교육학 학위논문 체제에 대한 김대행 선생님의 혜안에 따른 것이다. 선생님의 의도와 바람을 충분히 구현하지 못함은 부끄러운 일이다. 국어교육학의 학문적 정체성을 제대로 구현할 수 있는 논문의 모습에 대해 다함께 고민해야 할 것이다.

고민 둘. 교육 방법에 대한 피상적 접근과 이해

교육 목표와 관련해서 타일러, 블룸, 피터즈, 아이스너 등의 논의와 이홍우, 장상호 등의 연구에서 많은 도움을 받았다. 이러한 차원의 논의는 국어교육의 정체성과 특수성을 탐색하는 과정에서 일찍부터 도입되어 활용되었고, 그 결과 국어교육이 목표의 측면에서 차별화되는 성과를 낳기도 하였다. 이 책에서도 교육적 의의에 대한 고민과 모색이 끊임없이 이루어졌던 탓에, 교육 목표를 설계하고 구성하는 작업은 비교적 쉽게 이루어질 수 있었다.

문제는 교재론이었다. 원용할 연구가 수적으로 많지 않았으며, 필요한 원리와 준거를 밝힌 연구는 더욱 찾기 어려웠다. 결국 성찰적 사고가 구현된 작품을 재정리하는 것으로 대신하였다. 특히 계열성, 입체성, 위계성의 논의를 뒷받침할 수 있는 근거를 충분히 마련하지 못한 점은 아쉬움으로 남는다.

교수학습 분야에서는 사고교육과 시조 감상의 양립 문제가 다시 제기되었다. "통합적 접근법"은 사고 수업인지, 문학 수업인지에 대한 해묵은 고민을 해결하는 방법론이 되었다. 다만 수업에서 효과적으로 사용할 수 있는 '교수학습 모형'이나 '전략'과 같은 실제적인 방법들을 마련하지 못하고, 일반적인 단계와 절차만을 제시하는 데 그친 점은 이후 보완되어야 할 부분이다.

평가 분야에서도 교육 과정과 교육 목표에 대한 점검 기능을 앞세운 나머지, 구체적인 평가 방법에 이르지 못한 점은 한계라 하겠다. 결과만 사정하는 기능에서 벗어나 성찰적 사고를 유도하고 그 방향성을 제공하는 것이 평가가 담당해야 할 중요한 역할로 생각했음을, 변명 삼아 늘어놓는다.

전체적으로 4장은 방향성 제시에 그치고 말았다. 한 차원 더 깊이 들어가야 할 부분에서 논의를 접었다는 반성과 함께, 해결해야 할 많은 과제를 남긴다.

5장

맺 는 말

인간과 세계를 움직이는 것은 흐르는 사고의 물결이다.
- 필립스(Phillips)

사고가 인간을 위대하게 한다.
- 파스칼(Pascal)

이 책은 인간의 자기 이해가 갖는 중요성에 주목하여 성찰적 사고로 개념화하고, 성찰적 사고 능력의 신장을 위한 교육 내용과 교육 방법을 구안하기 위해 씌어졌다. 인간의 자기 이해 문제를 '대상을 매개로 한 사고 활동'으로 규정하고, 그 구조를 지향성, 반성, 자기 이해로 밝혀냄으로써 성찰적 사고의 실체를 입증하고, 성찰적 사고의 수행 절차와 기제를 규명하였다. 이러한 구조를 바탕으로, 시조 감상과 사고 실행의 교육 내용을 마련할 수 있었으며, 교육 방법에 대한 모색을 통해 성찰적 사고의 교육적 실현을 도모하였다.

　교육의 기획은 일반적으로 '왜 가르치는가', '무엇을 가르치는가', '어떻게 가르치는가'라는 세 국면으로 이루어진다. 교육 목적과 교육 내용, 그리고 교육 방법이 유기적으로 구성될 때 교육 연구는 학습자의 성장을 가져올 수 있는 수행적 이론으로서 실천력을 가지게 된다. 따라서 성찰적 사고에 대한 연구도 성찰적 사고의 개념과 구조를 밝히는 작업에 이어서, 그것의 교육적 가치 문제부터 검토하는 순서로 진행하였다. 교육 목적에 따라 성찰적 사고의 교육 내용을 구성하였고, 여기에 기반하여 성찰적 사고의 교육 방법을 설계하였다. 이는 교육 목적, 교육 내용, 교육 방법에 이르는 일련의 탐구과정 속에서 성찰적 사고 능력의 신장을 가져올 수 있는 실질적인 교육의 구안이 가능하다는 판단에 의해서이다.

성찰적 사고교육 연구는 구체적으로 다음과 같은 과정으로 진행되었다. 먼저 2장에서는 인간의 자기 이해 문제와 관련하여 기존의 '성찰', '반성'이라는 용어가 갖는 방법론적 한계를 지적하면서 대상을 통한 자기 이해 활동을 성찰적 사고로 정의하고 이를 개념화하였다. 이는 대상과 주체 사이에 이루어지는 교호작용과 감응에 주목한 결과이면서, 인간의 자기 이해가 타자에 의해 이루어질 수밖에 없다는 인식에 따른 것이다. 성찰적 사고가 대상을 매개로 하는 만큼, 대상과 주체의 교호작용이 성찰적 사고의 구조에 해당한다고 보고, 그 과정을 지향성, 반성, 자기 이해로 밝혔다.

지향성이란 무엇을 대상으로 하면서 그 무엇을 향한 인간의 의식을 가리키는 의미로 사용되는 철학 용어이다. 성찰적 사고가 대상과 주체의 교호작용과 감응에서 나타나는 것이라면, 주체가 이러한 대상을 향하는 의식의 측면을 설명하는 것이 바로 '지향성'이다. 지향성의 측면에서 본다면 인간의 사고는 인식 주체와 인식 대상이 존재하고, 하나의 관계적 상황 속에서 이들이 교호작용을 함으로써 이루어지는 것이다. 그런데 대상을 향했던 의식이 다시 주체에게 되돌아옴으로써 자기 이해가 이루어진다고 할 때, 이러한 의식의 되돌아옴은 '반성'에 해당한다. 반성은 대상을 향했던 의식이 자기 자신에게 되돌아가는 방향성을 뜻하는 용어로 철학에서 사용되고 있는 개념어이다. 이러한 지향성과 반성에 의해 주체는 자기 이해에 이르게 되는데, 이는 주체를 둘러싼 세계와의 관계라는 존재론적 이해를 그 내용으로 한다.

성찰적 사고의 교육을 본격적으로 논의하기에 앞서 그것이 갖는 교육적 의의를 여러 각도에서 살펴보았다. 교육적 의의는 최상의 궁극적 목적을 지향하면서 이를 위한 수단으로서의 과정적 단계적 의의도 함께 갖는다는 점에서, 성찰적 사고의 교육적 의의 또한 다층적인 차원에서 다음과 같이 검토될 수 있었다. 인간교육의 층위에서 안목을 통한 지력의 성장, 국어교육의 층위에서 언어적 사고력의 신장, 문학교육의 층위에서 문학의 사유적 자질과 세계 인식 경험의 형성, 사고교육의 층위에서 좋은 사고와 사고 능력의 증진, 태도교육의 층위에서 대상 우위의 세계관과 자기 형성적 태도의 함양 문제를 밝혔다.

3장에서는 성찰적 사고의 교육 내용을 살펴보았다. 성찰적 사고는 단순히 지식 차원의 습득이 아니라, 구체적인 행위와 실천이라는 속성을 갖는다. 대상의 의미와 가치를 찾아 이를 자기화함으로써 새로운 자기 이해 및 세계 이해를 추구하는 수행의 성격을 갖기 때문이다. 성찰적 사고교육의 목표가 성찰적 사고의 능력 신장에 있는 만큼, 학습자가 성찰적 사고를 수행할 수 있게 하는 데 초점을 맞추어 교육 내용을 구성하였다.

성찰적 사고의 수행적 성격은 성찰적 사고를 이해하고 표현하는 두 차원, 즉 시조 감상의 차원과 사고 실행의 차원으로 구별되지만, 사고구조와 절차의 본질에서는 차이가 없는 구조적 상동성을 갖고 있다. 따라서 지향성, 반성, 자기 이해의 수행 양상에 따라 '관물찰리(觀物察理)', '감물연정(感物緣情)', '인물기흥(因物起興)'의 사고로 나누어 교육 내용을 구성하였다. 이들 사고는 인간이 대상을 통해서

무엇을 발견하고 이를 통해 무엇을 이해하게 되는가의 문제에 대한
세 가지 관점과 양상을 나타낸다. 각각의 사고는 관념적 이념성, 주
정적 구상성, 감각적 심미성의 지향성을 수행함으로써 이치의 발견,
정감의 표출, 흥취의 발산이라는 감발을 가져온다. 이들 이치·정
감·흥취는 단순히 주체의 정서나 상태를 드러내는 데 그치지 않고
세계와 자아의 관계를 내포하고 있으며, 그에 대한 고유한 인식과
깨달음의 내용을 갖고 있다. 이치·정감·흥취에는 각각 '세계의 자
아 견인', '세계와 자아의 대립', '세계와 자아의 합일'이라는 자기 이
해가 담겨 있다.

첫째, 관물찰리의 사고는 대상과의 만남을 통해 이치를 발견하고
이러한 이치에 정향(定向)하는 삶의 태도를 갖게 되는 것을 의미한
다. 세계에 의해 견인되는 자기 이해가 이루어지는 것이다. 이러한
관물찰리의 사고 수행 절차는 관념적 이념성의 지향과 이치 발견하
기, 교화(教化)를 통한 존재와 당위의 일체성 추구하기, 세계의 자아
견인에 대한 이해와 자기 수양의 태도 형성하기로 구성된다.

둘째, 감물연정의 사고는 경물과의 만남에서 정감을 표출하는 것
으로, 인간 유한성과 가류성(可謬性)에 대한 인식에 의해 세계와 자
아의 대립을 깨닫게 되는 것을 말한다. 이러한 사고의 수행 절차는
주정적 구상성의 지향과 정감 표출하기, 공감(共感)을 통한 인간 유
한성과 가류성 깨닫기, 세계와 자아의 대립에 대한 이해와 순응적
삶의 태도 형성하기로 구성된다.

셋째, 인물기흥의 사고는 대상과의 만남에서 흥취를 발산하는 것
으로, 물아일체(物我一體)의 경험을 통해 세계와 합일하는 자기 이

해가 이루어지는 것을 말한다. 인물기흥의 사고 수행은 감각적 심미성의 지향과 흥취 발산하기, 공명(共鳴)을 통한 물아일체 경험하기, 세계와 자아의 합일에 대한 이해와 조화로운 삶의 태도 형성하기로 절차화된다.

그런데 이 책은 성찰적 사고의 문제를 자연 시조를 대상으로 입론하고 있지만, 성찰적 사고는 자연이라는 대상과 시조라는 특정 장르에만 국한되지 않는다. 따라서 가사와 한시는 물론, 현대시에 이르기까지 다양한 장르와 작품을 대상으로 물(物)과 주체의 관계 속에서 이루어지는 자기 이해를 살펴보고 그 보편성을 입증하려 하였다. 이를 통해 성찰적 사고가 자연 시조를 넘어서서 대상 인식과 세계 이해의 일반적 사유로 구조화될 수 있었다.

성찰적 사고의 교육 목적과 교육 내용을 바탕으로, 4장에서는 교육 방법에 대한 탐구가 이루어졌다. 성찰적 사고교육의 실천태를 목표, 교재, 교수·학습, 평가를 중심으로 살펴보았다. 목표론에서는 교육 목표가 갖는 철학적 국면과 과학적 국면을 고려하여 지향성, 반성, 자기 이해의 수행 단계에서 성취되어야 하는 학습자의 도달점을 명확히 하면서, 성찰적 사고 능력이 국어교육 목표 지평에서 갖는 철학적 의미를 밝혔다. 국어교육이 언어를 통해 세계를 인식하고 경험하며, 이를 통해 삶과 세계의 문제에 자신의 태도를 정향(定向)하는 것을 포괄해야 함을 논의하였다. 교재론에서는 대표성에 기반하여 교재를 선정하는 작업을 진행하였다. 이어 교재 구성의 원리로 계열성, 입체성, 위계성을 살펴보았다. 교수·학습론에서는 성찰적 사고교육이 교과교육의 차원에서 이루어져야 한다는 통합적 접근법을 전제로, 교수·학습의 단계를 시조 감상의 단계, 사고 실행의 단계, 사고 소통의 단계로 설계하였다. 끝으로 평가론은 성찰적 사고의 본질에 부합하면서, 교수·학습의 각 단계에서 요구되는 조건을 충족시키는 방향으로 구성하였다. 교수·학습의 각 단계에서 두드러지는 자질로 통합성, 수행성, 주관성을 도출하고, 이러한 특성에 따라 구성적 반응의 평가, 활동 중심의 평가, 자기평가 및 상호평가를 기획하고 설계하였다.

이 책이 갖는 의의는 '인간의 자기 이해'의 문제를 이론화하여 교육 내용으로 구성하고 교육 방법을 모색하였다는 점에 있다. 인간은 끊임없이 자신을 되돌아보면서 세계와 자아의 관계를 탐색하는 존재이다. 이처럼 세계 속에 살고 있는 자기 자신을 바라보고 깨닫게 하는 것은 교육에 주어진 중요한 과제이다. 인간 성장과 교육의 근원적인 문제를 다루었다는 점에서 그 의의를 찾을 수 있다.

시조교육의 측면에서 본다면, 시조의 본질을 대상을 통한 인간의 자기 이해로 보고, 시조의 본질에 입각한 감상 내용과 방법을 마련하였다는 점에서 의의가 있다. 특히 국어교육의 차원에서 성찰적 사고교육을 다룸으로써 언어 전략과 기능의 습득을 넘어서서 자기 자신과 인간 삶을 바라볼 수 있는 안목과 통찰의 문제를 제기하였다. 또한 사고교육의 차원에서 본다면, 정확하고 효과적으로 사고하는 것뿐만 아니라 무엇을 사고할 것인가와 같은 사고 내용과 방향을 모색하였다는 점에서도 의의를 찾을 수 있다.

다만, 이 책이 성찰적 사고의 이론화와 교육적 체계화에 주목한 나머지, 실제 교육현장에서 이루어지는 실천적 국면에 대해서는 충

분히 다루지 못한 점은 한계로 지적된다. 학습자와 교육 환경 등의
변인을 모두 포괄하는 교육적 실행에 대한 후속 연구가 뒤따라야 할
것이다.

참고문헌

1. 자 료

《歌曲源流》, 《靑丘永言》, 《樂學拾零》, 《海東歌謠》
《論語》, 《大學》, 《周易》, 《朱熹集》

權　近, 《陽村集》(《韓國文集叢刊》, 民族文化推進會)
權好文, 《松巖先生續集》(《韓國文集叢刊》, 民族文化推進會)
金昌翕, 《三淵集》(《韓國文集叢刊》, 民族文化推進會)
尹善道, 《孤山遺稿》(《韓國文集叢刊》, 民族文化推進會)
李　珥, 《栗谷集》(《韓國文集叢刊》, 民族文化推進會)
李　滉, 《退溪集》(《韓國文集叢刊》, 民族文化推進會)
李賢輔, 《聾巖集》(《韓國文集叢刊》, 民族文化推進會)
朴仁老, 《蘆溪集》(《韓國文集叢刊》, 民族文化推進會)
尹善道, 《孤山遺稿》(《韓國文集叢刊》, 民族文化推進會)

박을수, 《한국시조대사전》, 아세아문화사, 1992.
심재완, 《역대시조전서》, 세종문화사, 1972.

임기중, 《역대가사자료전집》 20권, 동서문화원, 1987.

정병욱 편저, 《시조문학사전》, 신구문화사, 1966.

김수영, 《김수영 전집》 1 시(詩), 민음사, 2003.

김영랑, 《모란이 피기까지는》, 미래사, 1996.

도종환, 《부드러운 직선》, 창작과비평사, 2000.

신경림, 《농무》, 창작과비평사, 1975.

조지훈, 《승무》, 미래사, 1996.

최승호, 《고해문서》, 미래사, 1996.

2. 국내 논저

1) 논 문

강영안, 〈정(情)의 현상학〉, 《서강인문논총》 제13집, 서강대 인문과학연구소, 2000.

강영안 외, 〈수양으로서의 학문과 체계로서의 학문〉, 《철학연구》 제47집, 철학연구회, 1999.

강현석, 〈합리주의적 교육과정 체제에서 배제된 내러티브 교육과정의 가능성과 교과목 개발의 방향 탐색〉, 《교육과정연구》 23, 한국교육과정학회, 2005.

고영화, 〈시조 교육의 위계화 연구〉, 서울대 박사학위논문, 2007.

고정희, 〈윤선도와 정철 시가의 문체시학적 연구〉, 서울대 박사학위논문, 2001.

─────, 〈알레고리 시학으로 본 어부사시사〉, 《고전문학연구》 제22집, 한국고전문학회, 2003.

곽진숙, 〈타일러와 아이스너의 교육평가론 비교 연구〉, 서울대 석사학위논문, 2000.

구영산, 〈시 감상에서 독자의 상상 작용 연구〉, 서울대 석사학위논문, 2001.

권순정, 〈고전시가의 어휘교육 연구〉, 서울대 석사학위논문, 2006.

권정은, 〈자연시조의 구성공간과 지향의식〉, 서울대 박사학위논문, 2004.

길병휘 외, 〈성찰일기 쓰기를 통한 도덕 교육의 일신〉, 《초등도덕교육》 제22집, 한국초등도덕교육학회, 2006.

김광해 외, 〈초등용 사고력 신장 프로그램 개발 연구〉, 서울대 국어교육연구소, 1998.

김남희, 〈현대시의 서정적 체험 교육 연구〉, 서울대 박사학위논문, 2007.

김대행, 〈〈어부사시사〉의 외연과 내포〉, 《고산연구》 1집, 고산연구회, 1987.

──, 〈영국의 문학교육〉, 《국어교육연구》 4집, 서울대 국어교육연구소, 1997.

──, 〈국어교과학을 위한 언어 재개념화〉, 《선청어문》 30집, 서울대 국어교육과, 2002.

──, 〈내용론을 위하여〉, 《국어교육연구》 10집, 서울대 국어교육연구소, 2002.

──, 〈덴동어미 화전가와 팔자의 원형〉, 박노준 편, 《고전시가 엮어읽기 (하)》, 태학사, 2003.

──, 〈수행적 이론의 연구를 위하여〉, 《국어교육학연구》 제22집, 국어교육학회, 2005.

──, 〈국어교육의 위계화〉, 《국어교육연구》 제19집, 서울대 국어교육연구소, 2007.

김명숙, 〈사고의 재연으로서의 교육〉, 서울대 석사학위논문, 1994.

김미혜, 〈비판적 읽기 교육의 내용 연구〉, 서울대 석사학위논문, 2000.

──, 〈지식 구성적 놀이로서의 시 읽기 교육 연구〉, 서울대 박사학위논문, 2007.

김성진, 〈비평 활동 교육의 내용 연구〉, 서울대 박사학위논문, 2004.

──, 〈문학 교수·학습 방법론 연구〉, 《국어교육학연구》 제21집, 국어교육학회, 2004.

김열규, 〈한국시가의 서정의 몇 국면〉, 김학성 외 편, 《고전시가론》, 새문사, 1984.

김영수, 〈시가에 수용된 자연의 의미 소고〉, 《국문학논집》 15, 단국대 국어국문학과, 1997.

김윤식, 〈유교적 세계관과 시조 양식의 대응관계〉, 《한국 근대 문학양식 논고(論攷)》, 아세아문화사, 1990.

김일렬, 〈시조에 나타난 시간의식—황진이·이황·이현보의 작품을 대상으로〉, 《백영정병욱선생환갑기념논총》, 신구문화사, 1982.

김종철, 〈문학교육과 인간〉, 《문학교육학》 제1호, 한국문학교육학회, 1997.

김종철 외, 〈문학 영역 평가의 이론과 실제〉, 서울대 국어교육연구소, 1998.

김중신, 〈서사 텍스트의 심미적 체험의 구조와 유형에 관한 연구〉, 서울대 박사학위논문, 1994.

김창원, 〈문학교육과정 설계의 절차와 원리〉, 《국어교육》 77·78, 한국국어교육연구회, 1993.

──, 〈국어교육 평가의 구조와 원리〉, 《국어교육과 평가》, 서울대 국어교육연구소, 1999.

김 현, 〈울음과 통곡〉, 《분석과 해석 — 보이는 심연과 안보이는 역사전망》, 문학과지성사, 1992.

김혜숙, 〈한국 한시론에 있어서 천기에 대한 고찰〉(1), 《한국한시연구》 2, 한국한시학회, 1994.

──, 〈한국 한시론에 있어서 천기에 대한 고찰〉(2), 《한국한시연구》 3, 한국한시학회, 1995.

김효정, 〈문학 수용에서의 공감 교육 연구〉, 서울대 석사학위논문, 2007.

김홍규, 〈조지훈의 시세계〉, 《심상》 41호, 심상사, 1977. 2.

──, 〈조선후기와 애국계몽기 비평의 인정물태론〉, 《한국문학연구》 31, 동국대 한국문학연구소, 1990.

──, 〈국문학 연구, '우리'의 정체성을 향한 질문〉, 《도남학보》 20, 도남학회, 2004.

노명완, 〈국어교육과 사고력〉, 《한국초등국어교육》 24, 한국초등국어교육학회, 2004.

노진호, 〈듀이의 반성적 사고와 교육론에 관한 연구〉, 성균관대 박사학위논문, 1994.

류성기, 〈창의적 사고력 신장을 위한 국어과 교육〉, 《한국초등국어교육》 12, 한국초등국어교육학회, 1996.

류수열, 〈이별 시조의 배경 중화 현상에 대한 고찰〉, 《고전문학과 교육》 9집, 한국고전문학교육학회, 2005.

──, 〈《관동별곡》의 교재사적 맥락〉, 《국어교육》 120, 한국어교육학회, 2006.

민주식, 〈퇴계(退溪)의 미적 인간학〉, 《미학》 15, 한국미학회, 1990.

박선혜, 〈소설 이해의 사고 원리에 대한 연구〉, 서울대 석사학위논문, 2006.

박세원, 〈도덕적 삶과 성찰의 관계적 의미에 관한 담론적 탐구〉, 《초등도덕교육》 제14집, 한국초등도덕교육학회, 2004.

──, 〈초등학생의 도덕적 자기 정체성 형성을 돕는 성찰적 스토리텔링 활용 방법〉, 《교육학논총》 제27권 제2호, 대경교육학회, 2006.

박순철, 〈두견새 전설과 문학적 수용 및 의상 고찰〉, 《한국사상과 문화》 41, 한국사상문화학회, 2008.

박아청, 〈한국인의 자기에 대한 의식〉, 《교육인류학연구》 제2권 3호, 한국교육인류학회, 1999.

──, 〈교육심리학적 관점에서 본 자기의 발달〉, 《교육심리연구》 제17권 제2호, 한국교육심리학회, 2003.

박영주, 〈관동별곡의 시적 형상성〉, 반교어문학회 편, 《조선조 시가의 존재 양상과 미의식》, 보고사, 1999.

박인기, 〈국어교육평가의 패러다임 변화와 실천〉, 《국어교육》 102, 한국어교육학회, 2000.

박채형, 〈교육과정이론으로서의 격물치지론〉, 《교육학연구》 42호, 한국교육학회, 2004.

박철희, 〈시조의 구조와 그 배경〉, 《영남대 논문집》 7집, 영남대, 1974.

배상식, 〈하이데거에서 존재와 언어의 상관성 문제〉, 《역사와 사회》 27집, 국제문화학회, 2001.

백순근, 〈인지 심리학에 의한 학습 및 학습자관이 교육평가에 주는 시사〉, 《교육학연구》 제33권 3호, 1995.

──, 〈수행평가의 이론적 기초〉, 《초등교과교육연구》 3, 한국교원대 초등교육연구소, 1999.

백종현, 〈개인과 인간 주체 개념의 형성〉, 《철학연구》 제35집, 철학연구회, 1994.

서대석, 〈시조에 나타난 시간의식〉, 《백영정병욱선생 환갑기념논총》, 신구문화사, 1982

서명희, 〈시조 수용 태도 교육을 위한 〈오우가〉 읽기〉, 《고전문학과 교육》 11집, 한국고전문학교육학회, 2006.

서용석, 〈해석학적 경험으로서의 이해의 의미〉, 서울대 석사학위논문, 2005.

성기옥, 〈고산 시가에 나타난 자연 인식의 기본틀〉, 《고산연구》 제1집, 고산연구회, 1987.

──, 〈도산십이곡의 구조와 의미〉, 《한국시가연구》 11, 한국시가학회, 2002.

송원호, 〈두견 및 소쩍새 모티프의 특징과 고시조의 수용 양상〉, 《시조학논총》 제17집, 한국시조학회, 2001.

송지언, 〈탈관습적 발상의 국어교육 내용 연구〉, 서울대 석사학위논문, 2005.

신경일, 〈공감의 인지적, 정서적 요소 및 표현적 요소간의 관계〉, 《부산대 학생생활연구소 연구보》 29집, 부산대, 1994.

신덕룡, 〈생명시 논의의 흐름과 갈래〉, 《시와 사람》, 1997.

신연우, 〈조선조 사대부 시조의 이치 ─ 흥취 구현 양상과 의미 연구〉, 한국정신문화연구원 박사학위논문, 1995.

신영명, 〈16세기 강호시조의 연구 ─ 정치철학적 성격을 중심으로〉, 고려대 박사
학위논문, 1991.

신은경, 〈생성시학과 '두견(杜鵑)'의 의미론〉, 《한국언어문학》 제43집, 한국언어
문학회, 1999.

안병학, 〈성리학적 사유와 시론(詩論)의 전개 양상〉, 《민족문화연구》 제32집,
고려대 민족문화연구소, 1999.

여운필, 〈신흥 사대부 한시의 세계관적 경향〉, 《국문학연구》 제5호, 국문학회,
2001.

염은열, 〈문학교육과 학습자의 발달 단계〉, 《문학교육학》 제11호, 한국문학교육
학회, 2003.

오만석, 〈현대 해석학의 관점에서 본 교육적 의미소통과정〉, 《교육이론》 제1권
제1호, 서울대 교육학과, 1986.

우한용, 〈문학교육과 허구적 인식 능력〉, 《국어교육연구》 14집, 서울대 국어교
육연구소, 2004.

유권종, 〈조선시대 성리학자들의 마음 인식에 대한 성찰〉, 《유교사상연구》 제20
집, 한국유교학회, 2004.

유솔아, 〈교사 반성에 대한 관점 정립을 위한 재고〉, 《교육과정연구》 제24권 제3
호, 한국교육과정학회, 2006.

윤여탁, 〈문학교육에서 상상력의 역할〉, 《문학교육학》 제3호, 문학교육학회,
1999.

─── , 〈시교육과 사고력의 신장〉, 김은전 외, 《현대시 교육의 쟁점과 전망》, 월
인, 2001.

윤호진, 〈서정 한시의 의미 표출 양상에 관한 연구〉, 성균관대 박사학위논문, 1992.

이도영, 〈국어과 정의적 영역의 평가 방법〉, 《국어교육학연구》 11, 국어교육학
회, 2000.

이도흠, 〈현실 개념의 변화와 예술의 재현 문제〉, 《미학 예술학 연구》, 한국미학
    예술학회, 2004.

이동순, 〈신경림론〉, 《국어국문학연구》 제19호, 영남대 국어국문학과, 1991.

이동향, 〈중국 고전시론 중의 감상론〉, 《중국어문논총》, 중국어문연구회, 2005.

이삼형, 〈언어사용교육과 사고력〉, 《국어교육연구》 5집, 서울대 국어교육연구소,
    1998.

이성영, 〈국어교육 내용 연구의 현황과 과제〉, 《국어교육학연구》 14, 국어교육
    학회, 2002.

이숭원, 〈한국근대시의 자연표상 연구〉, 서울대 박사학위논문, 1986.

이승주, 〈17세기말 천기론의 형성과 인식기반〉, 《한국한문학연구》 18집, 한국한
    문학회, 1995.

이재준, 〈주희의 격물치지론(格物致知論)과 탈근대 교육과정〉, 한국정신문화연
    구원 박사학위논문, 2002.

이종일, 〈교사 교육 이론의 변천〉, 《교사교육 — 반성과 설계》, 교육과학사, 2004.

이진향, 〈교사의 수업 개선을 위한 반성적 사고의 의미 고찰〉, 《한국교사교육》
    제19권 제3호, 한국교사교육학회, 2002.

이형대, 〈어부형상의 시가사적 전개와 세계 인식〉, 고려대 박사학위논문, 1997.

이흔정, 〈내러티브의 교육과정적 의미 탐색〉, 《한국교육학연구》 10, 안암교육학
    회, 2004.

임경순, 〈경험의 서사화 방법과 그 문학교육적 의의 연구〉, 서울대 박사학위논문,
    2003.

임도한, 〈생태문학론의 현황과 과제〉, 《동강문학》 3호, 2002.

임유경, 〈18세기 천기론의 특징〉, 《한국한문학연구》 제19집, 한국한문학회,
    1996.

임주탁, 〈연시조의 발생과 특성에 관한 연구〉, 서울대 석사학위논문, 1990.

임형택, 〈17세기 전후 육가 형식의 발전과 시조 문학〉, 《민족문학사연구》 6, 민

족문학사학회, 1994.

장원철, 〈조선 후기 문학사상의 전개와 천기론〉, 한국정신문화연구원 석사학위
논문, 1982.

정대림, 〈〈관동별곡〉에 나타난 송강의 자연관〉, 《세종대논문집》 8집, 세종대,
1981.

정덕희, 〈듀이 교육철학의 해석학적 이해〉, 성균관대 박사학위논문, 1992.

정 민, 〈관물(觀物)정신의 미학 의의〉, 《한국학논집》 27, 한양대 한국학연구소,
1995.

정우락, 〈16세기 사림파 작가들의 사물관과 문학정신 연구〉, 《퇴계학과 한국문
화》 34집, 경북대 퇴계연구소, 2004.

──, 〈덕계 오건의 문학 사상과 그 형상원리〉, 《동방한문학》 27집, 동방한문
학회, 2004.

정운채, 〈윤선도(尹善道)의 한시와 시조에 나타난 '흥(興)'의 성격〉, 《고시가연
구》 1집, 한국고시가문학회, 1993.

정윤경, 〈반성적 교사교육에서 반성의 의미〉, 《교육의 이론과 실천》 제12권 2호,
한독교육학회, 2007.

정혜승, 〈은유의 기능과 국어교육적 함의〉, 《국어교육》 118, 한국어교육학회, 2005.

조국현, 〈메타 현상과 언어 사용의 성찰성에 관하여〉, 《독어교육》 제27집, 한국
독어독문학교육학회, 2003.

조기영, 〈삼봉 정도전의 관물태도와 시적 양상〉, 《동양고전연구》 제9집, 동양고
전연구회, 1997.

조동일, 〈시조의 이론 그 가능성과 방향 설정〉, 《한국학보》 1, 일지사, 1975.

조세형, 〈〈동짓달 기나긴 밤〉의 시공인식〉, 백영정병욱선생10주기추모논문집간
행위원회 편, 《한국고전시가작품론》 2, 집문당, 1992.

조하연, 〈시조에 나타난 청자(聽者)지향적 표현의 문화적 의미 연구〉, 서울대 석
사학위논문, 2000.

———, 〈문학의 속성을 활용한 창의적 사고의 교육 방안 연구〉, 《국어교육학연구》 16, 국어교육학회, 2003.

조해숙, 〈〈오우가(五友歌)〉의 시적 구조와 의미 분석〉, 《한국시가연구》 제1집, 한국시가학회, 1997.

———, 〈시조에 나타난 시간의식과 시적 자아의 관련 양상 연구〉, 서울대 박사학위논문, 1999.

조화태, 〈포스트모던 철학과 교육의 새로운 비전〉, 《현대사회와 교육의 이해 — 교육철학의 최근 동향》, 교육과학사, 1996.

조희정, 〈교과서 수록 고전 제재 변천 연구 — 건국 과도기부터 제7차 교육과정까지 중등 국어 교과서를 중심으로〉, 《문학교육학》 제17호, 한국문학교육학회, 2005.

주강식, 〈논리적인 언어 능력의 향상 방안 연구〉, 《한국초등국어교육》 11, 한국초등국어교육학회, 1995.

진동혁, 〈이정보 연구〉, 국어국문학회 편, 《시조문학연구》, 정음사, 1980.

차미란, 〈오우크쇼트의 교육이론 연구〉, 서울대 박사학위논문, 2000.

최규수, 〈대학 작문에서 자기를 소개하는 글쓰기의 현실적 위상과 전망〉, 《문학교육학》 제18호, 한국문학교육학회, 2005.

최미숙, 〈국어교육 평가의 원리와 실제〉, 《국어교육과 평가》, 서울대 국어교육연구소, 1999.

———, 〈문학교육에서의 평가 연구〉, 《국어교육학연구》 11, 국어교육학회, 2000.

———, 〈대화 중심의 현대시 교수·학습 방법〉, 《국어교육학연구》 26, 국어교육학회, 2006.

최상진, 〈한국인의 문화적 자기(自己)〉, 《한국심리학회 92연차대회 학술발표논문집》, 한국심리학회, 1992.

최신일, 〈해석학과 구성주의〉, 김종문 외, 《구성주의 교육학》, 교육과학사, 1998.

최신호, 〈조선 후기 시론의 몇 가지 성격〉, 《민족문화연구》 제18집, 고려대 민족문화연구소, 1984.

최인자, 〈모티프 중심의 서사적 사고력 교육〉, 《국어교육학연구》 18, 국어교육
학회, 2004.

──, 〈국어과 교사의 실천적 지식 성찰을 위한 방법론적 탐색〉, 《문학교육학》
제21호, 한국문학교육학회, 2006.

최진원, 〈고전시가와 흥(興)〉, 《도남학보》 제17집, 도남학회, 1998.

최태호, 〈한국 고전에 나타난 자연관〉, 《한국문예비평연구》 제11호, 한국현대문
예비평학회, 2002.

최홍원, 〈성찰적 사고의 문학교육적 구도〉, 《문학교육학》 제21호, 한국문학교육
학회, 2006.

──, 〈문학교육에서 경험의 재개념화와 교육적 수행을 위한 연구〉, 《국어교
육학》 29, 국어교육학회, 2007.

──, 〈시조의 성찰적 사고와 사고교육의 한 방향〉, 《국어교육학회 제37회 학
술발표대회 자료집》, 국어교육학회, 2007.

──, 〈고전시가 연구와 국어교육의 과제〉, 《한국 국어교육의 현황과 전망》,
제9회 한국어교육 국제학술회의 발표집, 서울대 국어교육연구소, 2007.

──, 〈국어과 사고 영역 체계화 연구〉, 《새국어교육》 제85호, 한국국어교육학
회, 2010.

──, 〈문제 해결적 사고에 대한 문학교육적 탐색〉, 《국어교육연구》 제26집,
서울대 국어교육연구소, 2010.

──, 〈사고와 연행의 시각에서 바라본 구술성의 교육적 구도〉, 《고전문학과
교육》 제21집, 한국고전문학교육학회, 2011.

──, 〈창의성에 대한 이해 지평의 확대와 국어교육적 재조명〉, 《새국어교육》
제89호, 한국국어교육학회, 2011.

한승희, 〈내러티브 사고 양식의 교육적 의미〉, 《교육과정연구》 제15권, 한국교
육과정학회, 1997.

———, 〈내러티브 사고의 장르적 특징에 관한 고찰〉, 《교육과정연구》 제24권 제2호, 한국교육과정학회, 2006.

한창훈, 〈강호 시가의 문학교육적 가치에 관한 연구〉, 고려대 박사학위논문, 2001.

황혜진, 〈가치경험을 위한 소설교육 내용 연구〉, 서울대 박사학위논문, 2006.

———, 〈설화를 통한 자기 성찰의 사례 연구〉, 《국어교육》 122, 한국어교육학회, 2007.

———, 〈설화를 통한 자기 성찰 방법의 실행 연구〉, 《독서연구》 17, 한국독서학회, 2007.

허왕욱, 〈시조 작품의 의미 형상화 방법에 대하여〉, 《시조학논총》 제15집, 한국시조학회, 1999.

———, 〈시 교육에서 자아와 세계의 관계에 대하여〉, 《문학교육학》 제3호, 한국문학교육학회, 1999.

2) 단행본

강영안, 《주체는 죽었는가》, 문예출판사, 1996.

강영조, 《풍경에 다가서기》, 효형출판, 2003.

강현석, 《교과교육학의 새로운 패러다임》, 아카데미프레스, 2006.

고미숙, 《18세기에서 20세기 초 한국시가사의 구도》, 소명출판, 1998.

구인환 외, 《문학 교수 학습 방법론》, 삼지원, 1998.

구중서 외 편, 《신경림 문학의 세계》, 창작과비평사, 1995.

권두환 외, 《고전시가론》, 새문사, 1984.

금장태, 《유학 사상의 이해》, 집문당, 1996.

길병휘, 《가치와 사실》, 서광사, 1996.

길진숙, 《조선 전기 시가 예술론의 형성과 전개》, 소명출판, 2003.

김경용, 《기호학이란 무엇인가》, 민음사, 1994.

김광해 외, 《초등용 사고력 신장 프로그램 개발 연구》, 서울대 국어교육연구소, 1998.

김대행, 《한국시의 전통 연구》, 개문사, 1980.

———, 《시조유형론》, 이대출판부, 1986.

———, 《문학이란 무엇인가》, 문학사상사, 1992.

———, 《국어교과학의 지평》, 서울대출판부, 1995.

———, 《문학교육틀짜기》, 역락, 2000.

———, 《노래와 시의 세계》, 역락, 2000.

김대행 외, 《문학교육원론》, 서울내출판부, 2000.

김무길, 《존 듀이의 교호작용과 교육론》, 원미사, 2005.

김문주, 《형상과 전통》, 월인, 2006.

김민나, 《문심조룡, 동양 문예학의 집대성》, 살림, 2005.

김병국, 《한국 고전문학의 비평적 이해》, 서울대출판부, 1995.

김병국, 《고전시가의 미학 탐구》, 월인, 2000.

김상봉, 《자기 의식과 존재사유》, 한길사, 1998.

———, 《나르시스의 꿈 — 서양 정신의 극복을 위한 연습》, 한길사, 2002.

김상욱, 《소설 교육의 방법 연구》, 서울대출판부, 1996.

———, 《문학교육의 길찾기》, 나라말, 2003.

———, 《국어교육의 재개념화와 문학교육》, 역락, 2006.

김상진, 《16·17세기 시조의 동향과 경향》, 새미, 2006.

김선하, 《리쾨르의 주체와 이야기》, 한국학술정보, 2007.

김수업, 《국어교육의 바탕과 속살》, 나라말, 2005.

김열규 외, 《고전문학을 찾아서》, 문학과지성사, 1976.

김영정 외, 《비판적 사고와 학술적 글쓰기》, 서울대교수학습개발센터, 2004.

김영채, 《사고와 문제 해결 심리학》, 박영사, 1995.

———, 《사고력 이론 개발과 수업》, 교육과학사, 1998.

──, 《창의적 문제 해결》, 교육과학사, 1999.

김용찬, 《18세기의 시조문학과 예술사적 위상》, 월인, 1999.

김우형, 《주희철학의 인식론─지각(知覺)론의 형성과정과 체계》, 심산출판사, 2005.

김원중, 《중국문학이론의 세계》, 을유문화사, 2000.

김인회, 《교육사·교육철학신강》, 문음사, 1985.

김일렬, 《문학의 본질》, 새문사, 2006.

김종걸, 《리쾨르의 해석학적 철학》, 한들출판사, 2003.

김종량, 《교육공학─수업 공학의 이론과 실제》, 문음사, 1995.

김종복 외, 《학교교육목표에 대한 사회적 요구 분석》, 한국교육개발원, 1979.

김중신, 《한국문학교육론의 방법과 실천》, 한국문화사, 2003.

김준오, 《시론》, 삼지원, 1991.

김준오 외, 《동서시학의 만남과 고전시론의 현대적 이해》, 새미, 2001.

김창원, 《강호 시가의 미학적 탐구》, 보고사, 2004.

김창원, 《국어교육론─관점과 체계》, 삼지원, 2007.

김학성, 《한국고시가의 거시적 탐구》, 집문당, 1997.

──, 《한국고전시가의 정체성》, 성균관대 대동문화연구원, 2002.

──, 《한국 시가의 담론과 미학》, 보고사, 2004.

김학성 외 편, 《고전시가론(古典詩歌論)》, 새문사, 1984.

김호권 외, 《현대교육과정론》, 교육출판사, 1992.

김흥규, 《조선시대 시경론과 시의식》, 고려대 민족문화연구소, 1982.

──, 《욕망과 형식의 시학(詩學)》, 태학사, 1999.

──, 《한국고전문학과 비평의 성찰》, 고려대출판부, 2002.

남명호 외, 《수행 평가─이해와 적용》, 문음사, 2000.

남정희, 《18세기 경화사족(京華士族)의 시조 창작과 향유》, 보고사, 2005.

노명완 외, 《국어과교육론》, 갑을출판사, 1991.

──── , 《문식성 연구》, 박이정, 2002.

노 철, 《한국 현대시 창작 방법 연구》, 월인, 2001.

박노준, 《조선후기 시가의 현실인식》, 고려대 민족문화연구원, 1998.

박명진 편, 《비판커뮤니케이션과 문화이론》, 나남, 1989.

박미영, 《한국시가론과 시조론》, 박이정, 2006.

박아청, 《자기의 탐색》, 교육과학사, 1998.

박은진 외, 《비판적 사고를 위한 논리》, 아카넷, 2004.

박이문, 《예술철학》, 문학과지성사, 1983.

박인기, 《(개정판) 문학교육과정의 구조와 이론》, 서울대출판부, 2001.

박인기 외, 《문학을 통한 교육》, 삼지원, 2005.

박해용, 《철학용례사전》, 돌기둥출판사, 2004.

박희병, 한국의 생태사상, 돌베개, 1999.

배창환, 《이 좋은 시(詩)공부》, 나라말, 2002.

백순근, 《수행평가의 원리》, 교육과학사, 2000.

백영정병욱선생10주기추모논문집간행위원회 편, 《한국고전시가작품론》 2, 집문
　　　당, 1992.

변광배, 《장 폴 사르트르 시선과 타자》, 살림, 2004.

서울대 국어교육연구소 편, 《국어교육학사전》, 대교, 1999.

서울대 인문과학연구소 편, 《고전읽기 활성화 방안 연구》, 1993.

서울시교육연구원 편, 《사고력 교육의 이론과 실제》, 서울시교육연구원, 1993.

석문주 외, 《학습을 위한 수행 평가》, 교육과학사, 1999.

성기옥 외, 《한국시의 미학적 패러다임과 시학적 전통》, 소명출판, 2004.

성일제 외, 《사고와 교육》, 한국교육개발원, 1988.

──── , 《사고 교육의 이론과 실제》, 배영사, 1989.

소광희 외, 《인간에 대한 철학적 성찰》, 문예출판사, 2005.

손민호, 《구성주의와 학습의 사회 이론》, 문음사, 2005.

손오규, 《산수미학탐구》, 제주대출판부, 2006.

손충기, 《교육과정과 교육평가》, 태영출판사, 2006.

송도선, 《존 듀이의 경험교육론》, 문음사, 2004.

송문석, 《인지시학》, 푸른사상, 2004.

송영진, 《인간과 아름다움》, 충남대출판부, 2006.

송인섭, 《인간의 자아 개념 탐구》, 학지사, 1998.

송항룡, 《시간과 공간 그리고 지금 바로 여기》, 성균관대출판부, 2007.

신연우, 《이황 시의 깊이와 아름다움》, 지식산업사, 2006.

신영명, 《사대부시가의 연구》, 국학자료원, 1996.

신영명·우응순 외, 《조선 중기 시가와 자연》, 태학사, 2002.

신오현, 《자아의 철학》, 문학과지성사, 1987.

신은경, 《풍류(風流) ― 동아시아 미학의 근원》, 보고사, 1999.

신헌재·이재승, 《학습자 중심의 국어교육》, 박이정, 2001.

신현락, 《한국 현대시와 동양의 자연관》, 한국문화사, 1998.

심경호, 《산문기행 조선의 선비, 산길을 가다》, 이가서, 2007.

심진구, 《교육과정 및 수업 이론》, 학문사, 1988.

엄태동, 《교육적 인식론 탐구》, 교육과학사, 1998.

여운필, 《이색의 시문학 연구》, 태학사, 1995.

염은열, 《고전문학과 표현교육론》, 역락, 2000.

──, 《고전문학의 교육적 발견》, 역락, 2007.

오태석, 《중국문학의 인식과 지평》, 역락, 2001.

우리사상연구소 편, 《우리말 철학사전》, 지식산업사, 2001.

우한용 외, 《문학교육과정론》, 삼지원, 1997.

──, 《문학독서 교육, 어떻게 할 것인가》, 푸른사상, 2005.

윤사순, 《조선시대 성리학의 연구》, 고려대 민족문화연구원, 1998.

윤성우, 《폴 리쾨르의 철학》, 철학과현실사, 2004.

──────, 《해석의 갈등, 인간의 실존과 의미의 낙원》, 살림, 2005.

윤여탁, 《시교육론 II》, 서울대출판부, 1998.

윤여탁 외, 《시와 함께 배우는 시론》, 태학사, 2001.

윤재근, 《문예미학》, 고려원, 1984.

윤효녕 외, 《주체 개념의 비판》, 서울대출판부, 1999.

이경섭, 《교육과정 쟁점 연구》, 교육과학사, 1999.

이귀윤, 《교육과정 연구》, 교육과학사, 1997.

이규호, 《앎과 삶 ─ 해석학적 지식론》, 좋은 날, 2001.

이기상, 《하이데거의 실존과 언어》, 문예출판사, 1991.

이남인 외, 《세계와 인간에 대한 동양인의 사유》, 천지, 2003.

이덕무, 《이목구심서(耳目口心書)》, 이화형 역, 《청장 키 큰 소나무에게 길을 묻다》, 국학자료원, 2003.

이도흠, 《화쟁기호학, 이론과 실제》, 한양대출판부, 1999.

이돈희, 《교육철학개론 ─ 교육행위의 철학적 분석》, 교육과학사, 1983.

──────, 《존 듀이 교육론》, 서울대출판부, 1992.

──────, 《교육적 경험의 이해》, 교육과학사, 1993.

──────, 《(수정판) 교육정의론》, 교육과학사, 1999.

이민홍, 《사림과 문학의 연구》, 형설출판사, 1985.

──────, 《(개정판) 조선조 시가의 이념과 미의식》, 성균관대출판부, 2000.

이병한 편저, 《중국 고전 시학의 이해》, 문학과지성사, 1992.

이삼형 외, 《국어교육학과 사고력》, 역락, 2007.

이상오, 《한국 현대시의 상상력과 자연》, 역락, 2006.

이상옥, 《문학과 자기성찰 ─ 열린 문학을 위하여》, 서울대출판부, 1986.

이상원, 《17세기 시조사의 구도》, 월인, 2000.

──────, 《조선시대 시가사의 구도와 시각》, 보고사, 2004.

이석호, 《인간의 이해》, 철학과현실사, 2001.

이원희 외, 《교육과정과 수업》, 교육과학사, 2005.

이정모 외, 《인지심리학》, 학지사, 2001.

이정우, 《인간의 얼굴 — 탈주와 회귀 사이에서》, 민음사, 1999.

──, 《개념 — 뿌리들》, 철학아카데미, 2004.

이종묵, 《한국한시의 전통과 문예미》, 태학사, 2002.

이종일 외, 《교육적 질문하기》, 교육과학사, 2006.

이지중, 《교육과 언어의 성격》, 문음사, 2004.

이홍우, 《교육의 개념》, 문음사, 1991.

──, 《(증보) 교육과정탐구》, 박영사, 1996.

──, 《교육의 목적과 난점》, 교육과학사, 1998.

──, 《성리학의 교육이론》, 성경재, 2000.

이홍우 외, 《한국적 사고의 원형》, 한국정신문화연구원, 1988.

인권환 외, 《고전문학연구의 쟁점적 과제와 전망 下》, 월인, 2003.

임종욱, 《동양문학비평용어사전》, 범우사, 1997.

임형택, 《한국문학사의 시각》, 창작과비평사, 1984.

장상호, 《학문과 교육 (상)·(중1)·(하)》, 서울대출판부, 1997~2005.

장정렬, 《생태주의 시학》, 한국문화사, 2000.

정기철, 《인성교육과 국어교육》, 역락, 2001.

정기철, 《해석학과 학문과의 대화》, 문예출판사, 2004.

정대림, 《한국 고전문학 비평의 이해》, 태학사, 1991.

정범모, 《미래의 선택》, 나남, 1989.

정병욱, 《국문학산고(國文學散藁)》, 신구문화사, 1959.

──, 《(증보판) 한국고전시가론》, 신구문화사, 1993.

정병헌, 《한국고전문학의 교육적 성찰》, 숙명여대출판국, 2003.

정요일 외, 《고전비평용어연구》, 태학사, 1998.

정재찬, 《문학교육의 현상과 인식》, 역락, 2004.

정혜영, 《교육인간학》, 학지사, 2005.

정혜원, 《시조 문학과 그 내면의식》, 상명여대출판부, 1992.

정흥모, 《조선후기 사대부 시조의 세계인식》, 월인, 2001.

조규익, 《가곡창사의 국문학적 본질》, 집문당, 1994.

———, 《만횡청류》, 박이정, 1996.

조기영, 《한국시가의 자연관》, 북스힐, 2005.

조대봉, 《인간 행동의 이해와 자아 실현》, 문음사, 1990.

조동일, 《한국소설의 이론》, 지식산업사, 1977.

———, 《한국시가의 역사의식》, 문예출판사, 1993.

———, 《한국문학통사》 2・3, 지식산업사, 1994.

———, 《한국의 문학사와 철학사》, 지식산업사, 1996.

———, 《한국문학사상사시론》, 지식산업사, 1998.

조용기, 《의문을 위한 질문, 교육적 질문하기》, 교육과학사, 2006.

조윤제, 《조선시가사강(朝鮮詩歌史綱)》, 동광당서점, 1937.

———, 《한국문학사》, 동국문화사, 1963.

———, 《국문학개설》, 탐구당, 1991.

중국문학이론연구회 편, 《중국시와 시론》, 현암사, 1993.

진권장, 《교수 학습 과정의 재개념화 — 해석학적 관점에서의 반성적 이해》, 한
    국방송통신대출판부, 2005.

진연은 외, 《교육과정과 교육평가의 탐구》, 학지사, 2002.

진중권, 《미학 오디세이 2》, 새길, 2001.

천경록, 《국어과 수행 평가와 포트폴리오》, 교육과학사, 2001.

최동원, 《고시조론》, 삼영사, 1980.

최명선, 《해석학과 교육》, 교육과학사, 2005.

최승호, 《한국 현대시와 동양적 생명사상》, 다운샘, 1995.

——— 편, 《21세기 문학의 동양시학적 모색》, 새미, 2001.

414_

최신한, 《독백의 철학에서 대화의 철학으로 — 슐라이어마허의 해석학적 변증법
　　적 사유 탐구》, 문예출판사, 2000.

최영성, 《한국유학사상사 II》, 아세아문화사, 1995.

최재남, 《서정시가의 인식과 미학》, 보고사, 2003.

최재혁 편저, 《중국고전문학이론》, 역락, 2005.

최지현, 《문학교육과정론》, 역락, 2006.

최지현 외, 《국어과 교수·학습 방법》, 역락, 2007.

최진원, 《국문학과 자연》, 성균관대출판부, 1977.

──────, 《한국고전시가의 형상성》, 성균관대 대동문화연구원, 1988.

최현섭 외, 《(제2증보판) 국어교육학개론》, 삼지원, 2005.

한계전 외, 《한국 현대시론사 연구》, 문학과지성사, 1998.

한국교육개발원, 《사고력 신장을 위한 프로그램 개발 연구 I ~IV》, 1987~1991.

한국동양철학회, 《동양 철학의 본체론과 인성론》, 연세대출판부, 1982.

한국사상사연구회 편저, 《조선유학의 자연철학》, 예문서원, 1998.

한국시조학회 편, 《고시조작가론》, 백산출판사, 1986.

한국한문학회 편, 《한국 한문학과 미학》, 태학사, 2003.

한국현상학회 편, 《세계와 인간 그리고 의식지향성》, 서광사, 1992.

한명희, 《교육의 미학적 탐구》, 집문당, 2002.

한전숙, 《현상학》, 민음사, 1996.

한형조, 《주희에서 정약용으로 — 조선 유학의 철학적 패러다임 연구》, 세계사,
　　1996.

황정규 외, 《현대 교육심리학의 쟁점과 전망》, 교육과학사, 2000.

허왕욱, 《고전시가교육의 이해》, 보고사, 2004.

3. 국외 논저

蒙培元, 《中國哲學的主體的思惟》; 김용섭 역, 《중국 철학과 중국인의 사유 방식》, 철학과현실사, 2005.

徐復觀, 《中國藝術精神》; 권덕주 역, 《중국예술정신》, 동문선, 1990.

嚴羽, 《滄浪詩話》; 김해명 외 역, 《창랑시화》, 소명출판, 2001.

吳戰壘, 《中國詩學》; 유병례 역, 《중국 시학의 이해》, 태학사, 2003.

王國維, 《人間詞話》; 류창교 역주, 《세상의 노래 비평, 인간사화》, 소명출판, 2004.

劉若愚, 《中國詩學》; 이장우 역, 《중국시학》, 명문당, 1994.

劉勰, 《文心雕龍》; 최신호 역주, 《문심조룡》, 현암사, 1975.

袁行霈, 《中國詩歌藝術研究》; 강영순 외 역, 《중국시가예술연구》, 아세아문화사, 1999.

張法, 《中西美學與文化精神》; 유중하 외 역, 《동양과 서양 그리고 미학》, 푸른숲, 1999.

張少康, 《中國古典文學創作論》; 이홍진 역, 《중국고전문학창작론》, 법인문화사, 2000.

朱光潛, 《詩論》; 정상홍 역, 《시론》, 동문선, 1991.

佐佐木健一, 《美學辭典》; 민주식 역, 《미학사전》, 동문선, 2002.

竹田靑嗣, 《言語的思考へ―脫構築と現象學》; 윤성진 역, 《언어적 사고의 수수께끼》, 서광사, 2005.

李孝德, 《表象空間の近代》; 박성관 역, 《표상 공간의 근대》, 소명출판, 2002.

Adler, M. J., *Ten Philosophical Mistakes*; 장건익 역, 《열 가지 철학적 오류》, 서광사, 1990.

Beck, Ulrich et. al., *Reflexive Modernization*; 임현진 외 역, 《성찰적 근대화》, 한울,

1998.

Bergez, Daniel, *Introduction aux methodes critiques pour l'analyse litteraire*; 민혜숙 역, 《문학비평방법론》, 동문선, 1997.

Blackburn, Simon, *Think*; 고현범 역, 《생각》, 이소출판사, 2002.

Blanchot, Maurice, *L'espace littéraire*; 박혜영 역, 《문학의 공간》, 책세상, 1990.

Bloom, B. S. et. al., *Taxonomy of Educational Objectives: The Classification of Educational Goals, Handbook Ⅰ: Cognitive Domain*; 임의도 외 공역, 《교육목표분류학 (Ⅰ) 지적 영역》, 교육과학사, 1983.

Bollnow, Otto Friedrich, *Anthropologische Pädagogik*; 한상진 역, 《인간학적 교육학》, 양서원, 2006.

Bransford, J. D. et. al., *The Ideal Problem Solver*; 김신주 역, 《사고기능의 교육》, 문음사, 1993.

Brooks, Jacqueline G. & Brooks Martin G., *In Search of Understanding: The Case for Constructivist Classrooms*; 추병완 외 역, 《구성주의 교수·학습론》, 백의, 1999.

Bruner, Jerome S., *The Culture of Education*; 강현석 외 역, 《교육의 문화》, 교육과학사, 2005.

Buber, M., *Ich und Du*; 표재명 역, 《나와 너》, 문예출판사, 1995.

Burns, R. B., *The Self-Concept*, Longman, 1979.

Capra, Fritjof, *The Tao of Physics: an exploration of the parallels between modern physics and eastern mysticism*; 이성범 외 역, 《현대 물리학과 동양사상》, 범양사, 2006.

Cassirer, Ernst, *Der Begriff der symbolischen Form im Aufbau der Geisteswissenschaften, Naturalistische und humanistische Begründung der Kulturphilosophie*; 오향미 역, 《인문학의 구조 내에서 상징형식 개념》, 책세상, 2002.

Chance, Paul, *Thinking in the Classroom*, Teachers College Press, 1986.

Clement, Elisabeth et. al., *Pratique de la philosophie de a á z*; 이정우 역, 《철학사전》, 동녘, 1996.

Collingwood, R. G., *The Idea of History*; 이상현 역, 《역사학의 이상》, 박문각, 1993.

──, *The Idea of Nature*; 유원기 역, 《자연이라는 개념》, 이제이북스, 2004.

Culler, Jonathan, *Literary Theory*; 이은경 외 역, 《문학이론》, 동문선, 1999.

Dewey, J., *How We Think*; 임한영 역, 《사고하는 방법》, 법문사, 1979.

──, *Experience and Nature*; 신득렬 역, 《경험과 자연》, 계명대출판부, 1982.

──, *Democracy and Education*; 이홍우 역, 《민주주의와 교육》, 교육과학사, 1987.

──, *Art as Experience*; 이재언 역, 《경험으로서의 예술》, 책세상, 2003.

Dickie, George, *Aesthetics: an introduction*; 오병남 외 역, 《미학입문》, 서광사, 1983.

Dilthey, Wilhelm, *Der Aufbau der geschichtlichen Welt in den Geisteswissenschaften*; 이한우 역, 《체험·표현·이해》, 책세상, 2002.

Eisner, Elliot W., *Cogniton & Curriculum*; 김대현 외 역, 《인지와 교육과정》, 교육과학사, 1990.

──, *The Educational Imagination: on the design and evaluation of school programs*; 이해명 역, 《교육적 상상력》, 단국대출판부, 1991.

Fantini et al, *Toward Humanistic Education*; 윤팔중 역, 《인간중심교육을 위한 정의 교육과정》, 성경재, 1989.

Ferry, Luc, *Homo Aestheticus*; 방미경 역, 《미학적 인간》, 고려원, 1994.

Fountas, Irene C. & Pinnell Gay Su, *Guiding Readers and Writers, grades 3~6: teaching comprehension, genre, and content literacy*, Heinemann, 2001.

Freire, Paulo, *Pedagogy of the Oppressed*; 남경태 역, 《페다고지》, 그린비, 2002.

Gadamer, Hans Georg, *Truth and Method*; 이길우 외 역, 《진리와 방법(1)》, 문학

동네, 2000.

──, *Erziehung ist sich erziehen* ; 손승남 역, 《교육은 자기 교육이다》, 동문선, 2004.

Geertz, Clifford, *The Interpretation of Cultures* ; 문옥표 역, 《문화의 해석》, 까치, 1998.

Goodman, Nelson, *Language of Art* ; 김혜숙 외 역, 《예술의 언어들》, 이화여대출판부, 2002.

Gribble, James, *Literary Education* ; 나병철 역, 《문학교육론》, 문예출판사, 1987.

Habermas, Jürgen, *Theorie und Praxis* ; 홍윤기 외 역, 《이론과 실천》, 종로서적, 1990.

Hamlyn, D. W., *Experience and the Growth of Understanding*; 이홍우 역, 《경험과 이해의 성장》, 교육과학사, 1990.

Hamm, Cornel M., *Philosophical Issues in Education*; 김기수 외 역, 《교육철학탐구》, 교육과학사, 1996.

Harris, Roy, *Language, Saussure, and Wittgenstein: how to play games with words*; 고석주 역, 《소쉬르와 비트겐슈타인의 언어》, 보고사, 1999.

Hauenstein, A. Dean, *A Conceptual Framework for Educational Objectives*; 김인식 외 역, 《신교육목표분류학》, 교육과학사, 2004.

Hayakawa, S. I., *Language in Thought and Action*; 김영준 역, 《의미론》, 민중서관, 1977.

Heidegger, Martin, *Sein und Zeit*; 이기상 역, 《존재와 시간》, 까치, 1998.

──, *Was heisst Denken?*; 권순홍 역, 《사유란 무엇인가》, 고려원, 1993.

Hessen, Johannes, *Lehrbuch der Philosophie*; 이강조 역, 《인식론》, 서광사, 1994.

Hills, P. J., *Teaching Learning and Communication*; 장상호 역, 《교수 학습 그리고 의사소통》, 교육과학사, 1987.

Hoy, David Couzens, *The Critical Circle: literature and history in contemporary hermeneutics*; 이경순 역, 《해석학과 문학비평》, 문학과지성사, 1988.

Ineichen, Hans, *Philosophische Hermeneutik*; 문성화 역, 《철학적 해석학》, 문예출판사, 1998.

Jenks, C., *Culture* ; 김윤용 역, 《문화란 무엇인가》, 현대미학사, 1996.

Johnson, Mark, The Body in the Mind: the bodily basis of meaning, imagination, and reason; 노양진 역, 《마음속의 몸》, 철학과현실사, 2000.

Joyce, Bruce et. al., *Models of Teaching*; 박인우 외 역, 《교수모형(7판)》, 아카데미프레스, 2005.

Kains, Howard P., *The Philosophy of Man*; 정연교 역, 《철학적 인간학》, 철학과현실사, 1996.

Lakoff, George et. al., *Metaphors We live by*; 노양진 외 역, 《삶으로서의 은유》, 박이정, 2006.

Langer, Susanne K, *Feeling and Form*, Routledge & Kegan Paul, 1973.

Laupies, Frédéric, *Premières leçons de philosophie*; 공나리 역, 《철학기초강의》, 동문선, 2003.

Lipman, Matthew, *Thinking in Education*; 박진환 외 역, 《고차적 사고력 교육》, 인간사랑, 2005.

Lowenthal, David, *The Past is a Foreign Country*; 김종원 외 역, 《과거는 낯선 나라다》, 개마고원, 2006.

McPeck, J. E, *Critical Thinking and Education*; 박영환 역, 《비판적 사고와 교육》, 배영사, 1990.

Mondin, Battista, *Anthropologia Filosofica*; 허재윤 역, 《인간 — 철학적 인간학 입문》, 서광사, 1996.

Murphy, Gardner, *Human Potentialities*, Basic Books, 1958.

Nickerson Raymond S., *Why Teach Thinking?* ; Baron Joan Boykoff, *Teaching Thinking Skills*, W. H. Freeman and Company, 1987.

Nisbett, Richard E., *The Geography of Thought: how Asians and Westerners think differently and why*; 최인철 역, 《생각의 지도―동양과 서양, 세상을 바라보는 서로 다른 시선》, 김영사, 2004.

Olson, David R. & Torrance, Nancy, *Modes of Thought: explorations in culture and cognition*, Cambridge University Press, 1996.

Olsen, Stein Haugom, *The Structure of Literary Understanding*; 최상규 역, 《문학이해의 구조》, 예림기획, 1999.

Palmer, Richard E., *Hermeneutics: interpretation theory in Schleiermacher, Dilthey, Heidegger, and Gadamer*; 이한우 역, 《해석학이란 무엇인가》, 문예출판사, 1988.

Patterson, C. H., *Humanistic Education*; 장상호 역, 《인간주의 교육》, 박영사, 1980.

Paz, Octavio, *El Arco y la lira*, 2 ed.; 김홍근 외 역, 《활과 리라》, 솔, 1998.

Peters, R. S., eds., *John Dewey Reconsidered*; 박영환 역, 《존 듀이의 재고찰》, 성원사, 1986.

―――, *Essays on Education*; 정희숙 역, 《교육철학자 비평론》, 서광사, 1989.

Poulet, Georges, *La conscience critique*; 조한경 역, 《비평과 의식》, 탐구당, 1990.

Rader, Melvin Miller et. al., *Art and Human Values*; 김광명 역, 《예술과 인간 가치》, 이론과실천사, 1987.

Rodrigues, Raymond J., *A Guidebook for Teaching Literature*; 박인기 외 역, 《문학작품을 어떻게 가르칠 것인가》, 박이정, 2001.

Ricoeur, P., *Interpretation Theory―Discourse and the Surplus of Meaning*; 김윤성・조현범 역, 《해석이론》, 서광사, 1998.

―――, *Du texte à l'action*; 박병수・남기영 편역, 《텍스트에서 행동으로》, 아카넷, 2002.

―――, *Le Conflit des Interprétations*; 양명수 역, 《해석의 갈등》, 아카넷, 2003.

──────, *Hermeneutics and the Human Sciences*; 윤철호 역, 《해석학과 인문사회과학》, 서광사, 2003.

──────, *Soi-même comme un autre*; 김웅권 역, 《타자로서의 자기 자신》, 동문선, 2006.

Rosenblatt, Louise M., *Literature as Exploration*; 김혜리 외 역, 《탐구로서의 문학》, 한국문화사, 2006.

Runes, Dagobert D., *The Dictionary of Philosophy*, philosophical library, 1942.

Ryle, Gilbert, *The Concept of Mind*; 이한우 역, 《마음의 개념》, 문예출판사, 1994.

Sallenave, Danièle, *À quoi sert la littérature?*, *Les Éditions Textuel*; 김교신 역, 《문학은 무슨 소용이 있는가》, 동문선, 2003.

Sartre, Jean Paul, *L' Être et le néant*; 손우성 역, 《존재와 무》, 삼성출판사, 1990.

──────, *L' Existentialisme est un humanisme*; 방곤 역, 《실존주의는 휴머니즘이다》, 문예출판사, 1993.

Schön, Donald A., *The reflective practitioner : how professionals think in action*, Basic Books, 1983.

Schrag, C. O., *Radical Reflection and the Origin of the Human Science*; 문정복 외 역, 《근원적 반성과 인간 과학의 기원》, 형설출판사, 1997.

Schutz, Alfred, *Collected Papers: The Problem of Social Reality*, Martinus Nijhoff, 1962.

Selman, Robert L., *The Promotion of Social Awareness*, Russell Sage Foundation, 2003.

Shoemaker, Sydney, *Self-Knowledge and Self-Identity*, Cornell University Press, 1963.

Shore, Bradd, *Culture in Mind: Cognition, Culture, and the Problem of Meaning*, Oxford Univ Press, 1996.

Smith, Patricia L. & Ragan, Tillman J., *Instructional Design*; 김동식 외 역, 《교수설계이론의 탐구》, 원미사, 2002.

Steffe, Leslie P. et. al., *Constructivism in Education*; 조연주 외 역, 《구성주의와 교

육》, 학지사, 1997.

Steiger, Emil, *Grundbegriffe der poetik*; 오현일 외, 《시학의 근본개념》, 삼중당, 1978.

Steiner, Rudolf, *Allgemeine Menschenkunde als Grundlage der Pädagogik*; 김성숙 역, 《(교육의 기초로서의) 일반인간학》, 물병자리, 2002.

Sternberg, Robert J. et. al., *The Psychology of Human Thought*; 이영애 역, 《인간 사고의 심리학》, 교문사, 1992.

Sünkel Wolfgang, *Phänomenologie des Unterrichts*; 권밀철 역, 《수업현상학》, 학지 사, 2005.

Szilasi, Wilhelm, *Einführung in die phänomenologie Edmund Husserls*; 이영호 역, 《현상학 강의》, 종로서적, 1988.

Todorov, *Mikhail Bakhtine : le principe dialogique*; 최현무 역, 《(바흐친) 문학사회 학과 대화이론》, 까치, 1987.

Tyler, Ralph W., *Basic Principles of Curriculum and Instruction*; 이해명 역, 《교육과 정과 수업의 기본 원리》, 교육과학사, 1987.

Vygotsky, L. S., *Thought and Language*; 신현정 역, 《사고와 언어》, 성원사, 1985.
———, *Mind in Society*; 조희숙 역, 《비고츠키의 사회 속의 정신》, 양서원, 2000.

Warnke, Georgia, *Gadamer : Hermeneutics, Tradition and Reason*; 이한우 역, 《가다 머: 해석학, 전통 그리고 이성》, 민음사, 1999.

Wheelwright, Philip Ellis, *Metaphor and Reality*; 김태옥 역, 《은유와 실재》, 문학과 지성사, 1988.

Welwood, John, *The Meeting of the Ways*; 박희준 역, 《동양의 瞑想과 서양의 心 理學》, 범양사출판부, 1987.

Whitehead, Alfred North, *Symbolism, its Meaning and Effect*; 문창옥 역, 《상징 활 동 그 의미와 효과》, 동과서, 2003.
———, *Modes of Thought*; 오영환 외 역, 《사고의 양태》, 다산글방, 2003.

──────, *The Aims of Education and other Essays*; 오영환 역, 《교육의 목적》, 궁리, 2004.

Whittaker, James Oliver, *Introduction to Psychology*, Saunders, 1976.

Zima, P. V., *Fischer lexikon literatur & Erkenntnis der literatur*; 김태환 편역, 《비판적 문학 이론과 미학》, 문학과지성사, 2000.

찾아보기